सात सौ बीस क़दम

अमृता प्रीतम की चुनी हुई कहानियाँ

सात सौ बीस क़दम

अमृता प्रीतम

वाणी प्रकाशन ग्रुप
भारतीय ज्ञानपीठ
वाणी प्रकाशन : भारतीय ज्ञानपीठ की पुस्तकों के एकमात्र प्रकाशक एवं वितरक

पेपरबैक पहला संस्करण : 2000
पेपरबैक पाँचवाँ संस्करण : 2005
पेपरबैक छठा संस्करण : 2008
पेपरबैक सातवाँ संस्करण : 2009
पेपरबैक नौवाँ संस्करण : 2011
पेपरबैक दसवाँ संस्करण : 2014
पेपरबैक ग्यारहवाँ संस्करण : 2017
पेपरबैक बारहवाँ संस्करण : 2020
पेपरबैक तेरहवाँ संस्करण : 2023
पेपरबैक चौदहवाँ संस्करण : 2025

राष्ट्रभारती लोकोदय ग्रन्थमाला : ग्रन्थांक 643

प्रकाशक
वाणी प्रकाशन ग्रुप
4695, 21-ए, दरियागंज, नयी दिल्ली-110 002
फ़ोन : 011-23273167, 23275710
ईमेल : sales@vaniprakashan.in

ISBN : 978-81-19014-00-2

सात सौ बीस क़दम
(कहानी-संग्रह)
अमृता प्रीतम

SAAT SAU BEES QADAM
(Short- Stories)
by Amrita Pritam

मुद्रक : नरूला प्रिंटर्स, दिल्ली-110 032
आवरण : इमरोज़

Price : INR. 399

अनुक्रम

जंगली बूटी

अंगूरी, मेरे पड़ोसियों के पड़ोसियों के पड़ोसियों के घर, उनके बड़े ही पुराने नौकर की बिलकुल नयी बीवी है। एक तो नयी इस बात से कि वह अपने पति की दूसरी बीवी है, सो उसका पति 'दुहाजू' हुआ। जू का मतलब अगर 'जून' हो तो इसका पूरा मतलब निकला 'दूसरी जून में पड़ चुका आदमी', यानी दूसरे विवाह की जून में, और अंगूरी क्योंकि अभी विवाह की पहली जून में ही है, यानी पहली विवाह की जून में, इसलिए नयी हुई। और दूसरे वह इस बात से भी नयी है कि उसका गौना आए अभी जितने महीने हुए हैं, वे सारे महीने मिलकर भी एक साल नहीं बनेंगे।

पाँच-छह साल हुए, प्रभाती जब अपने मालिकों से छुट्टी लेकर अपनी पहली पत्नी की 'किरिया' करने के लिए अपने गाँव गया था, तो कहते हैं कि किरियावाले दिन इस अंगूरी के बाप ने उसका अँगोछा निचोड़ दिया था। किसी भी मर्द का यह अँगोछा भले ही अपनी पत्नी की मौत पर आँसुओं से नहीं भीगा होता, चौथे दिन या किरिया के दिन नहाकर बदन पोंछने के बाद वह अँगोछा पानी से ही भीगा होता है, पर इस साधारण-सी गाँव की रस्म से किसी और लड़की का बाप उठकर जब यह अँगोछा निचोड़ देता है तो जैसे कह रहा होता है–"उस मरनेवाली की जगह मैं तुम्हें अपनी बेटी देता हूँ और अब तुम्हें रोने की ज़रूरत नहीं, मैंने तुम्हारा आँसुओं से भीगा हुआ अँगोछा भी सुखा दिया है।"

इस तरह प्रभाती का इस अंगूरी के साथ दूसरा विवाह हो गया था। पर एक तो अंगूरी अभी आयु की बहुत छोटी थी, और दूसरे अंगूरी की माँ गठिया के रोग से जुड़ी हुई थी इसलिए गौने की बात पाँच सालों पर जा पड़ी थी।...फिर एक-एक कर पाँच साल भी निकल गये थे। और इस साल जब प्रभाती अपने मालिकों से छुट्टी लेकर अपने गाँव गौना लेने गया था तो अपने मालिकों को पहले ही कह गया था कि या तो वह अपनी बहू को भी साथ लाएगा और शहर में अपने साथ रखेगा,

या फिर वह भी गाँव से नहीं लौटेगा। मालिक पहले तो दलील करने लगे थे कि एक प्रभाती की जगह अपनी रसोई में से वे दो जनों की रोटी नहीं देना चाहते थे। पर जब प्रभाती ने यह बात कही कि वह कोठरी के पीछेवाली कच्ची जगह को पोतकर, अपना अलग चूल्हा बनाएगी, अपना पकाएगी, अपना खाएगी, तो उसके मालिक यह बात मान गये थे। सो अंगूरी शहर आ गयी थी। चाहे अंगूरी ने शहर आकर कुछ दिन महल्ले के मर्दों से तो क्या औरतों से भी घूँघट न उठाया था, पर फिर धीरे-धीरे उसका घूँघट झीना हो गया था। वह पैरों में चाँदी की झाँजरें पहनकर छनक-छनक करती महल्ले की रौनक बन गयी थी। एक झाँजर उसके पाँवों में पहनी होती, एक उसकी हँसी में। चाहे वह दिन का अधिकतर हिस्सा अपनी कोठरी में ही रहती थी पर जब भी बाहर निकलती, एक रौनक़ उसके पाँवों के साथ-साथ चलती थी।

"यह क्या पहना है, अंगूरी?"

"यह तो मेरे पैरों की छैल चूड़ी है।"

"और यह उँगलियों में?"

"यह तो बिछुआ है।"

"और यह बाँहों में?"

"यह तो पछेला है।"

"और माथे पर?"

"आलीबन्द कहते हैं इसे।"

"आज तुमने कमर में कुछ नहीं पहना?"

"तगड़ी बहुत भारी लगती है, कल को पहनूँगी। आज तो मैंने तौक भी नहीं पहना। उसका टाँका टूट गया है। कल सहर में जाऊँगी, टाँका भी गढ़ाऊँगी और नाक की कील भी लाऊँगी। मेरी नाक को नकसा भी था, इत्ता बड़ा, मेरी सास ने दिया नहीं।"

इस तरह अंगूरी अपने चाँदी के गहने एक नख़रे से पहनती थी, एक नखरे से दिखाती थी।

पीछे जब मौसम फिरा था, अंगूरी का अपनी छोटी कोठरी में दम घुटने लगा था। वह बहुत बार मेरे घर के सामने आ बैठती थी। मेरे घर के आगे नीम के बड़े-बड़े पेड़ हैं, और इन पेड़ों के पास ज़रा ऊँची जगह पर एक पुराना कुआँ है। चाहे महल्ले का कोई भी आदमी इस कुएँ से पानी नहीं भरता, पर इसके पार एक सरकारी सड़क बन रही है और उस सड़क के मज़दूर कई बार इस कुएँ को चला लेते हैं जिससे कुएँ के गिर्द अकसर पानी गिरा होता है और यह जगह बड़ी ठण्डी रहती है।

"क्या पढ़ती हो, बीबीजी?" एक दिन अंगूरी जब आयी, मैं नीम के पेड़ों के नीचे बैठकर एक किताब पढ़ रही थी।

"तुम पढ़ोगी?"

"मेरे को पढ़ना नहीं आता।"

"सीख लो।"

"ना।"

"क्यों?"

"औरतों को पाप लगता है पढ़ने से।"

"औरतों को पाप लगता है, मर्द को नहीं लगता?"

"ना, मर्द को नहीं लगता?"

"यह तुम्हें किसने कहा है?"

"मैं जानती हूँ।"

"फिर मैं तो पढ़ती हूँ। मुझे पाप लगेगा?"

"सहर की औरत को पाप नहीं लगता, गाँव की औरत को पाप लगता है।"

मैं भी हँस पड़ी और अंगूरी भी। अंगूरी ने जो कुछ सीखा-सुना हुआ था, उस में उसे कोई शंका नहीं थी, इसलिए मैंने उससे कुछ न कहा। वह अगर हँसती-खेलती अपनी ज़िन्दगी के दायरे में सुखी रह सकती थी, तो उसके लिए यही ठीक था। वैसे मैं अंगूरी के मुँह की ओर ध्यान लगाकर देखती रही। गहरे साँवले रंग में उसके बदन का मांस गुँथा हुआ था। कहते हैं—औरत आटे की लोई होती है। पर कइयों के बदन का मांस उस ढीले आटे की तरह होता है जिसकी रोटी कभी भी गोल नहीं बनती, और कइयों के बदन का मांस बिलकुल ख़मीरे आटे जैसा, जिसे बेलने से फैलाया नहीं जा सकता। सिर्फ़ किसी-किसी के बदन का मांस इतना सख़्त गुँथा होता है कि रोटी तो क्या चाहे पूरियाँ बेल लो।...मैं अंगूरी के मुँह की ओर देखती रही, अंगूरी की छाती की ओर, अंगूरी की पिण्डलियों की ओर...वह इतने सख़्त मैदे की तरह गुँथी हुई थी कि जिससे मठरियाँ तली जा सकती थीं और मैंने इस अंगूरी का प्रभाती भी देखा हुआ था, ठिगने क़द का, ढलके हुए मुँह का, कसोरे जैसा। और फिर अंगूरी के रूप की ओर देखकर मुझे उसके ख़ाविन्द के बारे में एक अजीब तुलना सूझी कि प्रभाती असल में आटे की इस घनी गुँथी लोई को पकाकर खाने का हक़दार नहीं—वह इस लोई को ढककर रखनेवाला कठवत है।...इस तुलना से मुझे ख़ुद ही हँसी आ गयी। पर मैं अंगूरी को इस तुलना का आभास नहीं देना चाहती थी। इसलिए उससे मैं उसके गाँव की छोटी-छोटी बातें करने लगी।

माँ-बाप की, बहन-भाइयों की, और खेतों-खलिहानों की बातें करते हुए मैंने उससे पूछा, "अंगूरी, तुम्हारे गाँव में शादी कैसे होती है?"

"लड़की छोटी-सी होती है, पाँच-सात साल की, जब वह किसी के पाँव पूज लेती है।"

"कैसे पूजती है पाँव?"

"लड़की का बाप जाता है, फूलों की एक थाली ले जाता है, साथ में रुपये, और लड़के के आगे रख देता है।"

"यह तो एक तरह से बाप ने पाँव पूज लिये। लड़की ने कैसे पूजे?"

"लड़की की तरफ़ से तो पूजे।"

"पर लड़की ने तो उसे देखा भी नहीं?"

"लड़कियाँ नहीं देखतीं।"

"लड़कियाँ अपने होनेवाले ख़ाविन्द को नहीं देखतीं?"

"ना।"

"कोई भी लड़की नहीं देखती?"

"ना।"

पहले तो अंगूरी ने 'ना' कर दी पर फिर कुछ सोच-सोचकर कहने लगी, "जो लड़कियाँ प्रेम करती हैं, वे देखती हैं।"

"तुम्हारे गाँव में लड़कियाँ प्रेम करती हैं?"

"कोई-कोई।"

"जो प्रेम करती हैं, उनको पाप नहीं लगता?" मुझे असल में अंगूरी की वह बात स्मरण हो आयी थी कि औरत को पढ़ने से पाप लगता है। इसलिए मैंने सोचा कि उस हिसाब से प्रेम करने से भी पाप लगता होगा।

"पाप लगता है, बड़ा पाप लगता है।" अंगूरी ने जल्दी से कहा।

"अगर पाप लगता है तो फिर वे क्यों प्रेम करती हैं?"

"जे तो...बात यह होती है कि कोई आदमी जब किसी छोकरी को कुछ खिला देता है तो वह उससे प्रेम करने लग जाती है।"

"कोई क्या खिला देता है उसको?"

"एक जंगली बूटी होती है। बस वही पान में डालकर या मिठाई में डालकर खिला देता है। छोकरी उसे प्रेम करने लग जाती है। फिर उसे वही अच्छा लगता है, दुनिया का और कुछ भी अच्छा नहीं लगता।"

"सच?"

"मैं जानती हूँ, मैंने अपनी आँखों से देखा है।"

"किसे देखा था?"

"मेरी एक सखी थी। इत्ती बड़ी थी मेरे से।"

"फिर?"

"फिर क्या? वह तो पागल हो गयी उसके पीछे। सहर चली गयी उसके साथ।"

"यह तुम्हें कैसे मालूम है कि तेरी सखी को उसने बूटी खिलायी थी?"

"बरफी में डालकर खिलायी थी। और नहीं तो क्या, वह ऐसे ही अपने माँ-बाप को छोड़कर चली जाती? वह उसको बहुत चीज़ें लाकर देता था। सहर से धोती लाता था, चूड़ियाँ भी लाता था शीशे की, और मोतियों की माला भी।"

"ये तो चीज़ें हुईं न! पर यह तुम्हें कैसे मालूम हुआ कि उसने जंगली बूटी खिलायी थी!"

"नहीं खिलायी थी तो फिर वह उसको प्रेम क्यों करने लग गयी?"

"प्रेम तो यों भी हो जाता है।"

"नहीं, ऐसे नहीं होता। जिससे माँ-बाप बुरा मान जाएँ, भला उससे प्रेम कैसे हो सकता है?"

"तूने वह जंगली बूटी देखी है?"

"मैंने नहीं देखी। वो तो बड़ी दूर से लाते हैं। फिर छिपाकर मिठाई में डाल देते हैं, या पान में डाल देते हैं। मेरी माँ ने तो पहले ही बता दिया था कि किसी के हाथ से मिठाई नहीं खाना।"

"तूने बहुत अच्छा किया कि किसी के हाथ से मिठाई नहीं खायी। पर तेरी उस सखी ने कैसे खा ली?"

"अपना किया पाएगी।"

'किया पाएगी।' कहने को तो अंगूरी ने कह दिया पर फिर शायद उसे सहेली का स्नेह आ गया या तरस आ गया, दुखे हुए मन से कहने लगी, "बावरी हो गयी थी बेचारी! बालों में कंघी भी नहीं लगाती थी। रात को उठ-उठकर गाने गाती थी।"

"क्या गाती थी?"

"पता नहीं, क्या गाती थी। जो कोई बूटी खा लेती है, बहुत गाती है। रोती भी बहुत है।"

बात गाने से रोने पर आ पहुँची थी। इसलिए मैंने अंगूरी से और कुछ न पूछा।

और अब बड़े थोड़े ही दिनों की बात है। एक दिन अंगूरी नीम के पेड़ के नीचे चुपचाप मेरे पास आ खड़ी हुई। पहले जब अंगूरी आया करती थी तो छन-छन करती, बीस गज़ दूर से ही उसके आने की आवाज़ सुनाई दे जाती थी, पर आज उसके पैरों की झाँजरें पता नहीं कहाँ खोयी हुई थीं। मैंने किताब से सिर उठाया और पूछा, "क्या बात है, अंगूरी?"

अंगूरी पहले कितनी ही देर मेरी ओर देखती रही, फिर धीरे से कहने लगी, "बीबीजी, मुझे पढ़ना सिखा दो।"

"क्या हुआ अंगूरी?"

"मुझे नाम लिखना सिखा दो।"

"किसी को ख़त लिखोगी?"

अंगूरी ने उत्तर न दिया, एकटक मेरे मुँह की ओर देखती रही।

"पाप नहीं लगेगा पढ़ने से?" मैंने फिर पूछा।

अंगूरी ने फिर भी जवाब न दिया और एकटक सामने आसमान की ओर देखने लगी।

यह दुपहर की बात थी। मैं अंगूरी को नीम के पेड़ के नीचे बैठी छोड़कर अन्दर आ गयी थी। शाम को फिर कहीं मैं बाहर निकली, तो देखा, अंगूरी अब भी नीम के पेड़ के नीचे बैठी हुई थी। बड़ी सिमटी हुई थी। शायद इसलिए कि शाम की ठण्डी हवा देह में थोड़ी-थोड़ी कँपकँपी छेड़ रही थी।

मैं अंगूरी की पीठ की ओर थी। अंगूरी के होठों पर एक गीत था, पर बिलकुल सिसकी जैसा—"मेरी मुन्दरी में लागो नगीनवा, हो बैरी कैसे काटूँ जोबनवाँ।"

अंगूरी ने मेरे पैरों की आहट सुन ली, मुँह फेर देखा और फिर अपने गीत को अपने होठों में समेट लिया।

"तू तो बहुत अच्छा गाती है, अंगूरी!"

सामने दिखाई दे रहा था कि अंगूरी ने अपनी आँखों में काँपते आँसू रोक लिये और उनकी जगह अपने होठों पर एक काँपती हँसी रख दी।

"मुझे गाना नहीं आता।"

"आता है..."

"यह तो..."

"तेरी सखी गाती थी?"

"उसी से सुना था।"

"फिर मुझे भी तो सुनाओ।"

"ऐसे ही गिनती है बरस की। चार महीने ठण्डी होती है, चार महीने गरमी, और चार महीने बरखा..."

"ऐसे नहीं, गा के सुनाओ।"

अंगूरी ने गाया तो नहीं, पर बारह महीनों को ऐसे गिना दिया जैसे यह सारा हिसाब वह अपनी उँगलियों पर कर रही हो—

"चार महीने, राजा, ठण्डी होवत है;
थर-थर काँपे करेजवा।
चार महीने, राजा, गरमी होवत है;
थर-थर काँपे पवनवा।
चार महीने, राजा, बरखा होवत है;
थर-थर काँपे बदरवा।"

"अंगूरी?"

अंगूरी एकटक मेरे मुँह की ओर देखने लगी। मन में आया कि इसके कन्धे पर हाथ रख के पूछूँ, "पगली, कहीं जंगली बूटी तो नहीं खा ली?" मेरा हाथ उसके कन्धे पर रखा भी गया। पर मैंने यह बात पूछने के स्थान पर यह पूछा, "तूने खाना भी खाया है, या नहीं?"

"खाना?" अंगूरी ने मुँह ऊपर उठाकर देखा। उसके कन्धे पर रखे हुए हाथ के नीचे मुझे लगा कि अंगूरी की सारी देह काँप रही थी। जाने अभी-अभी उसने जो गीत गाया था—बरखा के मौसम में काँपनेवाले बादलों का, गरमी के मौसम में काँपनेवाली हवा का, और सर्दी के मौसम में काँपनेवाले कलेजे का—उस गीत का सारा कम्पन अंगूरी की देह में समाया हुआ था!

यह मुझे मालूम था कि अंगूरी अपनी रोटी ख़ुद ही बनाती थी। प्रभाती मालिकों की रोटी बनाता था और मालिकों के घर से ही खाता था, इसलिए अंगूरी को उसकी रोटी की चिन्ता नहीं थी। इसलिए मैंने फिर कहा, "तूने आज रोटी बनायी है, या नहीं?"

"अभी नहीं।"

"सवेरे बनायी थी? चाय पी थी?"

"चाय? आज तो दूध ही नहीं था।"

"आज दूध क्यों नहीं लिया था?"

"वह तो मैं लेती नहीं, वह तो..."

"तू रोज़ चाय नहीं पीती?"

"पीती हूँ।"

"फिर आज क्या हुआ?"

"दूध तो वह रामतारा..."

रामतारा हमारे महल्ले का चौकीदार है। सबका साझा चौकीदार। सारी रात पहरा देता है। वह सबेरसार ख़ूब उनींदा होता है। मुझे याद आया कि जब अंगूरी नहीं आयी थी, वह सवेरे ही हमारे घरों से चाय का गिलास माँगा करता था। कभी किसी के घर से और कभी किसी के घर से, और चाय पीकर वह कुएँ के पास खाट डालकर सो जाता था।—और अब, जब से अंगूरी आयी थी वह सवेरे ही किसी ग्वाले से दूध ले आता था; अंगूरी के चूल्हे पर चाय का पतीला चढ़ाता था, और अंगूरी, प्रभाती और रामतारा तीनों चूल्हे के गिर्द बैठकर चाय पीते थे।...और साथ ही मुझे याद आया कि रामतारा पिछले तीन दिनों से छुट्टी लेकर अपने गाँव गया हुआ था।

मुझे दुखी हुई हँसी आयी और मैंने कहा, "और अंगूरी, तुमने तीन दिन से चाय नहीं पी?"

"ना," अंगूरी ने ज़ुबान से कुछ न कहकर केवल सिर हिला दिया।

"रोटी भी नहीं खायी?"

अंगूरी से बोला न गया। लग रहा था कि अगर अंगूरी ने रोटी खायी भी होगी तो न खाने जैसी ही।

रामतारे की सारी आकृति मेरे सामने आ गयी। बड़े फुर्तीले हाथ-पाँव, इकहरा बदन, जिसके पास हलके-हलके हँसती हुई और शरमाती आँखें थीं और जिसकी ज़ुबान के पास बात करने का एक ख़ास सलीक़ा था।

"अंगूरी!"

"जी!"

"कहीं जंगली बूटी तो नहीं खा ली तूने?"

अंगूरी के मुँह पर आँसू बह निकले। इन आँसुओं ने बह-बहकर अंगूरी की लटों को भिगो दिया। और फिर इन आँसुओं ने बह-बहकर उसके होठों को भिगो दिया। अंगूरी के मुँह से निकलते अक्षर भी गीले थे, "मुझे कसम लागे जो मैंने उसके हाथ से कभी मिठाई खायी हो। मैंने पान भी कभी नहीं खाया। सिर्फ़ चाय...जाने उसने चाय में ही..."

और आगे अंगूरी की सारी आवाज़ उसके आँसुओं में डूब गयी।

गुलियाना का एक ख़त

टहनी पत्तों से भर गयी थी, पर उस पर फूल नहीं लगते थे। मैं रोज़ पत्तों का मुँह देखती थी और सोचती थी कि चम्पा कब खिलेगी। गमला कितना भी बड़ा हो, पर गमले में चम्पा नहीं फूलती—मुझे एक माली ने बताया था और कहा था कि इस पौधे की जड़ों को धरती की ज़रूरत होती है। और मैं उस पौधे को गमले में से निकालकर धरती में रोप रही थी कि एक औरत मुझसे मिलने के लिए आयी।

"तुम्हें कहाँ-कहाँ से पूछती और कहाँ-कहाँ से खोजती आयी हूँ।"

"तुम? नीली आँखोंवाली सुन्दरी?"

"मेरा नाम गुलियाना है।"

"फूल-सी औरत।"

"पर लोहे के पैरों चलकर पहुँची हूँ। मुझे दो साल होने को आये हैं, चलते हुए।"

"किस देश से चली हो?"

"यूगोस्लाविया से।"

"भारत में आये कितना समय हुआ?"

"एक महीना। बहुत लोगों से मिली हूँ। कुछ औरतों से बड़ी चाह से मिलती हूँ। तुमसे मिले बग़ैर मुझे जाना नहीं था, इसलिए कल से तुम्हारा पता पूछ रही थी।"

मैंने गुलियाना के लिए चाय बनायी और चाय का प्याला उसे देते हुए भूरे बालों की एक लट उसके माथे से हटायी और उसकी नीली आँखों में देखा और कहा, "अच्छा, अब बताओ, गुलियाना! तुम्हारे पाँव लोहे के ही सही, पर ये क्या अभी तुम्हारे हुस्न और तुम्हारी जवानी का भार उठाकर थके नहीं? ये देश-देशान्तर में भटकते क्या खोज रहे हैं?"

गुलियाना ने एक लम्बी साँस लेकर मुसकरा दिया। जब किसी की हँसी में

एक विश्वास घुला हुआ हो, उस समय उसकी आँखों में जो चमक उतर आती है, मैंने वह चमक गुलियाना की आँखों में देखी।

"मैंने अभी तक लिखा कुछ नहीं, पर लिखना बहुत कुछ चाहती हूँ। मगर कुछ भी लिखने से पहले मैं यह दुनिया देखना चाहती हूँ। अभी बहुत दुनिया बाक़ी पड़ी है जो मैंने देखी नहीं है, इसलिए मैं अभी थकने की नहीं। पहले इटली गयी थी, फिर फ़्रांस, फिर ईरान और जापान..."

"पीछे कोई तुम्हारी बाट देखता होगा?"

"मेरी माँ मेरी बाट देख रही है।"

"उसे जब तुम्हारा ख़त मिलता होगा, तब कितनी चहक उठती होगी वह!"

"वह मेरे हरेक ख़त को मेरा आख़िरी ख़त समझ लेती है। उसे यह यक़ीन नहीं आता कि फिर कभी मेरा और ख़त भी आएगा।"

"क्यों?"

"वह सोचती है कि मैं इसी तरह चलती-चलती रास्ते में कहीं मर जाऊँगी। मैं उसे ख़ूब लम्बे-लम्बे ख़त लिखती हूँ। आँखें तो वह खो बैठी है, पर मेरे ख़त किसी से पढ़वा लेती है। इस तरह वह मेरी आँखों से दुनिया को देखती रहती है।"

"अच्छा, गुलियाना, तुमने जितनी भी दुनिया देखी है, वह तुम्हें कैसी लगी? किसी जगह ने हाथ बढ़ाकर तुम्हें रोका नहीं कि बस, और कहीं मत जाओ?"

"चाहती थी कि कोई जगह मुझे रोक ले, मुझे थाम ले, बाँध ले। पर..."

"ज़िन्दगी के किसी हाथ में इतनी ताक़त नहीं आयी?"

"मैं शायद ज़िन्दगी से कुछ अधिक माँगती हूँ ज़रूरत से ज़्यादा। मेरा देश जब गुलाम था, मैं आज़ादी की जंग में शामिल हो गयी थी।"

"कब?"

"1141 में हमने लोकराज्य के लिए बग़ावत की। मैंने इस बग़ावत में बढ़कर भाग लिया था, चाहे मैं तब छोटी-सी ही रही हूँगी।"

"वे दिन बड़ी मुश्किल के रहे होंगे?"

"चार साल बड़ी मुसीबतों भरे थे। कई-कई महीने छिपकर काटने होते थे। कई बार दुश्मन हमारा पता पा गये। हमें एक पहाड़ी से चलकर दूसरी पहाड़ी पर पहुँचना होता था। एक रात हम साठ मील चले थे।"

"साठ मील! तुम्हारे इस नाजुक-से बदन में इतनी जान है, गुलियाना?"

"यह तो एक रात की बात है। तब हम क़रीब तीन सौ साथी रहे होंगे। पर सारी उमर चलने के लिए कितनी जान चाहिए, और वह भी अकेले!"

"गुलियाना!"

"चलो, कोई ख़ुशी की बात करें। मुझे कोई गीत सुनाओ।"

"तुमने कभी गीत लिखे हैं, गुलियाना?"

"पहले लिखा करती थी। फिर इस तरह महसूस होने लगा कि मैं गीत नहीं लिख सकती। शायद अब लिख सकूँगी।"

"कैसे गीत लिखोगी, गुलियाना? प्यार के गीत?"

"प्यार के गीत लिखना चाहती थी, पर अब शायद नहीं लिखूँगी। हालाँकि एक तरह से वे प्यार के गीत ही होंगे, पर उस प्यार के नहीं जो एक फूल की तरह गमले में रोपा जाता है। मैं उस प्यार के गीत लिखूँगी, जो गमले में नहीं उगता, जो सिर्फ़ धरती में उग सकता है।"

गुलियाना की बात सुनकर मैं चौंक उठी। मुझे वह चम्पा का पेड़ याद हो आया जिसे अभी-अभी मैंने गमले से निकालकर धरती में लगाया था। मैं गुलियाना के चेहरे की ओर देखने लगी। ऐसा लग रहा था जैसे इस धरती को गुलियाना के दिल का और गुलियाना के हुस्न का बहुत-सा क़र्ज़ा देना हो। गुलियाना मुझे लेनदार प्रतीत हो रही थी। पर मुझे उसकी ओर देखते लगा कि इस धरती ने कभी भी उसका ऋण नहीं चुका पाया था।

"गुलियाना!"

"मैं इसीलिए कहती थी कि मैं शायद ज़िन्दगी से कुछ अधिक चा हूँ—ज़रूरत से ज़्यादा।"

"यह ज़रूरत से ज़्यादा नहीं, गुलियाना! सिर्फ़ उतना, जितना तुम्हारे दिल बराबर आ सके।"

"पर दिल के बराबर कुछ नहीं आता। हमारे देश का एक लोकगीत है

तेरी डोली को कहारों ने उठाया,
खाट को कौन कन्धा दे,
मेरी खाट को कौन कन्धा देगा?"

"गुलियाना, तुमने क्या किसी को प्यार किया था?"

"कुछ किया ज़रूर था, पर वह प्यार नहीं था। अगर प्यार होता, तो ज़िन्दगी से लम्बा होता। साथ ही मेरे महबूब को भी मेरी उतनी ही ज़रूरत होती जितनी मुझे उसकी ज़रूरत थी। मैंने विवाह भी किया था, पर यह विवाह उस गमले की तरह था जिसमें मेरे मन का फूल कभी न उगा।"

"पर यह धरती..."

"तुम्हें इस धरती से डर लगता है?"

"धरती तो बड़ी ज़रखेज़ है, गुलियाना। मैं धरती से नहीं डरती, पर..."

"मुझे मालूम है, तुम्हें जिस चीज़ से डर लगता है। मुझे भी यह डर लगता है। पर इसी डर से रुष्ट होकर तो मैं दुनिया में निकल पड़ी हूँ। आख़िर एक फूल को इस धरती में उगने का हक़ क्यों नहीं दिया जाता!"

"जिस फूल का नाम 'औरत', हो?"

"मैंने उन लोगों से हठ ठाना हुआ है जो किसी फूल को इस धरती में उगने नहीं देते, ख़ासकर उस फूल को जिसका नाम औरत हो। यह सभ्यता का युग नहीं। सभ्यता का युग तब आएगा जब औरत की मरज़ी के बिना कोई औरत के जिस्म को हाथ नहीं लगाएगा!"

"सबसे अधिक मुश्किल तुम्हें कब पेश आयी थी?"

"ईरान में। मैं ऐतिहासिक इमारतों को दूर-दूर तक जाकर देखना चाहती थी, पर मेरे होटलवालों ने मुझे कहीं भी अकेले जाने से मना कर दिया। मैं वहाँ दिन में भी अकेले नहीं घूम सकती थी।"

"फिर?"

"बीच-बीच में कुछ अच्छे लोग भी होते हैं। उसी होटल में एक आदमी ठहरा हुआ था जिसके पास अपनी गाड़ी थी। उसने मुझसे कहा कि जब तक वह होटल में है, मैं उसकी गाड़ी ले जाया करूँ। वह मेरे साथ कभी कहीं न गया, पर उसने अपनी गाड़ी मुझे दे दी। ड्राइवर भी दे दिया। मुझे वह सहारा ओढ़ना पड़ा। पर ऐसा कोई भी सहारा हमें क्यों ओढ़ना पड़े?"

"जापान में भी मुश्किल आयी?"

"वहाँ मुझे सबसे बड़ी मुश्किल पड़ी। सिर्फ़ एक रात एक शराबी ने मेरे कमरे का दरवाज़ा खटखटाया था। मैंने उसी समय कमरे में से टेलीफ़ोन करके होटलवालों को बुला लिया था। एक बार फ्रांस में जाने क्या हो जाता, अगर कहीं ज़ोरों की बरसात न शुरू हो गयी होती। मैं एक बग़ीचे में बैठी हुई थी। सामने कुछ दूरी पर एक पहाड़ था। मैं वहाँ जाना चाहती थी। दो आदमी काफ़ी देर से मेरा पीछा कर रहे थे। मैं जानती थी कि अगर मैं पहाड़ की किसी निर्जन जगह पर चली गयी, तो ये आदमी वहाँ जाकर जाने क्या करें। पर मेरे दिल में ग़ुस्सा खौल रहा था कि मैं इन गुण्डों से डरकर पहाड़ पर क्यों न जाऊँ। इसलिए मैं बग़ीचे में से उठकर उस तरफ़ चल पड़ी। कुछ दूर गयी थी कि ज़ोरों से बरसात होने लगी। मुझे अपने होटल में लौटना पड़ा। पर यह सब ग़लत है। मैं यही सोचती हुई चलती जाती हूँ कि आख़िर यह सब अभी तक इतना ग़लत क्यों बना हुआ है जब मनुष्य अपने को इतना सभ्य और इतना उन्नत मानने लगा है!"

"तुम अपने गुज़ारे के लिए क्या करती हो, गुल?"

"छोटे-छोटे सफ़रनामे लिखती हूँ। छपने के लिए अपने देश में भेज देती हूँ। कुछ पैसे मिल जाते हैं। कुछ अनुवाद करके भी कमा लेती हूँ। मुझे फ्रेंच अच्छी आती है। मैं फ्रेंच की पुस्तकों का अपनी भाषा में अनुवाद करती हूँ। वापस जाकर मैं एक बड़ा सफ़रनामा लिखूँगी। शायद गीत भी लिखूँ। आजकल जब मैं सोती हूँ, तो एक गीत मेरे दिल में मँडराने लगता है। पर जब मैं जागती हूँ, तो मैं उसे खोज नहीं पाती।"

"अच्छा, गुलियाना, और बातें छोड़ो, मुझे उस गीत की बात सुनाओ। मैंने गीत नहीं कहा, गीत की बात कही है।"

"बात ही तो मुझे अभी तक मालूम नहीं है। मैं वह बात खोज रही हूँ जिस में से गीत उगते हैं। बिना बात के ही दो पंक्तियाँ जोड़ी हैं। इससे आगे नहीं जुड़तीं। बात के बिना भला गीत कैसे जुड़ेगा?" गुलियाना ने कहा और एक टूटे हुए गीत की तरह मेरी ओर देखा। फिर गुलियाना ने गीत की दो कड़ियाँ सुनायीं–

"आज किसने आसमान का जादू तोड़ा?
आज किसने तारों का गुच्छा उतारा?
और चाबियों के गुच्छे की तरह बाँधा,
मेरी कमर से चाबियों को बाँधा?"

और गुलियाना ने अपनी कमर की ओर संकेत कर मुझसे कहा, "यहाँ चाबियों के गुच्छे की तरह मुझे कई बार तारे बँधे हुए महसूस होते हैं।"

मैं गुलियाना के चेहरे की ओर देखने लगी। तिजोरियों की चाबियों को चाँदी के छल्लों में पिरोकर बना गुच्छा उसने अपनी कमर में बाँधने से इनकार कर दिया था और उसकी जगह वह तारों के गुच्छे अपनी कमर में बाँधना चाहती थी। गुलियाना के चेहरे की ओर देखती हुई मैं सोचने लगी कि इस धरती पर वे घर कब बनेंगे जिनके दरवाज़े तारों की चाबियों से खुलते हों।

"तुम क्या सोच रही हो?"

"सोचती थी कि तुम्हारे देश में भी औरतें अपनी कमर में चाबियों का गुच्छा बाँधती हैं?"

"हमारी माँ-दादियाँ अपनी कमर में चाबियाँ बाँधा करती थीं।"

"चाबियों से घर का ख़याल आता है और घर से औरत के आदिम सपने का।"

"देखो, इस सपने को खोजती-खोजती मैं कहाँ पहुँच गयी हूँ। अब मैं अपने गीतों को यह सपना अमानत दे जाऊँगी।"

"धरती के सिर तुम्हारा क़र्ज़ और बढ़ जाएगा।"

क़र्ज़ की बात सुनकर गुलियाना हँसने लगी। उसकी हँसी उस लेनदार की तरह थी जिसके काग़ज़ों पर लिखी हुई कर्ज़ की सारी गवाहियाँ झूठी निकल आयी हों।

गुलियाना के चेहरे की ओर देखते मुझे ऐसा लगा कि थाने के किसी सिपाही को अगर गुलियाना का हुलिया अपने काग़ज़ों में दर्ज करना पड़े, तो वह इस तरह लिखेगा–

नाम : गुलियाना सायेनोबिया।

बाप का नाम : निकोलियन सायेनोबिया।

जन्म शहर : मैसेडोनिया।
क़द : पाँच फुट तीन इंच।
बालों का रंग : भूरा।
आँखों का रंग : सलेटी।

पहचान का निशान : उसके निचले होंठ पर एक तिल है और बायीं ओर की भौं पर छोटे-से जख़्म का निशान है।

और गुलियाना की बातें सुनते हुए मुझे इस तरह लगा कि किसी दिलवाले इनसान को अगर अपनी ज़िन्दगी के काग़ज़ों में गुलियाना का हुलिया दर्ज़ करना हो, तो वह इस तरह लिखेगा—

नाम : फूल की महक-सी एक औरत।
बाप का नाम : इनसान का एक सपना।
जन्म शहर : धरती की बड़ी ज़रखेज़ मिट्टी।
क़द : उसका माथा तारों से छूता है।
बालों का रंग : धरती के रंग जैसा।
आँखों का रंग : आसमान के रंग जैसा।

पहचान का निशान : उसके होंठों पर ज़िन्दगी की प्यास है और उसके रोम-रोम पर सपनों का बौर पड़ा हुआ है।

हैरानी की बात यह थी कि ज़िन्दगी ने गुलियाना को जन्म दिया था, पर जन्म देकर उसकी ख़बर पूछना भूल गयी थी। पर मैं हैरान नहीं थी, क्योंकि मुझे मालूम था कि ज़िन्दगी को बिसार देनेवाली बड़ी पुरानी आदत है। मैंने हँसकर गुलियाना से कहा, "हमारे देश में एक बूटी होती है जिसे हम ब्राह्मी बूटी कहते हैं। हमारी पुरानी किताबों में लिखा हुआ है कि ब्राह्मी बूटी पीसकर जो कुछ दिन पी ले, उसकी स्मरणशक्ति लौट आती है। मेरा ख़याल है कि ज़िन्दगी को ब्राह्मी बूटी पीसकर पीनी चाहिए।"

गुलियाना हँस पड़ी और कहने लगी, "तुम जब कोई प्यारा गीत लिखती हो, या कोई भी, जब कोई बड़ा प्यारा लिखता है, तो वह जंगल में से ब्राह्मी बूटी की पत्तियाँ ही तोड़ रहा होता है। शायद कभी वह दिन आएगा जब ज़िन्दगी को हम अपनी बूटी पिला देंगे कि उसे भूल जाने की यह आदत नहीं रहेगी।"

गुलियाना उस दिन चली गयी, पर ब्राह्मी बूटी की बात पीछे छोड़ गयी। मैं जब भी कहीं कोई प्यारा गीत पढ़ती, मुझे उसकी बात याद आ जाती कि हम सब मन के जंगल में से ब्राह्मी बूटी की पत्तियाँ बीन रहे हैं। हम किसी दिन ज़िन्दगी को शायद इतनी बूटी पिला देंगे कि उसे हम याद आ जाएँगे।

पाँच महीने होने को हैं। मुझे गुलियाना का एक भी ख़त नहीं मिला। और अब महीने पर महीने बीतते जाएँगे, गुलियाना का ख़त कभी नहीं आएगा। क्योंकि

आज के अख़बार में यह ख़बर छपी हुई है कि दो देशों की सीमा पर कुछ फ़ौजियों ने एक परदेशी औरत को खेतों में घेर लिया। औरत को बड़ी चिन्ताजनक हालत में अस्पताल पहुँचाया गया। अस्पताल में पहुँचते ही उसकी मौत हो गयी। उसका पासपोर्ट और उसके काग़ज़ आग से जली हुई हालत में मिले। औरत का क़द पाँच फुट तीन इंच है। उसके बालों का रंग भूरा और आँखों का रंग सलेटी है। उसके निचले होठ पर एक तिल है और उसकी बायीं भौं पर एक छोटे-से जख़्म का निशान है।

यह अख़बार की ख़बर नहीं! सोच रही हूँ, यह गुलियाना का एक ख़त है। ज़िन्दगी के घर से जाते हुए उसने ज़िन्दगी को एक ख़त लिखा है और उसने ख़त में ज़िन्दगी से सबसे पहला सवाल पूछा है कि आख़िर इस धरती में उस फूल को आने का अधिकार क्यों नहीं दिया जाता जिसका नाम औरत हो? और साथ ही उसने पूछा है कि सभ्यता का वह युग कब आएगा जब औरत की मरज़ी के बिना कोई मर्द किसी औरत के जिस्म को हाथ नहीं लगा सकेगा? और तीसरा सवाल उसने यह पूछा है कि जिस घर का दरवाज़ा खोलने के लिए उसने अपनी कमर में तारों के गुच्छे को चाबियों के गुच्छे की तरह बाँधा था, उस घर का दरवाज़ा कहाँ है?

बू

घोड़ी हिनहिनायी। गुलेरी दौड़कर अन्दर से बाहर आयी। उसने घोड़ी की आवाज़ पहचान ली थी। वह घोड़ी उसके मायके की थी। उसने घोड़ी की गरदन के साथ अपना सिर टेक दिया। जैसे वह घोड़ी की गरदन न होकर उसके मायके का द्वार हो।

गुलेरी का मायका चम्बे शहर में था। ससुराल का गाँव लक्कड़मण्डी एवं खजियार के रास्ते में एक ऊँची समतल जगह पर था। खजियार से लगभग एक मील आगे चलकर पहाड़ी का एक ऐसा मोड़ आता था, जहाँ पर खड़े होकर चम्बा शहर बहुत दूर और बहुत नीचा दिखाई देता था। कभी-कभी गुलेरी जब उदास हो जाती तो अपने मानक को साथ लेकर उस मोड़ पर आकर खड़ी हो जाती। चम्बे शहर के मकान उसको एक जगमगाते बिन्दु के समान दिखाई देते, फिर वे बिन्दु उसके मन में एक चमक पैदा कर देते।

मायके वह वर्ष भर में एक बार आश्विन के महीने में जाती थी। हर साल इन दिनों उसके मायके में चुगान का मेला लगता था। माता-पिता उसको लिवाने के लिए आदमी भेज देते थे। सिर्फ़ गुलेरी के ही नहीं गुलेरी की सभी सहेलियों के मायके अपनी लड़कियों को बुलावा भेज देते थे। सभी सहेलियाँ जब एक-दूसरे के गले मिलतीं तो वर्ष-भर की सभी ऋतुओं के दुःख-सुख की बातें एक-दूसरी से कह-सुन लेतीं और अपने मायके की गलियों में हिरनियों के समान चौकड़ी भरती स्वच्छन्द घूमतीं।

दो-दो, तीन-तीन बच्चों की माताएँ बड़े बच्चों को उनके दादा-दादी के पास छोड़ आतीं और गोदवाले को मायके पहुँचते ही ननिहालवालों के हवाले कर देतीं। मेले के लिए नये कपड़े सिलवातीं। चुनरियों को रँगवातीं और अबरक लगवातीं। मेले में से काँच की चूड़ियाँ और चाँदी की बालियाँ ख़रीदतीं। मेले में से ख़रीदी हुई

सुगन्धित साबुन की टिक्कियों को अपने बदन पर ऐसे मलतीं जैसे वह अपने खोये हुए कुँआरे यौवन की गन्ध को फिर सूँघना चाहती हों।

गुलेरी कितने ही दिनों से आज के दिन की इन्तज़ार कर रही थी। आश्विन का आसमान जब सावन-भादों की बरसात के साथ हाथ-पाँव धोकर निखर बैठता था, गुलेरी और गुलेरी जैसी ससुराल में बैठी लड़कियाँ पशुओं को दाना-पानी डालतीं, सास-ससुर के लिए दाल-चावल राँधतीं और हर रोज़ हाथ-पाँव धोकर बन-सँवर बैठतीं तो मन में सोचने लगतीं आज नहीं तो कल, कल नहीं तो परसों कोई-न-कोई उनके मायके से उनको लेने के लिए आता होगा।

आज गुलेरी के घर के दरवाज़े के सामने उसके मायके की घोड़ी हिनहिनायी तो गुलेरी चंचल हो उठी। घोड़ी लेकर आये नत्थू कामे को गुलेरी ने बैठने के लिए चौकी दी।

गुलेरी को कुछ कहने की ज़रूरत नहीं थी। उसके मुँह का रंग स्वयं सब कुछ बता रहा था। मानक ने तम्बाकू का एक लम्बा कश खींचा और आँखें बन्द कर लीं, जाने उससे तम्बाकू का नशा न झेला गया या गुलेरी के मुँह का रंग।

"इस बार तो मेला देखने आएगा न, चाहे दिन का दिन ही सही।" गुलेरी ने मानक के पास बैठकर बड़े दुलार से कहा।

मानक के हाथ काँपे, उसने हाथों में पकड़ी हुई चिलम को एक ओर रख दिया।

"बोलता क्यों नहीं?" गुलेरी ने रोष के साथ कहा।

"गुलेरी, एक बात कहूँ?"

"मैं जानती हूँ, तूने क्या कहना है। क्या यह बात तुझे कहनी चाहिए? साल भर में एक बार तो मैं मायके जाती हूँ। फिर तू मुझे ऐसे क्यों रोकता है?"

"आगे तो मैंने तुझे कभी भी कुछ नहीं कहा?"

"फिर इस बार क्यों कहता है?"

"इस बार...बस इस बार..." मानक के मुँह से एक लम्बी आह निकल गयी।

"तेरी माँ तो मुझे कुछ कहती नहीं, फिर तू क्यों रोकता है?" गुलेरी की आवाज़ में बच्चों जैसी ज़िद थी।

"मेरी माँ..." मानक ने अपना मुँह बन्द कर लिया। जैसे आगे की बात को उसने दाँतों-तले दबा लिया हो।

दूसरे दिन गुलेरी मुँह-अँधेरे बन-सँवरकर तैयार हो गयी। गुलेरी का न कोई बड़ा बच्चा था, न गोद का। न किसी को ससुराल में छोड़ना था, न किसी को मायके ले जाना था। नत्थू ने घोड़ी पर काठी कसी और गुलेरी के सास-ससुर ने उसके सिर पर प्यार दिया।

"चल, दो कोस मैं भी तेरे साथ चलूँगा।" मानक ने कहा। गुलेरी ने ख़ुश होकर मानक की बाँसुरी अपने आँचल में रख ली।

वे खजियार पार कर गये। आगे एक कोस और लाँघ गये। फिर चम्बे की उतराई आरम्भ हो गयी। गुलेरी ने आँचल में से बाँसुरी निकाली और मानक के हाथ में थमा दी।

सामने कठिन उतराई थी। पाँव जैसे फिसल रहे थे। गुलेरी ने मानक का हाथ पकड़ा और रुककर कहने लगी, "बजाता क्यों नहीं बाँसुरी?"

सोच भी जैसे उतराई उतर रही थी। मानक का मन फिसलता जा रहा था। गुलेरी ने जब मानक का हाथ पकड़ा तो मानक ने चौंककर उसकी ओर देखा।

"बजाता क्यों नहीं बाँसुरी?" गुलेरी ने फिर कहा।

मानक ने बाँसुरी होठों के साथ लगायी, फूँक मारी पर बाँसुरी में से ऐसा स्वर निकला जैसे बाँसुरी की ज़बान पर छाले पड़ गये हों।

"गुलेरी, तू मत जा! मैं तुझे फिर कहता हूँ, मत जा। इस बार मत जा।" मानक ने हाथ की बाँसुरी गुलेरी को वापस कर दी।

"कोई बात भी तो हो? अच्छा तू मेले के दिन चला आइयो। मैं तेरे साथ लौट आऊँगी। पीछे नहीं रहूँगी, सच्च कहती हूँ, पक्की बात।"

मानक ने कुछ न कहा पर उसने गुलेरी के मुँह की ओर ऐसे देखा जैसे वह कहना चाहता हो, 'गुलेरी यह बात पक्की नहीं। यह बहुत कच्ची है।' पर मानक ने कुछ न कहा...जैसे उसको कुछ कहना न आता हो।

गुलेरी और मानक सड़क से थोड़ा-सा हटकर एक पत्थर के साथ अपनी पीठ टेककर खड़े हो गये। नत्थू ने दस क़दम आगे बढ़कर घोड़ी खड़ी कर दी थी। पर मानक का मन कहीं भी खड़ा नहीं हो रहा था।

मानक का मन घूमता-फिसलता आज से सात वर्ष पीछे तक चला गया। यही दिन थे जब मानक अपने मित्रों के साथ इस सड़क को लाँघता हुआ चौगान का मेला देखने चम्बे गया था। मेले में काँच की चूड़ियों से लेकर गायों-बकरियों तक कुछ-न-कुछ ख़रीद और बेच रहे थे। इसी मेले में मानक ने गुलेरी को देखा था और मानक को गुलेरी ने। फिर दोनों ने एक-दूसरे का दिल ख़रीद लिया था।

वे दोनों अवसर देखकर एक-दूसरे को मिले थे। 'तू तो दुधिया भुट्टे जैसी है।' मानक ने यह कहकर गुलेरी का हाथ पकड़ लिया था।

'पर कच्चे भुट्टे को पशु मुँह मारते हैं।' यह कहकर गुलेरी ने हाथ छुड़ा लिया था और मुसकराते हुए कहा था, 'इनसान तो भुट्टे को भूनकर खाते हैं। यदि साहस है तो मेरे पिता से मेरा रिश्ता माँग ले।'

मानक के दूर-पास के सम्बन्धियों में जब भी किसी का ब्याह होता था तो लड़केवाले मूल्य चुकाते थे।

मानक डर रहा था कि पता नहीं गुलेरी का पिता कितना रुपया माँग ले। पर गुलेरी का बाप खाता-पीता आदमी था। और फिर वह दूर शहर में भी रह आया

था। वह अपने मन में यह निश्चय किये हुए था कि वरवालों से बेटी के पैसे नहीं लूँगा। जहाँ पर अच्छा घर और वर मिलेगा वहीं पर अपनी लड़की का ब्याह कर दूँगा। मानक के इस काम में कोई कठिनाई नहीं हुई। दोनों के दिल मिले हुए थे। दोनों ने ब्याह का रास्ता ढूँढ़ लिया था।

"आज तू क्या सोच रहा है? तू मुझे अपने मन की बात क्यों नहीं बताता?" गुलेरी ने मानक के कन्धे को हिलाते हुए कहा।

मानक ने गुलेरी की ओर ऐसे देखा जैसे उसकी ज़बान पर छाले पड़ गये हों।

घोड़ी हिनहिनायी। गुलेरी को आगे का रास्ता स्मरण हो आया। वह चलने के लिए तैयार हुई और मानक से कहने लगी, "आगे चलकर नीले फूलों का वन आता है। कोई दो मील होगा। तू जानता है न, उस वन को पार करनेवालों के कान बहरे हो जाते हैं।"

"हाँ," मानक ने धीरे से कहा।

"मुझे ऐसा लग रहा है जैसे हम उस वन में से गुज़र रहे हैं। तुझे मेरी कोई बात सुनाई ही नहीं देती है।"

"तू सच कहती है, गुलेरी। मुझे तुम्हारी कोई बात सुनाई नहीं देती और तुझे मेरी कोई बात सुनाई नहीं देती।" मानक ने एक लम्बी साँस ली।

दोनों ने एक-दूसरे के मुँह की ओर देखा। पर दोनों एक-दूसरे की बात नहीं समझ सके।

"मैं अब जाऊँ? तू वापस चला जा। तू बड़ी दूर आ गया है।" गुलेरी ने धीरे से कहा।

"तू इतना रास्ता पैदल चलती आयी, घोड़ी पर नहीं बैठी। अब घोड़ी पर बैठ जाना।" मानक ने उसी प्रकार धीरे से कहा।

"यह ले पकड़ अपनी बाँसुरी।"

"तू अपने साथ ही ले जा।"

"मेले के दिन आकर बजाएगा?" गुलेरी हँस दी। उसकी आँखों में धूप चमक रही थी।

मानक ने अपना मुँह दूसरी ओर कर लिया। शायद उसकी आँखों में बादल उमड़ आये थे।

गुलेरी ने मायके का रास्ता लिया और मानक लौट आया।

"माँ...!" घर पहुँचकर मानक इस तरह खाट पर गिर पड़ा जैसे वह बड़ी मुश्किल से खाट तक पहुँच पाया हो।

"बड़ी देर लगायी। मैं तो सोचती थी शायद तू उसको आख़िर तक छोड़ने चला गया है।" माँ ने कहा।

"नहीं, माँ, आख़िर तक नहीं गया। रास्ते के बीच ही छोड़ आया हूँ।" मानक का गला रुँध गया।

"औरतों की तरह रोता क्यों है? मर्द बन।" माँ ने रोष से कहा।

मानक के मन में आया कि वह माँ से कहे, "पर तू तो औरत है, एक बार औरतों की तरह रोती क्यों नहीं?"

मानक को गुलेरी की एक बात स्मरण हो आयी।

'हम नीले फूलोंवाले वन में से गुज़र रहे हैं जहाँ पर सभी के कान बहरे हो जाते हैं।' मानक को ऐसे महसूस हुआ कि आज किसी को उसकी बात सुनाई नहीं देती। सारा संसार जैसे नीले फूलों का वह वन है और सभी के कान बहरे हो गये हैं।

सात वर्ष हो गये थे। गुलेरी की अभी तक कोख नहीं हरियायी थी। माँ कहती थी, "अब मैं आठवाँ वर्ष नहीं लगने दूँगी।" माँ ने पाँच सौ रुपया देकर भीतर ही भीतर मानक के दूसरे ब्याह की बात पक्की कर ली थी। वह उस समय के इन्तज़ार में थी कि जब गुलेरी मायके जाएगी, वह नयी बहू का डोला घर ले आएगी।

इसके बाद मानक को ऐसे महसूस हुआ जैसे उसके दिल का मांस सो गया था। गुलेरी का प्यार उसके दिल में चुटकी भर रहा था। पर उसके दिल को कुछ महसूस नहीं हो रहा था। नयी बहू की कोख से उत्पन्न होनेवाले बच्चे की हँसी उसके दिल को गुदगुदा रही थी, पर उसके दिल को कुछ नहीं हो रहा था। जाने उसके दिल का मांस सो गया था।

सातवें दिन मानक के घर उसकी नयी बहू बैठी हुई थी।

मानक के सभी अंग जाग रहे थे, एक उसके दिल का मांस सोया हुआ था। दिल के सोये हुए मांस को उसके जाग रहे अंग सभी स्थानों पर ले गये थे। नयी ससुराल में भी और नयी बहू के बिछौने पर भी।

मानक मुँह-अँधेरे अपने खेत में बैठा हुआ तम्बाकू पी रहा था, जब मानक का एक पुराना मित्र वहाँ से गुज़रा।

"इतने सवेरे कहाँ चला है, भवानी?"

भवानी एक मिनट चौंककर ठहर गया। चाहे उसने अपने कन्धे पर एक छोटी-सी गठरी उठायी हुई थी फिर भी धीरे से कहने लगा, "कहीं नहीं।"

"कहीं तो चला है। आ बैठ, तम्बाकू पी ले।" मानक ने आवाज़ दी।

भवानी बैठ गया और मानक के हाथ से चिलम लेकर पीता हुआ कहने लगा, "चम्बे चला हूँ, आज वहाँ मेला है।"

मेले के शब्द ने मानक के दिल में जाने कैसी सुई चुभो दी, मानक को महसूस हुआ उसके भीतर कहीं पीड़ा हुई थी।

"आज मेला है?" मानक के मुँह से निकला।

"हर वर्ष आज के दिन ही होता है।" भवानी ने कहा। फिर मानक की ओर ऐसे देखा जैसे वह यह भी कह रहा हो, 'तू भूल गया है इस मेले को? सात वर्ष हुए जब तू मेले में गया था। मैं भी तो तेरे साथ था। तूने तो इसी मेले में मुहब्बत की थी।'

भवानी से कहा कुछ नहीं, पर मानक को ऐसे महसूस हुआ कि जैसे उसने सब कुछ सुन लिया था। उसको भवानी पर गुस्सा आ रहा था कि वह सब कुछ क्यों सुन रहा है।

भवानी मानक की चिलम छोड़कर उठ खड़ा हुआ। उसकी पीठ पर लटक रही गठरी में से उसकी बाँसुरी का सिरा बाहर निकला हुआ था। भवानी चलता जा रहा था।

मानक उसकी पीठ को देखता रहा। पीठ पर रखी हुई छोटी-सी गठरी को देखता रहा। गठरी में से निकले हुए बाँसुरी के सिरे को देखता रहा।

'भवानी और भवानी की बाँसुरी मेले जा रहे हैं।' मानक को अपनी बाँसुरी स्मरण हो आयी जब उसने मायके जा रही गुलेरी को अपनी बाँसुरी देते हुए कहा था, 'इसे तू साथ ले जाना' फिर मानक को ख़याल आया, 'और मैं?'

मानक का मन आया कि वह भी भवानी के पीछे-पीछे दौड़ पड़े। वह अपनी उस बाँसुरी के पीछे दौड़ पड़े, जो उससे पहले मेले में चली गयी थी।

मानक ने हाथ से चिलम फेंक दी और भवानी के पीछे-पीछे दौड़ पड़ा। फिर मानक की टाँगें काँपने लग पड़ीं। वह वहीं-का-वहीं बैठ गया।

मानक को सारा दिन और सारी रात मेले जा रहे भवानी की पीठ दिखाई देती रही।

दूसरे दिन तीसरे पहर का समय था जब मानक अपने खेत में बैठा हुआ था। उसको मेले में से आते हुए भवानी का मुँह दिखाई दिया।

मानक ने मुँह एक ओर कर लिया। उसने सोचा कि मुझको न तो भवानी का मुँह दिखाई दे और न भवानी की पीठ। इस भवानी को देखकर उसको मेले की याद आ जाती थी और यह मेला उसके सोये हुए दिल के मांस को जगा देता था। और जब वह मांस जाग पड़ता था उसमें बहुत पीड़ा होती थी।

मानक ने मुँह फेर लिया, पर भवानी चक्कर काटकर भी मानक के सामने आ बैठा। भवानी का मुँह ऐसा था, जैसे किसी ने जल रहे कोयले पर अभी-अभी पानी डाला हो। और उसके ताप का रंग अब लाल न होकर काला हो।

मानक ने डरकर भवानी के मुँह की ओर देखा।

"गुलेरी मर गयी।"

"गुलेरी मर गयी?"

"उसने तुम्हारे विवाह की बात सुनी और मिट्टी का तेल अपने ऊपर डालकर जल मरी।"

"मिट्टी का तेल..." इसके बाद मानक बोला नहीं।

पहले भवानी डरा। फिर मानक के माँ-बाप डर गये, और फिर मानक की नयी बहू डर गयी कि मानक को पता नहीं क्या हो गया था। वह न किसी के साथ बोलता था, और न किसी को पहचानता दीखता था।

कई दिन बीत गये। मानक समय पर रोटी खाता, खेती का काम-भी करता और सभी के मुँह की ओर ऐसे देखता जैसे वह किसी को भी न पहचानता हो।

"मैं उसकी औरत काहे की हूँ? मैं तो सिर्फ़ इसके फेरों की चोर हूँ।" नयी बहू दिन-रात रोने लगी। यह फेरों की चोरी अगले महीने मानक की नयी बहू की और मानक की माँ की आशा बन गयी। बहू के दिन चढ़ गये थे। माँ ने मानक को अकेले में बैठाकर यह बात सुनायी। पर मानक ने माँ के मुँह की ओर ऐसे देखा जैसे यह बात उसकी समझ में न आयी हो।

मानक को चाहे कुछ समझ में नहीं आया था पर वह बात बहुत बड़ी थी। माँ ने नयी बहू को हौसला दिया कि तू हिम्मत से यह वेला काट ले। जिस दिन मैं तुम्हारा बच्चा मानक की झोली में रखूँगी तो मानक की सभी सुधियाँ पलट आएँगी। फिर वह वेला भी कट गयी। मानक के घर बेटा पैदा हुआ। माँ ने बालक को नहलाया-धुलाया, कोमल रेशमी कपड़े में लपेटकर मानक की झोली में डाल दिया।

मानक झोली में पड़े हुए बच्चे को देखता रहा, फिर जैसे चीख़ उठा, "इस को दूर करो, दूर करो! मुझे इसमें मिट्टी के तेल की बू आती है।"

अजनबी

न जाने क्यों, लोकनाथ को अपने जीवन की हर बात किसी-न-किसी जानवर की सूरत में याद आती थी। बचपन के कितने ही पल एक अघायी हुई बिल्ली की तरह म्याऊँ-म्याऊँ करते हुए उसके पास से गुज़र जाते थे। इन पलों को जैसे उसकी माँ ने अभी-अभी दूध से भरी हुई कटोरी पिलायी हो, और उसके भूरे झबरैले बालों को उसके बाप ने जैसे अभी-अभी अपने हाथों से सहलाया हो।

लोकनाथ का छोटा भाई प्रेमनाथ अब नेवी में था। इकहरे बदन का ख़ूबसूरत-सा नौजवान। पर छुटपन में वह पढ़ाई में भी उतना ही कमज़ोर था जितना कि वह शरीर से दुबला था। लोकनाथ जब उसे पढ़ाने के लिए कभी अपने पास बिठाता था तो किताब के अक्षरों पर सिकुड़ी हुई उसकी आँखें, कई बार अचानक सहमते-से फैलकर लोकनाथ का चेहरा ताकने लगती थीं। और फिर जब लोकनाथ उसे दिलासा देता था तो जैसे मिन्नत-सी करती हुई उसकी आँखें पिघलने लग जाती थीं। और अब नेवी का अफ़सर बनकर वह नये-नये बन्दरगाहों पर जाता था और वहाँ से तसवीरें खींचकर लोकनाथ को भेजता था तो लोकनाथ को उसके साथ बिताये हुए पलों की याद ऐसे आती थी जैसे एक छोटा-सा पिल्ला पूँछ हिलाते हुए अपनी गीली जीभ से उसकी तली को चाटने लगा हो।

उसने किसी राजनीतिक पार्टी में कभी दख़ल देना नहीं चाहा था। पर अनुभवों की भूख कई बार उसे मीटिंगों में ले जाती थी। वह नहीं जानता, कब ख़ुफ़िया पुलिस ने अपने काग़ज़ों में उसका नाम दर्ज़ कर लिया था और उसके बारे में अपनी लम्बी-चौड़ी राय बना रखी थी। उसकी डिगरियों से घबराकर जब कभी कोई सरकारी दफ़्तर उसे नौकरी का वचन दे देता तो पुलिस की यही लम्बी-चौड़ी राय उस वचन को एक ही झटके में तोड़कर रख देती। अब जब कि लोकनाथ एक कॉलेज का प्रोफ़ेसर था और अपने लिए उसने एक निश्चित स्थान बना लिया था तो कई परेशान लमहों की याद उसे उन चीलों और बन्दरों की सूरत में याद आती थी जो न जाने

कहाँ से आते थे और उसके हाथों को खरोंचकर रोटी का टुकड़ा छीनकर ले जाते थे।

सरकारी दफ़्तरों की ढीली रफ़्तार उसे केंचुओं-सी लगती। किसी भी क़ाबलियत के रास्ते में पेश आनेवाली ईर्ष्या उसे साँप की तरह फुंकारती सुनाई देती। कइयों की ईर्ष्या और जलन को उसने अपने शरीर पर झेला था—भैंसे के सींगों की तरह। अपने सगे-सम्बन्धियों के फ़ुज़ूल उलाहनों और रूठने के पल उसे अलमारी में घुसे हुए चूहे मालूम होते थे जो क़ीमती काग़ज़ों को कुतरते चले जाते हैं।

लोकनाथ को अपनी बीवी बहुत पसन्द थी। इस बीवी को, लोकनाथ का दिल कहता था, कि उसने क़िस्सा-कथाओं के इश्क़ से भी ज़्यादा इश्क़ किया था। उसके साथ बितायीं और बीत रही घड़ियाँ लोकनाथ की नज़र में ऐसे थीं जैसे नन्ही-नन्ही चिड़ियाँ उसके आस-पास चहकती हों, जैसे कुंजों की एक क़तार बादलों को काटकर गुज़री हो, जैसे घुग्गियों के कुछ जोड़े उसकी खिड़की में आकर बैठ गये हों, जैसे सुग्गों का एक झुण्ड उसके आँगन के पेड़ पर आ बैठा हो। अपनी बीवी के ख़त, और बीवी के नाम लिखे हुए अपने ख़त लोकनाथ को हमेशा उन कबूतरों-से लगते थे जो किसी दीवार की ओट में घोंसला बनाने के लिए तिनके जोड़ते रहते हैं।

विवाह से पहले लोकनाथ अपनी बीवी को उसके जन्मदिन पर एक किताब भेंट किया करता था। विवाह के बाद हर साल उसके जन्मदिन पर उसके होठ चूमता था और कहता था, 'मेरी उमर का यह साल एक किताब की तरह तुम्हारी नज़र।' इस तरह लोकनाथ अपनी बीवी को अब तक अपनी उमर के पचीस साल पचीस किताबों की तरह सौगात में दे चुका था। उसे यक़ीन था कि उसके जीते जी उसकी बीवी का कोई ऐसा जन्मदिन नहीं जाएगा जब कि वह अपनी ज़िन्दगी का कोई साल एक खुली किताब की तरह उसे भेंट नहीं करेगा।

सिर्फ़ एक बार ऐसा हुआ था—बाईस साल पहले की बात है—एक सुबह लोकनाथ चारपाई से उठा तो उसका बदन तप रहा था। रात को वह अच्छा-भला सोया था। गरीवाला एक केक लाकर उसने अपनी अलमारी में रखा था। इस बार न जाने कैसे उसकी बीवी को अपना जन्मदिन याद नहीं रहा था। शायद इसलिए कि उसकी एक बहुत पुरानी सहेली कई सालों बाद उस दिन विदेश से लौट रही थी और उसने उसे मिलने के लिए जाना था। लोकनाथ ने सुबह अपनी बीवी को चौंकाने के लिए केक लाकर अलमारी में छिपा दिया था। पर सुबह जब वह उठा तो उसके माथे में ज़ोरों का दर्द हो रहा था। बीवी के साथ उसने चाय भी पी और केक भी खाया, उसे चौंकाया भी उसके होठ चूमकर उसे अपनी उमर का एक साल किताब की तरह सौगात में भी दिया। पर उसके बाद वह सारा दिन चारपाई से नहीं उठ सका। उस दिन वह सोच रहा था कि जो किताब इस बार उसने अपनी बीवी को दी थी, उस किताब का एक पन्ना उसमें से फटा हुआ था। उस रात वह फटा हुआ पन्ना किसी जानवर के टूटे हुए पंख की तरह उसकी छाती में हिलता रहा।

लोकनाथ की ज़िन्दगी के कुछ पल मासूम उड़ते परिन्दों की तरह थे, कुछ पालतू परिन्दों की तरह और कुछ जंगल के जानवरों की तरह। पर किसी पल से वह कभी डरा नहीं था, चौंका भी नहीं था। पर एक—लोकनाथ की ज़िन्दगी में एक वह घड़ी भी आयी थी—मुश्किल से पन्द्रह मिनटों के लिए—जो एक बार एक चमगादड़ की तरह उसके मन में चली आयी थी और बेशक होश-हवास की सारी खिड़कियाँ खुली थीं, पर वह घड़ी एक अन्धे चमगादड़ की तरह बार-बार दीवारों से टकराती रही थी और बार-बार लोकनाथ के कानों पर झपटती रही थी। लोकनाथ ने घबराकर कानों पर हाथ रख लिये थे और कुछ मिनटों के लिए उसे आवाज़ें सुनाई नहीं दी थीं, उसकी ज़मीर की आवाज़ भी नहीं, पर एक आवाज़ थी जो उस समय भी कनपटियों में उसे सुनाई देती रही थी, और ख़ून की इस आवाज़ से छुटकारा पाने के लिए उसने...

बाईस साल बीत गये थे। पर वह घड़ी, मुश्किल से पन्द्रह मिनटों की वह घड़ी, लोकनाथ को जब कभी याद आ जाती—याद नहीं आती थी बल्कि चमगादड़ की तरह उसके सिर पर उड़ती थी—तो लोकनाथ घबराकर उसे जल्दी बाहर निकाल देने के लिए उसके पीछे दौड़ने लगता था।

इस चमगादड़ जैसी घड़ी के आने का कोई समय नहीं था। कभी 'फ्रायड' के पन्ने उलटते हुए वह अचानक आ जाती थी तो कभी किसी ख़ूबसूरत कविता को पढ़ते हुए भी वह दिखाई दे जाती। एक बार अपने नये जनमे बेटे की गरदन में से दूध की महक सूँघते हुए भी लोकनाथ को वह चमगादड़ दिखाई दी थी। और आज जब लोकनाथ की बड़ी बेटी सुचेता, मायके में प्रसूत-काल काटकर ससुराल जाने लगी थी, और नन्हे-से बालक को झोली में लेकर जब उसने अपने बाप से मिन्नत की थी कि उसकी छोटी बहन रीता को वह कुछ दिनों के लिए उसके साथ ससुराल भेज दें क्योंकि छोटा-सा बालक शायद उससे अकेले न सँभले, तो लोकनाथ के चेहरे का रंग पीला पड़ गया था।...एक चमगादड़ उसके सिर पर मँडराने लगा था। आँगन में बैठी उसकी बीवी, उसकी बेटी, उसे लेने आया उसका ख़ाविन्द, झोली में पड़ा बच्चा, कुछ दूर पर बैठी उसकी दूसरी बेटी, आँगन में कैरम खेल रहा उसका बेटा—सारे-के-सारे जैसे ओझल हो गये। होश-हवास की सारी खिड़कियाँ खुली थीं, पर एक अन्धा चमगादड़ दीवारों से सिर पटक रहा था, लोकनाथ के कानों पर झपट रहा था, और लोकनाथ उसे जल्दी से बाहर निकाल देने के लिए अपने मन की चारों नुक्कड़ों में दौड़ने लगा।

यह चमगादड़ एक स्मृति थी। बात बाईस साल पहले की थी—लोकनाथ के घर जब पहला बच्चा हुआ था, यही सुचेता लोकनाथ की बीवी बेहद कमज़ोर हो आयी थी। अपनी बीवी को मायके से अपने घर लाने की जगह वह उसे पहाड़ पर ले गया था। छोटा-सा बच्चा न उससे सँभल पा रहा था न उसकी बीवी से। इसलिए

वह अपनी बीवी की छोटी बहन को भी अपने साथ पहाड़ पर ले गया था। पन्द्रह सालों की वह उर्मी उसे बिलकुल अपनी बहन-सी दिखाई देती थी या अपनी बेटी की तरह जो कुछ सालों बाद उसी की उमर की हो जानी थी। कई बार बच्ची जब सो रही होती थी तो उर्मी को घुमाने के लिए वह अपने साथ ले जाता था। उसकी बीवी अभी चल नहीं सकती थी। कहीं-कहीं चीड़ के पेड़ों के नीचे झरे हुए तिनकों की तहें बैठ जाती थीं। उर्मी दौड़ पड़ती थी तो लोकनाथ उसे फिसलने से बचाने के लिए उसका हाथ पकड़ लेता था। उसने यह कभी नहीं सोचा था कि इस उर्मी को उसके हाथों कभी ठेस भी लग सकती है। एक बार सैर के लिए जाते वक़्त उसने अपनी बच्ची की गरदन को चूमा। सो रही बच्ची में से सौंफिया दूध और पाउडर की अजीब-सी गन्ध आ रही थी। बच्ची की माँ भी बच्ची के पास लेटी हुई थी। लोकनाथ ने उसके कान के पास होकर धीरे से अपने होठ छुआये तो बच्चीवाली गन्ध उसे अपनी बीवी के बालों में से भी आयी। और फिर उसी दिन की बात है, सैर करते हुए जब उसने उर्मी का हाथ पकड़कर उसे फिसलती चढ़ाई पर चढ़ने के लिए सहारा दिया तो उसके कन्धे को छूती हुई उसकी साँस में से भी वही गन्ध आयी। लोकनाथ अपनी बीवी को मज़ाक करता आया था और उर्मी से भी बोला, "बेबी का सौंफिया दूध, लगता है, तुम दोनों को भी अच्छा लगने लगा है।"

इसके आगे लोकनाथ को नहीं मालूम कि क्या कैसे हुआ। एक गन्ध थी जो उसके गले सिमट आयी थी—सौंफिया दूध की, पाउडर की, गुदाज़ चमड़ी की, औरत के अंगों की, और चीड़ के पेड़ों की। और लोकनाथ को लगा कि जंगल की खुली हवा में भी उसका दम घुट रहा है। और फिर यह गन्ध कुहासे की तरह उठी और उसके गले से होकर माथे में छा गयी। और फिर सारे चेहरे उस कुहासे की ओट में छिप गये—उर्मी का चेहरा, उसकी बीवी का चेहरा, उसकी बच्ची का चेहरा। चेहरों का अहसास होता था—पर पहचाने नहीं जाते थे। फिर लोकनाथ को लगा कि दूर-पास कहीं कोई बस्ती नहीं थी। जहाँ तक नज़र जाती थी—वहाँ तक सिर्फ़ खँडहर ही थे। फिर किसी खँडहर में से चमगादड़ों की एक तेज़ गन्ध उठी और उसके सिर में छा गयी। फिर उसे लगा कि किसी दीवार की ओट से निकलकर एक चमगादड़ उसके कानों पर झपटने लगा था। उसने घबराकर दोनों हाथ कानों पर रख लिये थे। कुछ मिनटों के लिए उसे कोई आवाज़ सुनाई नहीं दी थी—ज़मीर की आवाज़ भी नहीं, पर एक आवाज़ उसे अब भी सुनाई दे रही थी—सुनाई कानों से नहीं दे रही थी बल्कि ख़ून की हरेक बूँद से उठ रही दिखती थी।

यह जैसे एक बहुत बड़ी साज़िश थी। ज़मीर की आवाज़ के ख़िलाफ़ ख़ून की आवाज़ की साज़िश थी—चेहरे की हर पहचान के ख़िलाफ़ एक बूँद की साज़िश थी—जंगल की खुली हवा के ख़िलाफ़ एक गन्ध की साज़िश थी—हर आबादी के ख़िलाफ़ हर खँडहर की साज़िश थी।

लोकनाथ किसी की कोई साज़िश न समझ सका। पन्द्रह मिनटों का वह समय जब उसकी उमर से टूटकर एक अंग की तरह दूर जा पड़ा तो लोकनाथ को लगा कि उसकी सारी ज़िन्दगी अपाहिज बनकर रह गयी थी।

उस शाम जब वह घर लौटा, उसकी बीवी के कमरे में जो मोमबत्ती जल रही थी, लोकनाथ को लगा, उस मोमबत्ती की लपट उसके चेहरे की तरफ़ देखकर थरथराती हुई जैसे जल्दी से बुझ जाना चाहती थी।

जब रात घिर आयी तो अँधेरा लोकनाथ को अच्छा लगा। पर, फिर उसे लगा कि एक अँधेरा उसकी छाती में घिर आया था। अँधेरे का एक टुकड़ा रात के अँधेरे से टूटकर अलग जा पड़ा था। रात का अँधेरा तालाब के पानी की तरह ठहरा हुआ था जिसमें से एक गन्ध उठ रही थी। उस रात लोकनाथ को कितने ही ख़याल आये। उसे लगा कि वे सारे ख़याल इस तालाब में तैरते हुए मच्छरों-जैसे थे।

दूसरे दिन वह पहाड़ से लौट आया था। उर्मी को उसके माँ-बाप के पास छोड़ आया था। और फिर उर्मी को उसके विवाह के दिन, एक बार भरे आँगन में मिलने के सिवा, वह कभी नहीं मिला था। यह एक माफ़ी थी, जिसे वह सारी उमर अपने को ग़ैरहाज़िर रखकर उर्मी से माँगता रहा था।

"पापाजी!" सुचेता ने एक मिन्नत से लोकनाथ की ख़ामोशी तोड़नी चाही। और धीरे से बोली, "आप क्या सोच रहे हैं, पापा? वैसे मैं जानती हूँ, आप 'न' नहीं करेंगे।"

"क्या?" लोकनाथ ने हैरान होकर अपनी बेटी की तरफ़ देखा। यह बेटी उसे बहुत प्यारी थी। उसकी बात उसने कभी नहीं टाली थी। पर वह हैरान था कि अगर कोई होनी वक़्त के साथ मिलकर एक साज़िश करने लगी थी, तो उसकी बेटी को इस साज़िश की समझ क्यों नहीं लग रही थी।

"रीता को कुछ दिन मैं अपने साथ ले जाऊँ? यह सोनी मुझसे सँभलती नहीं..." सुचेता फिर कह रही थी। साथ में माँ ने भी हामी भरी, "एक महीने तक रीता का कॉलेज खुल जाएगा। यही छुट्टियों का एक महीना ही है...एक महीना ही सही...राजेन्द्र भी ज़ोर डाल रहे हैं।"

"राजेन्द्र बड़ा होनहार है," लोकनाथ को ख़याल आया और फिर अपने जँवाई के चेहरे की तरफ़ देखते हुए उसे लगा कि कोई होनी एक पागल कुत्ते की तरह—इस अच्छे लड़के को काटने के लिए तिलमिला रही थी। वह तनकर खड़ा हो गया ऐसे जैसे वह उसे पागल कुत्ते से बचा सकता था। "मैं अगले महीने ख़ुद आकर रीता को छोड़ जाऊँगा," राजेन्द्र ने धीरे से कहा।

"नहीं, बिलकुल नहीं।" लोकनाथ ने ज़रा सख़्ती से कहा। सबने घबराकर पहले लोकनाथ की ओर देखा, फिर एक-दूसरे की ओर, ऐसे जैसे उन्होंने लोकनाथ की आवाज़ नहीं सुनी थी, किसी बड़े अजनबी की आवाज़ सुनी थी।

एक निःश्वास

करमो ने लोटे में लस्सी डलवायी और फिर आधे से भी कम भरे हुए लोटे को देखती हुई बोली, "आज बड़ी सरदारिन नहीं दिखती कहीं! राज़ी-ख़ुशी तो है?"

सरदारिन निहालकौर अभी एक घड़ी पहले चौके में आयी थी। चूल्हे पर रखी खीर के नीचे ज़्यादा आँच देखकर उसने लकड़ियाँ पीछे खींच ली थीं, "क्यों री, वीरो! खीर भी कभी इतनी आँच पर बनी है? इसके नीचे बहुत हलकी आँच चाहिए।" उसने कहा था और फिर चूल्हे के पास लकड़ी की पटरी रखकर और उस पर बैठकर पतीले में कलछी घुमाने लग गयी थी। सुबह दही उसने ख़ुद बिलोया था, पर लस्सी छानते हुए उसने वीरो को कहा था कि वह कुछ पल अब आराम करेगी। जो भी आये, वीरो उसे लस्सी दे दे।

शायद औरों ने लस्सी लेते हुए यह बात पूछी थी, पर निहालकौर नहीं जानती। वह अन्दर के कमरे में थी। पर अब जब वह आँगन में थी तो दहलीजों के बाहर बैठी करमो की आवाज़ उसने ख़ुद सुनी थी।

"राज़ी हूँ, करमो! तुम तो ठीक हो?" निहालकौर ने अन्दर से पूछा।

करमो ने जल्दी से दहलीज़ के पास आकर झाँका और अपने एक हाथ को माथे से छुआती हुई बोली, "जुग-जुग जियो सरदारिन, आज तुम्हें देखा नहीं था! मैंने सोचा मेरी सरदारिन ठीक तो है!"

सभी लोग निहालकौर की बलाएँ लेते थे। यह नयी बात नहीं थी, फिर भी निहालकौर को लगा कि लस्सी लेते ही करमो ने उसे याद किया था तो ज़रूर कोई बात होगी। तभी जब निहालकौर ने करमो की तरफ़ देखा तो वह लोटा निहालकौर की तरफ़ झुकाकर खड़ी हुई थी। निहालकौर समझ गयी। वह वीरो की तरफ़ देखती हुई बोली, "सुनीं! करमो का लोटा भर दिया कर! इसके छोटे-छोटे बच्चे लस्सी पर पलते हैं।"

"राम तुम्हें दुगुना दे! तुम्हारे हाथ इतने सन्तोषी हैं कि अनजाने ही दो-दो

बार लस्सी ढार जाते हैं!" लोटे में और लस्सी लेती हुई करमो बोली। और चाहे इस समय उसको तसल्ली देनेवाले हाथ वीरो के थे, पर वह कह रही थी निहालकौर के हाथों को।

करमो के चले जाने पर निहालकौर उसकी दी हुई दुआएँ भूल गयी, उसका कहा हुआ सिर्फ़ एक शब्द उसे याद रह गया, "बड़ी सरदारिन..."

निहालकौर एक ही दिन में सरदारिन से बड़ी सरदारिन बन गयी थी। मालूम नहीं उसे बड़ी सरदारिन कहने का ख़याल सबसे पहले किसे आया था! शायद सब को एक साथ ही आ गया था! घर की महरी से लेकर कारख़ाने के सारे मुंशी, मुनीम उसे बड़ी सरदारिन कहकर बुलाने लगे थे। यहाँ तक कि घर के मालिक सरदार ने भी कल उसे बड़ी सरदारिन कहकर बुलाया था। और फिर निहालकौर को ख़याल आया कि परसों उसने खुद ही तो महरी से कहा था कि जाकर छोटी सरदारिन को कमरे से बुला लाए। अगर कोई छोटी सरदारिन हो तो बड़ी सरदारिन खुद ही बन जानी थी। निहालकौर ने सोचा, और फिर कितने ही ख़याल छोटे-छोटे धान के दानों की तरह उसके मन के दूध में रँधने लगे।

रँधते हुए ख़यालों में एक ख़याल यह भी था कि वीरो जब से इस घर में छोटी बहू बनकर आयी थी, तभी से वह रात को सोने से पहले नियमपूर्वक निहालकौर के कमरे में आती थी और उसकी चारपाई के पाये पर बैठकर उसके पाँवों को दबाती थी। निहालकौर को न तो बेटी की डोली भेजनी थी न बेटे की डोली लानी थी, पर जब उसके हाथों ब्याही वीरो उसके पाँवों को दबाती थी तो उसे लगता था कि उसने बेटी भी पा ली थी और बहू भी। और निहालकौर ने एक गहरा साँस लेकर हँसते हुए होठों से अपने आप को मना लिया था कि वीरो उसकी बेटी भी थी और बहू भी।

निहालकौर ने अपने सरदार के दूसरे विवाह के लिए यह लड़की वीरो खुद ही तलाश की थी। रिश्ते अच्छे घर से भी मिल रहे थे, पर वे सारे सरदार के लिए नहीं मिल रहे थे, सरदार की हवेली के निमित्त थे। सरदार की ढलती हुई उमर से डरते हुए जो भी लोग रिश्ता लेकर आते थे, वे रिश्ता करने से पहले हवेली को अपनी बेटी के नाम करवा लेना चाहते थे। सरदार अपनी हवेली का वारिस तो ज़रूर खोज रहा था, पर हवेली को उस औरत के नाम नहीं लिख सकता था जिसकी कोख ने किसी वारिस को जाने कब जन्म देना था, और फ़िलहाल जिसने वारिस की भविष्यवाणी ही करनी थी।

...और सरदार ने दूसरा विवाह करने से इनकार कर दिया था। पर इस इनकार में एक निःश्वास मिला हुआ था। निहालकौर ने इस निःश्वास को सुना था और इस तरह उसने एक अदने-से परिवार की यह वीरो खोजकर अपने सरदार को दे दी थी, और उसके बदले में उसका निःश्वास खुद ले लिया था।

एक दिन सरदार ने दीवार में लगी अपनी लोहे की अलमारी खोली तो वह कितनी ही देर खुली अलमारी के सामने खड़ा कुछ सोचता रहा। “बड़ी सरदारिन कहाँ गयी हैं?” सरदार ने वीरो से जल्दी से पूछा। बड़ी सरदारिन घर नहीं थी। सरदार ने अलमारी को बन्द कर दिया और चाबी जेब में रख ली और कारख़ाने को जाते हुए वीरो से कह गया कि निहालकौर जब भी घर आए, वह नीचे से मुंशी को आवाज़ देकर उसे कारख़ाने से बुला ले। जब निहालकौर घर पहुँची तो वीरो बाहर के दरवाज़े में घबरायी हुई बैठी थी, उसने अभी क़ै की थी।

निहालकौर ने वीरो का हाथ थामा, उसके कन्धे दबाये और उसे चारपाई पर लिटाया। पर वीरो काँपते पैरों से चारपाई से नीचे उतरी और निहालकौर के पाँवों से लिपट गयी।

“सरदारिन, तुमने मुझे एक दिन कहा था कि मैं तुम्हारी बेटी भी हूँ और बहू भी। आज तू मुझे अपनी बेटी समझकर बचा ले और चाहे बहू समझ कर।” वीरो बिलख उठी। बिलखते-बिलखते वीरो ने निहालकौर को बताया कि जब कुछ दिन पहले उसका भाई उससे मिलने आया था तो उसके भाई को कुछ पैसों की बहुत ज़रूरत थी। वीरो ने उसे कुछ पैसे भी दिये थे, पर पैसे उसके पास बहुत कम थे। इसलिए उसने सरदार की जेब से चाबी चुराकर लोहे की अलमारी खोली थी और अलमारी में से चाँदी के बरतन निकालकर अपने भाई को दे दिये थे।

“यह तुम्हारा अपना घर है, वीरो! अगर तुम अपने घर को अपने हाथों बरबाद करोगी...” बात अभी निहालकौर के मुँह में ही थी कि वीरो तमककर बोली, “यह घर मुझे अपना न कभी लगा है, न कभी लगेगा। पर यह मैं तुमसे इक़रार करती हूँ, सरदारिन, आइन्दा मैं इस घर की कोई चीज़ कभी बाहर नहीं दूँगी। मैंने उस दिन भी ग़लती की थी। यों ही कर बैठी। बाद में पछतायी भी। तुम्हें तो पता है मेरे विवाह के समय मेरे बाप ने मेरे भाई के कारोबार का वास्ता देकर तुमसे दो हज़ार रुपया माँगा था। तुमने वह दे दिया था। मेरे बाप ने विवाह कर दिया। मुझे बेचने में क़सर ही क्या रह गयी? दो हज़ार रुपये के लिए मुझे इस बूढ़े खूँटे से बाँध दिया गया। बाप और भाई भी क्या सगे हुए—मैं किसी का घर बरबाद कर उसका घर भी क्यों भरूँ?”

“वीरो!...” निहालकौर चौंककर वीरो के चेहरे की तरफ़ देखने लगी।

निहालकौर ने वीरो की लाज रख ली। उसने सरदार से कह दिया कि अलमारी में रखे चाँदी के बरतन पुराने ढब के थे। उसने वह बरतन निकालकर साथ में कुछ और चाँदी मिलाकर सुनार को नये बरतन बनाने को दिये थे।

सरदार की चिन्ता जाती रही। पर निहालकौर अब भी वीरो के चेहरे की तरफ़ देखती, तो उसके मन में एक चिन्ता घर कर जाती। वीरो की काले भँवरों जैसी आँखें थीं। रंग की ज़रा साँवली थी, पर साँवले रंग में जवानी सख़्त आटे की तरह

गुँथी हुई थी। उसकी बाँहें बेलनों की तरह गोल और सख़्त थीं। मांस में उँगली का एक पोर भी नहीं गड़ता था। सरदारिन को लगा कि सरदार से जो निःश्वास लेकर उसने अपने ज़िम्मे ले लिया था, वीरो ने वही निःश्वास अपनी छाती में डाल लिया था।

और फिर वीरो के पाँव भारी हो गये। हवेली बहुत बड़ी थी, पर मुबारकें इतनी थीं कि हवेली में समाती नहीं थीं। सरदार का पैर ज़मीन पर नहीं पड़ता था, और निहालकौर वीरो का पैर ज़मीन पर नहीं लगने देती थी। पर लोग न सरदार को इतनी मुबारक दे रहे थे, न वीरो को ही, जितनी मुबारक वे निहालकौर को दे रहे थे।

"मैं इसका जनम होते ही इसे अपनी झोली में ले लूँ?...बाद में मत कहना ...मैं बड़ी सरदारिन हूँ, तुम छोटी सरदारिन। पहला बेटा बड़ी का होगा। बाद में जो जनम लेंगे वे तुम्हारे..." निहालकौर हँसकर वीरो से कहती। निहालकौर ख़ुद ही नहीं जान पा रही थी कि उसके मन में ज़रा-सा भी मलाल क्यों नहीं था। उसने अपने हाथों अपना ख़ाविन्द एक परायी औरत को दे दिया था और अब उसने सारी ज़मीन-जायदाद भी एक पराये बेटे को दे देनी थी।

"अरी टोनाहारिन! मैंने कैसे तुम्हें अपनी बेटी और बहू कहा था! मैं इस समय सचमुच एक माँ की तरह ख़ुश हूँ। मुझे यह कभी याद ही नहीं रहता कि तू मेरी..." निहालकौर की इस बात पर वीरो बीच में ही हँसकर कहती, "सरदारिन! मैं बेशक़ तुम्हारी और कुछ लगती होऊँ या नहीं, पर यह तुम जानती हो कि मैं तुम्हारी सौत नहीं लगती।"

निहालकौर ने बढ़ई से जो झूला बनवाया, उस झूले में चाँदी के घुँघरू बाँधे। सच्चे रेशम की उसने छोटी-सी रज़ाई बनवायी। शहर का एक अँगरेज़ अफ़सर एक महीने की छुट्टी पर विलायत जा रहा था, "विलायती स्वेटर रेशम जैसे होते हैं," निहालकौर ने कहा और अँगरेज़ से दो छोटे-छोटे स्वेटर विलायत से लाने की बात पक्की कर ली।

अपने समय में निहालकौर ने ख़ुद को दाइयों को भी दिखाया था और बड़े शहरों में जाकर डॉक्टरों को भी, पर उसने अपने समय में कभी किसी देवता की मनौती नहीं की थी। वीरो को जब पूरे तीन दिन कमर में दर्द होता रहा, और फिर एक दिन जब ज़रा-सा ख़ून का दाग़ भी नज़र आया तो निहालकौर ने पहली बार अपनी ज़िन्दगी में मनौती मानी।

यह 'मान' करने का समय था। वीरो चाहती तो अब देश-देशान्तरों की फ़रमाइशें कर सकती थी। सरदार उसकी आवाज़ के लिए अब उसका चेहरा ताकता रहता था। पर निहालकौर जानती थी कि अब भी वीरो अचार के एक छोटे-से टुकड़े के लिए झिझककर दो बार उसका चेहरा निहारती थी। इसलिए निहालकौर ख़ुद ही

वीरो की इच्छाओं का ध्यान रखती। इन सारे दिनों में वीरो ने अपने मुँह से ज़ोर देकर किसी बात को कहा था तो सिर्फ़ इतनी-सी बात को कि आँगन में रस्सी से टाँगे हुए शलजमों के हार उतारकर परे रख दिये जाएँ। "इन्हें देखकर मेरे मन में कुछ होता है। शलजमों का लटकना इस तरह लगता है जैसे किसी की चमड़ी लिजलिजा गयी हो।" वीरो ने कहा था और सूखते हुए शलजमों को देखती हुई उबकाने लगी थी।

फिर वीरो के मन में जाने क्या आया, जब उसे नौवाँ महीना हो आया तो उसने ज़िद पकड़ ली कि वह अपने मायके जाकर ही प्रसूत-काल काटेगी। सरदार उसकी ज़िद नहीं मान रहा था। निहालकौर उसकी मिन्नतें कर रही थी पर वीरो ने एक ही ज़िद पकड़ रखी थी कि उसके गाँव की एक बूढ़ी दाई बहुत सयानी है। उसे सिर्फ़ उसी दाई पर भरोसा है, और किसी पर नहीं। और उसका विश्वास था कि अगर वह यहीं रहेगी तो शहरी डॉक्टरनियों के हाथों वह मर जाएगी।

"यह डर बड़ी बुरी बला है," डॉक्टरों ने भी सरदार को राय दी। पर सरदार के मन में दूसरा ही डर था। वह निहालकौर को अलग ले जाकर बोला, "मुझे डर है कि अगर उसे वहाँ लड़की हुई तो वह किसी के लड़के से उसे बदल देगी। मैं ने पहले भी ऐसी कई बातें सुनी हैं। उसे लालच है कि अगर लड़का हुआ तो बड़ा होकर जायदाद का वारिस होगा..."

"तो फिर इसका तो एक ही इलाज है। मैं इसके साथ चली जाती हूँ। मेरे पास रहते वह कुछ नहीं कर सकेगी।" निहालकौर ने कुछ देर सोचने के बाद कहा।

सरदार मान गया। वीरो ने भी कोई आपत्ति न की। निहालकौर ने घर की महरी को भी ख़िदमत के लिए साथ ले लिया और वीरो के साथ उसके मायके चली गयी।

वीरो का प्रसव कठिन नहीं था। वह भर-जवान थी और तन्दुरुस्त भी थी। उसकी माँ और भाभी चुटकी काटती हुई उसे कहतीं, "यों ही डरे जा रही है। जनम देने में क्या लगता है। एक बार चीख़ भर दिया कि बेटे ने जनम लिया।"

निहालकौर वीरो के मायके पर किसी तरह भी भार न बनी। खुले हाथ ख़र्च करती थी। घर के सब लोग उसे सरदारिन-सरदारिन कहते अघाते नहीं थे। निहालकौर हँसकर कहती, "एक बार चीख़ दिया कि बेटे ने जनम लिया। पर अगर बेटी को जनम देना हो तो?"

वीरो की भाभी खिलखिलाकर हँसती हुई कहती, "दो बार चीख़ने से बेटी को जनम दिया जा सकता है।"

"बेटी के लिए दो चीख़ें?" निहालकौर हँसकर पूछती।

"एक चीख़ पीड़ा की और एक चीख़ ग़म की..." वीरो की भाभी कहती, "ख़ुशी तो बेटों की होती है। बेटियों की क्या ख़ुशी होगी!"

निहालकौर के दिल में एक गहरी टीस उठी। उसने सोचा, मैंने ज़िन्दगी में न एक बार चीख़कर देखा, न दो बार। पर उसने अपने मुसकराते हुए होठों से अपनी कसक को इस तरह पी लिया कि उसका दर्द भी उसके चेहरे को देखकर लज्जित होकर रह गया।

और फिर जिस रात वीरो को प्रसव की पीड़ाएँ शुरू हुईं तो दाँतों तले दबे उसके जवान होठों ने उन पीड़ाओं को इस तरह सह लिया कि किसी को ख़बर भी न हुई। सिर्फ़ एक बार उसकी एक चीख़ सुनाई दी तो वीरो के सिरहाने बैठी निहालकौर की तरफ़ देखकर दाई ने कहा, "सरदारिन, मुबारक हो! आओ तुम्हारी झोली बेटे से भर दूँ!"

निहालकौर ने बेटे को भी आँचल में ले लिया और मुबारकबाद को भी। पर सुबह होते ही जब वह सरदार को तार भेजने लगी तो वीरो ने निहालकौर को अपने पास बुलाकर अपने दोनों हाथ उसके पाँवों पर रख दिये और बोली, "सरदारिन! मैं दुनिया से झूठ बोल सकती हूँ, पर तुमसे नहीं। यह लड़का तुम्हारे सरदार का नहीं..."

"वीरो..." निहालकौर को लगा जैसे उसकी ज़बान लड़खड़ाकर रह गयी हो।

"मैं सरदार की किसी तरह ऋणी नहीं हूँ। पर मैं तुम्हारी ऋणी हूँ। अगर यह लड़का सिर्फ़ सरदार के आँगन में ही खेलता तो मुझे कोई उज़्र नहीं था। पर इसे मैं तुम्हारी झोली में नहीं डाल सकती। यह तुम्हारी झोली के योग्य नहीं है।"

"क्या कह रही हो, वीरो!"

"किया तो मैंने हँसी-हँसी में था, शायद हँसी को समय इसी तरह डँसता है। सच कहती हूँ तुमसे, मुझे अपने लिए कोई पछतावा नहीं। अगर दिल में पछतावा है तो तुम्हारे लिए..."

"वी...रो!"

"तुम्हें याद होगा कि मैं पिछले साल एक बार मायके आयी थी...आपका मुंशी मेरे साथ आया था, मुझे मायके मिलकर ले जाने के लिए। यहाँ सारे गाँव में यह बात फैली हुई थी कि मेरे माँ-बाप ने रुपया लेकर मेरा विवाह एक बूढ़े सरदार से कर दिया था। सरदार कभी इस गाँव में नहीं आया। मेरा बाप ही मुझे आपके शहर ले गया था और गुरद्वारे में विवाह के बाद मुझे आपके घर छोड़ आया था...मेरे गाँव आने पर हर कोई मुझसे पूछने लगा कि मेरा सरदार कितना बूढ़ा था? मुझे जाने क्या सूझा, मैंने उनसे पीछा छुड़ाने के लिए कह दिया कि मेरा विवाह बूढ़े से नहीं हुआ था। आपका मुंशी बड़ा जवान था, सुन्दर भी था। उसे दिखाकर मैंने उनसे कहा कि यह मेरा घरवाला है। सारी की सारी बस्ती हैरान होकर रह गयी। मुंशी को मैंने यह बात बता दी। मुंशी ने भी झूठ को ओढ़ लिया। जब मेरी सहेलियों ने उससे बुन्दों की माँग की तो अपने सुनार से चाँदी के बुन्दे ख़रीदकर उन्हें दे

दिये। पाँच-छह दिन मैं यहाँ रही। रोज़ हँसते-हँसते मुझे भी यह महसूस होने लगा कि मेरा विवाह उसी के साथ हुआ था, और किसी के साथ नहीं।"

"हमारा मुंशी मदनसिंह..."

"मैं अब लौटकर सरदार के घर नहीं जाऊँगी। न ही इस लड़के को ले जाऊँगी। इसलिए ज़िद पकड़कर मैं यहाँ आयी हूँ। मेरा किया मेरे सामने आएगा। मैं तुमसे और कुछ नहीं माँगती सरदारिन! बस एक बात माँगती हूँ कि सरदार को उस मुंशी का नाम मत बताना। नहीं तो उस मुंशी को वह नौकरी से निकाल देगा।"

"पर मदनसिंह विवाहित है, वीरो! उसके घर दो बच्चे हैं..."

"इसीलिए वह डरता है कि सरदार को पता चल गया तो उसकी नौकरी जाती रहेगी। उसने कौन-सा मुझे अपने घर बसाना है कि मैं उसकी नौकरी छुड़वाऊँ... वह जहाँ भी रहे, ख़ुश रहे...मैंने एक बार देखा तो सही कि जवान आदमी कैसा होता है..."

निहालकौर ने घबराकर आँखें बन्द कर लीं। और फिर जब उसने आँखें खोलीं तो उसने देखा कि वीरो की झोली में पड़ा हुआ उसका बेटा उसकी छाती का दूध पीने के लिए मुँह बिरा रहा था।

और निहालकौर को लगा—सरदार का जो 'निःश्वास' उसने अपने जिम्मे ले लिया था, और वीरो ने उससे वही 'निःश्वास' लेकर अपनी छाती में रख लिया था, यह लड़का वीरो की छाती में से उसी निःश्वास को पीने की कोशिश कर रहा था।

लटिया की छोकरी

पार्वती ने जब डोली में से पैर उतारा, सबसे पहले उसके ससुर ने रुपयों की थैली में उसका हाथ डलवाया, फिर उसकी सास ने सोने की कण्ठी उसे मुँहदिखाई दी, फिर उसके देवर ने उसे सफ़ेद मोतियों की अँगूठी-घूँघट उठाई में दी और फिर बाक़ी सगे-सम्बन्धियों ने अपने-अपने सम्बन्ध के अनुसार पाँच-पाँच या दो-दो रुपये उसकी मुट्ठी में दिये। देसराज की बारी आधी रात के क़रीब आनी थी। सुहाग की सेज पर बैठी पार्वती सोच रही थी कि उसके ससुर ने उसका घर में स्वागत कर उसे बहू से बेटी बना लिया था, उसकी सास ने उसका मुँह देखते हुए उसे घर का सिंगार कहा था, उसके देवर ने उसके रूप को सराहते हुए उसे फूलों जैसी भाभी कहा था और सगे-सम्बन्धियों ने उसे चन्दन की डाली कह-कहकर प्रशंसा की थी और वह सोच रही थी कि अगर देसराज उसका मुँह देखकर उसे अपने मन में उतार लेगा तब ही यह सब कुछ सार्थक होगा, नहीं तो यह सब कुछ निष्फल जाएगा।

देसराज ने बड़ी कोमलता से पार्वती का घूँघट उठाया और नज़र भरकर उसके मुँह की ओर निहारते हुए धीरे से कहने लगा, "पारो!"

जिस कोमल आवाज़ में देसराज ने पार्वती को पारो बना दिया—पार्वती का तन-मन पूर गया। उसने पलकें झपककर देसराज के मुँह की ओर देखा। देसराज के मुँह पर एक गहरी तसल्ली थी, उसने कोट की जेब से एक तसवीर निकाली और पारो की झोली में डालकर कहने लगा, "तुम्हारी मुँह-दिखाई।"

पारो तसवीर की ओर देखती-की-देखती रह गयी। यह एक भरपूर जवान लड़की की तसवीर थी। लड़की के बदन पर एक छोटी-सी चोली थी, लाँगवाली धोती बँधी थी और बालों में फूलों के गुच्छे टँके थे। लड़की के मुख पर रूप का ज्वार था और यह रूप जंगली फूलों जैसा था। पारो को क्षण-भर के लिए ऐसा लगा जैसे उसका दिल धड़कने से रह गया हो।

दूसरे क्षण देसराज ने पारो को उसके दिल की धड़कन लौटा दी। कहने लगा,

"यह चारू की तसवीर है। मैं सोचता था, अगर तुम्हारा मुख उतना ही सुन्दर हुआ जितना मेरे मन में बसा हुआ है तो मैं चारू की तसवीर तुम्हें मुँहदिखाई दूँगा।"

और देसराज ने पार्वती को अपनी पारो बनाकर चारू की कहानी इस तरह सुनायी :

"एक बार हमारा हाथ बहुत तंग हो गया था। पिताजी किसी के साथ साझेदारी कर बैठे थे। अधिक विश्वास का बदला हमें यह मिला था कि घर का सारा छाप-छल्ला बेचकर बाज़ार का क़र्ज़ चुकाया था। लेना डूब गया था और हम रोटी के भी मुँहताज थे। मेरे ताऊ के बेटे, बोधराज और कर्मचन्द, पिछले कुछ सालों से मध्यप्रदेश में रहते थे। सुना था ठेकेदारी करते हैं। वे कुछ सालों में ही बड़ी असामी बन गये थे। उन्होंने मुझे लिख भेजा कि मैं भी अगर कुछ थोड़ा-बहुत पैसा लेकर उनके पास पहुँच जाऊँ तो कुछ दिनों में ही घर की हालत सुधर सकती है।

"मैं सोनीपत छोड़कर विलासपुर चला गया। बोधराज और कर्मचन्द जिस ढंग से लखपती बने थे, वह ढंग देखकर मेरा दिल काँप गया। वे बीस रुपये सैकड़ा ब्याज लेकर अपना रुपया ब्याज पर दे देते थे। दाँव लगे तो पचीस रुपये भी लगा लेते थे। आसपास के गाँवों में ग़रीबों का जीना भी गिरवी पड़ा हुआ था और मरना भी। मैं साहूकारी का काम न कर पाया, लेकिन पास-पड़ोस के गाँवों में काम का अवसर देखते हुए मैंने विलासपुर से उन्नीस मील दूर अक्लतरे में साबुन का कारख़ाना खोल दिया।

"जो गाँव रेलवे-लाइन के पास पड़ते हैं, वहाँ के आदिवासी चाहे अपनी जंगल की आज़ादी को खो बैठे हैं, फिर भी नाच-गाने की आज़ादी उनकी हड्डियों में रमी हुई है। होली के दिनों में मैंने किसी से पूछा कि अगर मैं लोगों के नाच-गानों की महफ़िल में चला जाऊँ तो किसी को एतराज़ तो नहीं? मालूम हुआ कि किसी को एतराज़ नहीं था। मैं एक साँझ को गाँव के उस 'इकट्ठ' में चला गया जहाँ मृदंग और बाँसुरी बज रही थी, स्त्रियाँ और पुरुष काँसे की कटोरियों में ताड़ी पी रहे थे और गा रहे थे। लाल-पीले रंग में डूबी हुई औरतों ने पूरे हाथों में काँच की चूड़ियाँ पहनी हुई थीं, पैरों में चाँदी की नाग-मोरियाँ और नाक में मोटी-मोटी तीलियाँ। गेंदे के फूल उनके बालों में बँधे हुए थे। उनका गीत आज तक याद है :

'मोर अँगना में आयो रसिया,
का करूँ दाई एक न माने!
चले न मोरे बसिया
मोर अँगना में आयो रसिया!'

"यह जवान लड़की ग़जब की ख़ूबसूरत थी। उसने सारे 'इकट्ठ' की फेरी ली और बाँहें लटकाकर एक लम्बा-सा गीत गाया। उस गीत की एक ही पंक्ति मुझे याद रह गयी है, 'लटपट पाग से लपेट मन ले गयो।'—हर बार जब वह यह पंक्ति

बोलती थी, सारे 'इकट्ठ' की स्त्रियाँ उसके साथ मिलकर इस पंक्ति को गुँजा देती थीं। उसने बड़ा रंग बाँधा। पर मृदंगवाला उससे भी अधिक मस्ती में था, उसने बड़ी लटक से एक गीत गाया :

'तोला देखे रहियो री,
लटिया की छोरी मोरे जिया में भा गयी।
नागन-सी छोरी मोरे हिया में छा गयी।
जहिर चड़्ह गयो री,
तोला देखे रहियो री।'

"लोग यह गीत गा रहे थे और साथ में गुटक रहे थे। मैंने देखा कि मृदंगवाला भी और कई दूसरे भी, बार-बार जिस ओर देख रहे थे, वहाँ पन्द्रह-सोलह साल की एक वही लड़की खड़ी थी जिसने लड़कों की तरह कमर में एक अँगोछा बाँधा हुआ था और गले में एक चारख़ानी कुरती पहनी हुई थी। उस ओर औरतें अपने बाल ख़ूब लम्बे रखती हैं। पर उस लड़की ने लड़कों की तरह अपने बाल काटे हुए थे और गानेवाली औरतों से परे खड़ी बीड़ी पी रही थी।

"मैंने पिछले दिनों गाँव की बोली सीख ली थी। मेरे पास साबुन की फेरी लगानेवाला चेटू काका खड़ा था, मैंने उससे पूछा कि यह लड़की कौन है। चेटू काका ने बड़ी ताक़ीद से मुझे बताया, 'अरे, ए छोकरी चारू! ए बड़ी चण्ट ए। ऐकर नज़ीक झन जावे, थोड़ कुन कोनो एला छेड़ी से, कि जूती एकर हाथ में आयी से। ए जौन ननकी मृदंग बजावत ए, एकर मौत आये, ऐसना मौला दीखत ए, ए चारू ला प्यार करत ए।' और चेटू काका ने मुझे यह भी बताया कि यह चारू लटियापारे में रहती थी इसीलिए यह मृदंगवाला ननकी अपने गीत में कह रहा था कि लटिया की छोरी मोरे जिया में भा गयी।

"मैं कितनी ही देर चारू की ओर देखता रहा। मैं हैरान था कि चारू ने जान-बूझकर अपना रूप क्यों बिगाड़ा हुआ था। वह अगर दूसरी लड़कियों की तरह रंगीली धोती बाँधती, बाँहों में काँच के गजरे पहनती, आँखों में काजल डालती और लम्बे बालों का जूड़ा बनाकर उसमें फूल टाँकती, तो वह बहुत सुन्दर लग सकती थी...पर ग्वालों जैसी वह लड़की उस समय बिलकुल लड़की नहीं लग रही थी। सिर्फ़ उसके मुख पर उसकी आँखें ऐसी थीं जो उसके रूप की चुग़ली खा रही थीं। नहीं तो उसकी ओर दूसरी बार देखने का भी ख़याल न आता।

"दूसरे दिन चेटू काका ने मुझे फिर बताया कि वह लटियापारे की छोकरी बड़ी ख़तरनाक थी। आठ आने महीना पर एक ख़परैल किराये पर लेकर अकेली रहती थी। छुटपन में माँ डूबकर मर गयी थी। बाप पागल हो गया था और अब वह शेरनी की तरह किसी से भी नहीं डरती थी। बीड़ियाँ फूँकती थी, जुआ खेलती थी और ठेके पर जाकर पउवा शराब एक ही बार चढ़ा लेती थी। कभी वह ओखली

में लोगों का धान कूटकर चार-पाँच आने रोज़ कमा लेती थी और कभी वह स्टेशन पर जाकर एक-एक आने में लोगों का सामान ढो देती थी। और चेटू काका ने मुझे चेताया कि कभी राह जाते मैं उसे बुला न लूँ। वह किसी की इज़्ज़त नहीं देखती थी और दूसरे का हाथ झटककर पाँव में से जूती निकाल लेती थी।

"यह सब कुछ बड़ा अजीब था। मैं अकसर बैठा-बैठा चारू के बारे में सोचता रहता, कइयों से पूछताछ भी करता। सभी चेटू काका की बात दोहराते थे। वैसे होली के दिनों से, जिस दिन ननकी ने वह गीत गाया था, चारू का नाम सारे गाँव में 'लटिया की छोकरी' पड़ गया था।

"एक दिन चारू बीड़ी पीती हुई मेरे कारख़ाने में चली आयी और आते ही मुझसे कहने लगी, 'ठाकुर! मोला नौकर रखवै का?'

" 'का काम जानत अस?'

" 'जौन काम तै देवे।'

" 'कारख़ाना में तो कतको काम ऐ, पानी भरवै? साबुन कटाई करवै? पेटी उठावे?'

" 'सब काम करी हो।'

" 'छह आना रोज़ी मीली।'

" 'मोला मंजूर ए।'

"चारू मेरे कारख़ाने में छः आने रोज़ पर मज़दूरी करने लगी। चारू को आये अभी एक महीना भी नहीं हुआ था कि ननकी भी मेरे कारख़ाने में नौकरी करने आ गया। मुझे ननकी के इश्क़ का पता था, इसलिए मैंने उसे बारह आने रोज़ पर अपने कारख़ाने में रख लिया। उन दिनों औरत को छह आने रोज़ और मर्द को बारह आने रोज़ मिलते थे।

"ननकी का इश्क़ सारे गाँव में मशहूर था। मैंने कुछ दिनों बाद ननकी को बुलाकर कहा, 'ननकी! तोर प्यार के बात तो ख़ूब फैल गये, अब तै चारू से ब्याह कर ले।'

"'ए साली तो मोर हाथ ही नहीं आवे।' ननकी ने मुँह लटकाकर मुझे जवाब दिया।

"'तो फिर तैं एकर ख़याल ना छोड़ दे।' मैंने ननकी के मन को देखने के लिए फिर कहा।

" 'का करूँ, ठाकुर! एकर प्यार के ज़हर तो मोर रूयाँ-रूयाँ में समा गये।' ननकी ने जिस समय यह उत्तर दिया, ननकी का मुख देखते ही बनता था।

" 'तौर गाँव में तो एकर ले बड़ीया-बड़ीया पड़े ए।' मैंने ननकी से हँसकर कहा।

"पर ननकी का इश्क़ पक्का था। बड़ी गम्भीरता से कहने लगा, 'पता नहीं

ठाकुर! ए साली लटिया की छोकरी मोर ऊपर का जादू कर देई से।'

"कई महीने बीत गये। ननकी उसी तरह बड़े सब्र से इश्क़ करता रहा और चारू उसी तरह ननकी से भी और गाँव के और मर्दों से भी तनी रही। एक दिन ननकी घबराया हुआ मेरे पास आया और कहने लगा, 'ठाकुर! एह जौन नया ठोनेदार आये से, ए मौल ठीक नहीं दीखत ए। एसेना लागत ए कि कोई दिन ए कोई गड़बड़ ज़रूर करे।'

" 'क्यों, ननकी, क्या बात है?' मैंने उससे पूछा।

" 'कल साँझ के चारू जब तालाओं ते लौट के आत रही से, तो ठोनेदार उकर हाथ ला धर लई से।' ननकी ने मुझे बताया।

" 'फिर?' मैंने कुछ चिन्तित होकर पूछा।

" 'फिर का? चारू गुस्सा गयी। अऊ, ख़ूब, गाली दयी से, अऊ तान के एक थप्पड़ मारी से।'

"ननकी ने जब मुझे यह बताया, चिन्ता तो मुझे भी हुई, पर मैंने ननकी को ढारस देकर भेज दिया। बात यह थी कि गाँव में शराबबन्दी हो रही थी। पहले लोग आम पीते थे, अब चोरी से पीनी पड़ती थी। लोग पुलिसवालों पर खीझे हुए थे और पुलिस लोगों पर। इन दिनों बात-बात पर पुलिसवालों और लोगों में तन जाती थी। मैंने कभी चारू से पूछा नहीं था, पर मैंने गाँव में से अफ़वाह सुनी थी कि चारू हफ़्ते में एक-आध बार विलासपुर से शराब की बोतल छिपाकर ले आती थी और यहाँ आकर बेच देती थी। विलासपुर में शराबबन्दी नहीं थी। मेरा डर सच्चा निकला। एक दिन सन्ध्या समय गाँव का नया इंस्पेक्टर ओमप्रकाश दो सिपाहियों को लेकर मेरी ओर आया क्योंकि उसे लटियापारे जाकर चारू की ख़परैल की तलाशी लेनी थी और मुझे साथ ले जाकर सरकारी गवाह बनाना था।

"मुझे इंस्पेक्टर के साथ जाना पड़ा। चारू को जलती हुई आँखों से देखता हुआ वह सिपाहियों से ख़परैल का चप्पा-चप्पा ढुँढ़वाने लगा। महुए का एक पउवा मिल गया। पर बाक़ी परछत्ती पर सिर्फ़ ख़ाली बोतलें पड़ी हुई थीं। पउए को एक झरोखे में रखकर इंस्पेक्टर और सिपाहियों ने आँगन में पड़े लकड़ियों और उपलों के ढेर में ढूँढ़ना शुरू किया।

"चारू से बात करने का मुझे मौक़ा मिल गया। उसने मेरे कहने पर एक ख़ाली पउए में पानी भर के शराब के पउए से बदल दिया और बाहर उपलों के ढेर के पास जा खड़ी हुई। उपलों के ढेर से कुछ न निकला। इंस्पेक्टर ने उसी एक पउए को सँभाल लिया। रिपोर्ट लिखकर उसने मेरे दस्तख़त करवाये और चारू का अँगूठा लगवाया और चारू को दूसरे दिन सवेरे नौ बजे थाने में आने के लिए कह गया।

"जाते-जाते उसने चारू को बड़ी तनी हुई आँखों से देखा और कहने लगा,

'लटिया की छोकरी! अब तोला मालूम पड़ी कि आटा, दाल के का भाओ होते, पुलिस के चक्कर में अबी नहीं पड़े अस ना।'

"चारू की हँसी मुझे कभी नहीं भूलेगी। वह ठहाका मारकर हँसी और कहने लगी, 'जा, जा, तौर जैसना कतकों देख डारे आ।'

"सवेरे थाने में मुझे भी जाना था। जाकर देखा कि गाँव के कुछ और मुखिया भी इंस्पेक्टर ने गवाहियाँ देने के लिए बुलाये हुए थे। चारू को आने में ज़रा देर हो गयी थी। पर वह जब आयी, बड़ी बेपरवाही से मेज़ की ओर खड़ी होकर बीड़ी पीने लगी। मेज़ पर इंस्पेक्टर ने अपने काग़ज़ों आदि के साथ शराब का पउआ रखा हुआ था। गाँव के मुखियों से काग़ज़ पर दस्तख़त करवाते हुए, उसने बोतल दिखायी। बोतल को हाथ में लेकर जब एक आदमी ने हिलाया तो शराब की झाग न उठी। दूसरे ने हैरान होकर ढक्कन उतारा और उसे सूँघा। शराब की बू भी नहीं थी। एक आदमी को एक घूँट पिलाया गया तो उसने बताया कि यह तो निरा पानी है। इंस्पेक्टर बड़ा हैरान हुआ। ऊँची-ऊँची गालियाँ सिपाहियों को देने लगा कि उन्होंने रात को चारू से रिश्वत लेकर शराब को पानी में बदल दिया था। इंस्पेक्टर ने सैकड़ों गालियाँ दीं। पर अब क्या हो सकता था! बात टल गयी और चारू उसी तरह बीड़ी पीती हुई थाने से सुर्ख़रू होकर चली गयी।

"एक-दो दिनों के बाद मैंने चारू को अपने पास बुलाया और कहा, 'देख चारू! तैं अकेले रहत अस ना? ऐकरे ख़ातर तोर ऊपर ए सब मुसीबत आत है ए।'

" 'मैं जानत हों ठाकुर!' चारू ने बड़ी हलीमी से जवाब दिया।

"मैंने फिर उससे कहा, 'मोर समझ में ननकी बहुत अच्छा छोकरा ए, अऊ तौर सिऊ प्यार करत है ए।'

" 'मैं जानत हों।' उसने फिर वही जवाब दिया।

" 'तैं उकर सेयों ब्याह काहे नहीं कर लेत अस?' मैंने उससे सीधा सवाल किया।

" 'करिओं, पर थोड़ा ठहरि के।' चारू ने बड़ी तसल्ली से मुझे बताया।

" 'कतब दिन ठहिर के वे?' मैंने उससे जब पूछा तो चारू कितनी देर कुछ न कह सकी, फिर धीरे से यह कहकर कि 'को जाने' वह बीड़ी पीती मेरे कमरे में से चली गयी।

"चारू के मन की गहराई कोई न नाप पाया। दिन उसी तरह गुमसुम बीतने लगे। सिर्फ़ मेरे कहने पर चारू ने इतना कर लिया कि उसने अँगोछा बाँधने की जगह औरतों की तरह रंगदार धोती बाँधनी शुरू कर दी और औरतों की तरह बाल भी लम्बे करने लगी।

"एक दिन गाँव में बड़ा शोर मचा कि गाँव का पुराना मालगुज़ार कितने ही

दिनों के बाद गाँव लौटा था और रात अपने खेतों की झोंपड़ी में सोया पड़ा था कि झोंपड़ी को आग लग गयी। मालगुज़ार बीच में ही जल मरा था। चेटू काका ने मुझे विस्तार से बताया : 'अरे, ओ मानसिंह, मालगुज़ार रही से ना! जौन गाँजा के चिलम में अफ़ीम डाल के नशा करत रही से, आज रात के उकर झोंपड़ी में आग लग गये, उई में बिचारा जल मरी से।' लोग कहते थे कि सठियाये हुए बूढ़े ने शायद रात को चिलम में अफीम की डली अधिक डाल ली थी जिसके नशे में चिलम उसके हाथ से छूट गिरी थी और उसकी खाट को आग लगती-लगती पूरी ख़परैल में लग गयी थी। फिर धीरे-धीरे यह ख़बर भी चल निकली कि रात को मालगुज़ार ने अपने किसी आदमी के हाथ चारू को अपनी झोंपड़ी में बुलवाया था और उस पर जबरदस्ती हाथ डालना चाहा था। यह सारे गाँव को मालूम था कि अगर कोई चारू को हाथ डालना चाहे तो उसका क्या हशर होता था। लोग कहते थे कि चारू ने ज़रूर उसे अपनी जूती से पीटा होगा और झोंपड़ी से भाग गयी होगी। बूढ़े को उसी की आह लग गयी थी, इसलिए वह रात को दैवी आग से जल मरा था।

"चारू से पूछने की किसी को हिम्मत नहीं थी। मैंने भी कुछ न पूछा।

"तीसरे दिन पूर्णिमा थी। पूर्णिमा के दिन ननकी दौड़ता-दौड़ता मेरे पास आया, उसकी साँस फूली हुई थी। कहने लगा, 'ठाकुर साहिब! आज मोर मन ख़ूब ख़ुश ए! को जाने लटिया की छोकरी के मन में का आयी से कि मौला बुला के आपन मुँह ले मोर संग ब्याह करे बर कही से।'

" 'सच?' मैं ननकी की तरह ख़ुश भी हुआ और हैरान भी।

" 'सच ठाकुर साहिब! मैं तो तुमन ला न्योता दे बर आये हों। आज रात के चारू तुमन ला आपन घर में खाये-पिये बर बुलायी से।' ननकी ने मुझे कहा और मुझसे दिन-भर की छुट्टी लेकर चला गया।

"मैंने उपहार के रूप में चारू के लिए एक रँगीली धोती ख़रीदी और रात को उसके घर चला गया। चारू की ख़परैल में ढोलकी बज रही थी। ख़परैल के दरवाज़े में बहुत-से फूल टाँके गये थे और बरामदे में चावल पक रहे थे।

"रायोतों की जाति में और दूसरी छोटी जातियों में विवाह की कोई रस्म नहीं होती। लड़का लड़की के हाथों में काँच की चूड़ियाँ पहना देता है, बस विवाह हो जाता है। ननकी की माँ, रायोतों की तीन-चार और स्त्रियाँ और गाँव के दो मुखिया इस दावत में आये हुए थे। बस और कोई नहीं था। रोहू मछली पकी हुई थी, लुचई चावल बने हुए थे और चारू सबको महुए की शराब पिला रही थी। वैसे चारू आज कोई दूसरी ही चारू दिखाई दे रही थी। उसने पीले रंग की कुरती पहनी हुई थी, लाल रंग की धोती बाँधी थी, हाथों में काँच की चूड़ियाँ और शीशे के गजरे पहने हुए थे। माथे पर बिन्दु लगाया था और बालों में मोगरे के फूल गुँथे हुए थे।

"रायोतों की स्त्रियाँ और गाँव के मुखिया जब खा-पीकर विदा हो गये तो

मैंने शराब की बोतलों की ओर देखकर चारू से पूछा, 'चारू, तोला डर नहीं लगे, जो ऊपर ले थानेदार आ जाए तो?'

"चारू के मुख पर पहले रूप ही चढ़ा हुआ था, अब एक और चमक आ गयी और वह बिजली की तरह चमककर बोली, 'अब मोला थानेदार कबी तंग करीसे तो मैं उला उहीं जगा भेजूँ जहाँ मालगुज़ार गये से।'

"मैं भौचक्का रह गया। मेरी तरह ननकी का मुँह भी खुले का खुला रह गया। ननकी बोल न पाया, मैंने ही चारू से पूछा, 'सच बता, चारू! मालगुज़ार ला तही मारे अस?'

" 'मैं काबर मारीओं, उकर पाप ही उला मारे ई।' चारू तमककर बोली।

" 'ओ तोला छेड़ी रही से?' इस बार ननकी ने चारू से पूछा।

"चारू ने दाँत पीसकर जवाब दिया, 'ओ बढ़ऊ के का हिम्मत रही से जैस मोला छेड़तीस।'

" 'फिर?' मैंने और ननकी ने हैरान होकर पूछा।

" 'ओ मोर दाई ला मरवाये रही से।' चारू के मुख पर रोष का एक नया रूप चढ़ गया।

" 'तोर दाई ला?' मेरे मुँह से निकला।

"चारू ने हाथ में पकड़ी हुई शराब की कटोरी एक ओर रख दी और अँगड़ाई लेकर कहने लगी, 'मोर दाई गाऊँ भर में सबसे खूबसूरत रही से। मालगुज़ार के मन ख़राब हो गयी से। मो टाई एला ग्बूब डाँटो से। आउ एक दिन जब मोर दाई कुआँ ले पानी भरत रहा से, तो ए आपन कोनों आदमी के हाथ उला कुआँ में धकेल देई से। मोर दाई मर गये। एइ दुख मा मोर दादा पागल हो गये। मैं आपन मन में कस्म खाये रहियों के अपन दाई के बदला चुका के छोड़ियों।'

" 'चारू! इहिं ख़ातर तें ब्याह नहीं करत रहे अस?' ननकी ने चारू की बाँह अपने हाथ में पकड़ ली और उसे गर्व से पूछा।

" 'हाँ, ननकी! मैं आपन मन में प्रतग्या करे रहयो कि मैं आपन हाथ में काँच की एक चूड़ी तक ना पहनूँ...'

"ननकी ने चारू को गले से लगा लिया। उसके मुँह से बार-बार यही निकल रहा था, 'ए मोर चारू! ओ मोर लटिया की छोकरी! तैं अतका दुख अकेले बोहे-बोहे घूमत रहे अस, मोला पहिले काबर नहीं बताये अस। मैं तोर सब के सब दुख ला आपन ऊपर ले लेत।'

"चारू ने ननकी को बड़ा दुलराया और कहने लगी, 'ओ ननकी! मैं तोल शुरू ले प्यार करत रहियों। मैं तोला कोई खतरा में कैसे डालत? अऊ फिर जब तक मैं आपन हाथ ले बदला नहीं लेते, मोर दाई के आतमा कैसे चैन पातीस!'

"और पारो..." कहानी सुनाते हुए देसराज की आवाज़ भर्रा गयी थी, वह पारो को गले से लगाकर कहने लगा :

"चारू के रूप में मैंने औरत के मन का जो रूप देखा है, उसके आगे मेरा सिर झुक जाता है। मैंने इसी लिए चारू की तसवीर तुम्हें मुँह-दिखाई में दी है।"

देसराज के सीने से सिर लगाकर पारो ने एक बार फिर चारू की तसवीर की ओर देखा और उसे अपनी आँखों में सँजोती हुई सोचने लगी कि वह चारू के रूप को अपने रोम-रोम में बसा लेगी और वह देसराज के मन में उसी तरह अंकित हो जाएगी...जिस तरह उसके मन में चारू के मन का रूप अंकित है।

गाँजे की कली

"अघनिया! ओ अघनिया!"

"जा मैं नहीं गुठियाऊँ।"

"काबर नहीं गुठियावे?"

"तैं मोर नाम अघनिया काबर रखे अस?"

"मैं तोला कै बार बता चुके हों के तैं 'अघन' में पैदा होए रहे अस, एकरे सेती तोर दादा तोर नाम अघनिया रख दे रही से, ऐ मा मोर का कसूर ए?"

"दाई, मोला तो ए नाम अच्छा नहीं लगे। अच्छा बता तो, भला जो मैं कहीं जेसठ में पैदा हो जाती तो मोर दादा मोर नाम जेसठी रख दैतीस?"

अघनिया की माँ मन में गुटक उठी। अघनिया उसकी बड़की बेटी थी। और वह भी ढलती उमर में हुई थी। वह कई साल पीपलों तले नहाती रही थी। कोई टोना उसने छोड़ा नहीं था। एक बार किसी अघोरी के कहने पर उसने अपने आपको शिवलिंग को भी समर्पित किया था। और फिर कहीं जाकर यह बेटी उसकी कोख में पड़ी थी। एक तो बेटी लाड़ली और वह भी झलमला गाँव के मालगुज़ार की बेटी! और वह भी क़िस्मतवाली। क्योंकि उसके बाद उसकी माँ ने एक के बाद एक तीन बेटे जन्मे थे। माँ ने लाड़ से पूछा :

"तोर का नाम रखे के मन ए? जौन नाम तोर मन ला अच्छा लगै तै ओई रख लै। सगुणा नाम तोला अच्छा लागत ए? सगुणा...शबरी...पोखरी...मंगली...पर एमन सब नाम तो नीच जातीवाला मन के नाम एँ। हमर जाति में तो पुस्कर, राधा, सीता...ऐसना नाम अच्छा लगे।"

"ना दाई ना! मोर तो गुलबत्ती नाम रखे के मन एँ। एई नाम मोला ख़ूब अच्छा लागत ए।"

"तो जा नारियल ले के मन्दिर में चढ़ा आ, और पुजारी जी ला कहो आज ले मैं आपन नाम गुलबत्ती रख लै हों।"

अघनिया उर्फ़ गुलबत्ती ख़ुशी से मचल उठी और दोनों बाँहें माँ के गले में डालकर कहने लगी :

"देख दाई, तैं आज मोर एक और बात ला मान ले, बता तो मानवे ना?"

"लै लै, मोर गला ला तो छोड़! तैं जौन बात कवे ओई ला मैं मान लूँ।"

"ओ जो दादा टीपा में सौंफिया दारू रखे एना, ओमा के थोडकुन मोला दे दे, आज मोर पिए के अडबड मन ए।"

"चल हट! देख तो एकर बात ला, काल के छोकरी अऊ दारू पिए बर माँगत ए, कौनो सुनी तो का कही?"

"लै अब मैं बारह साल के तो हों गये ओं।"

"बारह साल के हो गये अस तो कौन मार तैं जवान हो गये अस, दारू पिए वर...दारू पिए वर करत ए, जा ना जा के खेत मन ला, देख सब तो खेता होत ए...ओती दादा दारू में, जूआ में उड़ात ए, ओती नौकर मन सब कुछ खाँवजात ए।"

"तैं फिकर झन कर, मैं सब देख लूँ, अब तो मैं बड़े हो गये ऊँ।"

"बड़े हो गये अस तो तैवरै सेती तो तोर दादा तोला घर से निकालत।"

"मोर दादा मोला घर से निकाली?"

"हाँ, अब तो तोर ब्याह के सब बात पक्का हो गये हुए।"

अघनिया से अभी-अभी बनी गुलबत्ती के मन में एक घबराहट-सी उठी। वह नारियल की बात भी भूल गयी और दारू की भी। कमर में बँधी हुई चाँदी की करधनी जैसे उसके गले में लिपट गयी। और वह खुलकर साँस लेने के लिए एक ही झटके से करधनी उतारकर बाहर कँवल फूलों के तालाब की ओर चल दी।

गुलबत्ती को लड़कियों के साथ मिलकर आँखमिचौली खेलना बिलकुल पसन्द नहीं था। वह जब गाँव के जवान लड़कों को 'डुडुया! कबड्डी!' खेलते देखती थी तो वह भी साँस रोककर 'डो-डो' करती हुई उनकी जवानी के बराबर उतरना चाहती थी। पर गुलबत्ती हमेशा अपनी माँ के कहने में रहती थी, उसकी माँ ने उसे लड़कों के साथ खेलने से मना किया हुआ था, इसलिए गुलबत्ती ने अपने मन को एक लगाम डाली हुई थी—आज जब वह तालाब की ओर जा रही थी, मन्दिर के पीछे कितने ही कुर्मी लड़के डुडुया खेल रहे थे—गुलबत्ती को लगा कि आज उसके मन की लगाम टूट जाएगी। 'यों तो जवानी सबकी ख़ूबसूरत होती है,' वह सोचने लगी, 'पर चमरों (चमारों), राउतों (माशकियों) और पनकों (जुलाहों) के लड़कों से कुर्मी लड़के बड़े तीखे-तने होते हैं,' गुलबत्ती सोचने लगी, 'शायद इसलिए कि वे मछलियों को पकड़ते हुए पानी में मछलियों की तरह तैरना भी जानते हैं।'

गुलबत्ती कुछ देर तक जवान कुर्मी लड़कों के तेल से चुपड़े हुए बदन देखती रही। उनकी बाँहों में मछलियाँ फड़क रही थीं। और गुलबत्ती को लगा कि अगर

वह भी डो-डो करती हुई उनके पास खेलने चली जाए तो वह इन लड़कों की बाँहों में से मछलियाँ पकड़ सकती थी।

शिवाले का घण्टा बजा और गुलबत्ती ने देखा कि उसकी सहेली सोनिया मन्दिर से प्रसाद लेकर बाहर निकल रही थी। गुलबत्ती को नारियल की बात याद हो आयी और कुर्मी लड़कों की बाँहों में से मछलियाँ पकड़ने की बात भूल गयी।

गुलबत्ती ने सहेली को साथ लेकर मन्दिर में नारियल चढ़ाया और शिव की मूर्ति के सामने खड़ी होकर अघनिया से पक्की तरह गुलबत्ती बन गयी।

गुलबत्ती बनकर वह ख़ुश थी पर उतनी ख़ुश नहीं जितनी ख़ुश उसे होना चाहिए था। आज माँ ने उसे जो विवाह की बात बतायी थी, वह बात उसके दिल में डूब-उतरा रही थी। वह अपनी सहेली को साथ लेकर जब कँवल फूलों के तालाब की ओर गयी तो फूलों की नीली और गुलाबी आभा उसके कलेजे में घिर उठी। गुलबत्ती की सहेली गुलबत्ती से दो साल बड़ी थी। वह कभी-कभी एक गीत गाया करती थी जो गुलबत्ती की समझ में कभी नहीं आया था। आज गुलबत्ती ने उसे वही गीत गाने के लिए कहा :

"घर ला फोड़ के बनाये हों कुरिया,
तोर मया के मारे जाओं नहीं दुरिया।"

सहेली ने आज जब यह गीत गाया तो गुलबत्ती को लगा कि आज यह गीत उसकी समझ में आ गया था। उसे लगा कि कँवल फूलों की नीली और गुलाबी आभा थी जिसकी माया उसके मन को लग गयी थी। वह इस माया की मारी कहीं दूर नहीं जा सकती थी और शायद इसीलिए विवाह की बात से उसका मन घबरा रहा था।

गुलबत्ती का बाप इस झलमला गाँव का मालगुज़ार था—कचकौलप्रसाद पुष्करणा। गाँव में कोई सौ घर होंगे। ये सभी कुर्मियों, पनकों और नीची जातिवालों के घर थे। पुष्करणों के केवल चार घर थे और उनमें से भी कचकौलप्रसाद का एक घर था जो पक्का बना हुआ था, बाक़ी सभी ख़परैलें थीं।

कचकौलप्रसाद को ढलती आयु में औलाद हुई थी। अब चाहे इस बड़की बेटी के अलावा उसके घर तीन बेटे थे, पर तीनों बेटे अभी बहुत छोटे थे। एक तो अभी पालने में था। कचकौलप्रसाद को कामकाज सँभालने के लिए सहारा चाहिए था, इसलिए वह चाहता था कि अपनी बेटी को किसी समझदार आदमी से ब्याह कर अपना सहायक बना ले।

झलमला गाँव से कुछ कोस के फ़ासले पर चण्डीपारा गाँव था। इस चण्डीपारे का मालगुज़ार रंगीलाल कचकौलप्रसाद के मिलने-जुलनेवालों में से था। कई बार वे नशा-पानी एक साथ करते थे। रंगीलाल की औरत जब मर गयी तो कचकौलप्रसाद ने इस मौक़े को जाने नहीं दिया। रंगीलाल कचकौलप्रसाद जैसा बड़ा मालगुज़ार नहीं

था, पर कचकौलप्रसाद जानता था कि वह कारोबार में उससे भी बढ़कर था। बीस साल आयु का अन्तर कचकौलप्रसाद की दृष्टि में कोई बड़ा अन्तर नहीं था। उसने गुलबत्ती की सगाई रंगीलाल से कर दी।

अकस्मात् गुलबत्ती ने देखा कि एक दिन उसके पैरों को महावर लगने लगा। घर के आँगन में शामियाना लगा और गाँव की औरतें गुलबत्ती के इर्द-गिर्द घेरा डालकर गाने लगीं :

"ऐ बेरा कौन जगी
जगी तो दुलहन छोरी
ऐ बेरा कौन जगी।
दुलहन जगी तो काहे जगी
गोरी नहाये तो काबर नहाये
गोरी घर दूल्हा के जाये
ऐ बेरा कौन जगी!"

गुलबत्ती की भाँवरें पड़ीं। महीने भर में उसका गौना हुआ, उसकी पठौनी। पठौनी की रात गुलबत्ती ने देखा कि एक जो अधेड़ उमर का काला कंकाल-सा आदमी बैठक में बैठकर दोनों तलियों में गाँजे की कलियाँ मसलकर गुड़गुड़ी पी रहा था वह उसका ख़ाविन्द रंगीलाल था। उसका दूल्हा। जिसके लिए वह मल-मल न्हायी थी, और जिसके लिए गाँव की औरतों ने गीत गाये थे, 'गोरी नहाये तो काबर नहाए, गोरी घर दूल्हा के जाए।'

"रौतायन! ओ रौतायन! चूल्हा ले थोउकुन आगि तो ला!" गुड़गुड़ी पीते हुए रंगीलाल ने महरी को जब एक बार आवाज़ दी सो गुलबत्ती को जाने क्यों यह ख़याल आया कि वह गाँजे की एक कली थी, नशे की एक कली, जिसे इस रंगीलाल ने सारी उमर अपनी तलियों में मसलकर अपनी गुड़गुड़ी की आग में फूँकना था। गुलबत्ती का मन डूबने लगा। वह किसी के मन की आग में जलना ज़रूर चाहती थी, किसी का नशा भी बनना चाहती थी पर जाने क्यों उसका कलेजा छीज रहा था कि वह इस रंगीलाल की गुड़गुड़ी में जलने के लिए नहीं बनी थी।

उसने एक-एक कर कई जवान कुर्मी युवकों की कल्पना की। पर किसी भी देखे हुए और परिचित चेहरे का उसे ध्यान न आया। शायद इसलिए कि उसकी माँ ने उसे आरम्भ से ही चेता दिया था कि कुर्मी युवक बहुत नीची जाति के थे, और गुलबत्ती हमेशा अपनी माँ के कहने में रही थी। गुलबत्ती को न कोई कुर्मी युवक याद आया और न कोई और। पर उसका मन उससे पूछ रहा था कि यह रंगीलाल किस जाति से था। पर फिर उसका मन उसे खुद ही कह रहा था कि यह रंगीलाल चाहे कितनी भी ऊँची जाति का हो, उसकी अपनी जाति से मेल नहीं खाता।

समाज की बनायी हुई जाति मेल खा गयी, पर गुलबत्ती के सपनों से सपनों की जाति न मिली, और गुलबत्ती रंगीलाल की गुड़गुड़ी में गाँजे की कली की तरह सुलगने लगी। सुलगती को एक-एक कर पाँच वर्ष हो गये।

हर साल की तरह इस साल भी धान के खेत लहलहा उठे। रौताही का त्यौहार आया। मुजारों के गीतों से धरती गुनगुना उठी—और हर साल की तरह इस साल भी गुलबत्ती सूनी आँखों से यह सब कुछ देखती रही। फिर फ़सलों की कटाई हुई। वर्षा ऋतु आ गयी और मोजली का त्यौहार आ गया। औरतों ने थालियों में जौ बोये और हरियायी थालियों में दीये जलाकर मन्दिरों में चढ़ा आयीं।

गुलबत्ती की महरी सोगिया बात-बात पर चहक उठती थी। वह ज़बरदस्ती गुलबत्ती को रंगीला 'लुगडा' पहनाती, उसकी कुरती पर कौड़िया टाँक देती और आती-जाती उसके मन को कचोट जाती। इस बार भी माँडली के मेले पर जाने का गुलबत्ती का मन नहीं था, पर सोगिया ने उसका प्यार से सिंगार किया और हठ ठानकर उसे मेले में ले गयी।

मेले में तरह-तरह की चीज़ें थीं। कलकत्ता अधिक दूर नहीं पड़ता था। कई बनजारे शहरों की सौगातें लाये थे। गुलबत्ती साबुनों की खुशबूदार टिकियों को सूँघती रही; तरह-तरह के मोतियों की मालाएँ देखती रही। दो मालाएँ उसने ख़रीदीं भी। पर मेले में घूमते एक फेरीवाले ने उसके मन को विचलित कर दिया, जिससे खीझकर उसने सोगिया से कितनी बार कहा कि वह मेला देखते-देखते थक गयी है इसलिए अब वह घर लौटना चाहती है।

फेरीवाला छरहरे बदन का बाँका जवान था। पर वह इतना गोरे रंग का था कि उसका परदेशी होना गुलबत्ती को खल रहा था। उसकी आँखें शोख भी लगती थीं और शर्मीली भी। उसने कितनी ही बार गुलबत्ती के मुख की ओर देखते हुए होंका लगाया, "कुरती जम्पर वर, कपड़ा ले लो, धोती ले लो, लुमड़ा ले लो।" पर जब गुलबत्ती नज़र भरकर उसकी ओर देखती थी तो वह अपनी आँखें झुका लेता था। गुलबत्ती चाहती तो कपड़ों की गठरी खुलवाकर जितनी देर मन में आता देखती रहती, पर वह गठरी खुलवाकर कपड़े देखने की जगह उससे आँखें चुराने लगी। आँखें चुराते हुए उसने कितनी ही बार रास्ता बदला। पर जाने यह क़िस्मत का कौन-सा छल था, कि गुलबत्ती का बार-बार उस फेरीवाले से सामना हो जाता। आख़िर में वह घबराकर मेले से लौट पड़ी। इस बार जब फेरीवाला लौटती हुई गुलबत्ती के सामने पड़ा तो उसके मुँह से अनायास निकल पड़ा :

"ठाकुर कौन गाँव के अस?"

"नरिएरा के।" फेरीवाले ने चौंककर जवाब दिया।

"कौन देश से आये अस?" गुलबत्ती फिर पूछ बैठी।

"पंजाब ले।"

"कतन दूर ए इयाँ ले?" गुलबत्ती के मुँह से यों आहिस्ता से निकला जैसे वह मन-ही-मन में ये दूरी नाप रही हो।

"ख़ूब दूर पड़त ए।"

'ख़ूब दूर पड़त ए?' गुलबत्ती होठों में इन गिनती के अक्षरों को दोहराती मेले में से लौट आयी।

घर लौटकर आयी गुलबत्ती ने जब रसोई की, और फिर बाहर आँगन में दीया जलाया तो उसने बाहर चौंककर देखा कि सामने मन्दिर के बरामदे में वही फेरीवाला चटाई बिछाकर बैठा हुआ था और उपलों की आग जलाकर अपने लिए रोटी सेंक रहा था। गुलबत्ती जल्दी से बाहर का दरवाज़ा भिड़काकर चौके में लौट आयी और अपने उखड़े हुए मन को भुलाने लगी।

उस दिन तो नहीं पर दूसरे दिन गुलबत्ती की रौतायन ने टकटकी बाँधकर गुलबत्ती की ओर देखा और फिर हँसकर पूछने लगी, "नोनी! आज तैं कैसे चुपे के चुपे अस? काल मेला में कुछ गँवा तो नहीं आये अस?"

"मेला में?" गुलबत्ती ने हैरान होकर सोगिया की ओर देखा, पर आगे न कुछ महरी ने कहा और न गुलबत्ती ने बात को बढ़ाया।

महरी जब सन्ध्या समय अपने घर चली गयी तो गुलबत्ती ने बाहर का दरवाज़ा भिड़काते हुए मन्दिर के बरामदे की ओर देखा। वही फेरीवाला आज फिर उपले जलाकर रोटी सेंक रहा था। गुलबत्ती आज फिर जल्दी से चौके में लौट आयी और मन को सँभालने के लिए अपना निचला होठ दाँतों में काटने लगी।

बाहर के दरवाज़े पर आहट हुई। महरी जाने क्यों लौट आयी थी फिर और हँसकर गुलबत्ती से पूछ रही थी, "नोनी! आज कौन चावल राँधे अस? ख़ूब ख़ुशबू आवत ए।"

"क्यूँ तोर खाये के मन ए का? आज मैं तो तिलकस्तूरी चावल राँधे हों।"

"ए नोनी! हमर एसन भाग कहाँ, हमन लाइ तो गुरमटिया ही तिलकस्तूरी ए।"

"चल आज तो खा के देख ले। रामकेलिया के साग और राहर के दाल के साथ तिलकस्तूरी चावल कैसना मिठात ए?"

"ए दाई, तैं अतन कुछ राँधे अस, तोर घर के सामने जौन पंजाबी ठाकुर पड़े ए, ओ लो सुक्खा बाटी खात ए।"

"मोला का करना।" गुलबत्ती ने एक लापरवाही से कहा। पर उसका दिल ज़ोर-ज़ोर से धड़कने लगा।

सोगिया हँस उठी और कहने लगी, "अच्छा तो नोनी थोड़कुन आमा के अथान ही दे दे, मैं ओ बेचारा ला दे आओं।"

"चल कुटनी! तोर आपन खाये के मन होई ना?"

"नहीं नोनी! तोर क़सम।"

सोगिया क़सम खाती रही, गुलबत्ती हँसकर यही कहती रही कि उसका अपना मन था अचार खाने को। वह यों ही पंजाबी ठाकुर का बहाना बना रही थी। पर साथ ही गुलबत्ती ने एक कटोरी में आम का अचार डाल दिया। एक में अरहर की दाल, और एक ढकने में तिलकस्तूरी चावल।

कई दिन बीत चले। फेरीवाले ने मन्दिर के बरामदे में डेरा लगा दिया। दिन भर वह इस गाँव में और आसपास के गाँवों में कपड़ा बेचता। रात को इस मन्दिर के बरामदे में लौट आता। रोज़ उपले जलाता, गेहूँ का आटा मलकर उसके पेड़े बनाता, उनमें घी भरता और उन्हें उपलों की आग पर सेंक लेता। रोटी बनाने का यह ढंग पंजाबी नहीं था। और इस पंजाबी यात्री ने मध्यप्रदेश की छत्तीसगढ़ी भाषा की तरह यह ढंग भी सीख लिया था। और इस तरह वह रोटी, जिसे मध्यप्रदेश की भाषा में बाटी कहते हैं, सेंक लेता। गुलबत्ती की महरी ने रोज़ उसे दाल, सब्ज़ी या अचार देने का नियम बना लिया था।

"कसे सोगिया तोर फेरीवाला ठाकुर के का हाल-चाल ए? आजकल तो तोर-ओकर ख़ूब पटत ए, कभी अथान ले जात अस, कभी साग ले जात अस, ए का रंग-ढंग ए?"

एक दिन गुलबत्ती ने महरी को चुटकी भरी।

सोगिया ने हँसकर ऐसी नज़रों से गुलबत्ती को देखा कि गुलबत्ती को लगा यह नज़र गहरे तक उसके मन में झाँक गयी थी। गुलबत्ती ने ख़ुद ही सोगिया से मज़ाक किया था, ख़ुद ही लजा गयी। सोगिया का साहस बढ़ा। कहने लगी, 'हमन ला तो मालिक के मन ला देखना पड़त ए।"

"मोर मन?" गुलबत्ती ने घबराकर पूछा।

"तैं घबरा काबर गये अस नोनी? तोर मन के बात, मोर मन के बात ए। मोर जी छूट जाई, तो छूट जाई, पर तोर वर तो मोर जान भी हाजर ए।"

सोगिया ने यह बात जाने कितने सच्चे दिल से की थी। गुलबत्ती का मन स्नेह के सेंक से पिघल गया और दो मोटे-मोटे आँसू उसकी आँखों में भर आये।

"तोर दुखा ला मैं जानत ओ नोनी, तोर दादा तोला चण्डीपारा में ब्याह के भारी ग़लती करी से।"

गुलबत्ती को महिरम झिल गयी। गुलबत्ती की ज़िन्दगी में यह पहली रात थी जिस रात उसने अपने मन में खुलकर सोचा कि—उसकी ज़िन्दगी अगर गाँजे की कली थी तो वह इस पंजाबी ठाकुर की तलियों में मसली जाकर उसकी उपलों की आग में सुलगना चाहती थी। वह एक तीखा नशा बनकर इस गोरे, चिट्टे और सुकुमार युवक की आँखों में चढ़ जाना चाहती थी, वह...गुलबत्ती आगे सोचती-सोचती काँप भी गयी और झूम भी गयी।

दूसरे दिन प्रातःकाल गुलबत्ती ने घर के पीछे बने कँवल फूलों के तालाब पर जाकर बहुत-से फूल तोड़े और थाली में डालकर मन्दिर में ले गयी। मन्दिर के बरामदे में से गुज़रते हुए गुलबत्ती ने पंजाबी ठाकुर को जी भरकर देखा और आज से पाँच साल पहले की एक छोटी-सी बात उसे बहुत याद आयी।—आज से पाँच साल पहले, जिस दिन उसने अघनिया से अपना नाम गुलबत्ती रखा था और अपनी सहेली सोनिया को लेकर कँवल फूलों के तालाब पर गयी थी, उस दिन जब उसकी सहेली ने गाया था, 'घरला फोड़के बनाये हों कुरिया, तोर मया के मारे जाओं नहीं दुरिया,' और उस दिन उसे लगा कि कँवल फूलों की नीली और गुलाबी आभा की उसे माया लग गयी थी। वह वास्तव में कँवल फूलों की माया नहीं थी, वह इस आनेवाली घटना की परछाईं थी। वह इस पंजाबी ठाकुर की कँवल फूलों जैसी मोटी और काली आँखों की माया थी...

पंजाबी सरदार ने बड़ी तरसी हुई आँखों से गुलबत्ती की आँखों का हुंकारा भरा जैसे कह रहा हो, 'माया तुझे तो नहीं लगी सुन्दरी! माया तो मुझे लग गयी तुम्हारी—देख मैं कितने दिनों से तुम्हारे घर के आगे धूनी लगाकर बैठा हूँ।'

पंजाबी सरदार हेमसिंह से गुलबत्ती का मन मिल गया। सोगिया के बग़ैर और चाँद-तारों के बग़ैर इस बात की ख़बर किसी को न हुई। पर गुलबत्ती जानती थी कि यह ख़ुशबू अधिक देर गाँठ में बाँधकर नहीं रखी जा सकती थी। इसलिए एक रात गुलबत्ती ने हेमसिंह के हाथों का सहारा लेकर चण्डीपारा गाँव छोड़ दिया।

रात गुज़रनी थी, गुज़र गयी। पर चण्डीपारे का दिन नहीं गुज़र सकता था। रंगीलाल ने पहले अपना गाँव ढुँढ़वाया। फिर गुलबत्ती के बाप कचकौलप्रसाद को साथ लेकर आसपास के गाँव ढुँढ़वाये और अगली रात ढलने से पहले नरिएरा गाँव में उसने गुलबत्ती और हेमसिंह का पता पा लिया।

एक ओर चण्डीपारेवाले और झलमला गाँव के लोग थे और दूसरी ओर नरिएरे के। नरिएरेवालों का कहना था कि उनके गाँव में जो भी कोई औरत सहारा लेने के लिए आयी थी, वे उसे ज़रूर सहारा देंगे। दोनों गाँवों के मुखिया मिल बैठे और बात को लड़ाई-झगड़े से बचाने के लिए उन्होंने पंचायत बाँध ली। गुलबत्ती ने हेमसिंह का हाथ पकड़ा। भरी पंचायत में बैठकर अपने हाथों की चूड़ियाँ तोड़ दीं और रंगीलाल से कहने लगी, "ले ए पडे ए तोर चूड़ी, आज ले तोर मोर कोई रिश्ता नहीं ए।"

पंचायत ने हेमसिंह को दो सौ रुपये का दण्ड दिया और रंगीलाल को दो सौ रुपया दिलवाकर गुलबत्ती हेमसिंह के साथ कर दी।

हेमसिंह की ख़परैल में जब गुलबत्ती ने पंचायत की ओर से सुर्ख़रू होकर चूल्हा जलाया तो उसके अंगों में से खजूर के चीर खाये हुए तने से बूँद-बूँद बहती ताड़ी की तरह मस्ती टपक रही थी।

उस रात, और हर रात जब गुलबत्ती हेमसिंह की बाँहों में सोती थी, तो उसे एक ही ख़याल आता था कि वह गाँजे की कली थी जो हेमसिंह के साँसों की आग में सुलगकर पूरी नशा बन गयी थी। वह जी भरकर हेमसिंह की आँखों में देखती। उसकी आँखों में एक बावलापन होता और वह सोचती, यह उसी के नशे की गुलाबी धारियाँ थीं। और वह सोचती कि उसकी निष्फल जाती ज़िन्दगी सफल हो गयी थी।

तीन महीने बीत गये। एक दिन बैठी-बैठी गुलबत्ती के अन्तर से एक ललक उठी, 'को जाने का बात ए, आज मोर मन बीह खाये वर करत ए,' और गुलबत्ती ने जब तक तीन बड़े-बड़े अमरूद न खा लिये उसका मन अमरूदों में भटकता रहा। एक दिन, दो दिन, और फिर गुलबत्ती का मन शकरकन्दी खाने के लिए मचलने लगा। गुलबत्ती ने शकरकन्दी भूनी और पेट भरकर खायी। अगले दिन गुलबत्ती हैरान थी, 'आज मोर जोंदरी खाये के मन ए।' और गुलबत्ती ने दूधिया भुट्टे भूनकर खाये। घर में झीना परागी चावल भी पड़े हुए थे और लुंचई चावल भी, पर गुलबत्ती के अन्तर से उठकर उसकी नाक को दुबराज चावलों की ख़ुशबू चढ़ गयी थी। चावलों के माँड़ से उसके मन को उबकाई आ रही थी। उसने प्याज भूनकर दुबराज चावलों का पुलाव पकाया। साथ तेल में मछली भूनी और उसका मन खिल उठा। 'आज मोर समझ में आयी सै। मैं भी कहूँ कैसे मोर मन खाये-खाये कर करत ए।' और गुलबत्ती मटक-मटक उठी कि आज जब हेमसिंह रात को घर आएगा तो वे दोनों मिलकर अपने आनेवाले बच्चे की बातें करेंगे।

हेमसिंह फेरी लगाकर अभी घर नहीं लौटा था, मालगुज़ार के घर से एक आदमी ने आकर एक ख़त दिया। हेमसिंह को पहले भी कभी-कभी अपने गाँव से अपने माँ-बाप का ख़त आया करता था और हमेशा मालगुज़ार के पते पर आता था। गुलबत्ती ने ख़त को सँभालकर रख दिया और बाहर दहलीज़ में बैठकर हेमसिंह की राह देखने लगी—आज वह मन में हेमसिंह के लिए दोहरी ख़ुशी लेकर बैठी हुई थी।

हेमसिंह की झलक वह घने कुहासे में भी पहचान लेती थी। आज तो अभी साँझ झीनी-झीनी थी। उसने सामने खेत की मेंड़ पर से आते हुए हेमसिंह को देख लिया। ख़ुशी की एक लहर उसके मन में उठी और वह सोचने लगी कि वह हेमसिंह को पहले कौन-सी बात बताएगी। बच्चेवाली बात बहुत बड़ी थी। और बड़ी बात हमेशा अन्त में खोली जाती है...गुलबत्ती ने सोचा, और अन्दर से ख़त लाकर अपने आँचल में छिपाती वह आगे उलझकर हेमसिंह से मिली।

"तोर वर एक ठो चीज़ लाये हों, बता तो भला का ए?"

"महूँ तोर वर एक ठन चीज़ लाये हों। मोर सऊँ बदली कर ले।"

पहले तो गुलबत्ती ने हेमसिंह को बनाया और कहने लगी, "पहले मोर मन के साथ आपन मन के बदला-बदली कर ले।"

पर जब हेमसिंह ने गुलबत्ती को अपनी बाँहों में लेकर कहा, "ओ तो कब के हो चुके ए। अब मैं ओ नया मन कहाँ ले आऊँ," तो गुलबत्ती ने आँचल में छिपाया हुआ ख़त हेमसिंह को दे दिया और हेमसिंह से मोंगरे के फूल लेकर अपने बालों में टाँकने लगी।

हेमसिंह ने ख़त पढ़ा और उसके माथे पर पसीने की बूँदें झलक आयीं। गुलबत्ती ने जल्दी से हेमसिंह का हाथ थामा और अपनी ख़परैल में चले आये। पर हेमसिंह का मुख इस तरह हो आया था जैसे भरे दरिया में उसके हाथ से चप्पू छूट गया हो। गुलबत्ती ने महुए की शराब कसोरे में डाली और कसोरा हेमसिंह की ओर बढ़ाती हुई कहने लगी, "ए मा घबराये के का बात ए? जितना पैसा की तोला ज़रूरत होई, मैं देहों।"

पिछले दिनों हेमसिंह को जब गुलबत्ती के बदले इकट्ठे दो सौ रुपये देने पड़े थे तो उसका हाथ तंग हो गया था। उसने बताया था कि पीछे पंजाब में उसके बूढ़े माँ-बाप उसी के सहारे थे। वह उन्हें हर महीने कम से कम डेढ़ सौ रुपया भेजा करता था, तो गुलबत्ती ने एक रात अपने बाप से चोरी अपनी माँ से हेमसिंह को दो सौ रुपये ला दिये थे। इसलिए अब भी गुलबत्ती ने यही सोचा कि हेमसिंह को रुपये की ज़रूरत आ पड़ी थी।

हेमसिंह की आँखों से आँसू बह निकले और वह गुलबत्ती के मुँह की ओर बड़ी ऋणी आँखों से देखने लगा। गुलबत्ती घबरायी भी, पर घबराहट की अपेक्षा वह दिल थामकर तन बैठी। उसका मन हेमसिंह के हिस्से की हिम्मत भी अपने पास से जुटा रहा था। धीरे-धीरे हेमसिंह ने मन की बात कही। और उसने गुलबत्ती को जो प्रेम किया था वह प्रेम सच्चा था। पर वह एक बहुत बड़ा झूठ बोल बैठा जो उसने गुलबत्ती को यह नहीं बताया था कि पीछे गाँव में उसकी एक औरत भी थी और एक बच्चा भी। और आज उसकी औरत का मिन्नत-भरा ख़त आया था कि उनका इकलौता बेटा मोटर के नीचे आ गया था और अब वह अस्पताल में पड़ा हुआ था। और उसकी औरत ने दुहाई दी थी कि वह घर लौट आए।

हरी टहनी जैसी गुलबत्ती एक पल-भर में झुर गयी। बोली कुछ नहीं, केवल हेमसिंह के मुँह की ओर देखती रही। देखते-देखते उसके मन में आया कि उसकी सूखे पत्तों जैसी जान अपनी आग से आप ही जल उठे। वह भी जलकर राख हो जाए और उसकी डाल पर बैठा हुआ यह पंछी भी जलकर राख हो जाए।

उदासी का एक सियाह बादल गुलबत्ती के मन में उठा और अँधेरी रात जैसे इस बादल को गुलबत्ती के मन में आयी एक बात बिजली की तरह चीर गयी। गुलबत्ती का सारा बदन बिजली की तरह चमका और बिजली की तरह काँपा। उसने बिजली की लकीर की तरह हेमसिंह की ओर देखा और कहने लगी, "मो तोला एक ठन बात बतात हों।"

"का?"

"मोर बच्चा होई लागत ए।"

हेमसिंह चकित रह गया। उसने सोचा कि चाहे वह गुलबत्ती को पंचायत के सामने अपनी औरत बनाकर उसे पूरे अधिकार दे चुका था, पर इस समय गुलबत्ती ने अपने अधिकारों को और पक्का करने के लिए शायद बच्चेवाली बात अपने मन में गढ़ ली थी।

"सच कहत अस?"

"मैं तोला सच कहत हों, ठाकुर! जोन दिन मैं तोर घर आये रहऊँ, मोला बिलकुल मालम नहीं रही से कि मोर घर में कुछ होनेवाला है..."

"तोर कहे के मतलब ए कि ए बच्चा रंगीलाल के हैवै?"

"हाँ।"

हेमसिंह के मन से एकबारगी सारा भार उतर गया। उसने सुर्ख़रू होकर गुलबत्ती की ओर देखा। पहले तो गुलबत्ती के मन में धरती को कँपा देनेवाली बिजली की कड़क उठी, पर फिर यह कड़क उसके मन के सूने आसमानों में ही खो गयी। और गुलबत्ती ने शान्त होकर हेमसिंह को गाँव लौटने के लिए तैयार कर दिया। अपने बारे में उसने यही कहा कि वह रंगीलाल के पास लौट जाएगी और उसके बच्चे को उसके बाप के घर जन्म देगी।

हेमसिंह को रात की गाड़ी से गाँव भेजकर गुलबत्ती ने वह रात नरिएरा गाँव में ही काटी। रात का चौथा पहर था जब वह झलमला गाँव के लिए चल पड़ी।

गुलबत्ती से भी पहले गुलबत्ती की बात गाँव में पहुँच गयी थी। हेमसिंह जाते हुए नरिएरा गाँव के मालगुज़ार को मिलकर गया था। उसने मालगुज़ार को यह बात बतायी थी और उसने यह बात रातों-रात गुलबत्ती के बाप को पहुँचा दी थी।

गुलबत्ती जब झलमला गाँव में पहुँची, बाप का मुख खिंचा हुआ था, पर गुलबत्ती की माँ ने उसे गले से लगा लिया और उसका दिल बहलाने लगी।

गिनती के तीन दिन निकले थे कि कचकौलप्रसाद ने रंगीलाल को बुला भेजा। रंगीलाल ने कुछ हेकड़ी तो दिखायी पर मन से शायद वह ख़ुश था। उसने कचकौलप्रसाद के घर आकर दारू-पानी पिया और गुलबत्ती को फिर से अपने घर डालने के लिए मान गया। गुलबत्ती पहले अपने बाप से उलझी, फिर रंगीलाल के सामने जाकर तन गयी, "तोर सच कहत हों, ए तोर ना हैं।" और उसने रंगीलाल के घर बसने से इनकार कर दिया।

माँ हैरान थी। सारा गाँव हैरान था। पर गुलबत्ती के लिए जैसे कुछ हुआ ही नहीं था। उसने धैर्य से माँ की सयानी बेटी की तरह माँ का चौका-चूल्हा सँभाल लिया और बाप के सयाने बेटे की तरह बाप के खेतों का काम सँभाल लिया और अपने मन को समझा लिया कि हेमसिंह की आँखों में दिखते कँवल फूलों की जो

माया उसके मन को लग गयी थी वह वास्तव में हेमसिंह की आँखों की माया नहीं थी, वह उसकी अपनी कोख से पैदा होनेवाले कँवल फूल जैसे बच्चे की माया थी। और वह बड़ी उत्सुकता से अपने बच्चे के जन्म का इन्तज़ार करने लगी।

गुलबत्ती के मन की गहराई किसी ने न पायी। गाँव की औरतें और गाँव के मर्द कुछ इधर-उधर की चर्चा करते—खेतों की कटाई की बात कर सकते थे और मामले की बात भी कर सकते थे, पर कोई गुलबत्ती की छाती में धड़कते हुए दिल की बात नहीं कर सकता था, गुलबत्ती की कोख में पड़े हुए बच्चे की बात नहीं कर सकता था। केवल एक बार जब उसके बचपन की सखी सोनिया जब ससुराल से आयी, उसने हिम्मत बाँध ली और गुलबत्ती को कनेरों के तले बैठाकर पूछने लगी :

"गया। एक ठन बात पूछत हों बतावे?"

"पूछ ना। का पूछत अस?"

"ए तोर बच्चा काकर अस ए?"

"मोर ए।"

"एकर दादा कौन ए?"

"मैं ही एकर दाई हों, मैं ही एकर दादा।"

सोनिया की जैसे ज़बान थथला गयी। पर फिर भी उसने हिया बाँधकर पूछा, "तोर मर्द कौन ए गुलबत्ती?"

"मोर मर्द अबी पैदा नहीं होए ए। जौन बच्चा मोर घर में जनमे, ओई हर मोर मर्द होई। ना तो रंगीलाल मोर सच्चा मर्द ए, अऊ ना हेमसिंह। अब मोर सच्चा मर्द मोर पेट ले जन्मे...मोर बच्चा...मोर मर्द..." और गुलबत्ती एक नशे में झूम गयी। उसे लगा कि वह गाँजे की कली ज़रूर थी पर किसी भी मर्द के पास उसे पीने के लिए दिल की आग नहीं थी। इस कली को पीने के लिए, उसे आग भी अपने दिल में ही जलानी पड़ी थी। कली भी वह ख़ुद थी, आग भी वह ख़ुद थी, पीनेवाली भी वह ख़ुद थी।

पाँच बरस लम्बी सड़क

सेंक मौसम का था, मन का नहीं।

हवाई जहाज़ वक़्त पर आया था, पर नीचे एयरपोर्ट से अभी सिगनल नहीं मिल रहा था। जहाज़ को दिल्ली पहुँचने की ख़बर देकर भी, अभी दस मिनट और गुज़ारने थे, इसलिए शहर के ऊपर उसको कुछ चक्कर लगाने थे।

उसने खिड़की में से बाहर झाँकते हुए शहर के मुँडेरे पहचाने, मुँडेरे, क़िले, खँडहर, खेत...

'क्या पहचान सिर्फ़ आँखों की होती है? आँखें इस पहचान को अपने से आगे, कहीं नीचे तक, क्यों नहीं उतारतीं?'—उसे ख़याल आया। पर एक धुन जैसी सोच की तरह नहीं, ऐसे ही राह जाता ख़याल।

मुँडेरे, क़िले, खँडहर, खेत—उसने कई देशों के देखे थे। हर देश में इन चीज़ों के यही नाम होते हैं, चाहे हर देश में इन चीज़ों का अलग-अलग इतिहास होता है। इनके रंग, इनके क़द, इनकी मुँह-मुहार भी अलग-अलग होती है—एक इनसान से अलग दूसरे इनसान की तरह। पर फिर भी इनसान का नाम इनसान ही रहता है। मुँडेरों का नाम भी मुँडेरे ही रहता है, क़िले का नाम भी क़िला ही...

सिर्फ़ एक हलका-सा फ़र्क़ था—हर देश में इन चीज़ों को देखते वक़्त एक ख़याल-सा रहता था कि वह इन्हें पहली बार देख रहा था। पर आज अपने देश में इन्हें देखकर उसे लग रहा था कि वह इन्हें दूसरी बार देख रहा था और उसे ख़याल आया अगर वह फिर कुछ दिनों बाद परदेश गया तो वहाँ जाकर, उन्हें देखकर भी, इसी तरह लगेगा कि वह उनको दूसरी बार देख रहा है। बिलकुल आज की तरह। यह देश और परदेश का फ़र्क़ नहीं था। यह सिर्फ़ पहली बार, और दूसरी बार देखने का फ़र्क़ था।

जहाज़ ने 'लैण्ड' किया। एयरपोर्ट भी जाना-पहचाना-सा लगा, दूसरी बार देखने की तरह। इससे ज़्यादा उसके मन में कोई सेंक नहीं था।

ओवरकोट उसके हाथ में था। गले का स्वेटर भी उतारकर उसने कन्धे पर रख लिया।

सेंक मौसम का था, मन का नहीं।

कस्टम में से गुज़रते वक़्त उसे एक फ़ार्म भरना था कि पिछले नौ दिन वह कहाँ-कहाँ रहा था। पिछले नौ दिन वह सिर्फ़ जरमनी में रहा था। उसने फ़ार्म भर दिया। और उसे ख़याल आया—अच्छा है, कस्टमवाले सिर्फ़ नौ दिनों का लेखा पूछते हैं, बीस-पचीस दिनों का नहीं। नहीं तो उसे सिलसिलेवार याद करना पड़ता कि कौन-सी तारीख़ वह किस देश में रहा था। उसने वापस आते समय कोई एक महीना सिर्फ़ इसी तरह गुज़ारा था—कभी किसी देश का टिकट ले लेता था, कभी किसी देश का। अगर किसी देश का वीज़ा उसे नहीं मिलता था तो वह दूसरे देश चल पड़ता था...

पासपोर्ट की चेकिंग करते समय, और पासपोर्ट वापस करते हुए, एक अफ़सर ने मुसकरा के कहा था, 'जनाब पाँच बरस बाद देश आ रहे हैं।'

बिलकुल उसी तरह जिस तरह एयर होस्टेस ने राह में कई बार बताया था कि इस वक़्त तक हम इतने हज़ार किलोमीटर तय कर चुके हैं। गिनती अजीब चीज़ होती है, चाहे मीलों की हो या बरसों की। उसे हँसी-सी आयी।

जहाज़ में से उसके साथ उतरे हुए लोगों को लेने आये हुए लोग—हाथ मिलाकर भी मिल रहे थे, गले में बाँहें डालकर भी मिल रहे थे। कइयों के गले में फूलों के हार भी थे। 'पसीने की और फूलों की गन्ध से शायद एक तीसरी गन्ध और भी होती है' उसे ख़याल आया। पर तीसरी गन्ध की बात उसे एक थीसिस लिखने के बराबर लगी। वह अभी-अभी एक परदेशी ज़बान सीखकर और उसके लिटरेचर पर थीसिस लिख के, एक डिगरी लेकर आया था। नये थीसिस की कोई बात वह अभी नहीं सोचना चाहता था। इसलिए सिर्फ़ पसीने और फूलों की गन्ध सूँघता हुआ वह एयरपोर्ट से बाहर आ गया।

घर में सिर्फ़ माँ थी।

जाते वक़्त बाप भी था, छोटा भाई भी, और एक लड़की...नहीं, वह लड़की घर में नहीं थी, वह सिर्फ़ उसी दिन उसके जानेवाले दिन आयी थी। माँ को सिर्फ़ ऐसे ही कुछ घण्टों के लिए भ्रम हुआ था कि वह लड़की...छोटा भाई ब्याह करा के अब दूर नौकरी पर रहता था, घर में नहीं था। बाप अब इस दुनिया में कहीं नहीं था। इसलिए घर में सिर्फ़ माँ थी।

कई चीज़ें अन्दर से बदल जाती हैं, पर बाहर से वही रहती हैं। कई चीज़ें बाहर से बदल जाती हैं, पर अन्दर से वही रहती हैं।

उसका कमरा बिलकुल उसी तरह था—उसका पीला ग़लीचा, उसकी खिड़की के टसरी परदे, उसकी मेज़ पर पड़ा हुआ हरी धारियों का फूलदान, और दहलीज़ों

में पड़ा हुआ गहरा ख़ाकी पायदान। चाँदनी का पौधा भी उसकी खिड़की के आगे उसी तरह खिला हुआ था। पर पहले इस सब कुछ की गन्ध—दीवारों की ठण्डी गन्ध के समेत—उसके साथ लिपट-सी जाती थी। और अब उसे लगा कि वह उसके साथ लिपटने से सकुचाती, सिर्फ़ उसके पास से गुज़रती थी और फिर परे हो जाती थी। पता नहीं, उसके अन्दर कहाँ क्या बदल गया था।

माँ कश्मीरी सिल्क की तरह नरम होती थी और तनी-सी भी। पर उम्र ने उसे जैसे धो-सा दिया था। वह सारी-की-सारी सिकुड़ गयी लगती थी। माँ से मिलते वक़्त उसका हाथ माँ के मुँह पर ऐसे चला गया था जैसे उसे हथेली से मांस की सारी सिकुड़नें निकाल देनी हों। माँ की आवाज़ भी बड़ी धीमी और क्षीण-सी हो गयी लगती थी। शायद पहले उसकी आवाज़ का ज़ोर उसके क़द जितना नहीं, उसके मर्द के क़द जितना था; और उसके बिना अब वह नीचा हो गया था, मुश्किल से उसके अपने क़द जितना। जब उसने बेटे का मुँह देखा था, उसकी आँखें उसी तरह सजग हो उठी थीं जैसे हमेशा होती थीं। उसके सीने की साँस उसी तरह उतावली हो गयी थी, जैसे हमेशा होती थी। वह कहीं किसी जगह, बिलकुल वही थी, जो हमेशा होती थी। सिर्फ़ उसके बाहर बहुत कुछ बदल गया था।

"मुझे पता था, तू आज या कल किसी दिन भी अचानक आ जाएगा," माँ ने कहा।

उसने अपने कमरे में लगे हुए ताज़े फूलों को देखा, और फिर माँ की तरफ़।

माँ की आवाज़ सकुचा-सी गयी—"यह तो मैं रोज़ ही रखती थी।"

"रोज़? कितने दिनों से?" वह हँस पड़ा।

"रोज़," माँ की आवाज़ उसके जिस्म की तरह और सिकुड़ गयी, "जिस दिन से तू गया था।"

"पाँच बरसों से?" वह चौंक-सा गया।

माँ सकुचाहट से बचने के लिए रसोई में चली गयी थी।

उसने जेब में से सिगरेट का पैकेट निकाला। लाइटर पर उँगली रखी, तो उसका हाथ ठिठक गया। उसने माँ के सामने आज तक सिगरेट नहीं पी थी।

माँ ने शायद उसके हाथ में पकड़ा हुआ सिगरेट का पैकेट देख लिया था। वह धीरे से रसोई में से बाहर आकर, और बैठक में से ऐश-ट्रे लाकर उसकी मेज़ पर रख गयी।

उसे याद आया—छोटे होते हुए माँ ने उसे एक बार चोरी से सिगरेट पीते देख लिया था, और उसके हाथ से सिगरेट छीनकर खिड़की से बाहर फेंक दी थी...

माँ शायद वही थी पर वक़्त बदल गया था।

माँ फिर रसोई में चली गयी। वह चुपचाप सिगरेट पीने लगा।

"मुझे पता था, तू आज या कल किसी दिन भी आ जाएगा..." उसे माँ की अभी कही गयी बात याद आयी। और उसके साथ मिलती-जुलती एक बात भी याद आयी। "मुझे पता लग जाएगा जिस दिन तुम्हें आना होगा, मैं ख़ुद उस दिन तुम्हारे पास आ जाऊँगी।"

बहुत देर हुई, जब वह परदेश जाने लगा था, उसे एक लड़की ने यह बात कही थी।

उस लड़की से उसकी दोस्ती पुरानी नहीं थी, वाक़फ़ियत पुरानी थी, दोस्ती नहीं थी। पर पाँच बरसों के लिए परदेश जाने के वक़्त, जाने की ख़बर सुनकर, अचानक उस लड़की को उसके साथ मुहब्बत हो गयी थी—जैसे जहाज़ में बैठे किसी मुसाफ़िर को अगले बन्दरगाह पर उतर जानेवाले मुसाफ़िर से अचानक ऐसी तार जुड़ी-सी लगने लगती है कि पलों में वह उसे बहुत कुछ दे देना और उससे बहुत कुछ ले लेना चाहता है।

और ऐसे वक़्त पर बरसों में गुज़रनेवाला पलों में गुज़रता है।

उसने यह 'गुज़रना' देखा था। अपने साथ नहीं, उस लड़की के साथ।

"तुम्हारा क्या ख़याल है, मैं जो कुछ जाते वक़्त हूँ, वही आते वक़्त होऊँगा?" उसने कहा था।

"मैं तुम्हारी बात नहीं कहती, मैं अपनी बात कहती हूँ," लड़की ने जवाब दिया था।

"तुम यहीं होगी, यह तुम्हें किस तरह पता है?"

"लड़कियों को पता होता है।"

"तो लड़कियाँ बावरी होती हैं।"

वह हँस पड़ा था। लड़की रो पड़ी थी।

जाने में बहुत थोड़े दिन थे। पाँच दिन और पाँच रातें लगाकर उस लड़की ने एक पूरी बाँहोंवाला स्वेटर बुना था। उसे पहनाया था और कहा था, "बस एक ...इक़रार माँगती हूँ, और कुछ नहीं। जिस दिन तुम वापस लौटो, गले में यही स्वेटर पहनकर आना।"

"तुम्हारा क्या ख़याल है, मैं वहाँ पाँच बरस..." उसने जो कुछ लड़की को कहना चाहा था, लड़की ने समझ लिया था।

जवाब दिया था, "मैं तुमसे अनहोने इक़रार नहीं माँगती। सिर्फ़ यह चाहती हूँ कि वहाँ का वहाँ ही छोड़ आना।"

वह कितनी देर तक उस लड़की के मुँह की तरफ़ देखता रहा था।

और फिर उसको यह सब कुछ एक अनादि औरत का अनादि छल लगा था। वह बेवफ़ाई को छूट दे रही थी पर उस पर वफ़ा का भार लादकर।

कह रही थी, "मैं तुम्हें ख़त लिखने के लिए भी नहीं कहूँगी। सिर्फ़ उस दिन तुम्हारे पास आऊँगी, जिस दिन वापस आओगे।"

"तुम्हें किस तरह पता लगेगा, मैं क़िस दिन वापस आऊँगा?" लड़की को टीज़ करने के लिए उसने कहा था।

और उसने जवाब दिया था, "मुझे पता लग जाएगा, जिस दिन तुम्हें आना होगा।"

उस दिन वह हँस दिया था।

उसने परदेश देखे थे, बरस देखे थे, लड़कियाँ भी देखी थीं।

पर किसी चीज़ में उसने डूबकर नहीं देखा था, सिर्फ़ किनारों से छूकर।

और वह सोचता रहा था—शायद डूबना उसका स्वभाव नहीं, या वह चलता है, तो एक भार भी उसके साथ चलता है, और उसके पैरों को हर जगह कुछ रोक-सा लेता है...

इन बरसों में उसने कभी उस लड़की को ख़त नहीं लिखा था। लड़की ने कहा भी इसी तरह था।

हर देश की दोस्ती उसने उसी देश में छोड़ दी थी। यह शायद उसका अपना ही स्वभाव था, या इसलिए कि उस लड़की ने कहा था।

सिर्फ़ वापस आते वक़्त, जब वह अपना सामान पैक कर रहा था, उस स्वेटर को हाथ में पकड़कर वह कितनी देर सोचता रहा था कि वह उसे और चीज़ों के साथ पैक कर दे या उस लड़की की बात रख ले, और उसे पहन ले।

जो स्वेटर पहनकर जाना, पाँच बरसों बाद वही पहनकर आना, उसे एक मूर्खता की-सी बात लगी थी। मूर्खता की-सी भी और जज़्बाती भी।

और एक हद तक झूठी भी। क्योंकि जिस बदन पर यह स्वेटर पहनना था वह उस तरह नहीं था जिस तरह वह लेकर गया था।

पर उसने स्वेटर को पैक नहीं किया। गले में डाल लिया। ऐसे जब वह स्वेटर पहनकर शीशे के सामने खड़ा हुआ—उसे आर्ट गैलरियों में बैठे वे आर्टिस्ट याद आ गये, जो पुरानी और क्लासिक पेण्टिंग्ज़ की हूबहू नक़लें तैयार करते हैं।

और स्वेटर पहनकर उसे लगा—उसने भी अपनी एक नक़ल तैयार कर ली थी।

इस नक़ल से वह शर्मिन्दा नहीं था, सिर्फ़ इस नक़ल पर वह हँस रहा था।

माँ को वह सब कुछ याद था, जो कभी उसे अच्छा लगता था। लेकिन वह स्वयं भूल गया था।

"देख तो अच्छा बना है?" माँ ने जब पनीर का पराँठा बनाकर उसके आगे रखा, तो उसको याद आया कि पनीर का पराँठा उसे बहुत अच्छा लगता था। माँ ने जाने वाले दिन भी बनाया था।

उसने एक कौर तोड़कर मक्खन में डुबाया, और फिर माँ के मुँह में डालकर हँस पड़ा—"वहाँ लोग पनीर तो बहुत खाते हैं पर पनीर का पराँठा कोई नहीं बनाता।"

यह छुटपन से उसकी आदतें थीं। जब वह बड़ा रौ में होता था, रोटी का पहला कौर तोड़कर माँ के मुँह में डाल देता था।

"तू सात विलायत घूमकर भी वही का वही है," माँ के मुँह से निकला और उसकी आँखों में पानी भर आया। भरी आँखों से वह कह रही थी, "तू आया है, सब कुछ फिर उसी तरह हो गया है।"

वह 'वह' नहीं था। कुछ भी वह नहीं था, जाते वक़्त जो कुछ था वह सब बदल गया था। उसने बाप की बात नहीं छेड़ी थी, सिर्फ़ उसके ख़ाली पलँग की तरफ़ देखा था, और फिर आँखें परे कर ली थीं। माँ के दिन-ब-दिन मुरझाते मुँह की बात भी नहीं की थी। छोटे भाई की ख़ैर-ख़बर पूछी थी, पर यह नहीं कहा था कि माँ को अकेला छोड़कर उसे इतनी दूर नहीं जाना चाहिए था। पर माँ कह रही थी, "सब कुछ फिर उसी तरह हो गया है..."

"झटपट जो कोई भुलावा पड़ जाए, क्या हरज है," उसने सोचा भी यही था। माँ के मुँह में अपनी रोटी का कौर भी इसीलिए डाला था।

उसने कोई और भी माँ की मरज़ी की बात करनी चाही। पूछा, "भाभी कैसी हैं? तुम्हें पसन्द आयी हैं?"

माँ ने जवाब नहीं दिया। सिर्फ़ सवाल-सा किया, "मेरा ख़याल था, तू विलायत से कोई लड़की..."

वह हँस पड़ा।

"बोलता क्यों नहीं?"

"विलायत की लड़कियाँ विलायत में ही अच्छी लगती हैं, सब वहीं छोड़ आया हूँ।"

"मैंने तो इस महीने पिछले दोनों कमरे ख़ाली करवा लिये थे। सोचा था, तुझे ज़रूरत होगी।"

"ये कमरे किराये पर दिये हुए थे?"

"छोटा भी चला गया था। घर बड़ा ख़ाली था इसलिए पिछले कमरे चढ़ा दिये थे। ज़रा हाथ भी खुला हो गया था..."

"तुम्हें पैसों की कमी थी?" उसे परेशानी-सी हुई।

"नहीं, पर हाथ में चार पैसे हों तो अच्छा होता है।"

"छोटे की तनख़्वाह थोड़ी नहीं, वह..."

"पर वह भी अब परिवारवाला है, आजकल में ही उसके घर.."

"सो मेरी माँ दादी बन जाएगी..."

उसने माँ को हँसाना चाहा, पर माँ कह रही थी, "मुझे तो कोई उज्र नहीं था जो तू विलायत से कोई लड़की..."

वह माँ को हँसाने के यत्न में था। इसलिए कहने लगा, "लाने तो लगा था पर याद आया कि तुमने जाते समय पक्की की थी कि मैं विलायत से किसी को साथ न लाऊँ।"

उसे याद आया—जानेवाले दिन, वह लड़की जब मिलने आयी थी, वह माँ को अच्छी लगी थी। माँ ने उन दोनों को इकट्ठे देखकर, ताक़ीद दी थी, "देख, कहीं विलायत से न कोई ले आना। कोई भी अपने देश की लड़की की रीस नहीं कर सकती..."

पर इस वक़्त माँ कह रही थी, "वह तो मैंने वैसे ही कहा था। तेरी ख़ुशी से मैंने मुनकिर क्यों होना था। पीछे एक ख़त में मैंने तुझे लिखा भी था कि जो तेरा जी चाहता हो..."

"यह तो मैंने सोचा, तुमने ऐसे ही लिख दिया होगा," वह हँस पड़ा और फिर कहने लगा, "अच्छा, जो तुम कहो तो मैं अगली बार ले आऊँगा।"

"तू फिर जाएगा?" माँ घबरा-सी गयी।

"वह भी जो तुम कहो तो, नहीं तो नहीं।"

उसे लगा, उसे आते ही जाने की बात नहीं करनी चाहिए थी। आते वक़्त उसे एक यूनिवर्सिटी से एक नौकरी ऑफ़र हुई थी। पर वह इतने बरसों बाद एक बार वापस आना चाहता था। चाहे महीनों के लिए ही।

"जो तुम कहोगी तो नहीं जाऊँगा," उसने फिर एक बार कहा।

माँ को कुछ तसल्ली आ गयी। कहने लगी, "तू सामने होगा, चूल्हे में आग जलाने की तो हिम्मत आ जाएगी, वैसे तो कई बार चारपाई पर से नहीं उठा जाता।"

"माँ, तुम इतनी उदास थीं, तो छोटे के साथ, उसके घर..."

"मैं यहाँ अपने घर अच्छी हूँ। अब तू आ गया है, मुझे और क्या चाहिए!"

उसको लगा माँ बहुत उदास थी। और शायद उसकी उदासी का सम्बन्ध सिर्फ़ उसके अकेलेपन से नहीं, किसी और चीज़ से भी था।

खिड़की में से आती धूप की लकीर दीवार पर बड़ी शोख-सी दिख रही थी। उसने खिड़की के परदे को सरकाया। और उसे ग़लीचे का पीला रंग ऐसे लगा जैसे निश्चिन्त-सा होकर कमरे में सो गया हो।

"तू थक गया होगा। कुछ सो ले," माँ ने कहा, और मेज़ पर से प्लेटें उठाकर कमरे से जाने लगी।

"नहीं, मुझे नींद नहीं आ रही," उसने हलका-सा झूठ बोला, और कहा, "मैं तुम्हारे लिए एक-दो चीज़ें लाया हूँ, देखूँ पूरी आती हैं कि नहीं।"

उसने सूटकेस खोला। एक गरम काली ऊन की शाल थी, पंखों जैसी हलकी।

माँ के कन्धों पर डालकर कहने लगा, "यह जाड़े की चीज़ है, पर एक मिनट अपने ऊपर ओढ़कर दिखाओ। यह तुम्हें बड़ी अच्छी लगेगी।"

फिर उसने फर के स्लीपर निकाले। माँ के पैरों में पहनाकर कहने लगा, "देखो, कितने पूरे आये हैं! मुझे डर था, छोटे न हों।"

"इस उम्र में मुझे अच्छे लगेंगे?" माँ की आँखों में पानी-सा भर आया था।

वह माँ का ध्यान बँटाने के लिए और चीज़ें दिखाने लगा। प्लास्टिक की एक छोटी-सी डब्बी में कुछ सिक्के थे—इटली के लीरा, यूगोस्लाविया के दीनार, बलगारिया के लेबा, हंगरी के फारेण्टस, रोमानिया के लेई, जरमनी के दीनार...उस ने सिक्कों को खनकाया और कहने लगा, "माँ, तुमने कहा था न कि छोटे के घर बहुत जल्दी कोई बच्चा..."

"हाँ-हाँ, कहा था," माँ कमरे से जाने के लिए उतावली-सी लगी।

"यह अपने भतीजे को दूँगा।"

और फिर उसने सूटकेस में से और चीज़ें निकालीं—"छोटे के लिए यह कैमरा, और भाभी के लिए यह..."

माँ रुआंसी-सी हो गयी।

उसका हाथ रुक गया।

"माँ, क्या बात है, तुम मुझे बताती क्यों नहीं?"

माँ चुप थी।

उसने माँ के कन्धे पर हाथ रखा।

माँ को कोई कहीं क़ुसूरवार लगता था। पता नहीं, कौन? और सोच-सोचकर उसे अपना मुँह ही क़ुसूरवार लगने लगा था। उसने एक विवशता से उसकी तरफ़ देखा।

"माँ, तुम कुछ बताना चाहती हो, पर बताती नहीं।"

"वह लड़की..."

"कौन-सी लड़की?"

"जो तुझे उस दिन मिलने आयी थी, जिसने तेरे लिए एक स्वेटर..."

"हाँ, क्या हुआ उस लड़की को?"

"उसने छोटे के साथ ब्याह कर लिया है।"

माँ के कन्धे पर रखा हुआ उसका हाथ कस-सा गया। एक पल के लिए उसे लगा कि हाथ ने कन्धे का सहारा लिया था, पर दूसरे पल लगा कि हाथ ने कन्धे को सहारा दिया था।

और वह हँस पड़ा—"सो वह मेरी भाभी है!"

माँ उसके मुँह की तरफ़ देखने लगी।

"मुझे ख़त में क्यों नहीं लिखा था?"

“क्या लिखती...यह उन्होंने लिखनेवाली बात की थी?”

“छोटे ने सिर्फ़ ब्याह की ख़बर दी थी और कुछ नहीं लिखा था।”

“दोनों शरमिन्दे तुझे क्या लिखते!”

खुले सूटकेस के पास जो दूसरा बन्द सूटकेस था, उस पर उसका ओवरकोट और वह स्वेटर पड़ा हुआ था जो उसने सुबह आते वक़्त पहना था।

वह एक मिनट स्वेटर की तरफ़ देखता रहा। स्वेटर गुच्छा-सा होकर अपने-आपको ओवरकोट के नीचे छिपाता-सा लग रहा था।

एक मर्द : एक औरत

अलमारी का शीशा बहुत लम्बा था—उसके क़द जितना।

वह अपने कोट के बटन खोलने लगा था, उसका हाथ पहले बटन पर ही रुक गया जैसे शीशे के बीचवाले हाथ ने उसका हाथ पकड़ लिया हो।

"कपड़े नहीं बदलोगे?" औरत की आवाज़ आयी।

मर्द हँस-सा दिया। शीशे में भी कुछ हिल-सा गया।

"तुमने 'पिक्चर ऑफ़ डोरियन ग्रे' पढ़ी है?" मर्द ने पूछा।

"पिक्चर ऑफ़ डोरियन ग्रे?"

"आस्कर वाइल्ड का सबसे मशहूर उपन्यास।"

"मेरा ख़याल है, कॉलेज के दिनों में पढ़ी थी, पर इस वक़्त याद नहीं...शायद उसमें एक पेण्टिंग की कोई बात थी..."

"हाँ, पेण्टिंग की। वह एक बड़े हसीन आदमी की पेण्टिंग थी..."

"फिर शायद वह आदमी हसीन नहीं रहा था, और उसके साथ ही उसकी पेण्टिंग बदल गयी थी...कुछ ऐसी ही बात थी।"

"नहीं, वह उसकी दिखती शक्ल के साथ नहीं बदली थी, उसके मन की हालत से बदली थी। रोज़ बदलती थी।"

"अब मुझे याद आ गया है। आदमी उसी तरह हसीन रहा था, पर पेण्टिंग के मुँह पर झुर्रियाँ पड़ गयी थीं..."

"उसके मन की सोचों की तरह।"

"अब मुझे सारी कहानी याद आ गयी है।"

"मेरा ख़याल है, यह शीशा..."

"यह शीशा?"

"सामने शीशे में देखो, मेरी शक्ल बदल गयी है।"

"आज पार्टी में तुमने बहुत पी थी।"

"नहीं, बहुत नहीं, मैं अभी और पीना चाहता हूँ...यहाँ अकेले, इस शीशे के सामने बैठकर...और देखना चाहता हूँ—यह शक्ल और कितनी बदल सकती है..."

औरत परे खड़ी थी, उधर पलँग के पास। इधर मर्द के पास आयी, शीशे के पास। उसकी आवाज़ में दिलजोई थी। कहने लगी, "आज की पार्टी में कोई सबसे हसीन आदमी अगर था, तो वह सिर्फ़ तुम। तुमने उनकी शक्लें नहीं देखीं? उन सबकी, जिन्हें तुमने पार्टी पर बुलाया था...वे मांस के ढेर से..."

"मैं उनकी बात नहीं कर रहा, सिर्फ़ अपनी कर रहा हूँ!"

"हाँ, देख लो शीशे में—तुम्हारा वही चन्दन की गेली जैसा जिस्म। माथा, आँखें...नाक...जैसे ख़ुदा ने फुरसत में बैठकर गढ़े हों..." औरत ने कहा। वह अभी भी दिलजोई की रौ में थी

"यह शब्दावली शायरों के लिए रहने दो..." मर्द खीझ-सा गया।

"मेरा ख़याल है, तुम थक गये हो। वैसे भी रात आधी होने को है..."

"पर तुम शीशे में क्यों नहीं देखतीं? देखने से डरती हो?"

"शीशे में कुछ और हो जाएगा?"

"हो जाएगा नहीं, हो गया है।"

"कहाँ? कुछ भी नहीं हुआ..."

"अभी हुआ था, मैंने ख़ुद देखा था...मैं जब हँसा था, शीशे में मेरा यही मुँह रो पड़ा था...यह शीशा डोरियन ग्रे की पेण्टिंग की तरह..."

"मैं गुसलखाने में से नाइट-सूट ला देती हूँ, तुम कपड़े बदल लो।"

"कपड़े सभ्यता की निशानी होते हैं, इस निशानी के बग़ैर मैं क्या होऊँगा...तुमने ही कहा था कि इस पार्टी के लिए मुझे नया सूट सिलवाना चाहिए..."

"मैंने ठीक कहा था, वह सब तुमसे बड़े इम्प्रेस हुए लगते थे..."

"इसलिए मैं यह सूट उतारना नहीं चाहता।"

"पर अब घर में कोई नहीं।"

"अभी मैं हूँ..."

औरत को अब यक़ीन हो गया था कि वह अब बहक गया है इसलिए बोली नहीं।

मर्द ने ही कहा, "उस वक़्त मैंने उनको इम्प्रेस किया था, पर इस वक़्त अपनेआप को करना है, इसलिए अभी यह सूट नहीं उतार सकता।"

औरत चुप थी।

"कुछ ह्विस्की बची है?" मर्द ने पूछा।

औरत के मुँह पर से एक सोच की परछाईं गुज़र गयी। परछाईं को पसीने की तरह पोंछकर बोली वह, "नहीं।"

"मेरा ख़याल है, तुम्हें झूठ बोलने का अभी ढंग नहीं आया।" मर्द हँस दिया।

"पर इस वक़्त मैं और नहीं पीने दूँगी।"

"सिर्फ़ एक गिलास..."

"नहीं।"

"तुमने उन्हें किसी गिलास के लिए मना नहीं किया था।"

"वे गेस्ट थे..."

"रिस्पेक्टेबल गेस्ट...रिस्पेक्टेबल सिर्फ़ वे थे, मैं नहीं?"

"मैंने रिस्पेक्टेबल नहीं कहा, सिर्फ़ गेस्ट कहा है।"

"तुम मुझे भी अपना गेस्ट समझ लो..."

"क्या?"

"यह घर तुम्हारा है, मैं तुम्हारा गेस्ट हूँ।"

"यह घर सिर्फ़ मेरा है?"

"घर सिर्फ़ औरत का होता है।"

औरत को इस वक़्त कुछ भी कहना ठीक नहीं लगा। उसे लगा कि इस वक़्त सिर्फ़ सो जाना चाहिए। वह चुपचाप ग़ुसलखाने में गयी, और मर्द का नाइट-सूट लाकर, पलँग की बाँही पर रख दिया।

मर्द ने कमरे के हलके नीले आयल-पेण्ट की तरफ़ देखा, पलँग की रेशमी सलेटी चादर की तरफ़, फिर टेबल लैम्प के आसमानी शेड की तरफ़...और उसका जी चाहा, वह औरत से कहे—इस कमरे का सारा कुछ बरसों से उसकी कल्पना थी। इस कमरे की भी और बाहर के बड़े कमरे की भी...इस सब कुछ को चाहती वह ख़ुद कहती थी कि उसके दफ़्तर से उसे काई वास्ता नहीं, पर अपना घर वह अपनी मरज़ी से बनाएगी, घर औरत का होता है...

फिर उसने नाइट-सूट की तरफ़ देखा। और सिर्फ़ इतना कहा, "यू आर ए वण्डरफ़ुल होस्ट...आई मीन होस्टेस..."[1]

औरत अभी भी चुप थी।

सिर्फ़ वही कह रहा था, "मेरी मेहरबान, अब एक गिलास ह्विस्की दे दो।"

औरत को लगा कि इस वक़्त गिलासवाली बात को टाला नहीं जा सकता। वह बाहर के कमरे में गयी, और कुछ मिनटों के बाद, उसने एक गिलास लाकर मेज़ पर रख दिया।

"यू आर रीयली ए डार्लिंग।"[2] मर्द ने ह्विस्की के पहले नहीं, पर तीसरे घूँट के साथ कहा।

---

1. तुम बहुत अच्छी मेज़बान हो...
2. तुम सच में प्रिय हो।

औरत को कुछ याद आया—और वह खौल-सी गयी—“मुझे ये शब्द अच्छे नहीं लगते।”

“क्यों?”

“आज की पार्टी में बिलकुल यही शब्द तुम्हारे एक मेहमान ने तुम्हारी सेक्रेटरी को कहे थे।”

“पर वह नाराज़ नहीं हुई थी।”

“वह सेक्रेटरी है, मैं बीवी हूँ।”

“यह फ़र्क़ कैसा लगता है?”

“डिस्गस्टिंग।”[1]

“डिस्गस्टिंग बीवी होना या कि सेक्रेटरी होना?”

“मेरे ख़याल में सेक्रेटरी होना।”

“यू आर राइट।”

मर्द ने ह्विस्की का घूँट भरा, और कहने लगा, ‘एक मैरिड औरत की पोज़ीशन सचमुच बड़ी शानदार होती है। वह जब चाहे नाराज़ हो सकती है। जिस बात पर, और जब चाहे...पर बेचारी सेक्रेटरी...”

“इस तंज का मतलब?”

“यह तंज नहीं।”

“फिर यह क्या है?”

“एक फ़ैक्ट।”

“उससे बड़ी हमदर्दी है?”

“उसके साथ नहीं, सिर्फ़ उसके सेक्रेटरी होने से।”

“इसीलिए उसकी हर दूसरे महीने तरक़्क़ी हो जाती है?”

“यह तरक़्क़ी नहीं, डियर, यह रिश्वत है। सिर्फ़ यह रिश्वत का नया तरीक़ा है।”

“किस चीज़ की रिश्वत?”

“हमारी एजेन्सी को जिस सेठ ने अपने मिल का ऐडवरटाइज़िंग एकाउण्ट दिया है, यह उसकी शर्त थी...उस लड़की की तरक़्क़ी भी उसी की शर्त है...”

“यह उस सेठ की...”

“ए कैप्ट विमैन”।[2]

“इट इज़ आल डिस्गस्टिंग।”[3]

---

1. घृणित।
2. रखैल।
3. यह सब बड़ा घृणित है।

"येस, इट इज़ आल डिस्गस्टिंग।"

"पर तुम्हें उससे हमदर्दी किस बात की है?"

"क्योंकि मैं उसका हमपेशा हूँ।"

"क्या मतलब?"

"हम सब...सब...उसके हमपेशा हैं..."

"किस तरह?"

"वी आर नॉट मैरिड टु अवर वर्क...वी आर आल लाइक कैप्ट विमैन..."[1]

मर्द हँसा फिर कहने लगा, "आज की पार्टी से भी यह ज़ाहिर था। मैंने उनको खुश करने के लिए यह सब कुछ किया था। पाँच लाख एक साल के बिजनेस का सवाल था..."

मर्द ने ह्विस्की के गिलास का आख़िरी घूँट भरा, शीशे की तरफ़ देखा। पता नहीं उसे क्या नज़र आया, उसने एक बार आँखें बन्द-सी कर लीं। फिर खोलीं तो वे उस शीशे की तरफ़ नहीं ख़ाली गिलास की तरफ़ देख रही थीं।

"मेरी मेहरबान, एक गिलास और।"

"नहीं, और नहीं।"

"आज जश्ने-गुलामी है।"

औरत ने अपनी घबराहट को माथे पर से पसीने की तरह पोंछा।

"देख मेरी जान, आज की पार्टी ने अगले साल का बिज़नेस भी पक्का कर दिया है। इसका मतलब है—अगले साल भी पाँच लाख का बिज़नेस। इसलिए मैं ने नया सूट पहना था...वे औरतें...मेरा मतलब है कैप्ट विमैन...इसी तरह नयी साड़ी पहनती हैं...फिर सारा वक़्त दिल-फ़रेब बातें...उन्हें किसी भी बात से नाराज़ होने का हक़ नहीं होता...मैं भी किसी बात से नाराज़ नहीं हुआ..."

औरत ने मर्द के पास होकर उसके कोट के बटन खोले। बटन खोलते हुए वह काफ़ी देर तक उसके सीने के पास खड़ी रही। शायद मर्द के हाथ की किसी हरक़त का इन्तज़ार कर रही थी...

रात कमरे में भी अडोल थी, दूर परे तक भी अडोल थी। मर्द के अंगों की तरह।

और फिर अचानक एक कुत्ते के भूँकने की आवाज़ आयी। और औरत को लगा—उसकी छाती में भी कुछ था, जो इस वक़्त...

कुत्ते के भूँकने की आवाज़ बायें हाथवाली कोठी की तरफ़ से आयी थी। फिर अगले मिनट दायें हाथवाली कोठी की तरफ़ से भी आयी। शायद जवाब की सूरत में।

---

1. हमारी शादी अपने काम से नहीं हुई है...हम सब रखैलों की तरह हैं।

"ह्वाट ए डुइट..." मर्द ने ख़ाली गिलास की तरफ़ देखा, और औरत को हाथ से परे करता हुआ, बाहर के कमरे में से और ह्विस्की लाने के लिए चला गया।

गिलास में बर्फ़ का टुकड़ा शायद उसने ऊपर से और डाला था, गिलास छलक-सा गया था। गिलास को छलकने से बचाने के लिए उसने दहलीज़ ही में खड़े होकर एक घूँट भरा और फिर कमरे में आता हुआ कहने लगा, "आई एम सैलीब्रेटिंग दिस डुइट।"[1]

कुत्ते भूँक रहे थे—बारी-बारी।

'दिस इज़ फ़ॉर द हेल्थ ऑफ़ डॉग्ज..."[2]

उसने गिलास में से एक घूँट भरा।

औरत ने घबराकर पहले कमरे की बायीं दीवार की तरफ़ देखा, और फिर दायीं की तरफ। बाहर भूँकते कुत्तों की आवाजों में से, एक आवाज़ बायीं दीवार से टकरा रही थी, एक दायीं से।

"रात का सिर्फ़ डुइट होता है।" मर्द हँस-सा पड़ा और कहने लगा, "पर सवेरे पूरा कोरस होता है। बायें हाथवाली कोठी में कोई अमरीकन है। उसके सारे कमरे एयरकण्डीशण्ड हैं, इसलिए उसे कोई फ़र्क़ नहीं पड़ता, पर सुबह के वक़्त उसका ख़ानसामाँ, उसका बैरा, और कोठी का जमादार, जिस तरह एक-दूसरे पर भूँकते हैं, लगता है, कोठी में एक नहीं पूरे चार कुत्ते भूँक रहे हैं..."

"डार्लिंग, तुम सोने की कोशिश क्यों नहीं करते?" औरत ने, थक गयी औरत ने, कहा।

"आई एम ड्रिंकिंग फ़ॉर दी हेल्थ ऑफ़ डॉग्ज़..."

औरत चुप-सी पलँग की बाँही पर बैठ गयी।

"तुमने मेरी पूरी बात नहीं सुनी। मैं तुम्हें बता रहा था सुबह, बिलकुल सुबह एक कोरस होता है...हर रोज़! क्या, तुम नहीं सुनतीं?...बायें हाथवाली कोठी अमरीकन की है, पर दायें हाथवाली किसी देशी कर्नल की। वह एयरकण्डीशण्ड नहीं—इसलिए उसके हरेक कमरे में से आवाज़ आती है। उसकी बीवी—वह कर्नैलिनी—रोज़ सवेरे अपने नौकरों पर कुत्ते की तरह भूँकती है...सिर्फ़ नौकरों पर नहीं, कर्नल पर भी...वी आर सराउण्डेड बाई डॉग्ज़...सी हाऊ मैनी डॉग्ज़...[3] और फिर मेरे दफ़्तर में रोज़ किसी मिल-मालिक की चिट्ठी, कोई शिकायत, कोई तक़ाज़ा, कोई और नयी डिमाण्ड...माई गॉड...आई काण्ट काउण्ट दीज़ डॉग्ज़..."[4]

---

1. मैं इस युगलगान का जश्न मना रहा हूँ।
2. यह जाम कुत्तों की सेहत के लिए।
3. हम कुत्तों से घिरे...ये कितने कुत्ते हैं...
4. मैं इन कुत्तों की गिनती नहीं कर पाता...

"प्लीज़ डार्लिंग..." औरत ने पलँग की बाँही से उठकर, मर्द की बाँह पकड़ी, और उसे पलँग के पास लाकर बिठाना चाहा। उसके हाथ का गिलास उसने मेज़ पर रख दिया।

"क्यों अपनी रात वीरान करते हो," औरत ने हलीमी से कहा।

"रात नहीं डार्लिंग, उम्र..."

"तुम इस सब कुछ को वीरानी कैसे कहते हो?" औरत ने ज़रा ज़ोर से कहा, "अभी नया कारोबार है, शुरू में कुछ रिश्वतें, खुशामदें होती ही हैं, फिर जब अपने पैरों पर हो जाएगा..."

"यह अपने पैरों पर हो जाएगा...यानी मैं अपने पैरों पर...अपने पैरों पर कभी कुछ नहीं होता, डार्लिंग। यहाँ जो किसी को चलना है तो, किसी दूसरे के पैर लेकर चलना है...एक ने दूसरे के, दूसरे ने तीसरे के...तीसरे ने चौथे के...सब ने उधार लिये पैरों से, अपाहिज होकर...यह मेरा कारोबार नया है, पर बाक़ी और सब के..."

"डार्लिंग..."

"मेरे पैर..." मर्द ने एक बल-सा खाया, पलँग की बाँही पर से उठकर खड़ा हो गया। फिर शीशे के सामने आया—"देख सामने। यह मैं बूटों के तसमे खोलता हूँ, उसमें देख किसके पैर हैं—माई गॉड! निरे उस सेठ के पैर...यह शीशा आज डोरियन ग्रे की पेण्टिंग की तरह..."

"इस बरस यह एक सेठ के पैर हैं, पिछले बरस ज़रूर एक बैंकर के पैर होंगे। पिछले बरस मैंने यह शीशा नहीं देखा था। इस तरह नहीं देखा था...और उससे पिछले बरस..." मर्द ने एक बार बौखलाकर औरत की तरफ़ देखा, और पूछा, "कितने बरस हुए हैं? जिस बरस मैंने तुम्हारे साथ विवाह किया था, उसी बरस..."

"सिर्फ पाँच बरसों में मेरी शक्ल बदल गयी है? और पाँच में या और पाँच में यह शक्ल..."

"तुम्हारी शक्ल उसी तरह है।" औरत ने कहना चाहा। पर कहा नहीं। पहले भी वह यह बात कह चुकी थी। कोई फ़र्क़ नहीं पड़ा था।

"तुम चुप क्यों हो?" मर्द ने अचानक पूछा।

औरत फिर भी नहीं बोली।

"ह्वाई डोण्ट यू बार्क लाइक ए डॉग..."[1]

औरत के मन में एक बेचैनी-सी हुई। उसे लगा कि वह सचमुच कुछ कहना चाहती थी—कहना नहीं, एक कुत्ते की तरह...और औरत ने अपनी छाती पर एक हाथ रख लिया। उसे लगा, उसकी छाती धौंक रही थी।

---

1. तुम कुत्ते की तरह क्यों नहीं भूँकते...

"तुम अब भी चुप हो, उस वक़्त भी चुप थीं..." अचानक मर्द ने कहा।

"उस वक़्त? किस वक़्त?" औरत चौंक-सी गयी।

मर्द फिर हँस-सा पड़ा, कहने लगा, "तुम्हारा ख़याल है, मैंने देखा नहीं था? जिस वक़्त उस सेठ ने तुमसे हाथ मिलाया था, कहा था, 'थैंक यू मैडम...' और उसने तुम्हारा हाथ भींचा था...तुम्हारी तरफ़ देखते हुए उसकी नज़र एक शिकारी कुत्ते की तरह..."

औरत कुछ देर मर्द की तरफ़ देखती रही, फिर कहने लगी, "एक हमारे पहले घर की पड़ोसिन थी, उसका मर्द आये दिन घर में नयी औरत लाता था। वह हमेशा चुप रहती थी। मुझे भी कुछ ऐसा ही लगा था...उस बात का इस बात से कोई सम्बन्ध नहीं, पर फिर भी कुछ इसी तरह लगा था...मैंने सोचा, मेरे कुछ बोलने से तुम्हारा कारोबार..."

औरत ने आँखों में आये हुए पानी को पसीने की तरह पोंछा।

"मैं भी चुप रहा था," मर्द ने कहा और मेज़ पर रखा हुआ गिलास फिर हाथ में पकड़ लिया। गिलास को आख़िरी घूँट तक पीता हुआ कहने लगा, "इट इज़ फ़ॉर आल द डॉग्ज़...द मैड वंस...द हण्टिंग वंस...द बार्किंग वंस...एण्ड..."[1] मर्द ने पहले मुसकराकर औरत की तरफ़ देखा, फिर शीशे में, और कहा—"ऐण्ड द साइलैण्ट वंस..."[2]

---

1. यह जाम सारे कुत्तों के लिए है...पागल कुत्तों के लिए...शिकार करनेवाले कुत्तों के लिए... भूँकनेवाले कुत्तों के लिए...और।
2. और उन कुत्तों के लिए जो चुप रहते हैं...

शाह की कंजरी

उसे अब नीलम कोई नहीं कहता था, सब शाह की कंजरी कहते थे।

नीलम को लाहौर हीरामण्डी के एक चौबारे में जवानी चढ़ी थी। और वहाँ ही एक रियासती सरदार के हाथों पूरे पाँच हज़ार में उसकी नथ उतरी थी। और वहाँ ही उसके हुस्न ने आग जलाकर सारा शहर झुलस दिया था। पर फिर एक दिन वह हीरामण्डी का सस्ता चौबारा छोड़कर शहर के सबसे बड़े होटल फ़्लैटी में आ गयी थी।

वही शहर था, पर सारा शहर जैसे रातोंरात उसका नाम भूल गया हो, सब के मुँह से सुनाई देता था—शाह की कंजरी।

ग़ज़ब का गाती थी। कोई गानेवाली उसकी तरह गिरजे की 'सद' नहीं लगा सकती थी। इसलिए लोग चाहे उसका नाम भूल गये थे पर उसकी आवाज़ नहीं भूल सके। शहर में जिसके घर भी तवेवाला बाजा था, वह उसके भरे हुए तवे ज़रूर ख़रीदता था। पर सब घरों में तवे की फ़रमाइश के वक़्त हर कोई यही कहता था, "आज शाह की कंजरीवाला तवा ज़रूर सुनना है।"

लुकी-छिपी बात नहीं थी, शाह के घरवालों को भी पता था। सिर्फ़ पता ही नहीं था, उनके लिए बात भी पुरानी हो गयी थी। शाह का बड़ा लड़का जो अब ब्याहने लायक़ था, जब गोद में था तो सेठानी ने ज़हर खाकर मरने की धमकी दी थी, पर शाह ने उसके गले में मोतियों का हार डालकर उसे कहा था, "शाहनीये! वह तेरे घर की बरक़त है। मेरी आँख जौहरी की आँख है, तूने सुना हुआ नहीं कि नीलम ऐसी चीज़ होता है, जो लाखों को ख़ाक कर देता है और ख़ाक को लाख बनाता है। जिसे उल्टा पड़ जाए, उसके लाख के ख़ाक बना देता है। पर जिसे सीधा पड़ जाए उसे ख़ाक से लाख बना देता है। वह भी नीलम है, हमारी राशि से मिल गया है। जिस दिन से साथ बना है, मैं मिट्टी में हाथ डालूँ तो सोना हो जाती है..."

"पर वही एक दिन घर उजाड़ देगी, लाखों को ख़ाक कर देगी," शाहनी ने छाती की साल सहकर उसी तरफ़ से दलील दी थी, जिस तरफ़ से शाह ने बात चलायी थी।

"मैं तो बल्कि डरता हूँ कि इन कंजरियों का क्या भरोसा, कल किसी और ने सब्ज़बाग़ दिखाये, और जो यह हाथों से निकल गयी, तो लाख से ख़ाक बन जाना है।" शाह ने फिर अपनी दलील दी थी।

और शाहनी के पास और दलील नहीं रह गयी थी। सिर्फ़ वक़्त के पास रह गयी थी और वक़्त चुप था, कई बरसों से चुप था। शाह सचमुच जितने रुपये नीलम पर बहाता, उससे कई गुना ज़्यादा पता नहीं कहाँ-कहाँ से बहकर उसके घर आ जाते थे। पहले उसकी छोटी-सी दुकान शहर के छोटे-से बाज़ार में होती थी, पर अब सबसे बड़े बाज़ार में लोहे के जँगलेवाली, सबसे बड़ी दुकान उसकी थी। घर की जगह पूरा महल्ला ही उसका था, जिसमें बड़े खाते-पीते किरायेदार थे। और जिसमें तहख़ानेवाले घर को शाहनी एक दिन के लिए भी अकेला नहीं छोड़ती थी।

बहुत बरस हुए, शाहनी ने एक दिन मोहरोंवाले ट्रंक को ताला लगाते हुए शाह से कहा था, "उसे चाहे होटल में रखो और चाहे उसे ताजमहल बनवा दो, पर बाहर की बला बाहर ही रखो, उसे मेरे घर ना लाना। मैं उसके माथे नहीं लगूँगी!"

और सचमुच शाहनी ने अभी तक उसका मुँह नहीं देखा था। जब उसने यह बात कही थी, उसका बड़ा लड़का स्कूल में पढ़ता था, और अब वह ब्याहने लायक़ हो गया था, पर शाहनी ने न उसके गानेवाले तवे घर में आने दिये, और न घर में किसी को उसका नाम लेने दिया था।

वैसे उसके बेटों ने दुकान-दुकान पर उसके गाने सुन रखे थे, और जने-जने से सुन रखा था—'शाह की कंजरी।'

बड़े लड़के का ब्याह था। घर पर चार महीने से दर्ज़ी बैठे हुए थे, कोई सूटों पर सलमा काढ़ रहा था, कोई तिल्ला, कोई किनारी, और कोई दुपट्टे पर सितारे जड़ रहा था। शाहनी के हाथ भरे हुए थे—रुपयों की थैली निकालती, खोलती, फिर और थैली भरने के लिए तहख़ाने में चली जाती।

शाह के यार-दोस्तों ने शाह की दोस्ती का वास्ता डाला कि लड़के के ब्याह पर कंजरी ज़रूर गवानी है। वैसे बात उन्होंने बड़े तरीक़े से कही थी ताकि शाह कभी बल न खा जाए, "वैसे तो शाहजी की बहुतेरी गाने-नाचनेवाली हैं, जिसे मरज़ी हो बुलाओ। पर यहाँ मलिका-ए-तरन्नुम ज़रूर आए, चाहे मिरजे की एक ही 'सद' लगा जाए।"

फ़्लैटी होटल आम होटलों जैसा नहीं था। वहाँ ज़्यादातर अँगरेज़ लोग ही आते और ठहरते थे। उसमें अकेले-अकेले कमरे भी थे, पर बड़े-बड़े तीन कमरों के सैट भी। ऐसे ही एक सैट में नीलम रहती थी। और शाह ने सोचा—दोस्तों-यारों का

दिल ख़ुश करने के लिए वह एक दिन नीलम के यहाँ एक रात की महफ़िल रख लेगा।

"यह तो चौबारे पर जानेवाली बात हुई," एक ने उज्र किया तो सारे बोल पड़े, "नहीं, शाहजी! वह तो सिर्फ़ तुम्हारा ही हक़ बनता है। पहले कभी इतने बरस हमने कुछ कहा है? उस जगह का भी नाम नहीं लिया। वह जगह तुम्हारी अमानत है। हमें तो भतीजे के ब्याह की ख़ुशी मनानी है, उसे ख़ानदानी घरानों की तरह अपने घर बुलाओ, हमारी भाभी के घर..."

बात शाह के मन भा गयी। इसलिए कि वह दोस्तों-यारों को नीलम की राह दिखाना नहीं चाहता था (चाहे उसके कानों में भनक पड़ती रहती थी कि उसकी ग़ैर-हाज़िरी में कोई-कोई अमीरज़ादा नीलम के पास आने लगा था)–दूसरे इसलिए भी कि वह चाहता था, नीलम एक बार उसके घर आकर उसके घर की तड़क-भड़क देख जाए। पर वह शाहनी से डरता था, दोस्तों को हामी न भर सका।

दोस्तों-यारों में से दो ने राह निकाली, और शाहनी के पास जाकर कहने लगे, "भाभी, तुम लड़के की शादी के गीत नहीं गवाओगी? हम तो सारी ख़ुशियाँ मनाएँगे। शाह ने सलाह की है कि एक रात यारों की महफ़िल नीलम की तरफ़ हो जाये। बात तो ठीक है पर हज़ारों उजड़ जाएँगे। आख़िर घर तो तुम्हारा है, पहले उस कंजरी को थोड़ा खिलाया है? तुम सयानी बनो। उसे गाने-बजाने के लिए एक दिन यहाँ बुला लो। लड़के के ब्याह की ख़ुशी भी हो जाएगी और रुपया उजड़ने से बच जाएगा।"

शाहनी पहले तो भरी-भरायी बोली, "मैं उस कंजरी के माथे नहीं लगना चाहती," पर जब दूसरों ने बड़े धीरज से कहा, "यहाँ तो भाभी तुम्हारा राज है। वह बाँदी बनकर आएगी, तुम्हारे हुक्म में बँधी हुई, तुम्हारे बेटे की ख़ुशी मनाने के लिए। हेठी तो उसकी है, तुम्हारी काहे की? जैसे क़मीन-कुमने आये, डोम-मिरासी, तैसी वह।"

बात शाहनी के मन भा गयी। वैसे भी कभी सोते-बैठते उसे ख़याल आता था–एक बार देखूँ तो सही कैसी है?

उसने उसे कभी देखा नहीं था पर कल्पना ज़रूर थी–चाहे डरकर, सहमकर, चाहे एक नफ़रत से। और शहर में से गुज़रते हुए, अगर किसी कंजरी को टाँगे में बैठी देखती तो न सोचते हुए ही सोच जाती–क्या पता, वही हो?

"चलो एक बार मैं भी देख लूँ," वह मन में घुल-सी गयी, "जो उसको मेरा बिगाड़ना था, बिगाड़ लिया, अब और उसे क्या कर लेना है! एक बार चन्दरा को देख तो लूँ।"

शाहनी ने हामी भर दी, पर एक शर्त रखी–"यहाँ न शराब उड़ेगी, न कबाब। भले घरों में जिस तरह गीत गाये जाते हैं, उसी तरह गीत करवाऊँगी। तुम मर्द-मानस

भी बैठ जाना। वह आए और सीधी तरह गाकर चली जाए। मैं वहीं चार बताशे उसकी झोली में भी डाल दूँगी जो और लड़कियों-वड़कियों को दूँगी, जो बन्ने, सेहरे गाएँगी।"

"यही तो भाभी, हम कहते हैं।" शाह के दोस्तों ने फूँक दी, "तुम्हारी समझदारी से ही तो घर बना है, नहीं तो क्या ख़बर क्या हो गुज़रना था।"

वह आयी। शाहनी ने ख़ुद अपनी बग्घी भेजी थी। घर मेहमानों से भरा हुआ था। बड़े कमरे में सफ़ेद चादरें बिछाकर, बीच में ढोलक रखी हुई थी। घर की औरतों ने बन्ने-सेहरे गाने शुरू कर रखे थे...

बग्घी दरवाज़े पर आ रुकी, तो कुछ उतावली औरतें दौड़कर खिड़की की एक तरफ़ चली गयीं और कुछ सीढ़ियों की तरफ़...

"अरी, बदशगुनी क्यों करती हो, सेहरा बीच में ही छोड़ दिया।" शाहनी ने डाँट-सी दी। पर उसकी आवाज़ ख़ुद ही धीमी-सी लगी। जैसे उसके दिल पर एक धमक-सी हुई हो...

वह सीढ़ियाँ चढ़कर दरवाज़े तक आ गयी थी। शाहनी ने अपनी गुलाबी साड़ी का पल्ला सँवारा, जैसे सामने देखने के लिए वह साड़ी के शगुनवाले रंग का सहारा ले रही हो...

सामने उसने हरे रंग का बाँकड़ीवाला गरारा पहना हुआ था, गले में लाल रंग की क़मीज थी और सिर से पैर तक ढलकी हुई हरे रेशम की चुनरी। एक झिलमिल-सी हुई। शाहनी को सिर्फ़ एक पल यही लगा—जैसे हरा रंग सारे दरवाज़े में फैल गया था।

फिर हरे काँच की चूड़ियों की छनछन हुई, तो शाहनी ने देखा—एक गोरा-गोरा हाथ एक झुके हुए माथे को छूकर आदाब बजा रहा है, और साथ ही एक झनकती हुई-सी आवाज़—"बहुत-बहुत मुबारिक, शाहनी! बहुत-बहुत मुबारिक..."

वह बड़ी नाज़ुक-सी, पतली-सी थी। हाथ लगते ही दोहरी होती थी। शाहनी ने उसे गाव-तकिये के सहारे हाथ के इशारे से बैठने को कहा, तो शाहनी को लगा कि उसकी मांसल बाँह बड़ी ही बेडौल लग रही थी...

कमरे के एक कोने में शाह भी था। दोस्त भी थे, कुछ रिश्तेदार मर्द भी। उस नाज़नीन ने उस कोने की तरफ़ देखकर भी एक बार सलाम किया, और फिर परे गाव-तकिये के सहारे ठुमककर बैठ गयी। बैठते वक़्त काँच की चूड़ियाँ फिर छनकी थीं, शाहनी ने एक बार फिर उसकी बाँहों को देखा, हरे काँच की चूड़ियों को और फिर स्वाभाविक ही अपनी बाँह में पड़े हुए सोने के चूड़े को देखने लगी...

कमरे में एक चकाचौंध-सी छा गयी थी। हरेक की आँखें जैसे एक ही तरफ़

उलट गयी थीं, शाहनी की अपनी आँखें भी, पर उसे अपनी आँखों को छोड़कर सब की आँखों पर एक गुस्सा-सा आ गया...

वह फिर एक बार कहना चाहती थी—अरी बदशगुनी क्यों करती हो? सेहरे गाओ ना...पर उसकी आवाज़ गले में घुटती-सी गयी थी। शायद औरों की आवाज़ भी गले में घुट गयी थी। कमरे में एक ख़ामोशी छा गयी थी। वह अधबीच रखी हुई ढोलक की तरफ़ देखने लगी, और उसका जी किया कि वह बड़ी ज़ोर से ढोलक बजाए...

ख़ामोशी उसने ही तोड़ी जिसके लिए ख़ामोशी छायी थी। कहने लगी, "मैं तो सबसे पहले घोड़ी गाऊँगी, लड़के का 'सगन' करूँगी, क्यों शाहनी?" और शाहनी की तरफ़ ताकती, हँसती हुई घोड़ी गाने लगी, "निक्की निक्की बूँदी निकिया मीह वे वरे, तेरी माँ वे सुहागन तेरे सगन करे..."

शाहनी को अचानक तसल्ली-सी हुई—शायद इसलिए कि गीत के बीच की माँ वही थी, और उसका मर्द भी सिर्फ़ उसका मर्द था—तभी तो माँ सुहागन थी...

शाहनी हँसते-से मुँह से उसके बिलकुल सामने बैठ गयी—जो उस वक़्त उसके बेटे के सगन कर रही थी...

घोड़ी ख़त्म हुई तो कमरे की बोलचाल फिर से लौट आयी। फिर कुछ स्वाभाविक-सा हो गया। औरतों की तरफ़ से फ़रमाइश की गयी—"ढोलकी रोड़ेवाला गीत।" मर्दों की तरफ़ से फ़रमाइश की गयी—"मिरजे दियाँ सद्दाँ।"

गानेवाली ने मर्दों की फ़रमाइश सुनी-अनसुनी कर दी, और ढोलकी को अपनी तरफ़ खींचकर उसने ढोलकी से अपना घुटना जोड़ लिया। शाहनी कुछ रौ में आ गयी—शायद इसलिए कि गानेवाली मर्दों की फ़रमाइश पूरी करने के बजाय औरतों की फ़रमाइश पूरी करने लगी थी...

मेहमान औरतों में से शायद कुछ एक को पता नहीं था। वह एक-दूसरे से कुछ पूछ रही थीं, और कई उनके कान के पास कह रही थीं—"यही है शाह की कंजरी..."

कहनेवालियों ने शायद बहुत धीरे से कहा था—खुसुरफुसुर-सा, पर शाहनी के कान में आवाज़ पड़ रही थी, कानों से टकरा रही थी—शाह की कंजरी...शाह की कंजरी...और शाहनी के मुँह का रंग फिर फ़ीका पड़ गया।

इतने में ढोलक की आवाज़ ऊँची हो गयी और साथ ही गानेवाली की आवाज़, "सूहे वे चीरे वालिया मैं कहनी हाँ..." और शाहनी का कलेजा थम-सा गया—यह सूहे चीरेवाला मेरा ही बेटा है, सुख से आज घोड़ी पर चढ़नेवाला मेरा बेटा...

फ़रमाइश का अन्त नहीं था। एक गीत ख़त्म होता, दूसरा गीत शुरू हो जाता। गानेवाली कभी औरतों की तरफ़ की फ़रमाइश पूरी करती, कभी मर्दों की। बीच-बीच

में कह देती, "कोई और भी गाओ ना, मुझे साँस दिला दो।" पर किसकी हिम्मत थी, उसके सामने होने की, उसकी टल्ली-सी आवाज़...वह भी शायद कहने को कह रही थी, वैसे एक के पीछे झट दूसरा गीत छेड़ देती थी।

गीतों की बात और थी, पर जब उसने मिरजे की हेक लगायी, "उठ नी साहिबा सुत्तीये! उठ के दे दीदार..." हवा का कलेजा हिल गया। कमरे में बैठे मर्द बुत बन गये थे। शाहनी को फिर घबराहट-सी हुई, उसने बड़े ग़ौर से शाह के मुँह की तरफ़ देखा। शाह भी और बुतों सरीखा बुत बना हुआ था, पर शाहनी को लगा वह पत्थर का हो गया था...

शाहनी के कलेजे में हौल-सा हुआ, और उसे लगा अगर यह घड़ी छिन गयी तो वह आप भी हमेशा के लिए बुत बन जाएगी...वह करे, कुछ करे, कुछ भी करे, पर मिट्टी का बुत ना बने...

काफ़ी शाम हो गयी, महफ़िल ख़त्म होनेवाली थी...

शाहनी का कहना था, आज वह उसी तरह बताशे बाँटेगी, जिस तरह लोग उस दिन बाँटते हैं जिस दिन गीत बैठाये जाते हैं। पर जब गाना ख़त्म हुआ तो कमरे में चाय और कई तरह की मिठाई आ गयी...

और शाहनी ने मुट्ठी में लपेटा हुआ सौ का नोट निकालकर, अपने बेटे के सिर पर से वारा, और फिर उसे पकड़ा दिया, जिसे लोग शाह की कंजरी कहते थे।

"रहने दे, शाहनी। आगे भी तेरा ही खाती हूँ।" उसने जवाब दिया और हँस पड़ी। उसकी हँसी उसके रूप की तरह झिलमिल कर रही थी।

शाहनी के मुँह का रंग हलका पड़ गया। उसे लगा, जैसे शाह की कंजरी ने आज भरी सभा में शाह से अपना सम्बन्ध जोड़कर उसकी हतक कर दी थी। पर शाहनी ने अपनाआप थाम लिया। एक जेरासा किया कि आज उसने हार नहीं खानी थी। और वह ज़ोर से हँस पड़ी। नोट पकड़ाती हुई कहने लगी, "शाह से तूने नित लेना है, पर मेरे हाथ से तूने फिर कब लेना है? चल, आज ले ले..."

और शाह की कंजरी, सौ के नोट को पकड़ती हुई, एक ही बार में हीनी-सी हो गयी...

कमरे में शाहनी की साड़ी का सगुनवाला गुलाबी रंग फैल गया...

दो खिड़कियाँ

इमारतों जैसी इमारत थी, पाँच मंज़िलोंवाली। जैसी और, वैसी वह। और जैसे औरों में पन्द्रह-पन्द्रह घर थे, वैसे ही, उसमें भी। बाहर से कुछ भी भिन्न नहीं था, सिर्फ़ अन्दर से...

"यह जो एक-सा दिखते हुए भी एक-सा नहीं होता, यह..." डाँका ज़रा 'यह' के आगे की ख़ाली जगह को देखने लगती...

"खाली जगह का क्या होता है, उसे जब तक चाहे देखते रहो...पर जो ख़ाली दिखता है, क्या सचमुच ही ख़ाली होता है..." और डाँका को लगता जैसे ऐसी बहुत-सी बातें थीं जिनके शब्द उसके पास रह गये थे और अर्थ उस ख़ाली जगह चले गये थे...

आज भी डाँका अपने बड़े कमरे की एक-एक चीज़ को देखती हुई शब्दों को ढूँढ़ने लगी, "न सही अर्थ, शब्द ही सही, पर वे भी कहाँ हैं?"

डाँका के बड़े कमरे में दो खिड़कियाँ थीं। आगेवाली खिड़की की तरफ़ बड़ी सड़क थी, वहाँ बड़ी रात तक लोग आते-जाते रहते थे। पर पीछे की खिड़की की तरफ़ एक जंगल था, जिसके पेड़ कहीं आते-जाते नहीं थे। और डाँका दोनों खिड़कियों को देखते-देखते रो-सी पड़ती, "लगता है, शब्द आगेवाली खिड़की में से निकलकर बाहर बड़ी सड़क पर चले गये हैं, और अर्थ पीछे की खिड़की में से निकलकर बाहर जंगल में चले गये हैं..."

और उन दोनों खिड़कियों के बीच जो जगह थी, डाँका को लगा—वह दो देशों की सरहदों के बीच छोड़ी गयी थोड़ी-सी जगह थी, जहाँ वह कई वर्षों से खड़ी थी। बड़ी अकेली थी, पर वर्षों से वहीं खड़ी थी। उसे ख़याल आया कि वह कभी इधर की या उधर की सरहद पार कर किसी एक तरफ़ क्यों नहीं चली गयी थी? पर उसे लगा—उसके पाँव जैसे वर्षों से हिलते नहीं थे। और वह हमेशा वहीं की वहीं खड़ी रही थी।

आगे की खिड़की में से बड़ा शोर आता था—लोगों के पाँव, ट्रामों के पहिये—जैसे शब्दों का खड़ाक होता है—पर पीछे की खिड़की में से कोई खड़ाक नहीं आता था—जैसे अर्थों का कोई खड़ाक नहीं होता, और वे सिर्फ़ पेड़ों के पत्तों की तरह चुपचाप उग आते हैं, और चुपचाप झड़ जाते हैं।

कमरे में चीज़ें भी वैसी ही थीं, जैसी वह आप। एक गहरी लाल मख़मल का, शाही क़िस्म का दीवान था, जिसके ऊँचे बाज़ुओं पर सोने के रंग का पत्तर चढ़ा हुआ था। एक तरफ़ काली और चमकती हुई लकड़ी का मेज़ था, जिस पर नक़्क़ाशी का काम किया हुआ था। एक तरफ़ अलमारी थी, जिसमें लम्बी गरदनोंवाली काँच की सुराहियाँ थीं, नीले फूलों से चित्रित प्लेटें थीं, और चाँदी के काँटे और चाँदी के चम्मच थे। तीनों दीवारों पर आयल पेण्ट की तीन बड़ी तस्वीरें थीं, जिनके बड़े-बड़े चौखटे सोने के रंग के पत्तरों से मढ़े हुए थे। और इस बड़े कमरे के दूसरे कोने में खाना खाने के लिए एक बहुत बड़ी मेज़ थी, जिसके गिर्द मख़मल की, बड़ी ऊँची पीठवाली, आठ कुरसियाँ थीं। इसी बड़े कमरे में से एक दरवाज़ा एक छोटे कमरे में खुलता था, जिसमें एक पलँग था जिस पर रेशम की एक बहुत बड़ी चादर बिछी हुई थी। उसके दोनों तरफ़ रखी हुई पीतल की तिपाइयों पर मीनाकारी की हुई थी। इसी कमरे की एक दीवार के साथ किताबों की अलमारी थी, जिसके ख़ानों में बड़ी महँगी जिल्दोंवाली किताबें चुनी हुई थीं।

इस सब कुछ की उमर भी डाँका जितनी थी—क्योंकि डाँका के बाप ने बताया था कि उसने यह सब डाँका के जन्म पर ख़रीदा था। और अब जैसे डाँका की जवानी ढल गयी थी, इन चीज़ों की चमक-दमक भी ढल गयी थी—सोने के रंग के पत्तर बुझ गये थे, मख़मल फ़ीका पड़ गया था।

ये चीज़ें भी डाँका की तरह बड़ी अकेली थीं—वह मेज़ पर खाना खाने बैठती तो आठ में से सात कुरसियाँ ख़ाली रह जातीं। नीले फूलोंवाली प्लेटों में से सिर्फ़ एक पानी से धुलती। चाँदी की चम्मच में से सिर्फ़ एक चम्मच इस्तेमाल होता। और रेशमी चादरवाले बड़े पलँग का सिर्फ़ एक कोना किसी ज़िन्दा आदमी की साँसें सुनता।

आज पीछे की खिड़की में खड़े-खड़े डाँका को वह वक़्त याद आ गया—जब ये सबकी सब चीज़ें कहीं अलोप हो गयी थीं। उसे, उसकी माँ को, और उसके बाप को, बाग़ियों ने आधी रात को उनके घर से निकाल दिया था, घर और घर की एक-एक चीज़ छीन ली थी। फिर उन तीनों को एक कैम्प में रखा गया था, जहाँ से वे एक दिन उसके बाप को वहाँ ले गये थे जहाँ से वह कभी वापस नहीं आया था। और माँ पगलायी-सी मांस की एक गठरी बन गयी थी। तब डाँका—एक कुँआरी कन्या...

उसका कौमार्य, डाँका को लगा, एक मर्द ने नहीं, राजनीति की एक घटना

ने भंग किया था : राज्य बदला और राज्य का प्रबन्ध बदला। किसी का किसी चीज़ पर कोई हक़ नहीं रह गया था। किसी का किसी तरह के एतराज पर कोई अधिकार नहीं रह गया था। काम भी वही करना होता था, जिसका हुक्म मिले, सोचना भी वही होता था जिसका फ़रमान हो। डाँका को उसके बाप ने तीन ज़ुबानों की तालीम दी थी—एक अपने देश की ज़ुबान, एक फ्रेंच और एक जरमन। इतनी तालीम किसी बिरले के पास थी, इसलिए नयी राजनीति को उसकी ज़रूरत थी। और डाँका ने जब उन ज़ुबानों में वही लिखना शुरू किया, जिसका उसे हुक्म मिला था, तो उसे लगा जैसे सरकारी हुक्म ने एक उचक्के मर्द की तरह उसका कौमार्य भंग कर दिया था।

बाप क़त्ल हुआ था, पर डाँका ने क़त्ल होते अपनी आँखों से नहीं देखा था। माँ जिस तरह से जी रही थी, उसे तब आँखों से देखना ऐसे था जैसे कोई रोज़ किसी को तिल-तिल क़त्ल होते देखे। माँ चारों तरफ़ देखा करती थी पर पहचानती कुछ नहीं थी। कभी डाँका का हाथ पकड़कर दूर तक देखते हुए पूछा करती, "हम कहाँ आ गये हैं? हमारा शहर कहाँ गया? यह किसका घर है?" तो डाँका रोने-रोने को हो उठती थी...

और जब कुछ शान्ति-सी हुई थी, डाँका को रहने के लिए यह घर मिला था, तब डाँका को एक ख़याल आया था—उसने ऊँची पदवी के अधिकारियों की मिन्नत की थी कि वह पहले से भी ज़्यादा उनके हुक्म में रहेगी सिर्फ़ अगर कभी उसकी खिदमतों के बदले में उसे कुछ वह सामान लौटा दिया जाए जो कभी उसके बाप के वक़्त घर में हुआ करता था।

डाँका की यह दरख़्वास्त मंज़ूर हो गयी थी और डाँका के इस ख़याल ने सचमुच ही उसकी मदद की थी—माँ की आँखों में कुछ पहचान लौट आयी थी। कई बार वह उठकर मेज़ों और कुरसियों को खुद पोंछने लगती थी। और फिर उसने यह पूछना छोड़ दिया था कि यह किसका घर है।

सो डाँका के घर में कुछ वही चीज़ें थीं, जो एक दिन अलोप भी हुई थीं और प्रकट भी।

'पर', डाँका सोचा करती, 'जो कुल ख़यालों और सपनों में से अलोप हो गया है, वह?...' और डाँका उस 'वह' के आगे की ख़ाली जगह को कितनी-कितनी देर घूरती रहती...

(2)

डाँका ने मेज़ की एक दराज़ खोली। इस दराज़ में वह कुछ सिगरेट रखा करती थी, जो उन बोझिल पलों में पिया करती थी—जब उसके प्राण, सिगरेट के धुएँ की तरह, एक धुआँ-सा बन हवा में घुल जाना चाहते थे...

उसे वह दिन भी याद था, जब उसने पहला सिगरेट पिया था। एक दिन माँ पलँग की रेशमी चादर को पलँग पर बिछा रही थी कि उसे अचानक याद हो आया था, "डाँका! यह चादर तुम्हारे पिता चीन से ख़रीद कर लाये थे। देखो, मैंने इसे कितना सँभालकर रखा है!"

जवाब में डाँका की आवाज़ काँप गयी थी, उसे ख़ौफ़-सा हुआ था कि अभी माँ को अपने मर्द की याद आ जाएगी और फिर वह बैठी-बैठी रोने लगेगी। पहले भी कई बार उसे बैठे-बैठे कुछ हो जाया करता था, पर ग़नीमत यह थी कि उसकी माँ को यह नहीं पता था कि उसके मर्द का क़त्ल हो चुका है। उसके अचानक गुम हो जाने के सदमे ने उसके होश कुछ इस तरह छीन लिये थे कि उसने खुद ही सोचा और खुद ही विश्वास बना लिया कि उसका मर्द किसी दूर देश में तिजारत करने के लिए चला गया, पर उस दिन डाँका को लगा—माँ के होश लौट रहे थे, घर की चीज़ों ने उसकी कुछ पहचान लौटा दी थी, और अगर उसे कैम्प के दिनोंवाली लोगों की खुसुरफुसुर याद हो आयी...

डाँका ने उसका ध्यान चीज़ों में ही लगाये रखने के लिए जल्दी से पूछा था, "माँ, यह इतना ख़ूबसूरत पलँग कहाँ से बनवाया था?"

"तुम्हारे पिता एक तसवीरोंवाली किताब लाये थे। मालूम नहीं, कहाँ से! उस में इस पलँग का नमूना था..."

"कुरसियों का नमूना भी उसमें था?"

"हाँ, कुरसियों का भी...ऐसी रँगीली तसवीरें थीं, जैसे कुरसियों पर सचमुच ही मखमल लगी हुई हों..."

"और माँ, ऐसी प्लेटें भी तो किसी और के पास नहीं..."

"ये तो वह फ्रांस से लाये थे, देखो मैंने इनमें से एक भी नहीं टूटने दी, अभी तक पूरी बारह हैं, गिनो तो भला..."

डाँका चाहती कि माँ का ध्यान कहीं लगा रहे, भले ही प्लेटें और चम्मच गिनने में ही। पर उसे इसमें भी कठिनाई-सी अनुभव होती थी जब माँ को कुछ और ऐसी ही चीज़ें याद आ जाती थीं, जो अब वहाँ नहीं थीं। एक दिन तो माँ ने मोतियों की एक कंघी के लिए सारा दिन मुसीबत किये रखी थी—एक-एक चीज़ को खोलती और रखती वह कंघी को ऐसे ढूँढ़ रही थी जैसे सुबह वह खुद ही कहीं रखकर भूल गयी हो।

पर उस दिन माँ को किसी और चीज़ की याद नहीं आयी थी। डाँका कुछ आश्वस्त हो चली थी कि अचानक माँ ने मेज़ की एक दराज़ खोलते हुए पूछा था, "अरी, डाँका, तुम्हारे पिता का यहाँ ख़त पड़ा हुआ था, कहाँ गया?"

"ख़त..." डाँका चौंक उठी।

"कल तुम्हारे पिता का ख़त आया था कि अब वह बड़ी जल्दी आ जाएगा, मैंने कल तुम्हें बताया नहीं था?"

"नहीं।"

"फिर ख़ुशी में भूल गयी हूँगी? मैंने यहाँ मेज़ की दराज़ में रखा था..." डाँका को लगा–जैसे माँ को रात कोई सपना आया हो।

"बोलती क्यों नहीं? तुमने लिया है ख़त?" माँ पूछ रही थी, पर डाँका से कुछ नहीं बोला जा रहा था।

माँ फिर ख़ुद ही पूछ रही थी, "पेरिस से आया था न?" और ख़ुद ही दलीलों में पड़कर कह रही थी, "वहाँ से वह कहीं इटली ना चला जाए, अगर इटली चला गया..."

"इटली..." डाँका ने माँ का ध्यान दूसरी तरफ़ लगाने के लिए धीरे से कहा, "माँ, तुम कभी इटली गयी हो?"

"नहीं, पर मुझे यह पता है कि इटली गया मर्द ज़ल्दी नहीं लौटता। कई तो लौटते ही नहीं। क्या पता, तुम्हारे पिता भी..." और माँ कुछ ऐसी दलीलों में पड़ गयी थी कि वह खड़ी नहीं रह सकी थी। वह पलँग की एक बाँही पर गुमसुम सी बैठ गयी थी।

डाँका के लिए माँ की यह हालत भी बुरी थी, जब वह पत्थर-सी हो जाया करती थी। उसने माँ को एक असीम चुप्पी से बचाने के लिए पूछा, "पर, माँ, लोग इटली जाकर लौटते क्यों नहीं?"

माँ कितनी ही देर उसके मुँह की तरफ़ देखती रही, फिर हँस-सी पड़ी, "मर्द किसी देश भी जाए, उसकी औरत डरती नहीं, पर अगर इटली जाए तो औरत को उसका भरोसा नहीं रहता..."

"पर क्यों?" डाँका भी हँस-सी पड़ी थी।

"तुम तो पगली हो," माँ को यह बात बताने में शर्म-सी आ रही थी, पर फिर वह संकोच से कहने लगी थी, "इटली की औरतें मर्दों पर जादू कर देती हैं..."

और फिर माँ ने एक गहरी साँस लेकर कहा था, "हाय रे! वह कहीं इटली न चला जाए! फिर मैं उमर भर यहाँ इन्तज़ार करती रहूँगी...वह नहीं आएगा..."

उस दिन अकेले बैठकर डाँका ने ज़िन्दगी में पहला सिगरेट पिया था...

(3)

"सिगरेट का इतिहास कौन लिखेगा?" डाँका को एक ख़याल-सा आया, "देखने को लगता है कि सिगरेट का इतिहास उसके नाम में होता है। अलग-अलग नाम में, अलग-अलग ब्राण्ड में–किसी का इतिहास पैंतीस वर्ष का, किसी का पचास वर्ष

का—फ़िल्मों में जब किसी का इश्तिहार रहता है, उसका इतिहास ऐसे ही बताया जाता है—पर यह सिगरेट का इतिहास कैसे हुआ? यह तो उस कम्पनी विशेष का इतिहास हुआ..."

डाँका ने हाथवाले सिगरेट की आख़िरी आग से एक और सिगरेट सुलगाया और सोचने लगी, 'एक बार मेरे पिता ने मुझे ख़ुद बताया था कि उसने पहला सिगरेट अपनी पहली कमाई के जशन के मौक़े पर पिया था। उस दिन वह बहुत ख़ुश था। पढ़ाई के दिनों में उसने इस तरह से संयम रखा था और मन से इक़रार कर लिया था कि जब तक वह अपनी हथेली पर अपनी कमाई के पैसे नहीं रखेगा, तब तक वह सुख की कोई चीज़ नहीं ख़रीदेगा...सो उसके लिए यह सुख की निशानी थी...'

डाँका के सिर को एक चक्कर-सा आया—शायद इसलिए कि उसने सुबह से कुछ नहीं खाया था। रविवार था, काम पर नहीं जाना था, इसलिए कुछ भी बनाने का उपक्रम नहीं किया था। कॉफी की जगह उसने सिगरेट पी थी, रोटी और पनीर के टुकड़े की जगह भी सिगरेट, और सिगरेट की जगह भी सिगरेट।

और डाँका को ख़याल आया कि एक बार उसने ख़लील जिब्रान की एक किताब में पढ़ा था, ख़लील के अपने हाथों का लिखा हुआ ख़त, कि उसने एक दिन में दस लाख सिगरेट पिये थे...

डाँका फिर ख़यालों में डूब गयी—सिगरेट का असली इतिहास यह होता है कि किसी को किस वक़्त सिगरेट की तलब महसूस होती है...

और डाँका को पहाड़ी पर का वह गिरजा याद हो आया—जिसमें पत्थरों की कुछ कन्दराएँ बनी हुई थीं। कहते हैं कि दो वर्ष पहले जब यहाँ तुर्कों का राज्य स्थापित हुआ था, लोगों पर बड़े ज़ुल्म हुए थे। तब कुछ विद्वान् इन कन्दराओं में चले गये थे और तुर्कों की नज़र से छिपकर समय का इतिहास लिखते रहे थे... जंगलों के कन्दमूल और तम्बाकू के पत्ते खाकर वे गुज़ारा करते और इतिहास लिखते...

डाँका के मन में, पहाड़ों की कन्दराओं में बैठकर इतिहास लिखनेवालों के चेहरे, और ख़लील जिब्रान का उसकी तस्वीरों में देखा हुआ चेहरा, गड्डमड्ड-से हो गये। सोचने लगी—तो यह भी सिगरेट का इतिहास है—किसी रचना की ज़रूरत के वक़्त...

फिर एक और याद उसके बदन में झुरझुरी-सी पैदा कर गयी। यह कोमारक की याद थी। उसके अन्दर भूख की एक लहर दौड़ गयी—"एक जिस्म को रोटी की भूख भी लगती है और दूसरे जिस्म की भी..."

डाँका ने सिगरेट का लम्बा कश लिया, और आँखें मींच लीं। हाथ, वहीं उसके होठों के पास सो-सा गया। सिगरेट के साथ इकट्ठी होती रही राख जब झड़कर उसके मुँह पर गिरी तो उसकी तपिश से वह चौंक उठी।

"कम्बख़्त न जाने कहाँ होगा?" डाँका के मन में कुछ हुआ तो उसे लगा—उस के कमरे की दोनों खिड़कियाँ अचानक बन्द हो गयी थीं। और हर शब्द जो आगे की खिड़की में से बाहर चला गया था, हमेशा के लिए बाहर रह गया था। और हर अर्थ जो पीछे की खिड़की में से बाहर चला गया था, हमेशा के लिए बाहर रह गया था...

कमरे में सिगरेट जलता रहा, डाँका सुलगती रही...

"सिगरेट का इतिहास..." डाँका की आँखों के आगे धुन्ध-सी छा गयी—शायद सिगरेट का धुआँ।

"यह पल, यह घड़ी...इस जैसे कई पल, कई घड़ियाँ...ये भी सिगरेट का इतिहास है...बेशक इनके लिए शब्द भी कोई नहीं, और अर्थ भी कोई नहीं..." डाँका ने पोरों में थामे हुए सिगरेट के आख़िरी टुकड़े को वहीं पर फेंक दिया।

वह ख़ुद बुझे हुए सिगरेट की तरह वहीं निढाल हो गयी जहाँ बैठी हुई थी।

"डाँका, तुम्हें मेरी क़सम, अपना ध्यान रखना। बोलो, रखोगी?"

"रखूँगी।"

"यह मैं तुम्हें अमानत दे रहा हूँ।"

"अमानत?"

"यह, मेरी डाँका, मेरी अमानत।"

डाँका बुझी हुई भी सुलग उठी। उसके कानों में कोमारक की आवाज़ भर रही थी...

"कोमारक कहाँ है? कहीं भी नहीं..." डाँका का मन व्याकुल हो उठा, "यहाँ सिर्फ़ मैं रह गयी हूँ, और उसकी आवाज़..."

डाँका को एक बेचैनी भी महसूस हुई, एक चैन-सा भी मिला, "अगर व्यतीत की कुछ आवाज़ें भी आदमी के पास न रहतीं, आदमी का क्या बनता..."

साथ ही डाँका को अपना इक़रार याद हो आया कि वह कोमारक की अमानत थी, और उसे अमानत का ध्यान रखना था। उसने उठकर कॉफी का प्याला बनाया, पनीर का एक टुकड़ा प्लेट में रखा, और जब खाने लगी, उसे याद हो आया—कोमारक की जो नज़्म कभी जलसों में बड़े जोश के साथ सुनी जाती थी, वह नज़्म लिखते वक़्त उसने कोई एक सौ सिगरेट पिये थे। कोमारक घर में भी कभी-कभी वह नज़्म बड़े मन से पढ़ा करता था—

"मैं शहीदों की क़ब्र पर जाकर
इक छुरी तेज़ कर रहा हूँ—
इक छुरी के दम से, इक बग़ावत आएगी
औ' उनके लहू का बदला चुकाएगी..."

और डाँका हँसा करती थी, "एक नज़्म लिखते हुए तुमने एक सौ सिगरेट

पिये हैं, अभी तो तुम छुरी को तेज़ ही कर रहे हो, जब इससे बग़ावत लाओगे तब कितनी सिगरेट पीओगे?"

पुरानी हँसी में से डाँका को नयी रुलाई आ गयी, "इन सिगरेटों का इतिहास कौन लिखेगा? ये जो कोमारक ने इस नज़्म को लिखते वक़्त पिये थे?"

डाँका ने कॉफी का आख़िरी घूँट भरा, और फिर एक सिगरेट पीते हुए ख़यालों में डूब गयी—"इस नज़्म का इतिहास भी कौन जानता है? उसने न जाने किसके लिए लिखी थी, लोगों ने किसके लिए समझी..."

"लोग जब इस नज़्म पर तालियाँ बजाते हैं, मैं कुछ हैरान हो जाता हूँ," कोमारक कहा करता था।

"वे समझते हैं, यह जो बग़ावत है, यह नज़्म उसका इतिहास है," डाँका उसे जवाब दिया करती थी।

"यही तो मुश्किल है, यह जो कच्ची-पक्की-सी बग़ावत आयी, इससे क्या बदला है? हुक्म नहीं बदले, सिर्फ़ हाकिमों के मुँह बदले हैं," कोमारक की आवाज़ कुछ ऊँची हो जाया करती थी।

डाँका उसकी आवाज़ को अपने होठों से ढक दिया करती थी, "ख़ुदा का वास्ता है, यह बात किसी और के आगे न कहना।"

"मुझे कुछ भी कहने में विश्वास नहीं, सिर्फ़ करने में विश्वास है," कोमारक हँस पड़ा करता था।

"पर तुम्हारे-मेरे किये क्या होता है," डाँका उदास-सी हो जाया करती थी।

"तुम्हें एक बात बताऊँ?" एक दिन कोमारक ने अचानक ऐसे कहा था कि डाँका बिलकुल ही नहीं जान सकी थी कि वह कौन-सी बात कहने लगा था, जिस का पहले उसे पता नहीं था।

"क्या?"

"वह मेरी नज़्म है न..."

"कौन-सी? मरे हुओं की क़ब्र पर छुरी तेज़ करनेवाली कि कोई और?"

"वही।"

"हाँ।"

"यह बड़ी देर से मेरे मन में थी, तब से जब इस पिछली बग़ावत का चेहरा कुछ निखर रहा था..."

"सो यह नज़्म इसी की देन है?"

"जब इसकी कल्पना की थी, तब इसी की थी, पर जब लिखी तो इसकी न रही।"

"किस तरह?"

"इसलिए कि यह बग़ावत अपने ही कहे पर क़ायम न रही। जो हथियार

इसकी हिफाजत के लिए पकड़ा था, वही फिर इससे बचने के लिए पकड़ना पड़ गया...डाँका!"

"हाँ।"

"तुम्हारे पिता एक अमीर ताजर थे न?"

"हाँ।"

"इस बग़ावत ने उसे इसलिए मरवाया कि धरती पर गढ़हे और टीले न रहें, पर बाद में अगर नये गढ़हे और टीले ही बनाने थे..."

डाँका ने जहाँ तक अपने बाप को देखा था, एक रहमदिल इनसान ही पाया था। सोचा करती थी शायद उस जैसी जगहवाले बाक़ी लोग उस जैसे न होते हों, पर जो था, उसके लिए यह सज़ा क्यों थी?

जवाब कहीं से भी नहीं मिला था, इसलिए उसे अकसर चुप रह जाने की आदत पड़ गयी थी।

"क्यों डाँका?" कोमारक के मन में जो कुछ था, उस दिन उसके मन में समा नहीं रहा था।

"तुम्हें पता है, मैं कभी गिरजे में क्यों नहीं जाती? माँ कई बार जाने की ज़िद करती है, पर मैं टाल जाती हूँ।" डाँका कुछ कहने-कहने को हो उठी थी। कहने लगी, "वहाँ के लोगों के उदास चेहरे मुझसे देखे नहीं जाते। शायद वहाँ एक ऐसी जगह है जो लोगों की उदासी को पनाह देती है—या लोग ही उससे तसल्ली का भ्रम लेने जाते हैं—जाने से कुछ नहीं सँवरता, पर जाते हैं—कोमारक!"

"हाँ।"

"असल में क़त्ल तो उनकी उदासी को करना था..." डाँका के ये शब्द उसके मुँह में ही थे कि कोमारक ने उसे बाँहों में भर उसके शब्द चूम लिये थे। डाँका की आँखों में पानी भर आया था। उसने सहमकर कोमारक के चेहरे की तरफ़ देखा था, जैसे भरी दुनिया में उसे मुश्किल से इस जैसा एक ही चेहरा मिला हो, और उसे विश्वास न हो रहा हो कि यह चेहरा उसे सदा दिखाई देता रहेगा।

(4)

आज डाँका को कोमारक याद आया तो इस तरह याद आया, जिस तरह उसे याद करने से वह मुद्दत से डर रही थी, और आज उस डर की मियाद ख़त्म हो गयी थी।

कोमारक को गये हुए पाँच वर्ष हो गये थे, डाँका उसे जी भरकर याद करने का मौका बड़े यत्नों से टालती रही थी। जानती थी—वह इस तरह याद आया तो ज़िन्दगी का एक दिन भी उससे, उसके बिना, गुज़ारा नहीं जा सकेगा। पर दिन तो गुज़ारने ही थे, यह कोमारक की नसीहत भी थी, और ज़िन्दगी का दिलासा भी।

जब कोमारक को उसने ख़ुद अपने हाथों विदा किया था, डाँका के हाथ बेहद मज़बूर थे...

"यह भी ज़िन्दगी का रहम था–वह ज़िन्दगी में मिल गया, तीन साल मैंने उसके साथ गुज़ार लिये..." डाँका को अपनी उमर के सारे वर्ष इस तरह याद आये, जैसे उसने रेत के किनारे पर बैठकर कुछ ख़ाली सीपियाँ बटोरी हों। और कोमारक से मिलन इस तरह, जैसे एक दिन अचानक एक सीपी में से मोती निकल आया हो...

उनकी मुलाक़ात एक सरकारी दफ़्तर में हुई थी–एक गहरी और लम्बी चुप में से। देखने को तो डाँका उसे रोज़ देखा करती थी, पर चेहरों की पहचान तो मिलाप नहीं होती...

एक दिन डाँका दफ़्तर में बड़ी उदास थी। जो लिख रही थी उससे नहीं लिखा जा रहा था। और दफ़्तर में ही उसकी आँखें भर-भर आयी थीं। कोमारक ने उसे बीमार समझा था, हाल पूछा था, पर डाँका जब तेज़ सिरदर्द कहकर, दफ़्तर से छुट्टी लेकर घर लौटी थी, कोमारक उसे घर तक छोड़ने आया था। घर आकर डाँका ने उसके और अपने लिए कॉफी बनायी थी। किसी पर विश्वास करने की डाँका की आदत नहीं थी, पर उस दिन कॉफी पीते हुए कोमारक के सामने उसके मुँह से निकल गया, "रोज़ इतना कुफ़्र नहीं तौला जाता, हिम्मत नहीं रह गयी..."

और डाँका की आँखों में फिर पानी भर आया था, "लोग साँस रोके जी रहे हैं, मैं रोज़ उनकी ख़ुशी के इश्तिहार लिखती हूँ। यह सब कुछ किसलिए करती हूँ, इसीलिए न कि जिन्दा रह सकूँ..."

यही विश्वास एक जड़ था जिसमें से डाँका और कोमारक की दोस्ती उगी थी। और फिर कुछ महीनों के बाद उन्होंने विवाह करके अपने ख़याल भी एक कर लिये थे, और सपने भी।

माँ के चेहरे पर एक रौनक-सी लौट आयी थी। सिर्फ़ एक दिन उसने कहा था, "डाँका, तुम इटली अपने पिता को ख़त लिख देतीं तो तुम्हारा ख़त पढ़कर वह ज़रूर आ जाते। तुम उनके आने पर विवाह करती तो अच्छा था..." पर फिर कभी उसने कुछ नहीं कहा था।

कोमारक ने ही एक बार माँ के चेहरे की तरफ़ देखकर, डाँका से अकेले में कहा था, "डाँका, यह जो नज़्म है न–क़ब्रों पर छुरी को तेज़ करनेवाली, तुम्हें पता है, वे कौन-सी क़ब्रें हैं?"

"शहीदों की।" डाँका ने जवाब दिया था।

"हाँ शहीदों की, पर इस शब्द के बड़े अर्थ होते हैं..."

"किस तरह?"

"ये उन मासूम लोगों की क़ब्रें भी हैं, जिनके ख़्वाहमख़्वाह क़त्ल होते हैं–जैसे

तुम्हारे बाप की क़ब्र—और ये उन उदासियों की क़ब्रें भी हैं, जिनमें मरे हुए नहीं, ज़िन्दा लोग रहते हैं, जैसे माँ...”

उस दिन कोमारक की छाती से सिर सटा डाँका बहुत रोयी थी।

डाँका और कोमारक का रिश्ता एक विश्वास की जड़ में से उगा था। और इसके साथ बेशुमार आँसू थे, जो शायद इस पौधे को पानी देने के लिए बने थे। डाँका को यह याद आया कि वह अपने विवाह की पहली रात भी रोयी थी...

यह वह रात थी—जब एक पूरी औरत एक पूरे मर्द से मिलती है—और उस रात डाँका ने कोमारक को बताया था, “दफ़्तर में जब भी बहुत झूठे लेख लिखती हूँ, घर आकर लगता है, जैसे पराये मर्द के साथ सोकर आयी हूँ। सारा जिस्म ग़लीज़ लगता है...” और डाँका की आँखों में पानी भर आया था, “सिर्फ आज पहली बार देखा है कि जिस्म पवित्र कैसे होता है।”

उस रात कोमारक की बाँहें डाँका के गिर्द से खुलती नहीं थीं। बार-बार कहता था, “तुम इतनी पाकीज़ा हो कि सोचता हूँ तुम्हें कहाँ छिपाऊँ।”

फिर साल गुज़र गया, दो गुज़र गये, तीसरा भी गुज़रने को हो आया। डाँका औरत थी, उसने एक मर्द को पाकर अपनी सारी दुनिया उस तक समेट ली। पर कोमारक मर्द था, उसके लिए दुनिया के अर्थों का बड़ा विस्तार था। इर्द-गिर्द जो कुछ भी बदला था, सिर्फ़ शब्दों में बदला था, अर्थ वही थे जो एक हुकूमत के हुआ करते हैं। और नयी हुकूमत के और भी सख़्त हुआ करते हैं। कोमारक इन वर्षों में जो कुछ भी देख रहा था, उस बारे में किसी से कुछ नहीं कहता रहा था, पर अपनी नज़्मों को बताता रहा था—शायद चुप की क़ब्र पर वह कुछ तेज़ करता रहा था।

और फिर अचानक ख़बर मिली कि कोमारक की जान ख़तरे में थी...

शायद एक रात का भी भरोसा नहीं था। सिर्फ़ एक ही रास्ता था कि कोमारक रात-रात में ही देश में से निकल जाए, सरहद पार कर जाए...

डाँका सारी-की-सारी उसमें समा जाना चाहती थी। उसने कोमारक को जाने के लिए तैयार किया था, पर उसकी छाती से अलग किये अलग नहीं हो रही थी...

पीछे माँ थी, माँ को कहीं भी अकेला नहीं छोड़ा जा सकता था। नहीं तो एक बार तो डाँका अनहोनी सोच गयी थी...

“अगर कहीं अनहोनी हो जाती—” डाँका की छाती में उबाल आया, “माँ तो बाद में एक साल भी ज़िन्दा नहीं रहती, वही ज़िन्दा रहती—यहाँ बस मैं रह गयी और ये दीवारें...”

और डाँका के लिए माँ का दुःख भी ताजा हो आया—कोमारक ने जाते वक़्त माँ से प्यार लिया। बताया कि उसे दूसरे देश में कुछ काम पड़ गया है, इसलिए

वह अरसे बाद लौटेगा और माँ ने उसे ताक़ीद की थी कि वह चाहे जिस देश जाए, पर इटली नहीं..."

आज डाँका की आँखों में जैसे माँ के आँसू भर आये, "माँ जितनी देर ज़िन्दा रही, कहती रही—डाँका! उसका कोई ख़त आया? नहीं आया? वह ज़रूर इटली चला गया होगा..."

ख़त...डाँका ने यह शब्द ज़हर के घूँट की तरह पी लिया—उसे सिर्फ़ एक ख़त का पता था जो उसने एक बार आँखों से देखा था। उसे पुलिस के महकमे में बुलाकर उसके नाम से आया हुआ कोमारक का ख़त उसे दिखाया गया था। उस में सिर्फ़ इतनी भर ख़बर थी कि वह ज़िन्दा फ्रांस पहुँच गया था। तब से डाँका का पुलिस से वास्ता पड़ा हुआ था, उसी रात से, जिस रात कोमारक घर से गया था। उसके जाने और पुलिस के आने में कुछ घण्टों का फ़ासला रहा था। कई महीने तो उसे यही चिन्ता रही थी कि वह ज़िन्दा भी था कि नहीं। फिर पुलिस ने उसका ख़त दिखाकर बेशक उसे कई हिदायतें दी थीं कि अगर फिर कभी उसका ख़त आया और उसने ख़त का जवाब दिया तो अपनी जान की वह खुद जिम्मेदार होगी, पर डाँका की एक चिन्ता दूर हो गयी थी, और उस घड़ी वही तसल्ली उसके लिए काफ़ी थी कि कोमारक ज़िन्दा था...

डाँका ने कभी उसके ख़त का इन्तज़ार नहीं किया था। उसे मालूम था कि कभी कोई ख़त उस तक नहीं पहुँचेगा। पर वह साल बिताती जा रही थी। ये साल चुप थे, व्यर्थ थे और डाँका को लग रहा था कि इनके शब्द आगे की खिड़की में से बाहर चले गये थे और इनके अर्थ पीछेवाली खिड़की में से बाहर गिर पड़े थे—पर...पर...

और डाँका 'पर' के आगे पड़ी हुई ख़ाली जगह पर जैसे खुद खड़ी हो गयी, "कोमारक! मैं तुम्हारा इन्तज़ार करूँगी, तब तक इन्तज़ार करूँगी, जब तक तुम सब क़ब्रों पर जाकर अपनी छुरी तेज़ नहीं कर लेते।"

डाँका को लगा—इन बेशुमार क़ब्रों में एक क़ब्र उसके इन्तज़ार के सालों की भी थी...

और डाँका ने उठकर एक आशा से कमरे की दोनों खिड़कियाँ खोल दीं—एक शब्दों के लौट आने के लिए और एक अर्थों के पलट आने के लिए। पता नहीं कब—पर कभी...

एक शहर की मौत

अपनी बात करने से पहले पामपेई की बात करूँगी। पामपेई नेपल्ज़ के पास इटली का एक प्राचीन शहर था। इससे भी पहले यह समुद्री किनारे का शहर ईसापूर्व आठवीं शताब्दी में यूनान के समुद्री जहाज़ों का बन्दरगाह हुआ करता था। 310 ई.पू. में एक रोमन जहाज़ यहाँ आया था, पर पामपेई ने उसे तट से लौटा दिया था। पर आख़िर यह शहर जीत लिया गया था, और 80 ई.पू. में यह रोमन कॉलोनी बन गया था।

फिर इसने रोमन ज़बान, रोमन कानून और रोमन वास्तुकला अपना ली। कारोबारी जगह के साथ-साथ यह आरामगाह भी था। इसकी आबादी बीस या बाईस हज़ार थी।

फरवरी '63 में यहाँ एक भयानक भूचाल आया। बहुत कुछ ढहकर ढेरी हो गया। पर इसका निर्माण फिर शुरू हो गया।

निर्माण ज़ारी था कि 24 अगस्त '79 को यहाँ लावा फूट पड़ा। और ह्यूमा शहर आग की गरम राख के नीचे ढँप गया।

यह गरम राख मेंह की तरह बरसी थी—धरती से छह फ़ुट ऊँची इसकी तह जम गयी थी। और इसके लोग जहाँ बैठे या खड़े थे, वैसे के वैसे उस गरम राख में दब गये थे।

और इस तरह सारा शहर गरम राख और कुदरती धूल की बारह फ़ुट ऊँची तह के नीचे ढक गया। और कई सदियों तक ढका रहा।

सोलहवीं सदी में एक नहर निकालते हुए कुछ इमारतों के निशान मिले। और नेपल्ज़ के बादशाह ने मार्च 1748 में बाक़ायदा ख़ुदाई शुरू करवायी। और 1763 में शिलाओं की लिखाई से पता लगा कि वह पामपेई के खँडहर हैं।

पहली चीज़ जो मिली, इसके बुत थे। फिर 1860 में इसमें से मरे हुए लोगों के निशान मिले। राख में गड़े जहाँ-जहाँ भी थे, वहाँ प्लास्टर ऑफ़ पेरिस डालकर

ठीक वही रूपरेखा खोजी—जैसे लोग खड़े हुए, बैठे, या भागते उस राख में गड़ गये थे।

और इसी तरह खोजा कि उस शहर के घर किस तरह के हुआ करते थे; पीढ़े, पलँग और पालने कैसे हुआ करते थे। हाउस ऑफ़ सिलवर वेडिंग, हाउस ऑफ़ गोल्डन क्यूपिड...और कहते हैं मूर्ति-कला यानी बुतकारी और वास्तु-कला में यह एक बड़ा अमीर शहर था...

मैं भी थी पामपेई की तरह...

पूरे पन्द्रह बरस मैं अपनी चुप और लन्दन की धुन्ध में लिपटी रही। रोज़ सवेरे उठकर मिस सिंह का जामा पहन लेती थी, और ईलिंग के एक स्कूल में नौकरी पर चली जाती थी।

पर इन छुट्टियों में मैं रोम गयी थी। मैंने रोम के गिरजे देखे, वहाँ कई औरतें मोमबत्तियाँ जला रही थीं, पर मुझे कोई मोमबत्ती जलाने का ख़याल नहीं आया था। रोम का वह चश्मा भी देखा, जिसमें एक सिक्का डालकर लोग मुरादें माँगते हैं। पर मैंने जेब में हाथ डालकर कोई सिक्का नहीं निकाला था। फिर रोम से फ़्लोरेंस गयी थी। वहाँ माइकिल ऐंजलो के चौक में लोग कबूतरों को चुग्गा चुगा रहे थे और उनको हथेली पर बिठाकर तसवीरें उतरवा रहे थे पर मुझे अपनी तसवीर उतरवाने का कोई ख़याल नहीं आया था। फिर एक दिन रोम से नेपल्ज़ गयी थी, और वहाँ से आती बार रास्ते में पामपेई देखा था। पर पामपेई के खँडहरों में से घूमकर जब बाहर के दरवाज़े के पास आयी तो लोहे के दरवाज़े ने मेरा हाथ पकड़ लिया था।

इस तरह तो कभी किसी मर्द ने भी मेरा हाथ नहीं पकड़ा था, मैं काँप गयी।

और लोहे का दरवाज़ा पिछली तरफ़—उन खँडहरों की तरफ़ ताकने लगा जहाँ कई स्तम्भ और कई दीवारों के टुकड़े खड़े थे।

और उसके कहने पर मैं भी उन्हें देखने लगी...

कहीं...कोई भी ओट नहीं थी—कभी होती होगी—कुछ चारों तरफ़ से बन्द कमरे रहे होंगे। और फिर उनके भी अन्दर कुछ कोठरियाँ। पर अब सब कुछ चौपट खुला हुआ था। सारे रहस्य नीचे बिछे हुए थे। और पता नहीं लगता था कि कौन-सी राह किधर निकलती थी और जाती कहाँ थी। राह राहों के गले लगी हुई थी...

एक लोहे के हाथ ने मेरा हाथ पकड़ा हुआ था—मेरा हाथ सुन्न-सा होने लग पड़ा...

पहले मेरा दायाँ हाथ सुन्न हुआ, फिर दायीं बाँह, दायाँ कन्धा। फिर बायाँ हाथ, बायीं बाँह और बायाँ कन्धा।

मैंने लोहे के दरवाज़े से परे होने के लिए एक ज़ोर लगाया—पर अब मेरे पैर भी सुन्न हो गये थे, लातें भी।

लगा—मैं भी पामपेई शहर की बीस हज़ार लाशों की तरह एक लाश थी। वहाँ से जल्दी से बाहर निकलने के लिए दायाँ पैर आगे किया हुआ था, और बायें को आगे करने के लिए उसकी एड़ी ज़रा-सी उठी हुई—और फिर वहीं की वहीं एक गरम राख में हमेशा के लिए लाश बनकर खड़ी रह गयी...

मैं किस दरवाज़े में से निकली थी, और किस राह पर जाना था, कुछ पता नहीं।

अब तो सब घर ढह गये थे, और सभी राहें रो-रोकर एक-दूसरे से गले लग रही थीं...

फिर पता नहीं कितनी देर तक मेरी आँखें जलती और बुझती रहीं...

और फिर मेरी छाती में कुछ सुबकने लगा कि इस पामपेई शहर की तरह मैं भी कभी हुआ करती थी...

पिछले पन्द्रह बरस मैं अपनी चुप में और लन्दन की धुन्ध में ढँपी रही हूँ। पता नहीं यह चुप और यह धुन्ध कितने फ़ुट ऊँची थी—छह फ़ुट ज़रूर होगी—मेरे क़द से दो बालिश्त ऊँची कि मैं सारी की सारी उसके नीचे आ गयी थी...

और मैंने भी इस 'मैं' को कभी नहीं देखा था...

अब देख रही हूँ, मेरी छाती में एक शहर हुआ करता था, जैसे हर जवान हो रही लड़की की छाती में एक शहर होता है।

और मेरे शहर में एक सबसे बड़े आँगनवाला घर था—मेरे माँ-बाप का घर; जहाँ एक सघन छायावाला पीपल का पेड़ था, एक लम्बी गली थी मेरी संग-सहेलियों की और गली के माथे पर एक बड़ का पेड़ था जो थके राहियों को सुख की साँस देता था...और वहाँ, मेरी गली के मोड़ से, दूर एक ऊँची अटारी दिखा करती थी; जहाँ रात को कितनी ही बत्तियाँ तारों सरीखी जलती थीं और रोज़ सुबह सवेरे जिसकी दीवार में से सूरज उगता था...और मैं भी जैसे हर जवान हो रही लड़की अपने शहर की ऊँची अटारी को देखती है, इस अटारी को बार-बार देखा करती थी...

यह मेरा छोटा-सा शहर, फिर बड़ा हो गया। मैं कॉलेज में पढ़ती थी, और कॉलेज के नाटकों में खेलती थी। अगर हज़ारों नहीं, तो सैकड़ों वह पात्र मेरे शहर में बस गये थे, जिन्हें कहानियों में से निकालकर मैं मंच पर लायी थी।

मेरा कितना बड़ा शहर था—कितना सुन्दर...पामपेई सरीखा।

यह भी समुद्र के किनारे था—मेरा दिल समुद्र की तरह बहता था। और जब दूसरे देशों की किताबें पढ़ती थी, उनके पात्र नावों में बैठकर मेरे बन्दरगाह पर आ जाते थे...

और फिर एक दिन लावा फूटा, काली और बलती राख मेंह की तरह बरसती रही थी, और सारा शहर उस राख के नीचे दब गया था...

मैंने—आज से पन्द्रह बरस पहले—जब उस शहर में से भाग निकलने के लिए दायाँ पैर आगे रखा था, और बायें पैर को आगे करने के लिए उसकी एड़ी ज़रा-सी उठायी थी तो वहीं की वहीं उस बलती राख में हमेशा के लिए लाश बन गयी थी...

पामपेई शहर का, और मेरे शहर का इतिहास एक-सा है। शायद इसीलिए मैं पामपेई खँडहरों में चलती पता नहीं किस वक़्त अपने शहर के खँडहरों में पहुँच गयी...

सिर्फ़ एक फ़र्क़ है—पामपेई के किसी इनसान को अपनी लाश देखनी नसीब नहीं हुई थी और मैं ख़ुद अपनी लाश को देख रही हूँ।

बाक़ी सब कुछ उसी तरह है। यह भी कि जैसे पामपेई के किसी भी आदमी को कफ़न नसीब नहीं हुआ था। मेरे मरे हुए शहर के भी किसी आदमी को कफ़न नसीब नहीं हुआ। सब लाशों के मुँह नंगे हैं, पहचान सकती हूँ—और उस पहचान में से सबके नयन-नक़्श याद कर सकती हूँ...

यह मेरी लाश—लचीले-से जिस्म पर एक बड़ा सलोना चेहरा था। सीधी माँग निकालकर ढलवें बाल सँवारे होते थे। कमर में सफ़ेद रेशमी शलवार और गले में अकसर हरे रंग की क़मीज़ और हरे रंग का दुपट्टा होता था। कानों में पतली तार की बालियाँ। चेहरा भोला भी था, पर उस पर ताँबे-रँगी ज़िद भी होती थी, जिस से वह कभी बड़ा कोमल दिखता था, कभी बड़ा सख़्त!

शनिवार और इतवार स्कूल बन्द होता है। कभी-कभी यह दो दिन अकेला को मुहाल हो जाते थे। इसीलिए छुट्टियों में रोम गयी थी, नहीं तो इकट्ठे पन्द्रह दिन घर के कमरे में रहती तो चारों दीवारों के बीच में पाँचवीं दीवार बन जाती। पर रोम से आकर मैं लन्दन के अपने कमरे में नहीं, खँडहरों में चल रही हूँ...

खँडहरों में मैं अकेली नहीं, और कितनी ही लाशें हैं...

आज शनिवार, कल इतवार, सोचा था—दो दिन इन खँडहरों में रहूँगी, और एक-एक लाश को पहचानूँगी। पर रात जॉर्ज का फ़ोन आया। उसने एक फ़िल्म के लिए दो टिकट लिये हुए थे—एक अपने लिए, एक मेरे लिए। और मुझसे 'ना' न की गयी। शाम को उसके साथ फ़िल्म देखने चली गयी।

'डी कैमरन'—मशहूर इतालवी फ़िल्म थी। इसमें एक जवान हो रही लड़की को एक लड़का अच्छा लगता है। लड़का लड़की को सलाह देता है कि आज रात वह कमरे में सोने के बजाय अपने घर की छत पर सो जाए, वह आधी रात घर

के पिछवाड़े छत पर आ जाएगा। लड़की अपनी माँ से शाम के वक़्त कहती है कि आज रात वह छत पर अपना बिस्तर बिछाएगी और बुलबुल का गीत सुनेगी। माँ मान जाती है, बाप भी। और फिर वह लड़की उस रात छत पर जाकर सो जाती है। सुबह-अँधेरे लड़की का बाप जब जागता है, सोचता है कि छत पर जाकर लड़की को देखूँ, कहीं उसे ठण्ड न लग गयी हो। और वह जब छत पर जाता है—वहाँ उसकी बेटी के पास एक लड़का सोया होता है। दोनों के गले में कोई कपड़ा नहीं होता। वह घबराकर वापस आ जाता है, और बेटी की माँ को जगाता है, कहता, 'तेरी बेटी आज कोठे पर सोयी थी क्योंकि उसे बुलबुल का गीत सुनना था। जाकर देख! उसने बुलबुल पकड़ ली है...'

जॉर्ज मेरे साथ की सीट पर बैठा हुआ था, फ़िल्म देखते हुए उसने मेरा हाथ अपनी टाँग पर रख लिया और कहने लगा, "यह बुलबुल तेरी है, ले ले।"

और फ़िल्म के बाद वह मुझे मेरे घर छोड़ने के लिए आया, रात मेरे पास रह गया। और रात फ़िल्म की उस लड़की की तरह मैंने बुलबुल पकड़ी थी।

इस तरह की रात मैंने जॉर्ज के साथ पहली बार गुज़ारी है, पर वैसे पहली बार नहीं। ऐसी रातें कभी-कभी गुज़ार लेती हूँ—किसी के साथ भी।

पहली बार—बहुत घबराकर ऐसी रात गुज़ारी थी। एक दिन मेरे जिस्म का रोम-रोम इस तरह बल उठा था जैसे मेरे जिस्म का एक ही अंग मेरे अंग-अंग में समा गया हो—और मेरे एक-एक रोम का मुँह रहम की तरह खुल गया हो...

उस दिन एक अजीब सबब बना था, नहीं तो मेरे संस्कार मेरे गिर्द इस तरह कसे हुए थे कि मैं गरम पानी की जगह रात को ठण्डे पानी से नहाकर जिस्म को बर्फ की डली बना लेती और रज़ाई में बेसुध सो जाती। पर उस दिन मैं अपनी एक दोस्त औरत को मिलने चली गयी। यह मेरी अँगरेज़ दोस्त क्लेअर बड़ी उमर की औरत है। उस दिन उसने मुझे एक चीज़ दिखायी—एक मरदाना अंग, जो उसी हफ़्ते वह बाज़ार से ख़रीदकर लायी थी। उसमें बैटरी के दो सेल पड़े हुए थे। उसने बताया कि वह बैटरी के ज़ोर से चलता है...और उसके लफ़्ज जैसे उस दिन उस पर तरस खा रहे थे : 'क्या करूँ, अब इस उमर में कोई मर्द पास नहीं फटकता। तलाक़ लिये सात बरस हो गये हैं। पहले तो कभी दो-चार दिनों के लिए कोई जुड़ जाता था, पर अब ज्यों-ज्यों उमर ढल रही है...' और मुझे लगा, अगर मैंने अपनी जवानी अपने संस्कारों को दे दी, तो आनेवाली उमर में मुझे भी एक दिन क्लेअर की तरह बाज़ार जाना पड़ेगा, और बैटरीवाला यह रबड़ का टुकड़ा मेरी क़िस्मत बन जाएगा...

और उस शाम मैंने अपने एक थोड़े से वाक़िफ़ आदमी को खाना खाने बुलाया था। अपने मरण-दिन को अपना जन्म-दिन बताया था। फिर जल्दी से खाना बनाया था। उसके लिए 'स्कॉच' ख़रीद कर लायी थी, और कमरे को ताज़े फूलों से सजाया

था। अकेली औरत के पास अकेले मर्द ने मुश्किल से घण्टा भर किताबों और फ़िल्मों की बातें की थीं, फिर उसने लालसा से मेरा हाथ पकड़ लिया था। मेरा हाथ बेजान भी हो गया था, पर व्याकुल-सा भी। और मेरे हाथ की तरह मेरा अंग-अंग...

उस दिन की तरह आज भी पछतावा नहीं। सिर्फ़ रात जब जॉर्ज मेरे पास सोया पड़ा था, दिल में आया कि आज इसे अपने साथ अपने मरे हुए शहर में ले जाऊँ। जिस तरह लोग पामपेई के खँडहरों को देखने जाते हैं, मैं जॉर्ज को साथ ले जाऊँ और उसे अपने शहर के खँडहर दिखाऊँ।

फिर पता नहीं क्यों, मैंने जॉर्ज को कुछ नहीं बताया। सुबह उठकर वह चाय का प्याला पीकर चला गया है, और मैं अकेली अपने शहर के खँडहरों में लौट आयी हूँ...

यह मेरी लाश...

और वे ऊँची-ऊँची दीवारें उस अटारी की हैं, जिसमें वीरेन्द्र रहा करता था ...यह दीवार के पास उसकी लाश...उसके सारे नक़्श मेरी चाय में उभर आये हैं—चौड़े कन्धों पर तना हुआ सिर, चेहरे का रंग गेहुआँ, पर आँखें बड़ी काली, गहरी और तराशी हुईं। वह आँखों से मेरी जान को खींच लिया करता था...

उसकी इस अटारी में मैं कई बार रात सपनों में गयी थी, और अपने मेहँदी-रचे हाथों से उसकी चारपाई पर उसका बिछौना किया था...

उसके क़ौल-क़रारों से भरी हुई मैं उसको उसकी गली के मोड़ पर मिलकर, जब अपने बाप के खुले आँगनवाले घर में आया करती थी तो घर की दीवारें मेरे जिस्म को भींच लिया करती थीं। मेरे बाप की गुस्सैल नज़र से पीपल के पत्ते झर जाते थे, और मैं धूप में झुलस जाती थी...

और एक दिन मेरा अछूता कुँआरा जिस्म छिल गया। घर पर आयी तो माँ ने अंगारों जैसी आँखों से देखा, चूल्हे में से एक लकड़ी खींचकर कहा, "तुझे उसकी इतनी आग लगी हुई है, तो यह बलती लकड़ी अपने अन्दर डाल ले..." सपनों में और सहेलियों से मर्दों की बातें सुनी हुई थीं, महक सरीखी बातें, पर माँ की बात सुनकर ऐसा लगा जैसे एक बलती लकड़ी मेरी टाँगों में रख दी गयी हो...

मैं कितने दिन तक अपने कमरे में बन्द पड़ी रोती रही। और एक दिन माँ किसी साधु को पकड़कर ले आयीं, और उसका दिया हुआ तावीज़ घोलकर मुझे ज़बरन पिला दिया। सारी रात मैं चोरी-चोरी से उलटियाँ करती रही, पर सुबह जब वह मुझे मेरी सगाई का छुहारा खिलाने लगीं, पता लगा कि किसी दुहाजू के साथ वह मेरा ब्याह करने लगी थी। वीरेन्द्र हमारे मज़हब का नहीं था, और यह दुहाजू हमारे मज़हब का था। मैंने छुहारे को मुँह में से थूक दिया और माँ के हाथ से बाँह छुड़ाकर वीरेन्द्र के घर की ओर दौड़ पड़ी...

और अचानक धरती में से लावा निकल पड़ा—चारों तरफ़ काली और बलती

राख उड़ने लगी—वीरेन्द्र ने पिछले हफ़्ते किसी लड़की से ब्याह कर लिया था...

और उस बलते शहर में से निकलते हुए मैंने दायाँ पैर उठाया हुआ था, और बायाँ पैर आगे रखने के लिए एड़ी उठायी हुई थी कि मैं वैसी की वैसी उस गरम राख में एक लाश बन गयी...

और यह है मेरे शहर के खँडहरों में मेरी लाश...

मलिका

सूर्य की किरणें झुकीं और उन्होंने हौले से गुलाब की एक टहनी को छुआ। एक मर्द की नज़रें झुकीं और उन्होंने हौले से रानी के होठों को छुआ। टहनी पर एक फूल खिल उठा। होठों पर एक मुसकान खिल आयी। उस मर्द ने गुलाब के फूल को भी सूँघा और रानी के होठों को भी। रानी ने पहले गुलाब का फूल तोड़ा और उस मर्द के कोट में टाँग दिया, फिर अपने होठों की मुस्कान छुई और उस मर्द के होठों पर रख दी।

रानी की कोमल जवान बाँहों को उस मर्द ने अपनी शक्तिशाली जवान बाँहों में कसा और रानी के कान में उसके एक-एक अंग के लिए वे सभी उपमाएँ दुहरायीं, जो सदियों से एक जवान आदमी की आवाज़ जवान औरत के कानों में दुहराती आ रही है।

रोम-रोम से उठती कँपकँपी से रानी की नींद उचट गयी। बीती घड़ी को पकड़ने के लिए उसने फिर आँखें मूँदीं, पर अब उसमें एक चेतनता थी कि यह सच नहीं था, एक सपना था।—और रानी ने अपनी चारपाई से धीरे से उठकर सामने की अलमारी में पड़ा हुआ एक ख़त निकाला। कमरे की एक खिड़की खोली, सुबह की हलकी रोशनी में ख़त पढ़ा और फिर दर्पण के सामने खड़ी होकर अपने आप को विश्वास दिलाने लगी कि आज रात का सपना सच भी हो सकता था।

रानी ने दर्पण के सामने खड़ी होकर अपने एक-एक अंग को देखा और रात सपने में सुनी हुई सभी उपमाएँ उसे याद हो आयीं। सरू के बूटे जैसा क़द, चन्दन की गेली जैसी बाँहें, फलियों जैसी उँगलियाँ, आम की फाँक जैसी आँखें, गुलाब की पत्तियों जैसे होठ...

और जैसे हर औरत को एक मर्द के मुँह से ये उपमाएँ सुनकर लगने लगता है कि ये सभी उपमाएँ केवल उसी के अंगों के लिए बनायी गयी थीं, रानी को भी

प्रतीत हुआ कि ये सारी उपमाएँ उसी के अंगों के लिए बनी थीं, या उसके अंग ही इन उपमाओं के लिए बने थे।

रानी ने कमरे का दरवाज़ा खोला। बाहर के बग़ीचे में से गुलाब का एक फूल तोड़ा और होठों में एक मुसकान भरकर सामने लम्बी राहों की ओर देखने लगी—जैसे उसे ख़त लिखनेवाला अभी इन राहों पर तीखे-तीखे क़दम रखता उसके पास आ जाएगा और उसके हाथ में पकड़े हुए फूल को और उसके होठों पर खिली हुई मुसकान को सूँघ लेगा।

रानी कुछ देर सामने की राह की ओर देखती रही, फिर उसे एक हल्की-सी आवाज़ आयी थी, "रानी...रानी..." पर यह आवाज़ सामनेवाली राह की ओर से नहीं आयी थी, पीछे से रानी की बड़ी बहन के कमरे में से आयी थी। रानी ने एक हलका-सा निःश्वास लिया और बहन के कमरे की ओर जाती हुई उसने उत्तर दिया, "हाँ मलिका! आ रही हूँ।"

भिड़काये हुए दरवाज़े को खोलकर जब वह बहन के कमरे में गयी, उसकी बहन ने जल्दी से कहा, "दरवाजा भिड़का दो रानी! बड़ी तीखी हवा आ रही है।"

"पर आज तो हवा बड़ी अच्छी लग रही है।" रानी ने एक बार कहा, पर कमरे का दरवाज़ा भिड़का दिया।

"हवा मेरी हड्डियों को चीरती है...मुझसे ज़रा भी नहीं झेली जाती।" मलिका ने अपने ऊपर ओढ़े हुए कम्बल के कोने को कसकर दबाया और कहा।

"रात नींद कैसी आयी?" चारपाई के पाये पर बैठते हुए रानी ने धीरे से पूछा।

"आज रात क्या कोई ख़ास नींद आनी थी रोज़ से? उसी तरह ही उखड़ी-उखड़ी, जैसे रोज़ आती है।"

रानी कुछ देर चुप रही, फिर सहसा उसके मुँह से निकला, "कभी तुम्हें सपने भी तो आते होंगे मलिका?" रानी शायद इतना मलिका के सपनों के बारे में नहीं सोच रही थी जितना अपने रात के सपने के बारे में, और सपनों की बात छेड़कर वह अपनी बहन को अपना रातवाला सपना सुनाना चाहती थी।

"सपने? सपने ही तो सारी उमर देखती रही हूँ, क्या सोते में, क्या जागते में।"

"ये सपने सच भी होते हैं या नहीं? कहते हैं, सवेरे का सपना ज़रूर सच हो जाता है।"

"यह सुबह बड़ी अच्छी है, जो तुम्हारे और मेरे जैसी औरत को भुलावा देने के लिए रोज़ आ जाती है।"

"सपने सच्चे नहीं होते?"

"सपने सच नहीं होते, केवल घायल होते हैं।"

"मलिका!"

"चल छोड़ इन सपनों की बातों को। इनकी बातें करते-करते तो मेरी ज़बान भी ज़ख़्मी हो गयी है।"

"उठो मलिका, बाहर बग़ीचे में चलें। देखो तो बाहर कैसा मौसम है।"

"कैसा मौसम है?"

"बहार का।"

"पगली!"

"नहीं मलिका! सचमुच बहार का मौसम है।"

"इस दुनिया में बहार का कोई मौसम नहीं होता रानी! यह केवल वीरानी होती है जो कभी-कभी बहार का स्वाँग भरती है।"

रानी का हाथ घबराकर अपनी छाती पर चला गया। अभी जो ख़त रानी ने अलमारी से निकालकर सुबह की हलकी रोशनी में पढ़ा था, वह इस समय रानी की चोली में रखा हुआ था।

"क्या बात है रानी?"

"यह ख़त..."

"बहुत अच्छा लग रहा है?"

"बहुत अच्छा..."

"ज़िन्दगी के इकरारों से भरा हुआ?"

"हाँ, ज़िन्दगी के इकरारों से भरा हुआ।"

"ये शब्द तूने पहले कभी नहीं सुने थे?"

"पर मलिका..."

"ये सब शब्द डिक्शनरी में होते हैं।"

"पर जब इन्हें कोई ख़त में लिखता है..."

"तब बल्कि इनके कोई अर्थ नहीं होते, जबकि डिक्शनरी में इसके अर्थ भी होते हैं।"

"मलिका!"

"मेरे सिरहाने एक चाबी पड़ी हुई है, यह चाबी ले ले और मेरी सामने की अलमारी खोलकर देख ले, जहाँ एक नहीं, बहुत-से ख़त पड़े हुए हैं। तुम्हारे इस एक ख़त जैसे कई ख़त..."

"आज तुम भले ही न मानो, पर मैं तुम्हें एक डॉक्टर के पास ज़रूर ले जाऊँगी। देखो तो तुम्हारी दशा दिनोंदिन कैसी होती जा रही है।"

रानी ने ध्यान से मलिका के मुख की ओर देखा, और उसे वे सब उपमाएँ याद आ गयीं जो उसने रात सपने में सुनी थीं। और रानी को मलिका का वह रूप भी स्मरण हो आया जो मलिका के मुख पर झेला नहीं जाता था। यह सच था कि मलिका बहुत सुन्दर होती थी, रानी से कहीं सुन्दर। क्योंकि उसके तन के रूप में

उसके मन का रूप भी मिला हुआ था। रानी भी जानती थी, इसलिए रानी मलिका के मुख की ओर देखते ही काँपने लग गयी, जैसे आज बिछौने पर मलिका नहीं, बीमार पड़ी हुई थी, औरत के हुस्न को दी जानेवाली इस दुनिया की हर उपमा बीमार पड़ी हुई थी।

रानी ने चाय बनायी। मलिका को पिलायी। ख़ुद पी और फिर हठपूर्वक मलिका को शहर के सरकारी हस्पताल में ले गयी।

हस्पताल में बेहद भीड़ थी। रानी पहले कभी हस्पताल में नहीं आयी थी। उसे लगा कि आज जैसे सारी दुनिया एकबारगी बीमार पड़ गयी है।

डॉक्टर श्रीचन्द हस्पताल का सबसे बड़ा डॉक्टर था। रानी ने उसके कमरे का पता पूछा और मलिका को कमरे के बाहर एक कोने में बिठाकर डॉक्टर से मिलने की बारी की राह देखने लगी।

दोपहर हो आयी। मलिका के पीले रंग पर एक और पीलापन फिर गया और दीवार का सहारा लेते हुए मलिका ने रानी को धीरे-से कहा, "क्यों मुझे बेगाने दर पर लाकर मारती है? मरना ही है तो अपनी चारपाई पर पड़ी-पड़ी मरूँगी, अपने दरवाज़े के आगे..."

"बस, अगली बारी हमारी है। अब तो सारे रोगी भुगत गये हैं।"

आख़िर मलिका की बारी आयी। रानी ने उसे अपनी बाँह का सहारा दिया और डॉक्टर के कमरे में ले गयी।

डॉक्टर ने मेज़ पर रखे हुए हस्पताल के फ़ार्म की ओर देखा और हाथ में कलम पकड़ते हुए पूछने लगा, "क्या नाम है मरीज़ का?"

"मलिका।"

"मलिका?" डॉक्टर ने मरीज़ के बिखरे हुए कपड़ों और बिखरे हुए रूप की ओर एक बार देखा और थोड़ा-सा मुसकराकर काग़ज़ पर लिखा : 'मलिका'।

मलिका के माथे पर एक पतली-सी त्योरी पड़ी और फिर उसने हँसकर कहा, "यह कोई अजीब बात नहीं। मेरे पास एक बहुत बड़ी सल्तनत है, इसीलिए मेरा नाम मलिका है।"

डॉक्टर शायद सल्तनत का नाम पूछने लगा था; पर उसने मलिका की आँखों की ओर देखा—आँखों की नज़र बड़ी सँभली हुई और तीखी थी। डॉक्टर ने केवल इतना कहा, "क्या तक़लीफ़ है?"

"एक तो मुझे भूख बहुत लगती है, किसी भी चीज़ से नहीं मिटती और एक मुझे प्यास बहुत लगती है..."

"इसको ग़ैरकुदरती भूख कहते हैं।"

"मालूम नहीं इसको ग़ैरकुदरती भूख कहते हैं या कुदरती भूख। कई बार शीशियों पर ग़लत लेबल भी तो लग जाते हैं।"

डॉक्टर थोड़ा चौंका, पर फिर उसने सँभलकर मलिका को कमरे के दायें कोने में रखे हुए उस तख़्तपोश पर लेटने के लिए कहा जहाँ वह रोगियों को जाँचता था।

मलिका लेट गयी। डॉक्टर ने मेज़ पर पड़ी घण्टी बजायी और बाहर दरवाज़े की ओर देखने लगा।

कुछ मिनट बीते। डॉक्टर ने फिर घण्टी बजायी। पर बाहर के दरवाज़े से कोई अन्दर न आया।

"न मालूम सिस्टर कहाँ चली गयी है?" अन्त में डॉक्टर ने कहा और मेज़ पर रखी हुई घण्टी को एक बार फिर दबाया। चपरासी अन्दर आया। डॉक्टर ने कुछ खीझकर चपरासी को कहा कि वह जल्दी नर्स को ढूँढकर लाये।

"अभी नर्स का तो कोई काम नहीं डॉक्टर!" मलिका ने धीरे से कहा।

"पर नर्स के आये बिना मैं आपके पास आकर आपको जाँच नहीं सकता। कोई मर्द डॉक्टर किसी मरीज़ औरत के शरीर को हाथ नहीं लगा सकता, जब तक पास में कोई नर्स न हो।" डॉक्टर ने बताया।

"यह गवाही देने के लिए कि एक सेहतमन्द डॉक्टर ने एक बीमार औरत के शरीर को हाथ लगाया है तो किसी बुरी नीयत से नहीं?" मलिका हँस पड़ी। मलिका बीमार थी, पर उसकी हँसी बीमार नहीं थी।

"हाँ, इसीलिए।"

"यानी एक मर्द का हाथ जब एक औरत को छूता है तो उसका स्वाभाविक कारण एक ही हो सकता है—चाहे वह हाथ डॉक्टर का हो, और वह शरीर रोगी का..."

"यह हमारे हस्पताल का नियम है, हस्पताल का कानून।"

"हमारी दुनिया में इतनी गेहूँ की फ़सल नहीं होती, या किसी भी अनाज की, जितनी नियमों और कानूनों की फ़सल होती है। क्या नहीं डॉक्टर?"

डॉक्टर ने चौंककर मरीज़ औरत की ओर देखा। शायद कुछ कहता। पर कमरे में नर्स आ गयी थी। डॉक्टर ने रोगी को कुछ कहने के स्थान पर नर्स को कहा, "एक मरीज़ को देखना है।"

नर्स मलिका के पास ठहर गयी और डॉक्टर ने उसकी नब्ज़ देखते हुए पूछा, "शरीर के किसी भाग में दर्द भी होता है?"

"हर नाड़ी में..." मलिका ने बताया।

डॉक्टर ने स्टेथस्कोप लगाकर उससे कहा, "लम्बे-लम्बे साँस लीजिए।"

"मैं हमेशा ही लम्बे साँस लेती हूँ।"

"साँस लेने में मुश्किल पड़ती है?"

"हर साँस लेने में।"

फिर डॉक्टर ने मलिका के जिगर को देखा। "जिगर बढ़ा हुआ नहीं।"

"अगर बढ़ा हुआ नहीं तो घटा हुआ ज़रूर होगा।" मलिका ने धीरे से कहा।

डॉक्टर ने एक गहरी नज़र से मलिका को देखा और फिर नर्स को कहा, "ख़ून की जाँच करनी पड़ेगी। इसके बाद ही मैं कुछ कह सकूँगा।"

डॉक्टर अपनी कुर्सी पर बैठकर सामने रखे हुए हस्पताल के सरकारी काग़ज़ों में रिक्त खानों को भरने के लिए मलिका से पूछने लगा :

"आयु?"

"यही, जब इन्सान जीवन की हर वस्तु के बारे में सोचना शुरू करता है और फिर सोचता ही चला जाता है।...तीस-बत्तीस साल..."

"आपके मालिक का नाम?"

"मैं घड़ी या साइकिल हूँ कि मेरा कोई मालिक हो। मैं औरत हूँ।"

"मेरा मतलब है, आपके पति का नाम?"

"मैं बेकार हूँ, नौकरी नहीं करती।"

"मैं नौकरी के बारे में नहीं पूछ रहा।"

"मेरा मतलब है, मैं किसी की बीवी नहीं लगी हुई।"

"बीवी नहीं लगी हुई?"

"मेरा मतलब है, हर कोई किसी न किसी काम पर लगा होता है, जैसे आप डॉक्टर नियुक्त हैं, यह पास खड़ी हुई लड़की नर्स लगी हुई है। आपके दरवाज़े के बाहर खड़ा आदमी चपरासी लगा हुआ है। इसी तरह जब लोग विवाह करते हैं, मर्द ख़ाविन्द लग जाते हैं, और औरतें बीवियाँ लग जाती हैं।"

डॉक्टर ने हाथ में पकड़ी हुई कलम को इस तरह छिटका जैसे उसकी कलम में स्याही रुक गयी हो।

"क्यों डॉक्टर, ठीक नहीं? कई पेशों में लोग तरक़्क़ी भी कर जाते हैं। जो आज सेकण्ड लेफ़्टिनेण्ट नियुक्त होता है, वह कल करनल बन जाता है, ब्रिगेडियर बन जाता है, जनरल बन जाता है। पर इस विवाह के पेशे में कभी किसी की तरक़्क़ी नहीं होती। बीवियाँ सारी उमर बीवियाँ ही लगी रहती हैं। ख़ाविन्द सारी उमर ख़ाविन्द ही लगे रहते हैं।"

"इनकी तरक़्क़ी हो भी तो क्या?" डॉक्टर ने अभी तक मरीज़ औरत से उसकी सेहत के सिवा कोई बात नहीं की थी, पर यह प्रश्न उससे पूछा ही गया।

"इनकी तरक़्क़ी भी हो सकती है, पर मैंने होती कभी देखी नहीं।"

"पर क्या हो सकती है?"

"यही कि आज जो ख़ाविन्द लगा हुआ है, वह कल को महबूब बन जाए। कल को जो महबूब बने, परसों को खुदा बन जाए—यह रिश्ता जो केवल एक प्रथा के सहारे ठहरा होता है, चलते-चलते दिल का सहारा ओट ले—आत्मा का सहारा ले ले।..."

डॉक्टर ने कहा कुछ नहीं, केवल मेज़ के खाने से एक सिगरेट निकालकर पीने लगा।

नर्स ने साथ के कमरे से ख़ून की जाँच करनेवाले डॉक्टर को बुलाया और डॉक्टर ने मलिका की उँगली से ख़ून की कुछ बूँदें लेकर शीशे की एक नली में भर लीं।

डॉक्टर श्रीचन्द ने हस्पताल के फ़ार्म पर कुछ लिखा और यह फ़ार्म नर्स को थमाते हुए बोला, "मरीज को बीस नम्बर वार्ड में ले जाओ। आठ नम्बर 'बेड' ख़ाली है, वह दे दो।"

रानी ने मलिका को बाँह का सहारा देकर उठाया और डॉक्टर ने चेतावनी दी, "मरीज़ के पास कोई रुपया-पैसा या गहना नहीं होना चाहिए।"

मलिका ने अपने दुपट्टे के छोर से कुछ बाँधा हुआ था। उसकी ओर देखती हुई डॉक्टर से कहने लगी, "मेरे पास कुछ क़ीमती सिक्के हैं—इनका क्या करूँ?"

"इनको आप हस्पताल में अपने पास नहीं रख सकतीं।" डॉक्टर ने बताया।

"रख तो मैं दुनिया में भी नहीं सकती थी, पर जैसे-तैसे सँभालती आयी हूँ।" मलिका ने इतनी धीमी आवाज़ में कहा, जिसे उसने खुद भी कठिनता से सुना और उसने दुपट्टे के छोर से बँधी हुई एक छोटी-सी लाल रंग की पोटली खोली और रानी को थमाते हुए कहने लगी, "बड़े ही क़ीमती सिक्के हैं—सँभालकर रखना।"

मलिका को जब बीस नम्बरवाले वार्ड में ले गये तो उसे लोहे के पलँग पर लिटाते हुए पहली नर्स ने वार्ड की दूसरी नर्स को उसे सौंपते हुए कहा, "मरीज़ नम्बर आठ।" मलिका मुसकरा उठी और रानी को हौले से कहने लगी, "यह नम्बरों की बात मुझे बड़ी अच्छी लगी है।"

"क्यों?"

"क्योंकि यहाँ किसी भी मरीज़ का कोई नाम नहीं होता। मरीज़ नम्बर सात, मरीज़ नम्बर आठ, मरीज़ नम्बर नौ...। ये नाम तो बने थे मनुष्य की शख़्सियत बताने के लिए, पर किसी मनुष्य की कोई शख़्सियत नहीं होती। इसलिए यह नामों की बात झूठी होती है। ये नम्बरों की बात फिर भी सच्ची है..."

रानी ने पीड़ा को पीकर मलिका के कन्धे को चूमा और फिर छलछलायी आँखों से वार्ड से बाहर चली आयी।

इस वार्ड में छह मरीज़ थे। मलिका अपने साथ की पाँच मरीज़ औरतों को देखती, धीमी आवाज़ में उन्हें उनका हाल पूछने लगी। एक बिलकुल पीली पड़ चुकी युवती को छोड़कर, शेष चारों औरतें ग़रीबी और बुढ़ापे से पैदा होनेवाले रोगों से कराह रही थीं। पानी का घूँट एक पल अन्दर जाता और दूसरे पल बाहर निकल आता था—उनकी आशाओं की तरह।

डॉक्टर जब शाम का चक्कर लगाने आया तो मलिका से हाल पूछते हुए बोला, “रात को नर्स आपको नींद की गोली दे देगी।”

“कोई विशेष आवश्यकता नहीं। मैं थोड़ा-बहुत सो ही लूँगी, रोज़ की तरह।”

“यहाँ शायद आपको रोज़ की तरह भी नींद नहीं आएगी, क्योंकि अक्सर मरीज़ रात को दिन से अधिक कराहते हैं। इनमें से एक को तो कैंसर है, दूसरी के घावों में पानी भरा हुआ है, और वह आपके साथ की चारपाई पर पड़ी औरत...”

“कोई बात नहीं डॉक्टर! मुझे ये चीख़ें और कराहना सुनने की आदत पड़ी हुई है। हमारी दुनिया में वह कौन-सा स्थान है, जहाँ रात को लोग सुख की नींद सोते हैं? किसी का हाथ घायल, किसी का पैर घायल, किसी का सपना घायल...” और मलिका ने खिड़की की ओर हाथ उठाते हुए कहा, “वहाँ दूर, हमारे देश की सरहद पर जाने कितने लोग घावों से तड़प रहे हैं...”

डॉक्टर मलिका के पीले और नर्म मुख की ओर जाने कितनी देर देखता रहा। फिर हाथ में पकड़े हुए एक काग़ज़ की ओर देखते हुए कहने लगा, “आपके ख़ून की जाँच का नतीजा आ गया है। पर...”

“क्या दोष निकला है मेरे ख़ून में?”

“लाल कीटाणु, सफ़ेद कीटाणु—सब ठीक हैं। किसी जानी-पहचानी बीमारी के कीटाणु भी उसमें नहीं मिलते। पर एक विचित्र प्रकार के कीटाणु मिले हैं जिन्हें हम जान नहीं पा रहे कि कौन-से कीटाणु हैं...”

मलिका मुसकरायी। मलिका की आवाज़ भले ही दिनोंदिन बढ़ती तक़लीफ़ से धीमी होती जा रही थी, पर उसकी कोमलता में अन्तर नहीं आया था। उसी धीमी और कोमल आवाज़ में वह कहने लगी, “आप जितने दिन चाहें इन कीटाणुओं को परख लें और अगर फिर भी आप कुछ जान न पाएँ तो मैं बताऊँगी कि ये कीटाणु कौन-से हैं।”

डॉक्टर ने गहरी आँखों से मलिका को देखा और फिर जब बोला, उसकी आवाज़ में अचम्भा था, “आप जानती हैं ये कौन-से कीटाणु हैं?”

“हाँ।”

“हम सब डॉक्टर आज इन्हें परखते-जाँचते थक गये हैं। सोच रहे थे कि आप के ख़ून की कुछ बूँदें किसी और देश के डॉक्टरों को भेजें। हमसे कई दूसरे देशों की साइंस अधिक उन्नत है।”

“भेजकर देख लीजिए। पर शायद वे भी न जान सकें।”

“बड़ी अजीब बात है!”

“हाँ, अजीब तो है ही...”

“पर आपने यह कैसे कहा कि आप जानती हैं?”

"क्योंकि मैं सचमुच जानती हूँ।"

"फिर आप स्वयं हमें बता दीजिए।"

"मैं बता देती हूँ, पर आप विश्वास नहीं करेंगे।"

"आप उसका इलाज भी जानती हैं?"

"हाँ।"

"फिर आप वह इलाज करते क्यों नहीं?"

"मैं अपना ऑपरेशन आप कैसे कर सकती हूँ? वह तो आप लोग ही कर सकते हैं!"

"फिर जो हम आपका बताया हुआ इलाज कर दें, आप ठीक हो जायँ—तो हमें ये सब मानना ही पड़ेगा।"

"मैं बताने को तैयार हूँ।"

"ये कौन-से कीटाणु हैं?"

"आपने पार्वती की एक कहानी सुनी है या नहीं? एक पौराणिक बता चली आती है..."

"पार्वती की कहानी?"

"कहते हैं, एक बार शिवजी कहीं बाहर गये हुए थे, उन्होंने बहुत विलम्ब कर दिया। पीछे अकेली पार्वती का दिल नहीं लगता था, इसलिए उसने अपने शरीर की मैल उतारकर एक बच्चा घड़ लिया..."

डॉक्टर के मुख पर हँसी की और खीझ की एक लहर दौड़ गयी और उसने अपने-आप को कहा, "मैं इस पगली स्त्री से व्यर्थ में माथापच्ची कर रहा हूँ, मालूम होता है इसका..."

"मैंने कहा था न कि आपको मुझ पर विश्वास नहीं आएगा।"

"यह कोई विश्वास करने की बात है?"

"अच्छा, फिर रहने दीजिए इस बात को। आप स्वयं कीटाणुओं की पहचान खोज लीजिए, अगर खोज सकते हैं तो..."

डॉक्टर के माथे पर एक हैरानी पुत गयी। वह सोचने लगा, 'इस औरत के होश-हवास कायम भी दिखते हैं और नहीं भी।' ऊँची आवाज़ में उसने केवल इतना कहा, "अच्छा, मैं सारी बात सुनूँगा। आगे बताइए।"

"जिस तरह पार्वती ने अपने शरीर की मैल से एक पुत्र बना लिया था, इसी तरह सारी औरत जाति ने अपने दिल के ख़ून को, पसीने को और आँसुओं को मिलाकर मुझे जन्म दिया था। इसीलिए मेरे ख़ून में आपको वे अजीब कीटाणु मिले हैं—जिन्हें आप पहचान नहीं पाते।"

डॉक्टर ने अपने माथे पर आया हुआ पसीना पोंछा और फिर पूछने लगा, "आपकी इस बीमारी का नाम क्या है?"

"सोचने की बीमारी। हर वस्तु के बारे में सोचने की बीमारी।"

"इसका इलाज़?"

"आप जानते हैं कि हर इन्सान के पेट में दाईं ओर एक पतली-सी नाड़ी होती है। कई बार खुराक का कुछ हिस्सा उसमें इकट्ठा हो जाता है, जो पड़ा-पड़ा सड़ने लगता है। आदमी दिनोंदिन पीला और कमज़ोर पड़ता जाता है और अगर ऑपरेशन द्वारा उस नाड़ी को काटा न जाए तो वह किसी दिन खुद ही फट जाती है। फिर उसका विष सारे शरीर में फैल जाता है और आदमी मर जाता है।"

"हाँ।"

"इसी तरह इन्सान के सिर में एक नाड़ी होती है जिसमें विचारों का कुछ हिस्सा इकट्ठा हो जाता है, फिर पड़ा-पड़ा सड़ने लगता है। किसी दिन फट भी जाता है और फिर आदमी उसके ज़हर से मर जाता है।"

"इसका सबूत क्या है?"

"एक्स-रे करके देख लीजिए। यह मैं नहीं जानती कि अभी आपकी 'साइंस' ने इतनी उन्नति की है अथवा नहीं कि इस नाड़ी का चित्र लिया जा सके। अगर आप मेरी बात मानें..."

"आप क्या कहना चाहती हैं?"

"कि आप मेरे सिर का ऑपरेशन करके देख लीजिए। आपको यह नाड़ी अवश्य मिल जाएगी..."

डॉक्टर कुछ देर चुपचाप मलिका के मुख की ओर देखता रहा, फिर बिना कुछ कहे वार्ड से बाहर चला गया।

दूसरे दिन सवेरे का चक्कर लगाने जब डॉक्टर आया तो मलिका की दशा कल से भी बिगड़ी हुई थी। डॉक्टर को मलिका की आवाज़ सुनने के लिए मलिका के सिरहाने पर झुकना पड़ा। मलिका कह रही थी :

"डॉक्टर! आपने मेरी बात नहीं मानी...अब भी मान लीजिए...मुझे ऑपरेशनवाले कमरे में ले चलो...मेरा ख़याल है कि मेरे सिर की नाड़ी फटने को है..."

डॉक्टर को कुछ सूझ नहीं रहा था कि वह क्या कहे। इसलिए उसने मरीज़ को कुछ कहने के लिए केवल इतना कहा, "आज एक्स-रे करके देखते हैं।"

"अभी आपकी साइंस ने इतनी उन्नति कहाँ की है कि..." मलिका की आवाज़ टूटने लगी।

डॉक्टर श्रीचन्द ने साथ के कमरे में जाकर कुछ और डॉक्टरों को टेलीफ़ोन किया कि वे वार्ड नम्बर बीस में आ जाएँ। और आप वह जब लौटकर मलिका के पास आया, उसने हाथ में इंजेक्शन लगाने का सामान पकड़ा हुआ था।

"यह क्या डॉक्टर?"

"हाथ इधर करो, मैं एक इंजेक्शन लगाऊँगा।"

"किस बात का इंजेक्शन डॉक्टर?"

"दिल की ताक़त का।"

भले ही मलिका का एक-एक अंग मुरझा गया था, पर उसकी मुसकान अब भी नहीं मुरझायी थी। मलिका ने उसी मुसकान से कहा, "दिल की ताक़त का?"

"हाँ।"

"वह तो डॉक्टर, पहले ही ज़्यादा है। ज़रूरत से ज़्यादा। उसी की मारी तो मैं मर रही हूँ।"

इंजेक्शन की सुई को गरम पानी से निकालते हुए डॉक्टर का हाथ काँप गया।

प्रातः नौ बजे से लेकर ग्यारह तक का समय मुलाक़ातों के लिए था। इस समय दस बजे थे, रानी अपनी बहन का हाल पूछने के लिए आ गयी।

"तू आ गयी रानी?"

"हाँ, मलिका!"

"मैं तेरे बारे में ही सोच रही थी..."

"मैं आ गयी हूँ। तेरा हाल कैसा है?"

"इधर हो न।"

"बोल।"

"तूने वह मेरी लाल पोटली कहाँ रखी है?"

"मैं ख़ूब सँभालकर रख आयी हूँ, तुम फिकर मत करो।"

"उसमें बड़े क़ीमती सिक्के पड़े हुए हैं।...तूने खोलकर देखी थी?"

"नहीं मलिका, मैंने नहीं खोली। मैं तुम्हारी आज्ञा बिना कैसे खोल सकती हूँ! तुम जब ठीक हो जाओगी, मुझे खुद खोलकर दिखाना। तुम मुझे इस समय यह बताओ कि मैं तुम्हें खाने के लिए क्या दूँ? मैं कुछ फल लायी हूँ।"

"आज मुझसे कुछ नहीं खाया जाता। दुनिया का कोई भी फल..."

मलिका की आँखें निश्चेष्ट होकर एक पल के लिए मुँद गयीं। फिर किसी अन्दर की शक्ति से उचटकर खुल गयीं और वह रानी की ओर देखते हुए कहने लगी, "मेरे जाने का समय आ गया है रानी! मेरे पास आ, और पास...मेरे सिर की नाड़ी शायद फट गयी..."

"मैं तेरे पास हूँ मलिका!"

"वे सिक्के..."

"वे कभी न गुम होंगे मलिका! तू इस समय उनकी फिकर मत कर।"

"तुम्हें एक बात बताती हूँ।"

"बता।"

“वे सिक्के शायद तुम्हारे किसी काम न आएँ...पर...

“पर तू तो कहती थी कि वे बड़े क़ीमती हैं?”

“बड़े ही क़ीमती हैं...”

“मैं उन्हें कभी नहीं खोऊँगी मलिका!”

“पर वे इस दुनिया में चलते नहीं।”

रानी के साथ डॉक्टर भी मलिका के सिरहाने पर झुका। मलिका अपनी टूटती आवाज़ को जोड़कर कहने लगी :

“उनमें एक सिक्का है ‘मुहब्बत’ का—एक ‘विश्वास’ का—और एक ‘अमन’ का—बड़े क़ीमती सिक्के...”

आगे मलिका की आवाज़ किसी को सुनाई न दी। रानी ने घबराकर मलिका के माथे पर हाथ धरा और फिर डॉक्टर की ओर देखा। डॉक्टर कुछ देर मलिका की नब्ज़ देखता रहा। फिर उसने कम्बल का कोना उठाकर मलिका के मुख पर डाल दिया। रानी के मन में जो सबसे पहला ख़याल आया, वह यह था कि आज मलिका नहीं मरी थी, आज औरत के हुस्न को दी जानेवाली इस दुनिया की हर उपमा मर गयी थी।

आत्मकथा

मेरा ऊपर का धड़ साबुत है, पर मेरी टाँगें चूहों ने काट ली हैं, इसलिए मैं जहाँ पड़ा हूँ, वहाँ से हिल नहीं सकता।

मेरी दायीं ओर खरबूजों के कुछ छिलके पड़े हुए हैं, बायीं ओर बासी रोटी का एक टुकड़ा है और मेरे आगे-पीछे किसी ने जूठे बर्तन साफ करके राख बिखेर दी है।

अभी-अभी भूख की मारी हुई एक गाय इधर से गुज़री थी। उसने अपनी जिह्वा से मुझे सिर से पैर तक चाटा और फिर मुझे एक बेकार चीज़ समझकर छोड़ दिया। खरबूजों के छिलके उसे बड़े काम के लगे। काफ़ी छिलके उसने एकबारगी मुँह में समेट लिये।

फिर एक मरियल-सा कुत्ता आया और अपनी पूँछ हिलाते हुए मुझे सिर से पैरों तक सूँघने लगा। उसे भी मैं बिलकुल व्यर्थ की चीज़ लगा और वह मेरे पास पड़ी हुई रोटी के टुकड़े को चबाने लगा।

फिर मुँडेर पर बैठा हुआ एक कौवा मेरी तरफ़ इस तरह उड़कर आया जैसे किसी गोरी ने अपने प्यारे की प्रतीक्षा करते हुए उसके लिए चूरी डाल दी हो। पर मुझे चोंच मारते ही कौए का भ्रम जाता रहा और वह मुझे छोड़कर मेरे इर्द-गिर्द बिखरी हुई राख में से चनों को खोजने लगा।...इस तरह मैं जहाँ पड़ा हुआ था, वहीं पड़ा हुआ हूँ।

मरते समय या तो लोग दान-पुण्य करते हैं, या वसीयत करते हैं, पर मैं क्या करूँ, और साथ ही मैंने ज़िन्दगी में कोई पाप भी नहीं किया कि मरते समय जल्दी से कोई पुण्य कर लूँ...और न ही मेरी कोई सन्तान है जिसके नाम पर मैं वसीयत करूँ—और साथ ही मैंने ज़िन्दगी में लोगों की मेहनत को चुराकर कोई खज़ाना भी नहीं भरा कि मरते समय किसी भाई-भतीजे को उसकी रखवाली पर बिठा जाऊँ।

हाँ, कई लोग मरते समय अपनी आत्मकथा लिखते हैं, वह मैं लिख सकता

हूँ। भले ही मैं जानता हूँ कि मैं दुनिया का कोई महापुरुष नहीं हूँ, मैं तो एक मामूली-सा नक़्शा हूँ, एक छोटे-से घर का नक़्शा, पर यह मैं आपको विश्वास दिलाता हूँ कि मैं गाँधी की तरह आदर्शवादी हूँ, गोर्की की तरह यथार्थवादी, और रूसो की तरह स्पष्टवादी। इसलिए मैं सोचता हूँ कि मुझे मरने से पहले अपनी आत्मकथा लिखनी चाहिए।

मेरे मालिक ने मुझे इस स्थान पर फेंकते समय अपनी वह कॉपी भी साथ ही फेंक दी है, जिस पर वह मुहब्बत के गीत लिखा करता था और जिसमें अब भी कई पृष्ठ ख़ाली हैं, और उसने अपनी कलम भी फेंक दी है जिसमें अब भी काफ़ी स्याही भरी हुई है। सो मैं इसी कलम से, इसी कॉपी के ख़ाली पृष्ठों पर अपनी आत्मकथा लिखता हूँ :

एक बार एक अत्यन्त सुन्दर मर्द ने एक अत्यन्त सुन्दर औरत को देखा था और उसका दिल अपने हाथ में एक पेंसिल लेकर कुछ लकीरें खींचने लग गया था, बस वही लकीरें, मेरी लकीरें थीं। एक छोटे-से घर के नक्शे की लकीरें। वह रोज़ रात को सपनों में इन लकीरों को सँवारता रहता था कि एक दिन उसे वर्दी पहनकर उस स्थान पर जाना पड़ा जहाँ दिन-रात बन्दूक़ों की आवाज़ आती रहती थी।

लोगों की चीत्कारों से मेरे कान फटते थे। फिर भी मैंने अपने मालिक के जेहन में एक कोना ढूँढ़ लिया था जहाँ मैं चुपचाप पड़ा रहता था।

एक दिन मेरे मालिक की ख़ूबसूरत छाती में एक गोली आ धँसी और वह तड़पते हुए मुझे कहने लगा, "तुम जल्दी यहाँ से चले जाओ! इस बारूद के धुएँ में तुम्हारा साँस घुट जाएगा। तुम वहाँ चले जाओ जहाँ कोई किसान हाथों से बीज बिखेरते हुए ज़िन्दगी के सपने उगाता है—और वहाँ जहाँ कोई मज़दूर सिर पर टोकरी उठाये ज़िन्दगी के सपनों का निर्माण करता है।"

मैं अपने मालिक की आख़िरी इच्छा को पूरी करने के लिए युद्ध के मैदान से भाग आया और एक छोटे-से गाँव में एक किसान के पास चला गया। किसान ने मेरे साथ हँसकर दुआ-सलाम भी न की। अपने पैरों में टूटी हुई जूती डालते हुए कहने लगा, "सिर पर उधार चढ़ाकर तो मैंने बीज ख़रीदा है, मुझसे तो लगान भी नहीं चुकाया जाता—मुझे तुम्हारा क्या करना है? मेरी लड़की खजूर जितनी बड़ी हो गयी है। अगर मैं किसी तरह उसी का भार उतार पाया तो मेरे लिए बहुत बड़ी बात होगी।...तुम भाई किसी और आदमी के पास जाओ।"

थका-टूटा मैं एक सुन्दर शहर में चला गया। मैं एक बड़ी-सी मिल के मज़दूर के पास पहुँच गया। मज़दूर ने मेरे साथ सलाम भी न की और अपने फटे हुए कुर्ते से हाथ पोंछते हुए कहने लगा, "हमारी मिल में छँटनी होनेवाली है, और मैं तो यह भी नहीं समझ पा रहा कि मैं कल दाल-चावल कहाँ से लाऊँगा! मैं तुम्हें क्या करूँगा? मेरा छोटा बच्चा कई दिनों से बीमार पड़ा है—अगर मैं उसके लिए कहीं

से दवा भी ला पाया तो बड़ी बात होगी...तुम भाई किसी और आदमी के पास जाओ..."

मैं खेतों में से निकाला हुआ और मिलों में से दुत्कारा हुआ साँस लेने के लिए एक नदी के किनारे जा बैठा। इतनी देर में मैं देखता हूँ कि ज़रा हटकर एक वृक्ष की छाया में एक बुजुर्ग आदमी आसमान की ओर हाथ उठाकर कह रहा था, "अल्ला पाक! शुकर है तुम्हारा कि मेरा बेटा जवान हो गया। मेरे हाथों का सहारा बन गया। उसकी हक़ की कमाई को बरकत देना..." मुझे लगा कि मैं जिस आदमी की खोज में था, मुझे मिल गया। मैं जल्दी से उस बुजुर्ग के पास चला गया, वह मुसकराया और कहने लगा, "यही, बस यही मेरी ख़्वाहिश है कि एक कमरे में मेरा बेटा और उसकी बहू बसते हों...और मैं छोटे-से दालान में बैठा पोते को खिला रहा होऊँ..." बुजुर्ग ने अपने दिल का दरवाज़ा खोला और मैं जल्दी से अन्दर चला गया।

यह बुजुर्ग बहुत जुगती था। उसका बेटा जब महीने के बाद वेतन लाकर उसकी तली पर रखता, वह आधे पैसे गुथली में डाल देता और आधे पैसों में गृहस्थी चलाता। मुझे भी आशा बँध गयी कि थोड़े-से महीनों में या थोड़े-से वर्षों में मेरी जून सँवर जाएगी। वह बुजुर्ग कहीं सस्ती-सी ज़मीन का एक टुकड़ा भी खोजने लगा और अपने बेटे के लिए किसी अच्छी-सी लड़की का रिश्ता भी पूछने लगा।

फिर जाने क्या हुआ। शहर-भर में चाकू और छुरियाँ चलने लगे। पुलिस के आदमी जब उस बूढ़े को बचाने आये तो कहने लगे, "अगर तुम्हें अपनी जान प्यारी है तो यहाँ से एक काफिला जा रहा है, हम तुम्हें काफिले में छोड़ आते हैं।"

वह बुजुर्ग अभी हैरान होकर सिपाहियों की ओर देख ही रहा था कि मैंने उतावला होकर कहा, "मेरा क्या बनेगा?...आप शायद जानते नहीं कि इस बेचारे बूढ़े ने मेरे लिए थोड़ी-सी ज़मीन भी ढूँढ़ रखी है। बस, थोड़े-से महीनों में..." पुलिसवाले हँसने लगे और कहने लगे, "पगले! अगर तुम अपना भला चाहते हो तो किसी हिन्दू के दिमाग़ में जा बैठो। यह बूढ़ा तो मुसलमान है..."

मुझे पुलिस की बात समझ न आयी और मैंने अपनी बात को भी स्पष्ट समझाने के लिए कहा, "बड़ा ईमानदार बूढ़ा है। इसका बेटा भी ख़ून-पसीना एक करके कमाता है..." अब पुलिसवालों ने मेरी बात भी न सुनी और उस बुजुर्ग और उसके बेटे को हाथ से पकड़कर काफिले में छोड़ आये।

बुजुर्ग ने मुझे सलाह दी, "सच कहते हैं ये पुलिसवाले, जिस जगह मेरा बाप जन्मा, पला और जवान हुआ; जहाँ मैं जन्मा, पला और जवान हुआ; जहाँ मेरा बेटा जन्मा, पला और जवान हुआ...अगर वह भूमि ही मुझसे छिन गयी तो मुझे तुम्हारा क्या करना है? तू किसी हिन्दू के दिमाग़ में जा बैठ।"

उस बुजुर्ग की ढलती उमर में मुझे उसके दिल से निकल जाना बहुत बुरा लगा और मैं उसके दिल के एक कोने में बैठकर उस काफिले के साथ चल दिया।

अभी बहुत दूर नहीं गये थे कि उस काफिले पर हमला हुआ और उस बुजुर्ग का जवान बेटा मार दिया गया। बेहाल होते हुए वह मुझसे कहने लगा, "अब मैं तुझे भला क्या करूँगा? जो धरती मेरे बेटे के ख़ून की प्यासी हो गयी, उस धरती पर मुझे कोई घर नहीं चाहिए।" और उसने बलपूर्वक मेरा हाथ पकड़कर मुझे दूर फेंक दिया।

जिस ओर यह काफिला जा रहा था, उस ओर से एक काफिला आ भी रहा था। मुझे उदास और निराश होते देखकर उस बुजुर्ग ने मेरा हाथ पकड़ा और कहने लगा, "जाओ, मैं अल्ला के नाम पर तुम्हें उनके हवाले करता हूँ। वह देखो, सामने हिन्दुओं का काफिला आ रहा है—हमारी तरह ही उजड़ा और उखड़ा हुआ। तुम किसी अच्छे-से हिन्दू के मन में जाकर बस जाओ।...जाओ मेरे अज़ीज़!"

मैं उस बुजुर्ग की बात न टाल सका, और मैं इस काफिले को छोड़कर उस काफिले में चला गया। एक मर्द अपने इर्द-गिर्द के लोगों को दिलासा दे रहा था, "हमारी हिम्मत नहीं जानी चाहिए। हमारी जान सलामत, हमारा जहान सलामत! क्या हुआ हमारे सिरों पर छत नहीं, हमारे हाथों में मेहनत बसती है...।" मैं झट से उस मर्द के पास गया और उसके हाथों को चूम लिया, जिन हाथों में से मेहनत की ख़ुशबू आ रही थी।

सूर्य छिपा ही था कि सारे काफिले में कुरलाहट मच गयी। हमलावर आये और उस काफिले की कई औरतों को उठाकर ले गये। लोगों को दिलासे देने वाला मेरा मालिक अपना सिर पकड़कर मुझसे कहने लगा, "बन्धु! तुम जाओ, जो भी राह तुम्हें ओट ले। तुम मेरे भाग में नहीं हो। जिस धरती पर मेरी औरत छिन गयी, उस धरती पर मेरा घर नहीं बस सकता..." और उसने मुझे एक मरे हुए बच्चे की तरह अपने हाथों से एक ओर फेंक दिया।

मैं घूमता-भटकता रहा। मैं उस आदमी की कोठरी में गया जिससे उसका मालिक मकान इसलिए गाली-गलौज करता रहता था कि वह कोठरी का किराया नहीं बढ़ा सकता था...मैं उस आदमी की कोठरी में भी गया जो प्रभात के समय जब एक गीत लिखने लगता था तो ऊपर की मंज़िल पर रहती एक औरत ज़ोर-ज़ोर से मसाला पीसने लग जाती थी...मैं उस आदमी की कोठरी में भी गया जिसका पड़ोसी रोज़ रात को शराब पीकर आता था और उसकी जवान बेटी को बड़ी बेशर्म आँखों से घूरता था और वह आदमी कोठरी न बदलने के लिए मज़बूर था, क्योंकि इतने कम किराये पर और कहीं कोठरी नहीं मिल सकती थी। और मैं उस आदमी के कमरे में भी गया जिसकी औरत निचली छत से पानी की बाल्टियाँ भरकर ऊपर लाती थी और जिसका तीन महीने का हमल गिर गया था...पर इन सब लोगों में से किसी ने मेरे साथ आँख न मिलायी।

इन कोठरियों के झुरमुट में ही एक और कोठरी भी थी जहाँ दिन-रात पुस्तकें

पढ़ते रहनेवाला एक बाँका नौजवान रहता था। मुझे पता चला कि माँ ने अपने अंग-अंग का गहना बेचकर इसको पढ़ाया और अब इसे कोई-न-कोई रोज़गार मिलने ही वाला है।...और साथ ही मुझे मालूम हुआ कि इस नौजवान को अपने कॉलेज में पढ़ती एक लड़की से मुहब्बत है। जैसे मैंने कई एक कोठरीवालों का हाल देखा था, इस नौजवान ने भी यह सब देखा था, और उसने अपने मन में ठान लिया था कि वह किसी ऐसी कोठरी में नहीं रहेगा जिसका मालिक रोज़ गाली-गलौज करता हो। और वह उस कोठरी की छत के नीचे नहीं रहेगा जहाँ वह बीवी को बाँहों में कसकर गीत गुनगुनाने लगे तो ऊपर की छत पर कोई ज़ोर-ज़ोर से मसाला पीसने लगे। और वह अपनी बीवी को किसी ऐसी कोठरी में भी नहीं रखेगा जिसका पड़ोसी शराब पीकर आए और उसे बेशर्म आँखों से घूरता रहे। और वह तीसरी मंज़िल पर नहीं रहेगा जहाँ पानी चढ़ाते हुए उसकी बीवी का हमल गिर जाए।

इसलिए जब मैं इस नौजवान के सामने हुआ तो उसने मुझे पलकों पर उठा लिया और अपनी माँ को कहने लगा, "बस अम्मा! अब हमारे दिन फिर जाएँगे। पिताजी ने हमारे लिए ज़मीन का छोटा-सा टुकड़ा ख़रीदा था, अब मैं वहाँ एक छोटा-सा घर बनाऊँगा। मेरा रोज़गार तो लग ही जाएगा...और आठ हज़ार हम सरकार से ऋण ले लेंगे, अब तो हमारी अपनी सरकार है..." मैंने यह सब सुना और एक थके राही की तरह उस नौजवान के दिल की ठण्डी छाया में बैठ गया।

एक दिन इस नौजवान ने एक नक्शानवीस को बुलाया और अपने दिल में खिंची हुई मेरी सारी लकीरों को उसे समझा दिया और उसे कहा कि—वह जल्दी से एक छोटे-से घर का नक्शा बना लाए...।

एक अर्जी उसने सरकार को दे दी कि उसे मकान बनाने के लिए ऋण चाहिए।

...और दर्जनों अर्जियाँ उसने कई सरकारी दफ़्तरों में दे दीं कि उसे जल्दी से जल्दी रोज़गार दिया जाए।

मैंने पहली बार किसी पेंसिल का मुँह चूमा और पहली बार किसी काग़ज़ का आलिंगन किया। नक्शानवीस ने मुझे अत्यन्त सुन्दर नीले काग़ज़ों में लपेट लिया और मेरे मालिक को कहने लगा, "तीस रुपया नक्शा बनवायी, तीस रुपये कमेटीवालों के और तीस रुपये नक्शा पास कराने के..."

मेरे मालिक ने नक्शेवाले को पैसे दे दिये, कमेटीवालों की फीस भर दी, पर उसने नक्शा पास कराने का कुछ न दिया और कहा, "मैं एक स्वतन्त्र देश का शरीफ नागरिक हूँ। अपने देश में घर बनाना मेरा अधिकार है और अगर मेरे घर का नक्शा कमेटी के नियमानुसार ठीक है तो यह अवश्य पास होना चाहिए।" नक्शानवीस ने बहुत समझाया, पर मेरे मालिक के हठ को अपने सिद्धान्तों का मान था...। ख़ैर, मैं एक फ़ाइल में लगकर कमेटी के दफ़्तर में दाख़िल हो गया।

कई महीने गुज़र गये। कमेटी के दफ़्तर में खड़े मेरी टाँगें अकड़ गयीं। एक दिन एक अफ़सर ने दूसरे अफ़सर के कान में कहा कि—"इस फ़ाइल को दबा रखो। जिसे नक्शा पास करवाना होगा अपनी मुट्ठी ढीली करेगा।" और मुझे जीते-जी ही एक टूटी हुई मेज़ की कबर में दबा दिया गया।

ज्यों-ज्यों मेरा साँस घुटने लगा, मैं सोचने लगा : मुझे तो फावड़ों और बेलचों से खेलना था। सुर्ख ईंटें...सलेटी सीमेण्ट...और फिर मेरा क़द और बुत बढ़ता जाता, मेरी रेखाएँ उभरती जातीं, मजदूर औरतों के लाल-पीले दुपट्टे हवा में उड़ते, चाँदी की चूड़ियाँ मेरे कानों में खनकतीं, काँच की चूड़ियाँ मेरे चारों ओर भाँवरें डालतीं, और मज़दूरों के शरीर में से मेहनत के पसीने की महक आती...और फिर...फिर मेरा मालिक अपनी प्रेमिका की कमर में हाथ लपेटकर मेरी ओर संकेत करता, "हमारा घर...मेरी जान! हमारा अपना घर।"...और फिर मेरा मालिक अपनी बूढ़ी माँ को अपने हाथ का सहारा देकर मेरी ओर लाता, "अम्मा! तूने मुझे मुसीबतें झेलकर पाला था...देख, मैंने तुम्हारे लिए घर बना लिया है।..." और फिर मेरे मालिक की आँखों में एक नन्हा-सा बालक खेलने लगता...

पर मैं तो जीते-जागते ही एक टूटी हुई मेज़ की कबर में पड़ा हुआ था। ...और फिर एक दिन मुझे ऐसा लगा जैसे कोई धीरे-धीरे मेरी कबर को खोद रहा हो—मैंने कान लगाकर सुना। मैंने अपना सारा ध्यान एकाग्र किया, दिल में आशाएँ बँधने लगीं...पर हाय! ये तो चूहे थे, जो मेरे पाँवों को कुतर रहे थे। मेरी एड़ियों को कुतर रहे थे, मेरे घुटनों को कुतर रहे थे—मेरी आशाओं को कुतर रहे थे।

और फिर क़यामत का दिन आ गया। मैं और मेरे जैसे और कितने ही कबरों से निकाले गये। कमेटी का एक ऑफ़िसर इज़राइल फरिश्ते की तरह हमारे सामने खड़ा हो गया और उसने अपने मुंशी को हुक्म दिया कि ये सब नक्शे इनके मालिकों को लौटा दो। ये नक्शे पास नहीं हो सकते, क्योंकि इन्हें चूहे कुतर गये हैं।

मैं रींगते-रींगते अपने मालिक के पास पहुँच गया। नक्शानवीस ने मेरे मालिक से बड़े तजरबेकार की-सी गुरु-गम्भीर आवाज़ में कहा, "मैंने कहा था न! चाँदी के पहियों के बिना ये गाड़ियाँ नहीं चल सकतीं।...आप चाहे सिद्धान्तों के कितने ही इंजन इनके आगे जोड़ दीजिए..."

मेरे मालिक की आँखें भर आयीं और मैंने मिन्नत से कहा, "चलो, अगर मेरे भाग्य में इस धरती पर पैर रखना नहीं लिखा हुआ तो मुझे पहले की तरह अपने दिल में ही बिठा लो! अपने दिमाग़ में ही रख लो!"

"अब तो मैं वहाँ भी नहीं रख सकता..." मेरे मालिक ने एक लम्बा साँस लिया और कहने लगा, "क्योंकि वहाँ भी बहुत-से चूहे पैदा हो गये हैं—तुम्हारा नीचे का धड़ पहले ही कुतरा जा चुका है, वहाँ ऊपर का धड़ भी कुतरा जाएगा।"

"तुम्हारे दिल और दिमाग़ में चूहे..."

"हाँ, मेरे दोस्त! जिस तरह ये कमेटीवाले ऐसे चूहे पालते हैं जो घरों के नक्शे कुतर जाते हैं, इसी तरह ये समाजवाले भी ऐसे चूहे पालते हैं जो सपनों के नक्शे कुतर जाते हैं।"

"तुम्हारे ऋण की अर्जी का क्या बना?"

"सरकार ने जाँच-पड़ताल की थी कि मेरे पास पहले से कोई मेरा अपना घर तो नहीं। मेरी माँ के पास कोई अपना घर तो नहीं। मेरे पिता के पास कोई अपना घर तो नहीं। हिन्दू परिवार क्योंकि संयुक्त परिवार समझा जाता है, इसलिए मेरे किसी भाई-बन्धुओं के पास कोई अपना घर तो नहीं।...और साथ ही मेरे दादों-परदादों का कोई विरासत में मिला घर तो नहीं। और चाहे मैंने सरकार को विश्वास दिला दिया था कि जब से बन्दर नस्ल में से इन्सान पैदा हुआ है, मेरे वंश में कभी किसी के पास अपना घर नहीं था...फिर भी उन्होंने न जाने मेरी अर्जी को किस तरह की अफीम खिला दी...वह किसी मेज़ के खाने में सो रही..."

"और तुम्हारे रोज़गार की अर्जी?"

"वह इस तरह बन गयी है जैसे कोई कुँवारी लड़की वर ढूँढ़ते-ढूँढ़ते ही बूढ़ी हो जाए।"

"और तुम्हारी मुहब्बत की अर्जी?"

"उस लड़की का बाप कहता है कि जिसके पास घर नहीं, रोज़गार नहीं, उसे मुहब्बत करने का कोई अधिकार नहीं।"

और मेरे मालिक ने मुझे बड़ी इज़्ज़त से एक घूरे पर रख दिया—और स्वयं अपनी ज़मीन का दौरा करने के लिए चल पड़ा, जिसे बेचकर उसे चूल्हे में आग जलती रखने के लिए कुछ लकड़ियाँ ख़रीदनी थीं।

"मैं?" मैंने घबराकर अपने जाते हुए मालिक को आवाज़ दी।

मेरे मालिक ने एक मिनट ठिठककर मेरी ओर देखा और उसने बड़ी शान्ति से उत्तर दिया, "अगर तुम्हें अपनी इतनी ही चिन्ता थी तो तुम्हें किसी सेठ-व्यापारी के मन में जा बसना था, फिर तू एक छोटा-सा घर तो क्या, महल तक बन जाता..."

"तुम मुझे ग़लत समझ रहे हो मेरे मालिक! मैं तो सिर्फ़ उस आदमी के छोटे-से घर का नक्शा हूँ जिसके दसों नाख़ूनों में, कहते हैं, बरकत होती है।" मैंने कहा।

और मेरा मालिक अपने दसों नाख़ूनों को बार-बार देखता गली में से बाहर चला गया।

न जाने कौन रंग रे

समय हमेशा आगे नहीं चलता, कभी यह पीछे भी चलने लगता है। जैसे चलते हुए के हाथ से कोई चीज़ गिर पड़ी हो, बड़ी दूर निकल जाने के बाद उसे उस चीज़ की याद आयी हो और फिर उसे खोजने के लिए वह पीछे चल दिया हो।

मेरी माँ की नाक का मोती समय की मुट्ठी से गिर पड़ा। बीस साल बीत गये। बीस साल बाद समय को अचानक उसकी याद आयी। वह चौंककर ठिठक गया, और फिर उस मोती की तलाश में पीछे लौट पड़ा।

बीस साल पीछे लौटे हुए समय की सहायता से मैं आज अपनी माँ की नाक का मोती देख रही हूँ। मैंने अपनी माँ को अपनी आँखों से कभी नहीं देखा, क्योंकि मैं अभी पूरे चालीस दिनों की भी नहीं थी जब मेरी माँ चल बसी थी। पर आज बीस साल पीछे चलकर आये समय की आँखों से मैं देख सकती हूँ कि—पड़ोसी के घर विवाह रचा है। विवाहुला लड़की की सहेलियाँ मँडहे के दिन गीत गाने के लिए जमा हुई हैं। हम मध्यप्रदेशियों में यह मँडहे का दिन बड़ा सजीला होता है। विवाह के मण्डप के चारों ओर लड़कियाँ घेरा डालकर नाचती हैं। इन नाचती हुई लड़कियों में जो सबसे कटीली है—उसने नाक में सुच्चा मोती पहना है। तीखे और कनकई नाक पर मोती बड़ा दिप रहा है। घुँघराये हुए बाल जब नाच की ताल में घूमती कमर से हुलराकर माथे पर आ गिरते हैं तो कोई एक घुँघरू ज़्यादा ही उछल कर नाक के मोती को हाथ से छू जाता है। और होठों में जब गीत काँपता है तो उसकी लचक से नाक का मोती झिलमिला उठता है। मोती का रंग दिखता है, पर गीत का रंग नहीं दिखता, न ही गानेवाले के मन का रंग दिखाई देता है, और इसी अनदिखन में परेशान होकर वह लड़की कह रही है :

"कलसा तो बड़ा सुन्दर,
न जाने कौन रंग रे।"

और इस पंक्ति को लगभग बीस बार दुहराकर वह आगे कहती है :

"न जाने कुम्हारा के गढहे
न जाने माटी रंग रे
दुलहन तो बड़ी सुन्दर
न जाने कौन रंग रे।
न जाने मइया की कुखिया
न जाने बाबा रंग रे
रूप दिया करतार
सुन हो हम आपा रंग रे।..."

और न दिखनेवाले रंग की परेशानी को वह करतार पर और कुदरत पर छोड़कर अपना मन हौला कर लेती है पर मन शायद यूँ हल्के नहीं हुआ करते। मन तोते का बाना पहन लेता है और उस देश में उड़ जाने के लिए व्यग्र हो उठता है जो देश अमरूदों का देश हो। दिन में पके अमरूदों को चुँचियाता वह अपना समय काट लेता है—पर रात में फिर विकल हो उठता है। वह आधी रात में बैठकर चोली के बन्धन को कुतरने लगता है। यही परेशानी गीत बन जाती है :

"चल रे सुगना अमरूदवा के देसवा में।
दिन में तो कुटके सुगना पकले अमरूदवा
अधीया रतियन कुटके चोली केर बँधनुवा।
चल रे सुगना...."

और फिर पता नहीं गा-गाकर और नाच-नाचकर वह लड़की थककर रुक जाती है, या तोते की लाल चोंच से घबराकर वह तोतेवाला गीत गाना बन्द कर देती है, या मुँडेर पर से देखते हुए लोगों की नज़रों से लजा जाती है...इसके बाद बारात आती है। वे लड़कियों के साथ मिलकर बारात देखने चली जाती है। बारातियों में दूल्हे के कुछ दोस्त ऐसे भी हैं जो किसी बड़े शहर से आये लगते हैं। उनकी चाल-ढाल बाक़ी बारातियों से न्यारी है। और उन न्यारे बारातियों में से एक बाराती एकटक उस लड़की के मुख की तरफ़ देखे चला जाता है जिस लड़की की नाक में सुच्चा मोती दमक रहा है। लड़की को लगता है कि यही आदमी मुँडेर पर भी खड़ा था। जाने दोनों घरों से उसका कोई दुहरा नाता था जो कि अब वह बारात में भी चला आया था। लड़की लाज से दुहरी हुई जाती है और उसकी नाक का मोती जैसे नाक में सिकुड़ता जाता है।—इसके बाद बारात रोटी खाती है। कुछ बाराती बारातघर में लौट जाते हैं। पर दूल्हा, उसके नजदीक के कुछ नाती और उसके न्यारे दोस्तों में से सिर्फ़ एक दोस्त वहाँ रह जाता है। मण्डप में बैठने का समय हो आता है। सामग्री का धुआँ जैसे-जैसे ऊपर उठता है, लड़कियों का गीत ऊँचा हो जाता है :

"पहली भँवर बेटी अब हूँ हमारी—बाबल की बेटी
दूजी भँवर बेटी अब हूँ हमारी—भइया की बेटी
तीजी भँवर बेटी..."

तीसरी भँवर बिटिया मामे की, चौथी भँवर बेटी ताऊ की, पाँचवीं भँवर बेटी चाचे की, छठी भँवर बेटी भाइयों की...अपनी माँ के जाओं की—पर सातवीं भँवर में बेटी परायी हो जाती है।—गानेवाली लड़कियों में सबसे छबीली वही लड़की है जिसकी नाक में सुच्चा मोती है, और सबसे लचीली आवाज़ उसी लड़की की है जिसकी नाक में सुच्चा मोती काँप रहा है। दूल्हे का वह न्यारा दोस्त आँख नहीं झपकता; एकटक उसे देखे जाता है। सारे गीत में वह लड़की उसे परायी लगती रहती है। पर आख़िरी पंक्ति गाती हुई वह लड़की उसे अपनी हो गयी लगती है। सुबह सूरज उग आने पर वह लड़की के माँ-बाप को सन्देशा भिजवाता है और उस लड़की को माँग लेता है।—माँ-बाप उसका अता-पता पूछते हैं और फिर अपनी तसल्ली कर लेने पर उस लड़की की सगाई दे देते हैं—वह लड़की कलावती—सुना है कि मेरी माँ थी।

अगली बात मैंने अपनी नानी के मुख से कई बार सुनी कि मेरी माँ अपने विवाह में भी गीत गाती थी। और कोई गीत नहीं—सिर्फ़ एक ही पंक्ति—"न जाने कौन रंग रे!" यह पंक्ति वह ढोलक पर नहीं गाती थी—यूँ ही गाये जाती थी। आँगन में बैठकर नहीं गाती थी—घर की दीवारों से सटकर गाती थी। सहेलियों के साथ मिलकर नहीं गाती थी, अकेली शीशे के सामने खड़ी होकर गाती थी। हवा में हाथ हुलराकर नहीं गाती थी—हाथ से आँख का आँसू पोंछकर गाती थी। और इस गीत के विलाप से उसके नाक का मोती दिपदिपाता नहीं था, जल-जलकर बुझता था।

और मेरी नानी ने मुझे बताया था कि विवाह के पहले फेरे में ही मेरी माँ का रूप नखुना गया था। दूसरे फेरे में मुझे कोख में ले लौटी। कोख में मुझे ले आयी, और हड्डियों में ताप। बस। फिर वह कहीं नहीं गयी। मुझे जन्म देने के बाद उसका पूरा चालीसा भी नहीं कटा। खाट से एक दिन उसे तब उतारा गया जब मेरा जन्म हुआ था। फिर चालीसे के अन्दर दूसरी बार वह उस दिन उतारी गयी जब उसका साँस उखड़ रहा था।

मैं जब ज़रा सँभली तो नानी को ही माँ कहकर बुलाने लगी थी। पाँच साल बाद मुझे मालूम हुआ था कि माँ और होती है और नानी और। तब मुझे नानी ने बताया कि मेरा बाप एक बार मेरी माँ की मौत पर आया था और फिर कभी नहीं आया। वह कहीं से मेरी एक दूसरी माँ ले आया था। पर दूसरी माँ अपनी माँ नहीं होती, इसलिए उसने कभी मुझे अपने पास नहीं बुलाया था।

और सोलह साल बाद मेरी नानी ने मुझे एक भेद की बात बतायी थी। मैं तब कॉलेज में पढ़ती थी। हमारे कस्बे में कॉलेज खुल चुका था। एक दिन मेरे कॉलेज

का एक सहपाठी मुझे मिलने के लिए आया। वह मेरे कमरे में बैठा था कि मेरे नानाजी घर आ गये। मेरी नानी ने मुझे बताया कि मेरे नानाजी को यह पसन्द नहीं होगा कि मेरे कॉलेज का कोई लड़का मुझे मिलने के लिए घर आये। इसलिए मैंने उससे कुछ बातें करके उसे जल्दी से भेज दिया। मेरे नानाजी आगे के आँगन में बैठे हुए थे, इसलिए मैंने अपने जमाती को आगे के दरवाज़े से नहीं—पिछले दरवाज़े से लौटा दिया।—उस रात नानी ने मेरे पास बैठकर मुझे बताया कि मेरी माँ को एक यूसुफ नाम का लड़का बहुत अच्छा लगता था। और मेरी नानी ने सोच में गोता खाकर मुझे यह भी बताया कि ख़ुदा ने उसे शक्ल भी यूसुफ की ही दी थी, और हलीमी भी। "पर न जात मिलती थी न धर्म—मैं किस दरवाज़े से उसे अन्दर लाती। एक बार मैंने उसे पिछले दरवाज़े से अन्दर आते हुए देखा तो मैंने बेटी को अकेले में बैठाकर समझा दिया कि औरत का पाप फूल की तरह होता है, जो पानी में डूबता नहीं, बल्कि तैरकर मुँह से बोलता है। मर्दों का क्या है—उनके पाप तो पत्थरों की तरह पानी में डूब जाते हैं, किसी को कानोंकान ख़बर नहीं लगती।—मैंने बेटी को बाँधकर उसका विवाह कर दिया। पर एक साल में ही बेचारी चल दी। जो सेहरा बाँधकर आगे के दरवाज़े से घर आया था, मरी हुई की लाश देखने के लिए बस एक बार फिर आया और चला गया। मरी हुई का चेहरा देखने के लिए एक बार वह भी आया बेचारा। पिछला दरवाज़ा खटखटाने लगा। मैं क्या करती? जात नहीं मिलती थी, धर्म नहीं मिलता था, पर किस दिल से मैं उसे रोक देती। अन्दर आकर मरी हुई का चेहरा देख गया। और फिर उन्हीं पैरों उसी रास्ते से लौट गया। मेरी बेटी की क़िस्मत! जो आगे के दरवाज़े से आया था, वह भी चला गया और जो पीछे के दरवाज़े से आया था, वह भी चला गया।..."

और इस तरह मुझे अपनी माँ का रोग मालूम हो गया था। मेरी नानी जो बात मुझे समझाना चाहती थी, मैंने वह भी समझ ली। मुझे अपनी माँ वाले रोग से बचना था, इसलिए मैंने कभी किसी को पिछला दरवाज़ा न खोला। मुझे मालूम हो गया कि पिछले दरवाज़े से जो दिल एक बार चला जाता है, वह दिल फिर लौटकर छाती में नहीं आता...

मुझ पर भी वही जवानी आयी थी जो कभी मेरी माँ पर थी। अपनी नानी से मैंने भी वह गीत सीखा था जो कभी मेरी माँ ने सीखा था—चल रे सुगना अमरुदवा के देसवा में—और शीशे में अपना चेहरा देखकर मैं भी वही गीत गाती थी जिसे मेरी माँ गाया करती थी—"न जाने कौन रंग रे।"... पर मैंने घर का पिछला दरवाज़ा कभी किसी के लिए न खोला। और अगले दरवाज़े पर नज़र टिकाकर उसकी इन्तज़ार करने लगी जिसका चेहरा देखकर मुझे किसी यूसुफ का चेहरा याद न करना पड़े...

फिर मुझे सत्तरहवाँ साल लगा, फिर अठारहवाँ और फिर उन्नीसवाँ। मेरे

नानाजी को घाटा पड़ गया। मेरे लिए वे जिन अच्छे रिश्तों की तलाश कर रहे थे, उनकी वह उम्मीद छोड़ बैठे। एक दिन सोच में डूबे हुए उन्होंने मेरे बाप को ख़त लिखा कि मेरी उमर विवाह के योग्य हो आयी थी जिससे उन्हें मेरे लिए फिकर करना चाहिए था।

ख़त के जवाब में मैंने जिसे देखा वह मेरा बाप था। बेटी ने अपनी होश में पहली बार अपने बाप को देखा और बाप ने पहली बार बेटी को। आँखों में कभी पहचान पड़ जाती थी, कभी निकल जाती थी। मैं समझ नहीं पा रही थी कि अपने बाप से क्या बातें करूँ, और शायद मेरे बाप को भी यह समझ नहीं आ रहा था कि वह मुझसे क्या बात करे। उस रात वह मेरे नानाजी के घर रहा। रात में बड़ी देर तक उनसे बातें करता रहा, सुबह मेरी नानी ने मुझे बताया कि मेरा बाप कुछ दिनों के लिए मुझे अपने घर ले जाना चाहता था। मुझे यह सब अजीब लग रहा था, पर मैं जाने के लिए मान गयी। मेरी इच्छा किसी आत्मीयता से नहीं बँधी हुई थी, पर एक रिश्ते से बँधी हुई थी। दोपहर के समय जब मैंने अपने कपड़े निकाले तो मेरी नानी ने अपना लकड़ी का सन्दूक खोलकर, उसमें से सुच्चे मोती की तीली निकालकर मेरी नाक में पहना दी। यह वही सुच्चा मोती था जिसे मेरी माँ अपने नाक में पहना करती थी...

मुझे वह पल अच्छी तरह याद है जब मेरी नाक में सुच्चा मोती पहनाकर मेरी नानी ने मेरे चेहरे की तरफ़ देखा तो दोनों हाथों से अपना मुँह ढँककर वह रोने लगी थी। फिर जाने अपना रोना उसे अशकुना लगा कि वह मेरे सिर को अपनी छाती से लगाकर मेरे माथे को चूमने लगी। चूमते-चूमते वह कह रही थी : "मूल से ब्याज प्यारा।"...मैं जानती थी कि मेरी नानी का मूल खो गया था। मैं तो ब्याज थी—बेटी की बेटी। उस खोये हुए मूल का दर्द भी था, और रहते ब्याज पर प्यार भी आ रहा था।

मेरे चेहरे में से उस समय जाने किस तरह सबको मेरी माँ का चेहरा दिखाई दे रहा था। स्टेशन पर जाते समय मेरे नानाजी ने मुझे सिर पर प्यार दिया तो उन के मुख से हड़बड़ाकर निकल गया, "मुझे तो आज यह बिलसिया बिलकुल कलावती दिखाई दे रही है—साईं के ये क्या रंग होते हैं..."

गाड़ी में मुझे जनाने डिब्बे में बिठाकर मेरे पिताजी ने अपना बैग मर्दाने डिब्बे में रख लिया। मैं जब अकेली बैठी तो मुझे लगा कि मैंने अपने बाप की शक्ल अच्छी तरह नहीं देखी थी। दूसरे दिन सुबह जब दिल्ली उतरूँगी तो पता नहीं गाड़ी में से उतरकर उसे पहचान भी सकूँगी या नहीं।—और शायद यही विचार मेरे बाप को भी आया हो, क्योंकि अगले स्टेशन पर वह मेरे डिब्बे में आया और मुझे इस तरह देखने लगा जैसे वह भी मेरी शक्ल को अच्छी तरह देख रहा हो ताकि दूसरे दिन सुबह वह दिल्ली गाड़ी से उतरने पर मुझे अच्छी तरह पहचान ले।

रात उतर आयी थी। अभी काफ़ी सफ़र बाक़ी था कि आगरा स्टेशन आया। स्टेशन पर मेरा बाप मेरे डिब्बे में आया और मुझसे बोला, "अगर तुम कहो तो यहाँ उतर जाएँ। तुमने ताज कभी नहीं देखा..." मेरे मन का बाँध टूट गया। दिल में आया कि–अपने बाप की छाती से सिर पटककर कहूँ, 'माँ ने मुझे मरकर छोड़ दिया, पर तुमने तो जीते जी ही छोड़ दिया था। बीस साल बाद आज तुम्हें ख़्याल आया है कि मैंने अभी आगरे का ताज नहीं देखा, दिल्ली का लाल क़िला नहीं देखा... मुझे अब कुछ नहीं देखना...' किसी बाप से मैंने ज़िदें करके नहीं देखा था, पर जब समय आया था, तो ज़िदें करने की उमर बीत चुकी थी। अब मैं उन्नीस साल की कॉलेज में पढ़ी-लिखी लड़की थी। कहना मानकर 'अच्छा' कहा और गाड़ी से नीचे उतर आयी।

एक होटल में सामान रखा। रोटी खायी। रात बड़ी गहरा चुकी थी। सोचा कि सुबह होते ही ताज देखेंगे–इस समय नहीं। और मैं अपने पिता के सपने जैसे मेल को आँखों में झपककर सो गयी।

आगे मालूम नहीं मेरी क़िस्मत या मेरे नाक में पहने हुए मोती की क़िस्मत–मुझे अपनी छाती में अपना साँस घुटता हुआ महसूस हुआ और घबराकर मेरी आँख खुल गयी। किसी का मुख मेरे मुख पर झुका हुआ था, किसी की बाँहें मेरी बाँहों पर पड़ी हुई थीं। मैं चीख़ उठी, "बाबूजी!"

अपने बाप को पहचानकर मैंने यह आवाज़ नहीं दी थी। जो आदमी मेरी चारपाई पर आ गया था, उससे मुझे बचाने के लिए मैंने अपने बाप को आवाज़ दी थी। पर...

बाबूजी ने अपनी तली से मेरे होठ भींच दिये। मेरी चीख़ मेरे होठों में ही भिंचकर रह गयी। मैं काँप रही थी, पर मैंने देखा मेरा बाप भी काँप रहा था। मेरी बाँहों में मालूम नहीं कहाँ से ज़ोर आ गया। मैंने अपने बाप की बाँहों को पीछे धकेल दिया और चारपाई से उतरकर खड़ी हो गयी।

मालूम नहीं हो रहा था, क्या करूँ। कमरे का दरवाज़ा अन्दर से बन्द था। मैंने दरवाज़ा जल्दी से खोल दिया और मैं दहलीज़ में खड़ी हो गयी। समझ नहीं पा रही थी कि इस समय कहाँ जाऊँ। कितनी ही देर दरवाज़े में खड़ी रही। और फिर मैंने देखा कि मेरा बाप अपनी चारपाई पर पड़ा रो रहा था। मैं कितनी देर उसी तरह खड़ी रही। एक पैर दहलीज़ के अन्दर था, एक बाहर। अन्दर का पैर बाहर नहीं जाता था, और बाहर का पैर अन्दर नहीं आता था।

और फिर मेरे कानों को लगा कि मेरा बाप मेरी माँ का नाम लेकर कुछ कह रहा था। और फिर मुझे लगा कि मेरा नाम लेकर भी कुछ कह रहा था। मैंने कमरे के खुले दरवाज़ों को भिड़का दिया और अपने पिता की चारपाई के पास घुटनों के बल बैठ गयी। मेरी टाँगें काँप रही थीं और मुझसे खड़ा नहीं रहा जाता था।

जो लफ़्ज मेरे पिता के रोने में मिले हुए थे, वे अब मुझे अच्छी तरह सुनाई दे रहे थे। मेरा बाप कभी मेरी माँ का नाम लेकर उससे माँफ़ी माँग रहा था और कभी मेरा नाम लेकर। न जाने कैसा रोना मेरे दिल में भी घिर आया। चारपाई के पाये से सिर टेककर मैं रोने लगी तो न मैं अपने बाप को चुप करा सकी और न अपने-आपको।

जाने रात ढल रही थी, सुबह हो रही थी, या सिर्फ़ चाँद का उजाला कमरे में फैल रहा था, मेरा बाप चौंककर चारपाई से उठ बैठा, "मैं दिन की रोशनी में तुम्हें अपना चेहरा नहीं दिखा सकता बेटी! मैं अभी यहाँ से चला जाऊँगा। तुम पढ़ी-लिखी लड़की हो। सुबह किसी गाड़ी से वापस अपनी नानी के पास चली जाना।"

मैंने अपने बाप के टूटे-टूटे बोल सुने और फिर देखा कि उसने अपनी जेब से कुछ नोट निकालकर चारपाई पर रख दिये : "होटल का बिल दे देना...गाड़ी का टिकट ले लेना..."

मैं चारपाई के पाये पर सिर रखकर रो रही थी। मालूम नहीं कब मैं अपने पिता की टाँगों के पास होकर उसके घुटनों से सिर लगाकर रोने लगी थी।

"तुम अगर माफ कर सको...मुझे माफ कर देना!..." मेरे बाप ने कहा और मुझे ऐसा लगा जैसे मेरे सिर पर हाथ रखने के लिए उसने अपना हाथ बढ़ाया था—पर मेरे सिर को छुआया नहीं था।

"बाबूजी!" मेरे मुख से बिलखकर निकला।

"तुम्हारी माँ मर गयी—समझ लेना बाप भी मर गया—" मेरे बाप ने एक बार कहा और फिर उसने मुझसे अपने घुटनों को छुड़ाकर परे हो जाना चाहा।

मैंने घुटनों को ज़ोर से अपनी बाँहों में कस लिया। पर मुझसे कुछ कहना न हुआ। बड़ी देर बाद मेरे बाप ने कहा :—"तू नहीं समझ सकती...मैं समझाऊँ भी किस तरह...किसे समझाऊँ? एक सच था, पर सारा झूठ बन गया है।"

"मैं समझूँगी बाबूजी!"

"मैंने जब तुम्हारी माँ को देखा था...बीस साल हो चले हैं—पता नहीं बीस साल कहाँ चले गये—मैंने कल जब तुम्हें देखा—तो मुझे लगा कि मैं उसी को देख रहा था..."

"मैं समझ रही हूँ बाबूजी..."

समय हमेशा आगे नहीं चलता। कई बार पीछे भी चल पड़ता है। जैसे चलते हुए के हाथ से कोई चीज़ गिर पड़ी हो। बड़ी दूर निकल जाने के बाद उसे उस चीज़ की याद आयी हो और फिर उसे खोजने के लिए वह पीछे लौट आया हो—मेरी माँ की नाक का मोती समय के हाथ से गिरा पड़ा था। बीस साल हो चले थे। आज मेरा बाप समय के साथ मिलकर उस मोती को खोज रहा था...

मेरे बाप को बीस साल पीछे की बातें कल की तरह याद थीं। मैं सुनती रही : जैसे वह एक-एक बात मुझे आँखों से दिखाता जा रहा हो। जो कुछ समझ सकती थी, समझा। जो नहीं समझ सकती थी—उसे अपनी छाती में रखकर नानी के घर आ गयी हूँ, "सौतेली माँ के पास जाने का दिल नहीं हुआ।" नानी को कह दिया है। पर सोच रही हूँ कि माँ गाया करती थी "कलसा तो बड़ा सुन्दर न जाने कौन रंग रे" माँ को अपने मन का रंग मालूम न हुआ, वह इस रंग से परेशान होकर मर गयी। बाबूजी जीवित हैं, पर अपने मन का रंग उन्हें भी पता नहीं चलता ...जिस ईश्वर ने इस रंग को बनाया है, वही उन्हें माफ करे। मैं क्या कह सकती हूँ...

ज़री का कफ़न

वह दोनों एक बार तब भी मिली थीं जब वह ज़िन्दा थीं...

तब एक की उम्र बीस बरस थी, दूसरी की चालीस बरस। बात सिर्फ़ इतनी थी कि जिसकी उम्र बीस बरस थी उसने उस दूसरी की बहू बनने का निश्चय कर लिया था। पर जिसकी चालीस बरस उम्र थी, उसने उस दूसरी की सास बनने से कतई ना कर दी थी।

ब्याह की रस्म हुई थी, पर उसके लिए जिसकी उम्र बीस बरस थी। जिस की चालीस बरस थी उसके लिए नहीं। सो यह रस्म उसे हमेशा दिखाती रही, जिस ने इसे आँखों से देखा था। पर यह रस्म उसे कभी ना दिखी जिसने इसे आँखों से देखने से इनकार कर दिया था।

"तू जीते-जी मेरे घर की दहलीज़ नहीं लाँघ सकती," एक फ़रमान की तरह उसने कहा था जिसकी उम्र चालीस बरस थी।

"तू मुझे मरी हुई समझ ले पर घर की दहलीज़ लाँघ लेने दे।" यह उसने मिन्नत की थी, जिसकी उम्र उस वक़्त बीस बरस थी।

"मैं जीते-जी तेरा मुँह नहीं देखूँगी, न जीती का, ना मरी का," और उसने पैरों के पास झुके हुए माथे को पैरों से परे कर दिया था, और घर की दहलीज़ ज़ोर-ज़ोर से हँसने लगी थी...

इस दहलीज़ की हँसी में—पैसे की हँसी भी मिली हुई थी और एक ख़ानदान की ज़िद की हँसी भी। सो यह हँसी भी इतनी ऊँची थी कि जिसकी उम्र तब बीस बरस की थी। उसने दोनों पर हाथ रख लिये थे।

कानों पर से हाथ हटाकर उसने कई बार उसकी तरफ़ देखा था जिसके पीछे यह घर था और घर की दहलीज़ थी। पर वह तब भी चुप था, फिर भी चुप रहा। सिर्फ़ दहलीज़ तब भी हँसती थी, फिर भी हँसती रही।

और फिर यह दहलीज़ और भी हँसी—जब एक बारात इस दहलीज़ से बाहर

गयी, और एक डोली इस दहलीज़ के अन्दर आयी। और उसकी उम्र तब बीस बरस थी, और जो परे एक स्कूल के क्वार्टर में बैठकर इस दहलीज़ को देखती थी, उसने इसकी हँसी से डरकर कानों पर हाथ रख लिये।

वक़्त था बीतता रहा। और फिर जिसकी उम्र चालीस बरस थी, उसकी साठ बरस हो गयी, और जिसकी उम्र बीस बरस थी—उसकी चालीस हो गयी। दहलीज़ की हँसी भी शायद बूढ़ी हो गयी थी, वह अन्दर देखती तो भी खाँसने लगती, बाहर देखती तो भी खाँसती।

और फिर वह मर गयी जिसने दूसरी को हुक्म दिया था कि तू जीते-जी मेरे घर की दहलीज़ को नहीं लाँघ सकती। और हुक्म देनेवाली अभी दहलीज़ के अन्दर थी, चाहे एक लाश थी, गिर्द सम्बन्धियों की भीड़ थी, केवड़े की महक थी, और ज़री का कफ़न था—कि उसके हुक्म की उदूली हो गयी...

वह दहलीज़ के अन्दर आ गयी जिसे आने का हुक्म नहीं था। और उसके पैरों के पास खड़ी हो गयी, जिसने हुक्म दिया था। एक का माथा दूसरी के पैरों से छुआ, और ज़री का कफ़न घबराकर सफ़ेद धोती को देखने लगा...

"यह कौन है?...चुप कर...यह भी उसकी बहू थी....कहाँ रहती थी?...पता नहीं..." रिश्तेदारों में खुसर-पुसर हुई पर ज़री का कफ़न सफ़ेद धोती को कुछ कह नहीं सकता था।

सफ़ेद धोती एक पल आयी, दूसरे पल चली गयी। सिर्फ़ जाती हुई को बूढ़ी दहलीज़ ने रोका, और पूछा, "तूने उसका हुक्म मोड़ दिया..."

"नहीं।" सफ़ेद धोती ने जवाब दिया, "उसने कहा था तू जीते-जी दहलीज़ नहीं लाँघ सकती, मैं जीते-जी तेरा मुँह नहीं देखूँगी। मैं तभी मर गयी थी, वह आज मरी है। यह तो एक लाश दूसरी लाश से मिलने आयी थी?"

फिर सफ़ेद धोती दहलीज़ के बाहर चली गयी और कुछ देर बाद ज़री का कफ़न भी दहलीज़ के बाहर चला गया।

बूढ़ी दहलीज़ कितनी देर माथे पर हाथ रखकर बैठी रही।...

अँधेरे का कमण्डल

रात रोज़ आती है, जोगी की फेरी की तरह, हर दरवाज़े पर अलख जगाती है, सपनों की भीख माँगती हैं, कोई दे-दे तो वाह-वाह, नहीं दे तो वह खड़ी नहीं होती, चली जाती है...

पर एक बार, चार-पाँच बरस हुए, वह आयी थी तो हाथ में पकड़े हुए अँधेरे का कमण्डल वहीं भूल गयी थी। वहाँ उस कमरे में, जहाँ विद्या माँ बनने की पीड़ा से जूझ रही थी...

तब से वह अँधेरे का कमण्डल वहीं पड़ा हुआ है। बाहर जब धूप चढ़ती है, उसका सेंक कमरे में भी आता है, कमरे की ठिठुरन टूट जाती है, और वह अँधेरा भी गरमाकर उस कमरे में ऊँघने लगता है...

कई बार विद्या का मन किया था कि अगली रात, जब जोगी की फेरी की तरह आएगी, वह अँधेरे का कमण्डल लौटा देगी। कमण्डल में डालने के लिए उसके पास सपनों की भीख कोई नहीं, पर वह अपनी बेटी की तोतली बातों में से एक मुट्ठी भरकर उस कमण्डल में डाल देगी, और वह कमण्डल लौटा देगी। पर ऐसा नहीं हुआ। हर नयी रात के हाथ में नया कमण्डल होता है, पुराने कमण्डल को पकड़ने के लिए कभी भी उसका हाथ ख़ाली नहीं होता...

आज रात...नहीं चार-पाँच बरस पहले की एक रात...नहीं आज रात...

एक औरत जनने की पीड़ा से तड़प रही थी, एक चारपाई के पैताने बैठकर जैसे पीड़ा को सहला रही थी...

विद्या को लगा—वह चारपाई पर कराह रही थी, और वह जो चारपाई के पैताने के पास थी, वह मिस राय थी, डॉक्टर राय...

और फिर विद्या को लगा—उसके जिस्म में कहीं कोई पीड़ा नहीं थी, वह चुपचाप चारपाई के पैताने की ओर बैठी हुई थी, और चारपाई पर जो औरत पीड़ा से कराह रही थी, वह मिस राय थी...

एक कमरा जैसे एक चक्कर-सा खाकर उलटा हो गया हो...

नहीं, कमरा उसी तरह था, चारपाई भी वहीं थी, उसी तरह, सिर्फ़ जो कोई चारपाई पर दर्द से तड़प रही थी, वह उठकर चारपाई के पास खड़ी हो गयी, और जो कोई चारपाई के पास खड़ी हुई थी, वह दर्द से तड़पकर चारपाई पर पड़ गयी...

एक बच्चे की हुआँक...

बिलकुल इसी तरह विद्या ने यह हुआँक सुनी थी, फिर चाहकर बच्चे के मुँह की तरफ़ देखा था—हर बच्चे का मुँह पता नहीं पहले दिन एक-सा ही होता है—नर्म-नर्म मांस का एक गुच्छा हाथों में से फिसल-फिसल पड़ता...

फिर विद्या की आँखों ने जल्दी से मांस के उस गुच्छे को टटोला—हर औरत की आँखें ऐसे ही मांस के गुच्छे को टटोलती हैं—यह देखने के लिए कि यह लड़का है या लड़की?

लड़का!

नहीं, अभी तो वह लड़की थी...

बीते हुए बरस, पास ही कहीं बैठे हुए थे, वह धीरे-से हँस पड़े।

अँधेरे का कमण्डल भी धीरे-से हँस पड़ा...

विद्या विचारों के बस में थी, पर उसके हाथ-पैर विचारों के बस में नहीं थे। वह जैसे सामने दिखती ज़रूरत के बस में थे। मिस राय को इस वक़्त उसकी ज़रूरत थी, इसलिए विद्या हाज़िर थी—

विद्या को जब ऐसी ज़रूरत पड़ी थी, तब मिस राय उसके पास थीं—चाहे सास-माँ, या बहन और भाभी की तरह नहीं, एक डॉक्टर की तरह। और अब मिस राय की ज़रूरत के वक़्त विद्या उसके पास थी—एक डॉक्टर की तरह नहीं एक सास-माँ की तरह, एक बहन-भाभी की तरह या सिर्फ़ ऐसे—जैसे इन्सान इन्सान की दवा होता है।

दोनों में एक रिश्ता था—पर ऐसा रिश्ता जिसे कोई आँखों से देखना न चाहे, कानों से सुनना न चाहे। पहली हिम्मत मिस राय की थी। आँखें मूँदकर उस रिश्ते पर से लाँघ गयी थी, और सड़क पर खड़ी निराश्रित-सी विद्या को उसका हाथ पकड़कर अपने पास ले आयी थी। उसे घर का आसरा दिया था, खाने को रोटी, पहनने को कपड़ा और उसकी गोद में ली हुई बेटी को खेलने के लिए खिलौने और पढ़ने के लिए किताबें दी थीं। फिर दूसरी हिम्मत विद्या ने की थी, घर में झाड़ू देते हुए उसने वह रिश्ता भी बुहारकर कूड़े में फेंक दिया था—जिसे कोई आँखों से देखना न चाहे, कानों से सुनना न चाहे...

सो अब दोनों में कोई रिश्ता नहीं था। दर्द से छुटकारा पाकर मिस राय ने पालने में पड़े हुए बच्चे को देखा, फिर कमरे में चीज़ों को सँभालती-समेटती

विद्या की ओर। फिर हँस-सी पड़ी—“विद्या! तुझे वह दिन याद है, जब इस कमरे में...”

“मीतो जन्मी थी।”

“तब तूने इस कमरे का तेरह दिन का किराया दिया था...”

दोनों की साँसें दोनों के होठों के पास अड़-सी गयीं...

विद्या ने गरम पानी की बोतल मिस राय के पैरों के पास रखी, फिर कम्बल को दोनों तरफ़ से मोड़कर ऊपर मिस राय के कन्धों तक किया और फिर हँस-सी दी—“मैंने तो सिर्फ़ तेरह दिन का किराया दिया था, आपने तो सारी उम्र का...”

कमरे का एक दरवाज़ा जिस साथ के कमरे में खुलता था, वहाँ मीतो सो रही थी। शायद किसी खड़खड़ाहट से जाग गयी थी, या वैसे ही माँ की चारपाई ख़ाली देखकर वह मुँदे दरवाज़े को खोलकर इस कमरे में आ गयी थी।

“मीतो! इधर आ तुझे तेरा भाई दिखाऊँ...” विद्या ने सिसकती-सी मीतो का पल्ले से मुँह पोंछा और उसे पालने के पास ले गयी।

मिस राय चौंक गयी, उसे लगा जैसे मीतों की आँखें पालने के बच्चे के साथ अपना रिश्ता ढूँढ़ रही हों...

विद्या ने कैसे सहज स्वभाव से कह दिया था—“मीतो! आ तुझे तेरा भाई दिखाऊँ...” मिस राय का जी किया वह विद्या को मना कर दे कि आगे कभी वह मीतो को यह न कहे।

मीतो का भाई...मिस राय ने पालने की तरफ़ देखा, तो उसे लगा, पालने में पड़ा हुआ बच्चा उसका अपना बच्चा नहीं था—वह मीतो का भाई था, विद्या ने सच कहा था—वह मीतो का भाई था।

तब—यह मीतो इस पालने में पड़ी हुई थी...उसने ख़ुद मीतो को पालने में से उठाकर उसके बाप की झोली में डाल दिया था। कहा था—यह लो अपनी बेटी...

आज—अगर वह पास होता, इसी तरह वह पालने में से इस लड़के को उठाती, उसकी झोली में डालती, कहती—यह लो अपना बेटा—वह यहाँ नहीं पर जहाँ भी है—मीतो उसकी बेटी है, यह लड़का उसका बेटा है...

उसके माथे पर पसीना आ गया...

“विद्या...”

“जी।”

“तू क्या सोच रही है?”

“कुछ नहीं...”

“इस लड़के की शक्ल...”

“निरी पूरी आपकी।”

"और मीतो की?"

"सारी मेरी।"

मिस राय को फिर हँसी आ गयी—यह विद्या बड़ी कम बोलती थी, सिर्फ़ यह नहीं कि कहती कुछ नहीं थी, लगता था—सोचती भी नहीं। सोचने से भी जैसे स्वतन्त्र हो गयी थी...कैसे सहज मन से कह रही थी—लड़के की शक्ल आप पर और लड़की की शक्ल मुझ पर...

विद्या ने लड़के को शहद चटाया, और फिर कम्बल में लपेटते हुए कहा—"बहुत ना सोचो, सो जाओ।"

मिस राय ने चाहा, जैसे विद्या ने कहा है वह सो जाए। सोने से ऐसे ख़याल नहीं आएँगे—हमेशा आते हैं पर आज की तरह नहीं—यह क्या हो गया—किस तरह हो गया? शहर में कितनी ही डॉक्टर थीं, पर यह कोई विद्या मेरे पास क्यों नहीं आयी थी?...मरीज़ आते हैं, चले जाते हैं, पर यह विद्या...

"यह भी तो मरीज़ों की तरह आयी थी, मरीज़ों की तरह चली गयी थी... फिर?"

"इसका खाविन्द भी ऐसे ही आया था जैसे हर औरत के साथ उसका मर्द आता है...फिर? वह फिर भी आता रहा—कभी बच्ची की दवाई लेने कभी उसकी माँ की..."

मिस राय ने तौलिये के पल्ले से माथा पोंछा, गर्दन और कन्धे भी कुछ गीले से हो गये थे, उन्हें भी पोंछा, फिर तौलिये को सिरहाने के पास रखते हुए मिस राय को तौलिये में से एक घरेलू औरत की गन्ध आयी—पसीना...बच्चा...दूध...

"वह शायद इसी गन्ध से दूर जाना चाहता था...इसीलिए विद्या के पास से चला गया था...फिर एक दिन अचानक लौटा..." पसीने की बूँदों की तरह मिस राय का माथा ख़यालों से भी भीग गया—"वह हमेशा रेशम सरीखी कोमल बातें करता था पर वह रेशम के तार हाथों से टूटते नहीं थे...मैंने भी इस रेशम के जाल को तोड़ना चाहा था...पर मेरे पैर, सब राहों सहित, उसमें लिपट गये..."

मिस राय को अपने पैरों पर एक तरस-सा आया—"यह पैर उस रेशम के जाल में चले गये, पर राह तो बाहर रह जाते..."

मिस राय ने थककर आँखें मूँद लीं—पर आँखें और भी अन्तस को झाँकने लगीं—

"यह कैसा रिश्ता था—बिस्तर की तरह बिछा लिया, बिस्तरे की तरह समेट लिया, और फिर किसी रेलवे स्टेशन पर जैसे बिस्तरा ही खो गया हो..."

मिस राय को सबकुछ याद था—पर बेतरतीब-सा। वह बहुत दिन उसके पास ही रह गया था, तब मिस राय को कहना पड़ा था कि उसने उसके साथ ब्याह कर लिया था...यह नर्सिंग होम फिर एक घर-सा बन गया था—फिर वह सारे केस

अस्पताल में लेती थी—निजी तौर पर अपने पास नहीं...दो बरस...ढाई बरस...वह कोई थीसिस लिखता रहा था...

वह किताबों के वरकों में ही खुलता और सिमटता रहा...या कभी घड़ी-पल उसके जिस्म के मांस में...

मिस राय का अंग-अंग कच्चे पसीने से भीग गया—"स्टेशन पर खड़ा मुसाफ़िर जैसे अचानक जेब में हाथ डाले तो जेब में कुछ भी न हो...एक सुबह नहीं था वह..."

"विद्या?"

"जी!"

"वह मीतो को खिलाया करता था?"

"नहीं।"

"मीतो उसकी बेटी थी?"

"मेरे लिए, पर उसके लिए नहीं।"

"उसे बेटी...बेटा...कुछ नहीं चाहिए था?"

"कुछ नहीं।"

मिस राय को परदेसी मोहरवाला वह ख़त याद आया, बस दो लाइनें "कभी वापिस लौटूँगा कि नहीं, कुछ नहीं कह सकता। मेरा इन्तज़ार न करना। ओह... आह..." मिस राय को ख़यालों का एक गोता-सा आया—"वह शायद विद्या से नहीं, मीतो के मुँह से दौड़ा था...फिर मीतो के भाई के मुँह से..."

"आप क्यों सोचती हैं इतना..." विद्या ने एक नम्रता से कहा।

"तू नहीं सोचती थी, जब वह तुझे छोड़कर गया था?" मिस राय हँस-सी भी पड़ी और रो भी दी।

"सोचती थी, पर उसे नहीं, एक मर्द के मुँह को सोचती थी..."

"ओह..."

"सिर की छत को सोचती थी, थाली की रोटी को सोचती थी..."

मिस राय को उस दिन वाली विद्या याद आयी—जो मीतो के बाप की ख़बर सुनकर, एक दिन मिस राय के दरवाज़े पर उसे ढूँढ़ने आयी थी...उसे नहीं सिर की छत को और थाली की रोटी को ढूँढ़ने आयी थी...

"विद्या?"

"जी।"

"तेरा मर्द...तू सोचती होगी मैंने छीना था..."

"नहीं, आपने तो मेरा मर्द लौटाया है..."

"वह किस तरह?"

"सिर की छत आपने दी और थाली की रोटी भी..."

"पर वह मैंने अपना गुनाह हलका करने के लिए..."

"गुनाह तो उसका था और किसी औरत ने नहीं लौटाना था, आपने लौटाया..."

मिस राय का 'अब' फिसलकर परे जा खड़ा हुआ—उसके बिस्तरे से परे एक पालने के पास—"इस लड़के का क्या करूँगी?"

"मैं इसे पालूँगी, एक औरत जैसे पालती है..."

"और मैं?"

"आप...घर का मर्द..."

रात दरवाज़े के आगे से जोगी की फेरी की तरह गुज़र गयी थी। मिस राय शायद कुछ सो गयी थी, अब दिन उगनेवाला था। पर अँधेरे का कमण्डल उसी तरह कमरे में पड़ा हुआ था।

मीतो फिर अपने कमरे में से उठकर सिसकती-सी इस कमरे में आ गयी थी। पालने का बच्चा शायद भूख से बिलख पड़ा था, विद्या स्टोव पर उसके लिए दूध गरम करने लगी तो मिस राय को लगा—जैसे अँधेरे के कमण्डल में से दो बच्चे निकलकर इस कमरे में रो रहे हों...।

कल और आज

"हैरा!" मेरे मुँह से निकला, तो मैं कितनी देर तक उसके नाम की विचित्रता में खोया रहा।

"यह मेरा नाम मैंने ख़ुद ही चुना है।" हैरा मेरी हैरानी पर हँस-सी पड़ी। फिर कहने लगी, "हैरा एक ग्रीक गाडैरा का नाम था।"

लगा मैं भी हँस-सा पड़ा था, कहा, "तू एक जीती-जागती औरत की जगह, एक दिन इन किताबों के वर्कों में एक वर्का हो जाएगी..."

"शायद..." हैरा खिलखिलाकर हँस पड़ी, "वर्कों में से निकली हूँ, वर्कों में समा जाऊँगी। जिस तरह धरती में से निकली हर चीज़ धरती में समा जाती है।"

"तो फिर ज़िन्दगी किस चीज़ का नाम है हैरा?"

"धरती में से निकलने, और फिर धरती में गिराने के बीच का समय।"

"यह बीच का समय..."

"बहुत ख़ूबसूरत है। बहुत भयानक है। है ना! लगता है इस समय की तकदीर को हज़ारों बरस पहले धरती और अम्बर ने कल्पित कर लिया हो। पर अम्बर ने उसकी भयानकता को सोचा, और धरती ने उसकी ख़ूबसूरती को..."

"किस तरह?"

"यूरेनस अम्बर था, गाया धरती। उनके घर जो भी बच्चा जन्म लेता, यूरेनस उसकी ज़िन्दगी की भयानकता से डरता, उसे फिर गाया की कोख में दबा देता। पर गाया की कल्पना बड़ी रँगीली थी, वह चाहती थी उसके बेटे-बेटियाँ उसकी आँखों के आगे खेलें। इसलिए उसने एक दिन अपनी कोख में छुपे हुए अपने एक बेटे करोनस को उकसाया कि वह कायरों की तरह वहाँ न छुपा रहे, बाहर आकर अपने बाप से बदला ले। गाया ने उसे एक दराँती दी जिससे उसने अपने बाप को हरा कर अपना राज्य कायम किया। धरती और अम्बर उसी दिन एक-दूसरे से जुदा हुए थे..."

"भयानक..."

"लोग कहते हैं डोरिअनज़ से पहले धरती पर 'गिल्ट-कलचर' नहीं थी, पर मैं सोचती हूँ कि जिस दिन गाया ने अपने बेटे को उसके बाप के ख़िलाफ़ उकसाया था, गुनाही-सभ्यता उसी दिन शुरू हो गयी थी। मुझे पता है, फिर करोनस ने क्या किया?"

"क्या?"

"संस्कार भी शायद वहाँ से ही अस्तित्व में आ गये थे। करोनस को पता था कि उसने बेटा होकर अपने बाप पर हाथ उठाया था, इसलिए उसके मन में यह संस्कार बैठ गया कि हर बेटा अपने बाप पर ज़रूर हाथ उठाएगा। इसलिए उसके घर भी जितने बेटे-बेटियाँ जन्मे, उसने भी यह सब धरती में छुपा दिये।"

"सो गुनाह का अहसास भी मनुष्य के साथ पैदा हो गया, और संस्कार भी। पर करोनस की औरत कौन थी? अम्बर की तो धरती थी..."

"करोनस की बहन रहीया, जो उसके साथ ही धरती की कोख में दबी हुई थी, और वह भी उसकी स्वतन्त्रता हुई थी...

"पर तब मनुष्य की 'गिल्ट कलचर' में बहन के साथ ब्याह करने का गुनाह शायद नहीं था?"

"नहीं, यह गुनाह, बहुत बरसों के बाद, गुनाहों की सूची में शामिल हुआ। भारतीय मिथहास में भी यह जुड़वाँ थे, बहन-भाई, उनसे ही दुनिया का अगला वंश बना। इजिपशियन मिथहास में भी आतुम पहला देवता था, जो अपनी इच्छाशक्ति से पैदा हुआ, उसके मुँह में से उसका बेटा और उसका बेटी जन्मे, जिनके संयोग से धरती और आसमान भी बहन-भाई थे, जिनके संयोग से चार बेटे जन्मे..."

"हाँ, तू बता रही थी कि करोनस ने अपने सब बेटे-बेटियाँ धरती में दबा दिये..."

"पर मर्द मर्द है, औरत औरत है, रहीया भी आख़िर गाया की तरह उतावली हो गयी कि उसके बेटे-बेटियाँ भी अगर ऐसे ही ख़त्म हो गये तो क्या बनेगा! आगे वह पाँच बच्चे धरती में दबा बैठी थीं, इसलिए जब उसे छठे बच्चे की आस हुई तो उसने क्रीट टापू पर जाकर एक गुफा में उस बच्चे को जन्म दिया, और उसके बाप को इस बेटे के बजाय एक पत्थर देकर कहने लगी कि इस बार उसकी कोख से पत्थर जन्मा है..."

"सो वह बच्चा जीता रहा..."

"वही बड़ा होकर बाप से लड़ा, और बाप को क़ैद करके खुद तख़्त का मालिक बना।"

"पर उसका वंश कैसे बढ़ा? वह अकेला था और धरती पर कोई औरत नहीं थी?"

हैरा मुसकरायी, "उसको माँ ने बताया कि उसके पाँच भाई-बहन धरती में दबे हैं। सो उसने उनको ढूँढ़ा। इनमें ही उसकी बहन हैरा थी, जिसके साथ उसने ब्याह किया।"

"सो अम्बर दुनिया का पहला मर्द था, और धरती पहली औरत। ग्रीक बोली में यूरेनस और गाया।"

"हाँ, हिब्रु में धरती को अधमा कहते हैं, इसीलिए धरती के पहले बेटे का नाम आदम हुआ।"

"आदम और हव्वा।"

"हव्वा, ख़ुदा के मुँह में से आती साँस। एशियायी विश्वास है कि यह अम्बर में क़त्ल हुए एक देवता के शरीर से गिरा हुआ ख़ून था, पर यह हिब्रु विश्वास नहीं।"

"शायद प्रारम्भिक लिबास एक ही हों पर वक़्त के साथ-साथ जुदा हो गये हों..."

"मुझे एक ख़याल आया है," हैरा कुछ सोचती रही। फिर एक किताब उठाकर उसके सफे पलटती हुई कहने लगी, "इण्डियन माईथालोजी में प्रारम्भिक देवता मित्र और वरुण थे। वरुण का सम्बन्ध अम्बर के साथ था, मित्र का धरती के साथ। ग्रीक माईथालोजी में खेती-बाड़ी की देवी दिपेतर है। 'दा' लफ्ज़ धरती के लिए होता था, गाया की तरह। दा-मेतर का अर्थ धरती माँ बनता है। शायद हिन्दुस्तान का देवता मित्र और यूनान का दिमेतर—मूल में एक ही रूप हैं..."

"प्रारम्भ में मनुष्यों की एक-सी ज़रूरतें थीं, एक-सी हैरानियाँ इसलिए ख़याल भी ज़रूर एक जैसे होंगे..."

"सब देवी-देवता उनके हैरान ख़यालों के चिह्न हैं, जैसे ग्रीक देवी दिमेतर की बेटी, धरती की हरियाली का चिह्न है। यह जब ब्याही गयी...।"

"इसका ब्याह किसके साथ हुआ था?"

"अपने चाचा हेडस के साथ, ग्रीक मिथहास में चाचा के साथ ब्याह का आम ज़िक्र मिलता है। यह हेडस धरती में गहरी जगह पर रहता था। इसलिए ब्याह के बाद दिमेतर की बेटी को भी वहीं ले गया। माँ को बेटी कहीं नज़र न आयी, इसीलिए उसने बेटी को ढूँढ़ना शुरू किया। आख़िर हेडस ने दिमेतर को उसकी बेटी वापिस कर दी, पर उसे एक ऐसा बीज खिला दिया, कि जिसके पीछे उसे हर बरस का तीसरा हिस्सा फिर वहीं उसके पास रहने के लिए आना पड़ता था। बरस के दो हिस्से वह अपनी माँ के पास रहती थी। यह ज़ाहिर है कि खेती जब बीजी जाती है तो कितने दिनों तक धरती में अलोप हो जाती है। धीरे-धीरे बीज पनपता है तो वह बाहर आती है। इसकी पूजा तभी ग्रीक लोग मक्की के सिट्टे से करते हैं...।"

"सो इसका धरती की तह में जाकर अपने मर्द के पास रहना, और फिर बाहर

अपनी माँ के पास रहने के लिए आना, खेती-बाड़ी का पूरा अमल है। पर वह हेडस?"

"वह हमेशा धरती की तह में रहता है। इसलिए उसे सोने और चाँदी का देवता कहा जाता है—दोनों धातुएँ धरती के अन्दर होती हैं।"

"हैरा! धरती अम्बर के फटने का मिथहास ग्रीक मिथहास है, पर हिन्दुस्तान के मिथहास में इस सब कुछ का आरम्भिक रूप क्या था?"

"एक सुनहरी अण्डा, आग का चिह्न, जो एक हज़ार बरस पानी पर तैरता रहा। यह अण्डा जब कुछ वक़्त बाद टूट गया तो इसमें से पुरुष निकला। इसी ने अपने दो टुकड़े करके एक का नाम मर्द रखा, एक का औरत। साबुत अण्डा ग्रीक मिथहास की तरह धरती अम्बर के जुड़े होने का चिह्न था, और जो बीच में से टूटकर, एक हिस्सा धरती बन गया, एक आसमान।"

"सो पहले पुरुष पैदा हुआ था, चाहे बाद में उसने अपने ही आधे टुकड़े का नाम औरत रख दिया।" मैं हँस पड़ा। मेरे भीतर का मर्द हँस पड़ा। हैरा भी मुसकरायी। "पैदाइश तो एक ही समय हुई थी, इकट्ठी, सिर्फ़ उसके एक की जगह दो नाम बाद में रखे गये। इसे इस तरह भी कहते हैं कि उगते सूरज में से एक जोड़ा पैदा हुआ—यम, और उसकी जुड़वाँ बहन यमी। यही मनुष्य जाति के आदि माँ और बाप थे।"

"हैरा और उसके भाई की तरह?"

"उससे भी पहले उन दोनों के माँ-बाप रहीया और करोनस की तरह।"

"सो मर्द और औरत जुड़वाँ थे?"

"अफरीकन मिथहास में भी दुनिया का पहला मर्द और दुनिया की पहली औरत जुड़वाँ थे। औरत का नाम मावसी और मर्द का नाम लिसा। माव चन्द्रमा था, लिसा सूरज। अफरीकन मिथ का एक विश्वास यह भी है कि धरती ने अपने हाथों से कुम्हारिन की तरह मिट्टी के पुतले बनाये, ख़ुदा ने अपने साँस में से उन में साँस भरा, और वह जीते-जागते इन्सान बन गये।"

मुझे लगा—मेरे जिस्म में मेरा ख़ून रेंग रहा था। मेरे साँस मेरे होठों में गरम हो रहे थे, मैंने जल्दी से पूछा, "हैरा! मनुष्य ने जितने देवी-देवताओं की कल्पना की, सुख और आराम की तलाश में से। पर साँप? उससे तो शायद मनुष्य को डर और मौत के सिवाय कुछ भी नहीं मिल सकता था। उसकी पूजा क्यों?"

"भारतीय विश्वास है कि शेषनाग पाताल का राजा है, इसके एक हज़ार सिर हैं। सात पाताल इसके सिर के आधार पर ही खड़े हैं। अफरीकन विश्वास है कि धरती अथाह पानी में बह जाती, अगर उसके गिर्द एक साँप ने पूँछ को मुँह में पकड़कर, और धरती के गिर्द घेरा बनाकर उसको थामा न होता। ग्रीक माईथालोजी में प्रो-ग्रीक एक मिथ है कि एथना एक माँ-देवी थी, यह सदा कुँआरी रही। जिस

तरह इसका अपना जन्म एक देवता के माथे में से हुआ था, इसी तरह एक साँप इसका बेटा इसकी कोख में से जन्मा।"

"यह ज़रूर गुनाही सभ्यता से पहले की बात होगी?" मेरे जिस्म का रोम-रोम बोल पड़ा। हैरा अपने ध्यान में कहे गयी, "साँप हर जगह जा सकता है—धरती की तह में भी, दूर जंगलों में भी, पहाड़ों की शिखर पर भी, और नदी, नाले, दरिया और समुद्रों में भी।"

"और मनुष्य के अंगों में भी..." मैंने चौंककर कहा।

हैरा ज़रा-सा मुसकरायी, फिर कहने लगी, "इसलिए इसकी शक्ति को शक्ति का सबसे बड़ा चिह्न समझ लेना स्वाभाविक बात लगती है। इसकी राह में ना धरती रुकावट बनती है, ना पर्वत, ना समुद्र...।"

"और ना समय, ना उम्र..." मैं अपने अन्दर रेंगते ख़ून से अपने अंग-अंग में चढ़ते एक खुमार में कुछ मदहोश-सा हो गया। हैरा को अपनी बाँहों में कस लेने के लिए मैंने तड़पकर अपनी बाँहें पसार दीं—

पर हैरा जल्दी से पीछे हो गयी, और एक किताब की एक जिल्द को उठाकर उसके अन्दर चली गयी...चार हज़ार वर्ष पहले...

मिथहास के अनन्त वर्कों में एक वर्का...

हैरा की खुली आँखें—मेरी तरफ़ देखे जाती हैं...

मैं अपने प्यासे होठों से उसके होठों को देखता हूँ—खुदाया। उसके होठों में साँस क्यों नहीं आता...तू कहाँ चला गया? अपने साँस में से उसके अन्दर साँस क्यों नहीं भरता?

सामने—काग़ज़ का एक वर्का मेरे जिस्म की तरह काँप रहा है...यह शायद धरती में से निकलने और फिर धरती में समाने के बीच का समय है...ख़ूबसूरत ...भयानक...

गौ का मालिक

उसके जिस्म का रंग भूरा था, थन एक़दम काले नहीं थे, पर काली झलक मारते थे। इसलिए गाँववालों ने उसका नाम 'कपिला गौ' रखा था।

कपिला ने जितनी बार अपनी टूटी टाँगों पर भार डालकर उठने की कोशिश की, उतनी ही बार ज़ोर से अर्राकर वह ज़मीन पर गिर गयी थी। अब उसमें और हिम्मत नहीं थी। हाँफते हुए उसने घास की सीलन को चाटने के लिए जीभ निकाली, पर घास में पानी की तरावट की जगह गरम, नमकीन लहू-सा लगा।

उसने रात को अपने साथ घास चरने के लिए आयी हुई बाक़ी नौ चितकबरी गायों को अपनी पथरायी आँखों से ढूँढ़ने की कोशिश की, पर आस-पास उसे दूर से, बहुत दूर से केवल कुछ आवाज़ें सुनाई दीं...

एक कड़कती आवाज़ थी, "गऊ माता पर यह ज़ुल्म! ये हत्या करनेवाले पापी, हत्यारे...!"

दूसरी चीख़ती आवाज़ थी, "जिस देश में इस तरह पाप होता है, जहाँ कोई धर्म-कर्म नहीं रहा, वह देश डूब जाएगा..."

और फिर पता नहीं कितनी आवाज़ें थीं जिन्होंने उगते हुए सूरज की रोशनी पर जैसे हमला बोल दिया हो...

आवाज़ें पास भी हुईं, दूर भी, और फिर ख़ामोशी छा गयी।

कपिला का जिस्म सुन्न होता जा रहा था, और खुर उसके गिर्द बह रहे ख़ून में डूब रहे थे। उसे लगा—जैसे कुछ लोग फौज़ी वर्दियों में उसके पास घूम रहे हैं...

वे लोग जिधर देख रहे थे, कपिला ने भी पथराती आँखों से उधर देखा—दूर एक हवाई जहाज़ पड़ा हुआ था!

कोई कह रहा था, "सर, मेरी दूसरी डार्क नाइट फ्लाइंग एक्सरसाइज़ थी, बिना लैण्डिंग लाइट्स के 'टेक ऑव' करने की ब्रीफिंग थी..."

"फिर?" किसी ने पूछा।

वह कह रहा था, "सर, मैंने टेक ऑव करने से पहले के वाइटल एक्शंस किये, और जहाज़ को रनवे पर लाइन-अप कर लिया। ब्रेकों पर छह हज़ार आर.पी.एम. तक पावर खोली, और ब्रेक छोड़ दिये। और इंजन पावर 'टेक ऑव' आर.पी.एम. तक खोल दी। बाहर देखा तो रनवे-लाइट्स के बिना कुछ नहीं दिख रहा था।"

"फिर?" किसी ने पूछा।

"सर! हवाई जहाज़ रोल करता गया। स्पीड बढ़ रही थी। मिडल मार्कर पर स्पीड एक सौ पैंतीस नॉट्स पर पहुँच गयी। मैंने कण्ट्रोल स्टिक को अपनी तरफ़ खींचा। मैं उस वक़्त इंस्ट्रूमेण्ट की तरफ़ देख रहा था। हवाई जहाज़ का नोज़-व्हील ऊपर को उठा, अचानक बहुत ज़ोर के झटके महसूस हुए।

"मैंने इंजन एक़दम बन्द कर दिये, और ब्रेक लगा दिये। इस तरह लगा जैसे कोई ज़ोर-ज़ोर से हवाई जहाज़ को झकझोर रहा हो।

"मुझे ख़याल आया कि कहीं जहाज़ का टायर न फट गया हो!...जहाज़ रनवे से एक तरफ़ उतरकर दरख़्तों की तरफ़ या गढ़ों में जा गिरा था। पर मैं रनवे की लाइट दोनों तरफ़ देख सकता था। इतने में जहाज़ का दायाँ पहिया टूट गया और जहाज़ एक़दम दायीं तरफ़ मुड़कर रनवे के नीचे उतर गया। रगड़ के कारण जहाज़ पर से चिनगारियाँ निकल रही थीं।"

"उस वक़्त नेवीगेटर कहाँ था?" कोई पूछ रहा था।

किसी ने उत्तर दिया था, "सर, मैं इसका नेवीगेटर हूँ। 'टेक ऑव' के समय मैं क्रैश सीट पर बैठा था। जहाज़ रुक गया तो मैंने एण्टरेन्स-डोर को खोलने की कोशिश की, पर वह डोर जाम हो चुका था। फिर मैंने देखा, जहाज़ का नोज़-सेक्शन टूट चुका था, वहाँ एक बड़ा छेद हो गया था। मैं उसी छेद में से बाहर निकल गया।"

"तुम बाहर किस तरह निकले?"

"सर, मेरे पास एक ही तरीक़ा था कि मैं बाहर निकलने के लिए अपनी सीट-कैनोपी को जैटीसन करता। कैनोपी को खोलने के लिए मैंने बटन दबाया, वह कुछ ऊपर हुई, पर फिर अपनी जगह आ गयी। हवाई जहाज़ खड़ा था, इसलिए नीचे हवा का बहाव नहीं था। मैं जहाज़ में क़ैद था। हाथों से मैंने कैनोपी को उठाने की कोशिश की, पर उठायी नहीं गयी। फिर मैंने खड़े होकर सिर के ज़ोर से कैनोपी को उठाने का प्रयत्न किया। वह ऊपर हुई तो हाथों के ज़ोर से मैंने उसे आगे करके बाहर छलाँग मार दी। बाहर आकर देखा कि हवाई जहाज़ के दाहिने विंग का एक हिस्सा टूटकर एक तरफ़ पड़ा हुआ था। रनवे के इर्द-गिर्द ख़ून-ही-ख़ून था और गायें मरी पड़ी थीं। हमें डर था कि शायद जहाज़ को आग लग जाएगी, इसलिए हम यहाँ से दौड़कर दूर जा खड़े हो गये।"

फिर आवाज़ आयी, "पर ये गउएँ यहाँ एयर-फ़ील्ड में आयीं किस तरह?"

"सर, हमें कुछ पता नहीं।"

"यह तफ़तीश होती रहेगी, पर इस वक़्त तुम्हें बाहर ख़तरा है। तुम दोनों अपनी सीमा से बाहर न जाना। गाँव में हमारे ख़िलाफ़ ज़लूस निकल रहे हैं। मुज़ाहरे हो रहे हैं!"

कपिला की जान टूट रही थी। पर अभी निकली न थी। आँखें कभी पल-भर को खुलतीं, फिर मुँद जातीं।

रोशनी अँधेरे में बदल रही थी। उसे लगा जैसे उसके समीप कई लोग जमा हो गये हैं। कई आवाज़ें उसके कानों में पड़ीं...

"इन मरी हुई गउओं के मालिक कौन हैं?"

कपिला को लगा—फिर एक ख़ामोशी छा गयी है। कोई कुछ नहीं कह रहा है...

"तुम लोग, जिनकी भी गउएँ हैं, अपने-अपने नाम लिखा दो। तुम्हें तुम्हारी मरी हुई गउओं का मुआवज़ा दिया जाएगा।"

फिर बड़ी आवाज़ें आयीं, जैसे सारे लोग एक साथ बोल रहे हों...।

"एक गऊ मेरी थी, हुज़ूर! गोरी गऊ! मेरा नाम शेरा है।"

"एक गऊ मेरी थी, हुज़ूर! 'तीनथनी' नाम रखा है।"

"एक मेरी थी, हुज़ूर, 'लुड़ी' गऊ..."

बहुत-सी आवाज़ें थीं, बहुत-से नाम, और फिर कोई कड़कती आवाज़ आयी, "तुमने बीस नाम लिखवा दिये हैं, पर गायें सिर्फ़ दस हैं। सब झूठ बोल रहे हो!"

कपिला ने बुझती आँखों को खोलकर अपने और अपने साथ की गायों के मालिकों को पहचानने की कोशिश की। कुछ चेहरे पहचाने हुए भी लगे, पर कुछ एक़दम अजनबी थे, पता नहीं कहाँ से आ गये थे...कपिला ने अपने मालिक मोहना का चेहरा पहचाना। उसे अपने बछड़े की बड़ी याद आयी और उसने गले के सारे ज़ोर से रँभाकर कुछ कहना चाहा, पर गले में से आवाज़ न निकल सकी।

कड़कती आवाज़ में कोई कह रहा था, "तुम इसीलिए अपने को गउओं का मालिक बता रहे हो कि तुम्हें मुआवज़ा मिलेगा। पर तुम मरी हुई गउओं के झूठे मालिक हो!"

फिर पता नहीं सब कहाँ चले गये। सारी आवाज़ें अँधेरे में डूब गयीं। पता नहीं कि यह रात का अँधेरा था या कपिला की आँखों में फैला मौत का अँधेरा...

पता नहीं कब, कितनी देर बाद फिर कुछ आवाज़ें उभरीं, "बोल, चौकीदार! ये गायें यहाँ एयर-फ़ील्ड में किस तरह आयीं? पता लगा है कि घास चरने के लिए ये यहाँ रोज़ रात को आती थीं। इनके मालिक तुझे हर महीने रिश्वत देते थे...तुझ पर रिश्वत का केस..."

कपिला के होश-हवास गुम हो रहे थे। कोई बात कानों में पड़ती थी, कोई नहीं। जिस्म से मक्खियाँ उड़ाने के लिए उसने पूँछ को हिलाना चाहा, पर पूँछ अब हिलती न थी....

फिर एक आवाज़ आयी, "वे सब—शेरा, रक्खा और बीस लोग—कहाँ चले गये? अब कोई किसी गाय का मालिक नहीं बनता, सब कह रहे हैं—हुज़ूर, ये गायें हमारी नहीं थीं...सिर्फ़ इसलिए कि उन्हें पता लग गया है कि हमारा जो पैंतीस लाख का हवाई जहाज़ तबाह हो गया है, उसका हरजाना गायों के मालिकों को देना पड़ेगा..."

कपिला ने अपने मालिक मोहना का स्मरण किया, पर वह आस-पास कहीं नहीं था...

कपिला को याद आया—एक बार मोहना बीमार पड़ा था, राज़ी नहीं हो रहा था, तब एक सयाने ने उसे बताया था कि मंगलवार को आटे का एक पेड़ा वह अपनी गऊ को अपने हाथ से खिलाया करे...

कपिला के मरे-मरे अंगों को भी भूख-सी लग आयी—आटे का पेड़ा! मंगलवार...क्या आज मंगलवार नहीं? मोहना...क्या मोहना उसका मालिक नहीं? ...उसका कोई मालिक नहीं?

कपिला की पथराती आँखों को एक हिलती-सी चीज़ का झाँवला पड़ा—शायद मोहना आ गया!...अपनी मरती गऊ के जिस्म पर एक बार हाथ फेरने के लिए आ गया?

उसने फैली हुई आँखों से पहचानने की कोशिश की—उसके जिस्म पर कुछ छू रहा था—बहुत कोमल...स्निग्ध...मोहना के हाथों से भी कोमल...और उसने आँखों से गिरती पानी की आख़िरी बूँद से पहचाना—उसका बछड़ा पता नहीं कैसे वहाँ आ पहुँचा था, और अपनी जीभ से मरती हुई माँ का जिस्म चाट रहा था...

तहख़ाना

हवा कुछ तेज़-सी हो गयी—
शायद इसलिए कि हवा में तुम्हारा साँस मिला हुआ था—
और, हवा के सीने में खड़े वृक्षों के पत्ते धड़कने लगे।

मैं हड्डियों और मांस की एक इमारत, कितनी ही देर चुप खड़ी रही।
फिर जैसे अपने आप ही अपने शरीर के बाहर आ गयी।
मैंने बाहर के रास्ते की तरफ़ देखा
तुम उस बाहर के रास्ते पर जा रहे थे—
रास्ते पर कई लोग गुज़रते हैं—पर इस तरह नहीं—
तुम तो उस रास्ते पर इस तरह चल रहे थे, इस तरह खड़े हो जाते थे—
मानो तुम्हारे पाँव उस रास्ते से बातें कर रहे हों।
तुमने पता नहीं मुझसे क्या कहा—
कि रास्ते की मिट्टी का रंग गुलाबी-सा हो गया।
और फिर मैं कितने ही दिन उस रास्ते की तरफ़ देखती रही।

और फिर मैंने एक दिन देखा—
तुम बाहर के दरवाज़ेवाले पेड़ के पास खड़े हो—
उस पेड़ का ख़याल है—कि उस दिन उसमें पहली बार 'बौर' पड़ा था—
और मैं कई दिन तक उस पेड़ के 'बौर' को देखती रही।
एक दिन बहुत तपती दोपहर थी—
तुम आये और बाहर के दरवाज़े के पास इस तरह खड़े हो गये—
मानो तुम उस दरवाज़े से पानी के किसी कुएँ का रास्ता पूछ रहे हो।
दरवाज़े ने चौंककर एक बार तुम्हारी तरफ़ देखा, फिर मेरी तरफ़—

दरवाज़े के भीतर घर की दहलीज़ थी–
तुमने दहलीज़ की तरफ़ देखा, वह सोयी जाग पड़ी।
और फिर मैंने अन्दर जाकर घड़े में से पानी का एक कटोरा भरा
और तुमने चुपचाप अन्दर आकर पानी का वह कटोरा पी लिया।

पता नहीं तुम कहाँ से आते थे और कहाँ चले जाते थे
सिर्फ़ इतना जानती थी कि मेरा घर तुम्हारे रास्ते में पड़ता है।
और तुम जब भी वहाँ से गुज़रते हो तुम्हें प्यास लगती है
और मैं पानी का कटोरा भरकर तुम्हारे सामने रख देती हूँ।

"मेरा नाम यूरेनस है!" एक दिन तुमने पानी पीते हुए बताया था।

"मेरा नाम : गाया!" मैंने तुम्हारे हाथ से ख़ाली कटोरा पकड़ते हुए कहा था।

और मुझे लगा था–
तुम्हारे आने के समय सदा कुछ पानी के कटोरे की तरह भरा होता था।
और तुम्हारे जाने के बाद वह सदा ख़ाली कटोरे की तरह हो जाता था।
और उससे भी अधिक मेरे सूखे हुए गले की तरह हो जाता था–

मैं तिमंज़िली इमारत हूँ–
तुमने सिर्फ़ एक मंज़िल देखी थी, दूसरी नहीं।
और एक दिन जब तुम आये–
पानी पीने के बाद तुम दूसरी मंज़िल की सीढ़ियों की ओर देखने लगे।

तुम्हें शायद प्यास के साथ कुछ भूख भी थी और शायद तुमने यह भी जान लिया था कि तन की तृप्ति जैसी चीज़ दूसरी मंज़िल पर थी। तुमने सीढ़ियों की ओर देखा तो मैं भी सीढ़ियों की ओर देखने लगी।

और सीढ़ियाँ चढ़ते हुए जब तुमने अपना हाथ दीवार पर रखा तो मेरी कोख में से एक सिहरन-सी उत्पन्न होकर अंगों में विलीन हो गयी।

सीढ़ियाँ चढ़कर, सामने–बेलों से ढका हुआ छज्जेदार बरामदा और उसके पास सोने का कमरा।

तुम बेलों से ढके छज्जेदार बरामदे में खड़े थे और मैं कोने में आग सुलगाने लग गयी थी। फिर ठण्डी रोटी को गरम करने लगी थी कि तुम पर नज़र पड़ी–हे भगवान! यह क्या...तुम्हारे चेहरे की ओर से सेंक आ रहा था, शायद तुम्हारे चेहरे पर आग की लपटों के साये पड़ रहे थे। लकड़ियों में से कुछ चिनगारियाँ उड़कर मेरे पाँवों के पास आ पड़ी थीं। पाँव चौंक उठे थे। पर फिर मैंने चिनगारियों को पाँवों के तलवों से मसल दिया था।

गरम रोटी तुम्हारे आगे रखते हुए मेरा हाथ काँप रहा था।

और मैंने देखा रोटी का निवाला तोड़ते हुए तुम्हारे हाथ की उँगलियाँ काँप रही थीं।

मैंने अपना कम्पन अपने शरीर में दबा लिया। तुम मेरी ओर कितनी देर तक ताकते रहे, मानो मेरे शरीर में उस छिपाये हुए कम्पन को खोज रहे हो।

शरीर के कम्पन को शायद आँख से नहीं खोजा जा सकता। तुमने मुझे बाँहों में लेकर गले से लगा लिया और अपने शरीर के कम्पन से मेरे शरीर के कम्पन को ढूँढ़ लिया।

कोने में आग अभी भी जल रही थी और उसकी लपटों के साये हमारे चेहरों पर पड़ रहे थे।

तिमंज़िली इमारत के नीचे एक तहख़ाना है जो किसी को दिखाई नहीं देता, पर है, और उस दिन जब तुम चले गये, रात को मैंने अपनी आयु का बीसवाँ वर्ष अपने शरीर से उतारकर उस तहख़ाने में रख दिया! सोचती थी तुम जब चाहोगे तुम्हें निकालकर दिखाऊँगी—तुम्हारी अमानत।

आवाज़ की एक लकीर थी जो सीधी छाती में से उठकर मेरे गले से गुज़रती थी और फिर मेरे होठों के पास आकर छोटी-छोटी गोलाइयों में बदल जाती थी—यू...रे...न...स!...

और मेरी यह आवाज़ मेरे होठों से निकलकर मेरे कानों में चली जाती थी और फिर कितनी ही देर मेरे कानों में पड़ी रहती थी।

मेरे अन्दर एक जगह छाती में, बायीं ओर, लगता था कि एक आग जलती है और उसके सेंक से इस आवाज़ की गोलाइयाँ फिर ढल जाती हैं। और फिर ये मेरी नस-नस से गुज़रकर मेरी छाती में चली जाती हैं। और यह एक लकीर-सी फिर छाती में से उठकर मेरे गले में से गुज़रती है। और फिर होठों के पास आकर छोटी-छोटी गोलाइयों में बदल जाती है—यू...रे...न...स!...

दिन और रात शायद इसी आवाज़ की तरह घूमते हैं—वे भी एक दायरे में घूमते रहे, और यह आवाज़ भी।

और एक दिन तुम आये—बहुत दिन बाद पर आये। और उस दिन तुम्हारे पाँव में न पहली मंज़िलवाला संकोच था, न दूसरी मंज़िलवाला—तुम सीधे तीसरी मंज़िल पर आ गये, जहाँ मेरी सैकड़ों किताबें—इन्तज़ार के दिनों की भाँति—बन्द, ठण्डी और ख़ामोश पड़ी हुई थीं।

तुम कितनी ही देर चुप खड़े रहे। लगा—जैसे किताबों में एक किताब और बढ़ गयी थी। और फिर मैंने आगे बढ़कर तुम्हारे हाथ को ऐसे छुआ मानो कोई आहिस्ता से किताब की प्रति को उठाकर उसके पहले पृष्ठ को देखता हो।

तुम हँस दिये और किताब के सारे पन्ने तुमने अपनी आँखों में भर लिये,

और सारी इबारत होठों में। और तुमने मेरे होठों को इस तरह चूमा मानो मुझे तुम्हारे होठों की सारी इबारत अपने होठों से पढ़नी हो!

तुम जैसे सहज क़दम तीसरी मंज़िल पर आये थे उसी तरह सहज क़दम मेरा हाथ पकड़े नीचे दूसरी मंज़िल पर आ गये। बेलोंवाले छज्जेदार बरामदे में से गुज़रकर मेरे कमरे में...और फिर कितनी ही देर तक मखमल के बिछौने को अपनी चौड़ी मर्दानी हथेलियों से दुलारते रहे।

पीछे बहुत लम्बे रीते दिन थे और आगे न जाने क्या था, पर उस वर्तमान में से एक क्षण उठा, जिसने एक बाँह बीते हुए समय पर फैला दी, और दूसरी दूर तक आनेवाले समय पर, और आगे-पीछे जहाँ तक दृष्टि जाती थी वह क्षण फैल गया था...

उससे घड़ी पहले मांस की एक दीवार तुम्हारे गिर्द थी और मांस की एक दीवार मेरे गिर्द—और मांस-मिट्टी की दीवारें भी, पता नहीं, कैसे गिर गयीं और तुम मुझसे ऐसे मिले जैसे एक नदी का पानी दूसरी नदी के पानी से मिलता है—और उस घडी न जाने कितने हंस उस पानी में तैरते रहे।

नदियाँ जब सूख जाती हैं, फिर मिट्टी बन जाती हैं। लगा, तुम पास थे तो मैं नहीं थी, तुम चले गये तो मैं फिर धरती थी, मिट्टी थी, मांस-मिट्टी की एक औरत थी।

उस दिन और फिर हर रात को मुझे लगता रहा कि मेरी कोख में से किसी के रोने की आवाज़ आती है।

फिर तुम एक अर्से तक आना ही भूल गये और एक रात—जब कितनी देर तक मेरी कोख से रोने की आवाज़ आती रही, तब मैंने अपनी कोख को उस तहख़ाने में जाकर रख दिया जहाँ कभी मैंने अपने बीसवें बरस को रखा था।

कभी-कभी मैं मोमबत्ती जलाकर उस तहख़ाने में जाती थी। कितनी देर अपने बीसवें बरस की ओर देखती थी और कितनी देर अपनी कोख में से किसी के रोने की आवाज़ सुनती थी, और सोचती थी कि अब जब तुम आओगे मैं तुम्हारा हाथ पकड़कर तुम्हें इस तहख़ाने मैं ले आऊँगी।

फिर बरसों बाद—तुम एक बार आये, पर इस बार तुम अकेले नहीं थे—बाहर दरवाज़े के पास खड़े तुम्हारे कितने ही काम-काज तुम्हारे साथ आये थे—तुमने एक पल अन्दर आकर हड़बड़ाकर पानी का कटोरा पिया और मैंने जब हाथ पकड़कर तहख़ाने की ओर इशारा किया तो तुम मेरे हाथ में फिर कभी आने का इकरार पकड़ाकर चले गये।

तुम्हारे इकरार को मैंने फूल की तरह नहीं पकड़ा था, अपनी मुट्ठी में भींच लिया था, और वह कई बरस तक मेरी मुट्ठी में खिला रहा।

पर मांस की हथेली आख़िर मांस की होती है, यह मिट्टी की तरह हमेशा जवान

नहीं रहती। इस पर समय की सिलवटें पड़ जाती हैं। और जब यह बंजर होने लगती है तो इसमें उगा हुआ हर पत्ता मुरझा जाता है। तुम्हारे इकरार का फूल भी मुरझा गया और एक दिन मैंने काँपती हुई हथेली से उस मुरझाये हुए फूल को ले जाकर तहख़ाने के अँधेरे में रख दिया।

तीसरी मंज़िल पर बहुत किताबें हैं—दुनिया-भर के इतिहास की। पर उनमें एक किताब की कमी है। उनमें मेरे तहख़ाने के इतिहास की कोई किताब नहीं...

जिसने दुनिया का इतिहास पढ़ा है उसे पता है कि आज से हज़ारों साल पहले यूरेनस नाम का एक पुरुष था और गाया नाम की एक स्त्री, और गाया की कोख से जो भी बच्चा जन्म लेता था, यूरेनस उसे धरती की तह के नीचे दबा देता था. ..और गाया को धरती में से हमेशा बच्चों के रोने की आवाज़ आती थी...।

पर आज के इतिहास का किसी को पता नहीं चलेगा कि बीसवीं शताब्दी में भी एक गाया थी—उसने एक यूरेनस से प्यार किया था और अपनी उस कोख को एक तहख़ाने में रख दिया था जिसमें से सदा एक बच्चे के रोने की आवाज़ आती थी...

किसी को पता नहीं कि रोना केवल जनमे हुए बालक के गले से ही नहीं निकलता, अजन्मे बालक के गले से भी रोने की आवाज़ आती है।

पिघलती चट्टान

रात का चौथा पहर था। शायद अभी चौथा भी नहीं था, क्योंकि स्वयंभू पर्वत के शिखर पर बने हुए मन्दिर में पूजा करनेवाले लोग चौथे पहर इस रास्ते पर चलने लगते थे, लेकिन अभी इस पगडण्डी पर राजश्री के सिवा कोई नहीं था।

पथरीली चट्टानों को चीरती हुई यह पगडण्डी और इस पगडण्डी से बातें करते हुए राजश्री के पैर...

राजश्री को लगा जैसे इस पगडण्डी की और उसके पैरों की बातें बहुत लम्बी थीं, बहुत पुरानी। शायद दो सौ बरस पुरानी...

पर्वत के शिखर पर बने हुए मन्दिर की चौंध जब राजश्री की आँखों पर पड़ी, उसने आँखें झपककर मन्दिर की चौंध की तरफ़ से अपना मुँह परे कर लिया और मन्दिर के पिछवाड़े की तरफ़ बसीगा नदी के तरफ़ पर्वत से नीचे उतरती हुई पगडण्डी पर हो ली...

अब भी पैरों के नीचे स्वयंभू पर्वत की पगडण्डी थी—पर चढ़ाई की तरफ़ जानेवाली नहीं, उतराई की तरफ़ उतरनेवाली...

और अचानक राजश्री के पैर एक चट्टान के पास रुक गये, जैसे उस चट्टान को थामकर खड़े हो गये हों...

'मैं कहाँ जा रही हूँ?' राजश्री का दिल ज़ोर से धड़का। यह बात उसने शायद अपने दिल से ही पूछी थी। दिल ने एक बार बसीगा नदी के उस रास्ते की तरफ़ देखा जो नदी के उस भयानक मोड़ की तरफ़ जाता था जहाँ पानी का प्रवाह हमेशा एक भँवर बना रहता था—और फिर हँसकर कहने लगा, 'वहाँ ही, जहाँ दो सौ साल हुए तुम्हारे वंश की एक कुमारी रत्नराज लक्ष्मी गयी थी...'

राजश्री ने कुछ घबराकर आस-पास की चट्टानों की तरफ़ देखा। ऊपर-नीचे सब तरफ़ चट्टानें थीं—पत्थर की चट्टानें, और वहाँ इस रास्ते के सिवा कोई और रास्ता नहीं था।

उसकी आँखों में एक हसरत-सी भर आयी—'पैरों के लिए सिर्फ़ एक ही रास्ता...कोई और रास्ता क्यों नहीं?...इस पर्वत पर सिर्फ़ एक ही रास्ता क्यों बना?...'

राजश्री की पतली गोरी बाँहें जैसे एक चट्टान को हज़ारों बरस की नींद से जगाकर कुछ पूछ रही हों। पर वह चट्टान उसकी बाँहों को गले से लगाकर भी इस तरह चुप थी जैसे उसके पास कोई उत्तर न हो।

"रकसी!" पथरीले पर्वत में से एक नरम-सी आवाज़ आयी।

राजश्री ने फूल की एक डण्डी की तरह काँपकर देखा—उससे थोड़ी दूर 'वही' खड़ा हुआ था जिसको वह पूरे चालीस दिन से रोज़ इस पर्वत की परिक्रमा में देखती थी।

"रकसी! मुझे दो बात करने की तो इजाज़त दे दो!" वह, जो परे खड़ा हुआ था, वहीं खड़ा रहा, सिर्फ़ उसकी आवाज़ धीरे से चलती हुई राजश्री के पास आयी।

राजश्री की सफ़ेद धोती का रंग जैसे रात के चौथे पहर में भी गुलाबी-सा हो गया, पर उसने धोती के सफ़ेद रंग की तरह उदास और ठण्डी आवाज़ में जवाब दिया—"मेरा नाम रकसी नहीं।"

"मुझे नहीं जानना तुम्हारा नाम क्या है। मैंने सिर्फ़ यहाँ की रकसी पी है, और मुझे लगता है—तुम इस धरती की रकसी से भी बढ़कर कोई चीज़ हो..."

"रकसी सिर्फ़ चावलों की शराब होती है।"

"पर अगर कोई धरती की मिट्टी की शराब भी हो सकती है, तो वह तुम..."

"मैं..."

"तुम्हें देखा, और मैं इस धरती से लौट नहीं सका..."

"तुम..." राजश्री की आवाज़ रात के चौथे पहर की हवा की तरह और कोमल हो गयी और ठण्डी भी, कहने लगी, "तुम जिस देश से आये हो वहाँ लौट जाओ...नहीं तो..."

"नहीं तो?"

"...परदेसी!"

"मेरा नाम कुमार है।"

"अच्छा, राजकुमार!"

"मैं राजकुमार नहीं हूँ, सिर्फ़ एक साधारण कुमार हूँ।"

"पर इतिहास..." राजश्री कुछ कहते-कहते रुक गयी, पर फिर सवेरे की पवन सरीखी कहने लगी, "तुम्हें पता है मैं कौन हूँ?"

कुमार ने किसी फूल की पहली खिलती हुई पत्ती की तरह कहा, "इस मिट्टी की बेटी, इस मिट्टी की शराब!"

राजश्री ने अपनी पीठ को चट्टान का सहारा दे रखा था, पर उसे लगा—इस घड़ी हर सहारे को छोड़ना था। सीधे खड़े होकर, वह तन-सी गयी और बोली, "मैं कुमारी हूँ। तुम्हें पता है हमारे देश में कुमारी क्या होती है?"

"नहीं।"

"नीचे—काठमाण्डू की वादी में जाकर किसी से पूछो।"

"और किसी से नहीं, जो पूछना है सिर्फ़ तुमसे।"

"मैं शाक्यवंशी हूँ, बोधियों के वन्दनीय वंश से, बाँडियों से।"

"फिर?"

"मेरे वंश में जिस लड़की के रूप में बत्तीस लक्षण हों..."

"वह मैं देख रहा हूँ—तुम मेरे स्वप्नों से भी सुन्दर..."

"पर मेरे वंश में ऐसी लड़की जब सात वर्ष की होती है, कुमारी चुनी जाती है।"

"क्या मतलब?"

"तुम्हें शायद मेरी धरती का इतिहास नहीं मालूम। यहाँ का राजा सिर्फ़ राज का प्रतिनिधि होता था—राज असल में कुमारी का होता था। वह कुमारी घर में रहती थी और राजा उसकी पूजा करके राज-काज सँभालता था।"

"पर वह पुरातन समय की बात होगी..."

"हाँ, पर एक तरह से अब भी है। अब भी मेरे वंश की लड़की उस समय तक कुमारी रहती है जब तक वह जवान नहीं होती।"

"फिर?"

"वह जब जवान हो जाती है, कुमारी नहीं रहती। उसकी जगह और कुमारी चुनी जाती है, और देश का राजा अब भी उसकी पूजा करता है। कुमारी उसके माथे पर तिलक लगाती है..."

"पर तुम...अब..."

"अब मैं कुमारी नहीं हूँ, पर कुमारी थी।"

"मेरी मुहब्बत को तुम्हारे अतीत से कोई वास्ता नहीं है...तुम जो भी थीं..."

"पर तुम्हें पता नहीं...एक बात बताऊँ?...मैं आज इतनी रात के समय इस मन्दिर में पूजा करने आयी थी, पर नहीं कर सकी..."

"क्यों?"

"मैं अपने शाक्य वंश के बुद्ध से अपना आप माँगने आयी थी, मेरा अपना आप..." राजश्री ने चट्टान की तरफ़ देखा और कहा, "कुमारी एक चट्टान होती है जो पिघलती नहीं, पर मैं...कई दिनों से लग रहा था, जैसे पिघल रही हूँ...तुम्हें देखकर...रोज़ तुम्हें इस पर्वत की परिक्रमा में देखती थी..." राजश्री कुछ इस तरह उदास हो गयी जैसे सवेरा होने से पहले रात और गहरी हो जाती है। कहने लगी,

"अपना आप अपने हाथों में से छुटता जा रहा है...पर मन्दिर के पास आकर भी मन्दिर के अन्दर नहीं गयी—सोचती हूँ अपने-आप को हाथ में पकड़े रखकर भी क्या करूँगी?"

कुमार के पैर उसके दिल की तरह धड़क उठे। वह कुछ आगे बढ़कर राजश्री के पास खड़ा हो गया। फूल में से आती हुई महक की तरह धीरे से कहने लगा, "कुमारी!"

"कुमारी को सारी उम्र कुमारी रहना पड़ता है..." राजश्री ने अपनी दोनों हथेलियों से अपने मुँह को एकाएक इस तरह ढक लिया जैसे पुरुष की गन्ध में साँस लेने से डरती हो। बोली, "यह कुमारी राज का कानून नहीं है—पर कोई आदमी किसी कुमारी से ब्याह नहीं करता—करे तो मर जाता है।"

"मुझे मरना मंज़ूर है..." कुमार ने दोनों हथेलियाँ राजश्री की दोनों हथेलियों पर, मानो फूलों की तरह, अर्पण कर दीं।

राजश्री ने काँपकर अपने मुँह के ऊपर से अपने हाथ हटा लिये। कहने लगी, "इस धरती पर पहले शक्ति-राज होता था। श्वेतकाली इस पृथ्वी की रानी थी जब इस पर हमला हुआ था। ज्योतिषियों ने कहा कि श्वेतकाली की बेटी कुमारी के हाथों अगर दुश्मन का जवान लड़का क़त्ल हो तब इस धरती की विजय होगी। पर कुमारी ने जब उस हमलावर को देखा—उसको...उसको..." राजश्री ने पहाड़ी हवा की तरह काँपकर कुमार के मुँह की तरफ़ देखा, फिर एक चट्टान के पहलू में होकर कहने लगी, "मुहब्बत और दुश्मनी में लकीर नहीं खिंच पा रही थी, पर श्वेतकाली ने अपनी बेटी को हुक्म दिया कि वह उसे क़त्ल करे। उसने क़त्ल किया। हमलावर हार गये। कुमारी को देश की रानी बनाया गया, और उसका तख़्त जहाँ सजाया गया वहाँ तख़्त के नीचे उस आदमी के दोनों हाथ, दोनों पैर, उसका खड्ग रखे गये जिससे उसने प्यार किया था..."

कुमार ने धीरे से राजश्री के पैरों के पास ज़मीन पर बैठते हुए अपने दोनों हाथ ज़मीन पर बिछा दिये और बोला, "अगर हर कुमारी की यही शर्त है तो...
"

राजश्री ने झुककर कुमार के दोनों हाथ छुए और अपने हाथों से सहारा देकर उन्हें ऊपर उठाया। कहने लगी, "पर औरत की मुहब्बत राज के सिंहासन से भी बड़ी होती है। उस कुमारी ने राज किया, पर ब्याह नहीं किया। जिसे क़त्ल किया था उसे ही याद करती रही। तब से ही कुमारीघर बना और तब से ही यह यक़ीन कि कोई कुमारी जिसके साथ भी ब्याह करेगी वह जीता नहीं रहेगा..."

"पर कुमारी! एक समय का सच हर समय का सच नहीं होता..."

"पता नहीं..." राजश्री ने पर्वत के पिछवाड़े बसीगा नदी की तरफ़ नीचे जाते रास्ते की तरफ़ देखा। कहने लगी, "मेरे वंश में मेरी तरह एक रत्नराज लक्ष्मी हुई

थी...मेरी तरह ही कुमारी चुनी गयी, हाथों में राजा के भेजे हुए कंगन उसने पहने, गले में लाल रंग की चोली, और लाल रंग का लहँगा, माथे पर सिन्दूर का लेप, और फिर जब मेरी ही तरह जवान हो गयी, उसको कुमारीघर से वापस उसकी माँ के घर भेज दिया गया—वह कई बरस इस स्वयंभू पर्वत पर घूमती रही, और फिर एक दिन इस पर्वत के पिछवाड़ेवाली नदी में डूब गयी..."

"क्यों?" कुमार ने थिरकती हुई उँगलियों से राजश्री के कन्धे को छुआ।

"शायद...शायद उसे भी कोई कुमार अच्छा लगा था..." राजश्री ने कहा और थोड़ा-सा हटकर पर्वत के नीचे उतर रहे रास्ते की ओर देखने लगी। फिर बोली, "दो सौ साल से हमारे पैरों के लिए यही रास्ता बना हुआ है..."

"नहीं...नहीं..." कुमार ने आगे होकर राजश्री का हाथ पकड़ लिया।

राजश्री ने एक नदी जैसा गहरा साँस लिया, और कहने लगी, "जब किसी लड़की को कुमारी बनाया जाता है, उसके माथे पर सोने-चाँदी की एक आँख लगायी जाती है—तीसरी आँख! उसे हम दृष्टि कहते हैं। उसमें सचमुच कोई शक्ति होती है। उससे मन की ताक़त कभी नहीं डोलती। पर अब...अब इन दोनों साधारण आँखों से और कोई रास्ता दिखाई नहीं देता..."

कुमार ने आगे होकर और राजश्री को बिलकुल अपने पास करके उसके माथे को चूम लिया, "यह एक मर्द का सारा इकरार—तीसरी आँख!" और कुमार ने राजश्री को नदी की तरफ़ से हटाते हुए कहा, "क्या इस तीसरी आँख से भी और कोई रास्ता दिखाई नहीं देता? जीने का रास्ता...?"

राजश्री ने सामने एक पर्वत जैसे मर्द को देखा, फिर हथेली से उसकी छाती को इस तरह छुआ जैसे जीने का रास्ता खोज रही हो। कहने लगी, "जब सात बरस की बच्ची को कुमारी चुनते हैं, पहले सारी रात एक कमरे में जानवरों की खोपड़ियाँ रख के उस लड़की को उस कमरे में बन्द कर देते हैं। जो वह सारी रात न घबराये तो उसको कुमारी चुनते हैं...पर एक समय आता है...उम्र का तकाज़ा...जब वही कुमारी अपने-आपसे घबरा जाती है..."

कुमार ने राजश्री को कसकर अपने गले से लगा लिया—और सवेरे का पहला उजाला हज़ारों चट्टानों के बीच खड़ी हुई एक पिघलती चट्टान को देखने लगा...

अपना-अपना क़र्ज़

वह एक टूटी हुई बात की तरह थी।

किसी को मालूम नहीं कि वह कौन थी, कहाँ से आयी थी, कब आयी थी—शायद कुँआरी थी, शायद विधवा थी, क्योंकि मर्द के नाम पर उसकी झुग्गी में कोई दो बरस का एक बच्चा था, पर वह उसका भी हो सकता था, और उस दूसरी, उससे कुछ पक्की उम्र की औरत का भी।

नयी, बन रही बस्ती में, सभी नये थे। वे भी—जो वहाँ अपने घरों की नींवें खुदवा रहे थे, और वे भी—जो ईंटें और चूना ढोकर दीवारें खड़ी कर रहे थे। सो, नीम के पेड़ों के नीचे बनी हुई उसकी चाय की झुग्गी न जाने पेड़ों की आयु की थी, या हाल में ही खुदी नींवों की आयु की।

लोगों को केवल यह मालूम था कि उसका नाम मूर्ति है, और उसकी झुग्गी में सवेरे से लेकर शाम के पाँच बजे तक, मज़दूरों की छुट्टी होने के समय तक, गरम दालचीनीवाली चाय मिलती है।

वह अक्सर मोटी मलमल की लाल धोती बाँधे रहती थी, और चूल्हे में जलती हुई लकड़ियों के पास बैठी हुई वह भी चूल्हे की आग जैसी मालूम होती थी।

वह दूसरी, उससे पक्की आयुवाली, जब धूप चढ़ती तब बच्चे को खिलाती हुई बाहर नीम के पेड़ों के नीचे बैठी हुई दिखाई देती, और जब शाम की ठण्ड उतरने लगती, तब बच्चे को आँचल में लपेटकर वह झुग्गी के भीतर जाती हुई दिखाई देती। चाय सिर्फ़ वह मूर्ति बनाती और बाँटती दिखाई देती थी।

राज बख़्शी के घर की छतें जब पड़ चुकीं, तब कुछ दिनों के लिए काम थम गया। पर बख़्शी साहब इन दिनों भी नियम से आते थे और चौकीदार को भेजकर चायवाली झुग्गी से चाय मँगवाते थे तथा कुछ देर वहाँ अकेले कुर्सी पर बैठे रहते थे।

एक दिन वे कुछ देर से आये। बन रहे सब मकानों के चौकीदार अपनी-अपनी

झुग्गी में आग जलाकर कुछ पका-वका रहे थे और मूर्ति की झुग्गी में भी चाय के बरतन माँजे-धोये जा चुके थे, कि उन्होंने चौकीदार को चाय लाने के लिए भेजा।

मूर्ति ने नये सिरे से चाय का पानी रखा। चौकीदार शायद उनके लिए सिगरेट लेने चला गया था। मूर्ति ने चाय बनाकर उसका इन्तज़ार किया, फिर स्वयं जाकर बख्शी साहब को चाय दे दी।

नीम के पेड़ों से झड़े हुए पत्ते ज़मीन पर कुछ इस तरह हिल रहे थे जैसे मिट्टी को टटोल-टटोलकर अपनी जड़ें खोज रहे हों।

राज बख्शी ने चाय का प्याला हाथ में लेते हुए मूर्ति की ओर देखा था, पर फिर आँखें परे कर ली थीं। फिर भी आँखों में से कुछ उतरकर अभी तक मूर्ति के मुँह पर हिल रहा था...

वे चाय पी रहे थे। मूर्ति परे कुछ दूर पर सन्ध्या के सिमटते हुए उजाले की तरह खड़ी रही।

"मूर्ति!" अचानक उसकी आवाज़ ऐसे आयी जैसे हवा के एक झोंके से नीम के पेड़ से बहुत सारे पत्ते झड़ पड़े हों।

"जी!" न जाने क्यों मूर्ति को लगा जैसे उसकी आवाज़ पीपल के पत्ते की तरह काँप गयी थी। शायद उन तक पहुँची भी नहीं थी। होठों में ही काँप गयी थी।

"तुम यहाँ कब आयीं? किस तरह?"

मूर्ति ने परे शून्य में देखा...परे, वहाँ तक—जो आँखों की पहुँच से बाहर था, फिर कहा, "काफ़िले के साथ, जब सारे लोग आये थे।"

राज बख्शी ने नज़र भरकर उसकी ओर देखा। गोधूलि के इस समय में वह काँसे की मूर्ति की भाँति अचल खड़ी लगती थी।

उन्हें ख़याल आया—पिछले वर्ष इस धरती का विभाजन एक और गजनवी की तरह आया था जिसने न जाने कितनी मूर्तियाँ तोड़ी थीं, और यह एक मूर्ति न जाने किस मन्दिर में से उठाकर यहाँ एक झुग्गी में लाकर रख दी थी...

पर साथ ही राज बख्शी को डूबते हुए सूरज की लाली जैसा एक तीखा-सा एहसास हुआ—लोग सदा अपने घर-बार, रोज़गार, और रहन-सहन जैसी हैसियतों से ही पहचाने जाते हैं—ये सब चीज़ें जब उनके पास से खो जाएँ, उनके चेहरे भी खो जाते हैं। पिछले बरस उन्होंने कई कैम्प और काफ़िले देखे थे—अपनी-अपनी हैसियत के बिना लोगों के अपने चेहरे भी खोये हुए थे। सब कुछ एक भट्ठी में गलकर एक जैसा हो गया जान पड़ता था—चेहरे भी, आवाज़ें भी, ख़याल भी...

'पर यह मूर्ति किस तरह साबुत की साबुत...' राज बख्शी को मूर्ति के घर-बार या उसकी हैसियत का पता नहीं था, पर एक गहरा-सा एहसास था—'वह जो भी

थी—वही है। उसकी किसी मन्दिर या महल में रहनेवाली अदा यहाँ इस झुग्गी में भी है...'

मूर्ति उसी तरह एक दूरी पर खड़ी हुई थी। चाय का प्याला उसी तरह राज बख़्शी के हाथों में थमा हुआ था। शायद वह ख़ाली प्याला लेने के लिए खड़ी हुई थी, पर पाँवों के आगे बिछी हुई ख़ामोशी को न वह तोड़ सकती थी, न...

फिर अचानक ख़ामोशी टूट गयी। चौकीदार के पैरों की आवाज़ ने तोड़ दी। राज बख़्शी ने ख़ाली प्याला चौकीदार को थमा दिया, चौकीदार से मूर्ति ने ले लिया, और पीछे झुग्गी की ओर मुड़ती हुई मूर्ति को चौकीदार ने जब दो आने दिये, वे चीनी की प्लेट में इस तरह छनके जैसे दो टुकड़ों में टूटी हुई ख़ामोशी से कुछ और कंकड़ गिर आये हों...

राज बख़्शी अगले दिन भी आये, उससे अगले दिन भी, उससे अगले दिन भी, पर उन्होंने स्वयं झुग्गी के पास जाकर चाय माँगी, पी, और दो टुकड़ों में टूटी हुई ख़ामोशी फिर एक साबुत टुकड़ा मालूम होने लगी।

कुछ आवाज़ें ऐसी होती हैं—जो ख़ामोशी के बदन में लहू की नसों की तरह चलती हैं, और उनके कारण वह चुप बड़ी जीती-जागती मालूम पड़ती है। एक दिन चाय बनाते समय मूर्ति के पास खेलते हुए बच्चे की आवाज़ भी ऐसी ही थी।

"यह बच्चा?"

"मेरा है।"

यह सवाल और जवाब भी लहू की हरकत की तरह थे। ठण्डी ख़ामोशी कुछ तपते हुए रंग की हो गयी।

"वह?" राज बख़्शी ने अन्दर झुग्गी में बैठी हुई दूसरी औरत की ओर देखा।

जवाब में मूर्ति ने पहले बच्चे से कहा, "जा, अन्दर अपनी माँ के पास जा।" फिर बख़्शी साहब से कहा, "वह मेरे बच्चे की माँ है।"

ख़ामोशी जैसे ज़ोर-ज़ोर से धड़कने लगी।

अगले दो दिन राज बख़्शी के कानों में मूर्ति की आवाज़ पत्तों की शाँ-शाँ की तरह चलती रही। उन्होंने उसकी झुग्गी से रोज़ चाय पी, पर फिर कुछ पूछा नहीं।

मूर्ति के शब्द सीधे थे— 'यह मेरा बच्चा है, वह मेरे बच्चे की माँ है।" पर अर्थ सिर्फ़ पत्तों की शाँ-शाँ जैसे थे, पकड़ में नहीं आते थे।

यह नयी बन रही बस्ती शहर से आठ मील दूर थी, जिसके आस-पास अभी कोई मण्डी या बाज़ार नहीं बना था। शहर से इस बस्ती तक एक बस चलती थी, पर

दिन-भर में शायद तीन बार। यह बस न मिलने पर आठ मील पैदल चलने के सिवा कोई चारा नहीं था।

इसी रास्ते पर एक दिन राज बख़्शी ने मूर्ति को शहर से बस्ती की ओर आते हुए देखा। मूर्ति के दोनों हाथों में कुछ गठरियाँ, पोटलियाँ थीं। राज बख़्शी ने अपनी गाड़ी रोक ली।

"बस दो मिनट का फरक पड़ गया, बस निकल गयी!" मूर्ति ने गाड़ी में गठरियाँ, पोटलियाँ रखते हुए कहा, "चाय की पत्ती, चीनी और लटरम-शटरम लेने के लिए कभी-कभी शहर जाना पड़ता है।"

राज बख़्शी ने गाड़ी को पहले से दूसरे, और दूसरे से तीसरे गियर में डालते हुए धीरे से कहा, "बहुत मेहनत करनी पड़ती है?"

सन्ध्या समय की इठलाती हवा की भाँति मूर्ति हँस दी, बोली कुछ नहीं।

"मूर्ति! तुम्हारे बच्चे का बाप?" राज बख़्शी के मुँह से अधूरा-सा वाक्य निकला जो उन्हें कुछ ग़लत-सा भी लगा। फिर उसी वाक्य को कुछ ठीक करते हुए उन्होंने कहा, "तुम्हारा आदमी वहीं फसादों के दिनों में..."

"हाँ, बलवाइयों ने मार दिया।"

अगली ख़ामोशी में फिर उस दिनवाले मूर्ति के शब्द राज बख़्शी के कानों में शाँ-शाँ करने लगे...

कुछ देर बाद कह सके, "लोग अजीब-अजीब बातें करते हैं..."

"मेरी?" मूर्ति ने पूछा, पर आवाज़ में फ़िक्र जैसा कुछ नहीं था।

"वह दूसरी औरत?"

"उसका नाम रुक्मणी है—वह मेरी रुक्की बहन है।"

"यह बच्चा उसका है?"

"हाँ।"

"तुम्हारा नहीं?"

"मेरा भी।"

राज बख़्शी हँस पड़े, "ज़्यादा किसका है?"

"ज़्यादा उसका है।" मूर्ति भी हँस-सी पड़ी।

राज बख़्शी एक पल की ख़ामोशी के बाद गम्भीर-से स्वर में कहने लगे, "असल में तुम्हें दोनों में एक को औरत होना चाहिए था, एक को मर्द।"

"हाँ, पर तुम्हारी जगह यह ख़याल रब को आना चाहिए था!" मूर्ति ने कहा तो राज बख़्शी ने कुछ चौंककर मूर्ति की ओर देखा। फिर कहने लगे, "तुम्हें मालूम है, लोग क्या कहते हैं?"

"क्या?"

"एक दिन मेरे ठेकेदार का मुंशी किसी से कह रहा था..."

"क्या?"

"कि तुम्हें...फिर से ब्याह करने में कोई एतराज नहीं...अगर..." राज बख़्शी इस 'अगर' के आगे कुछ नहीं कह सके।

मूर्ति ने ही कहा, "लोग ठीक कहते हैं, मैंने ही कहा था—अगर कोई मेरे और रुक्की दोनों के साथ ब्याह करे, मैं कर सकती हूँ।"

"अजीब शर्त है।"

"नहीं, अजीब नहीं है।" मूर्ति सामने ख़ाली सड़क की ओर देखती रही, फिर कहने लगी, "साहब! अभी तुमने कहा था—हम दोनों में, मुझमें और रुक्की में, एक को औरत होना चाहिए था, एक को मर्द, यह सच बात कही थी। मुझे रुक्की जैसा मर्द चाहिए था।"

"पर इस वक़्त तो तुम उसके लिए काम करती हो, कमाती हो, मर्द की तरह..."

"मैं ऐसे ही ठीक हूँ।"

"पर वह बात?"

"आख़िर मैं मर्द नहीं, मर्द की जगह हूँ, मर्द की तरह..."

राज बख़्शी ने सोचा नहीं था कि वे कभी मूर्ति से बातें करके इस तरह आश्चर्य में पड़ जाएँगे। वे हँस-से दिये। मानो हँसी से आश्चर्य को ढँक रहे हों।

मूर्ति ने ही कहा, "असल में मर्द न उसे मिला, न मुझे।"

"उसका आदमी भी फसादों के दिनों में...?"

"वही जिसे बलवाइयों ने मार दिया...।"

"मूर्ति!" राज बख़्शी झड़ते हुए पत्तोंवाली टहनी की तरह ख़ाली-ख़ाली-से मूर्ति की ओर देखने लगे। फिर कहने लगे, "वह आदमी तुम्हारा भी, उसका भी...? यह बच्चा तुम्हारा भी, उसका भी...?"

"हाँ, साहब!" मूर्ति हँस पड़ी, "रब एक बात पर चूक गया तो फिर चूकता ही गया।"

राज बख़्शी ने गाड़ी की चाल को हल्का किया, कहा, "बस्ती आनेवाली है, मूर्ति! अगर तुम्हें एतराज़ न हो, मैं यहाँ कुछ देर गाड़ी रोक दूँ।"

मूर्ति की ख़ामोशी बख़्शी साहब से ज़्यादा मूर्ति को अजीब लगी; कहने लगी, "हाँ, साहब! मैंने सुना है, तुम अच्छे आदमी हो।"

"और क्या सुना है?" राज बख़्शी गाड़ी रोककर पूछने लगे।

"और...और यह कि तुम्हारे कोई बच्चा नहीं है..."

"बच्चे की माँ भी नहीं!" राज बख़्शी हँसने लगे।

"हाँ, कोई भी नहीं।"

"कहाँ सुना था?"

"तुम्हारे ठेकेदार, चौकीदार—सब मेरे पास चाय पीने आते हैं।"

"वे ये बातें भी करते हैं?"

"सिर्फ़ उस दिन कर रहे थे—जिस दिन तुम्हारे मकान की नींव रखी गयी थी। तुमने उस दिन न हवन किया, न मोतीचूर के लड्डू बाँटे। वे सब लोग तुम्हारी इज़्ज़त करते हैं...सिर्फ़ सोचते हैं—तुम्हारा कोई नहीं, इसलिए तुम्हें मकान की ख़ुशी नहीं..."

राज बख्शी बहुत देर तक चुप रहे।

लगा—उनमें और मूर्ति में बात करनेवाली सड़क टूट गयी है।

पर यह सड़क शायद वह थी—जो राज बख्शी की अपनी ज़िन्दगी की ओर मुड़ती थी। वे उधर से पलटकर उस दूसरी सड़क की ओर देखने लगे, जो मूर्ति की ज़िन्दगी की ओर जाती थी। कहने लगे, "अच्छा, मूर्ति वह! दूसरी औरत रुक्की मर्द नहीं थी, इसलिए तुम्हें किसी और से ब्याह करना पड़ा..."

"हाँ, साहब!" मूर्ति हँस-सी पड़ी, "उसकी-मेरी क़िस्मत एक ही थी, इसलिए हमारा ब्याह भी एक ही जने के साथ हुआ और हमारा दोनों का बच्चा भी एक ही है।"

बाहर कुछ बूँदाबाँदी होने लगी थी। राज बख्शी ने धुँधले-से हो रहे विण्डस्क्रीन की ओर देखा, वाइपर चलाया, और कहने लगे, "दोनों का ब्याह तो एक आदमी के साथ हो सकता है, लेकिन बच्चा किस तरह...?"

"तन और मन में कितना-सा फरक होता है, साहब? बस यह समझ लो—मन सिर्फ़ उसका था, मेरा नहीं था, मेरा सिर्फ़ तन था।"

शायद 'हूँ' जैसा कुछ राज बख्शी ने कहा, फिर कितनी ही देर चुप रहे।

अचानक बोले, "उस समय एक आदमी से ब्याह करना शायद कोई मज़बूरी थी, या सिर्फ़ ज़रूरत थी, पर अब क्यों?"

"अब भी ज़रूरत है...वह नहीं, पर ज़रूरत है।"

"वह ज़रूरत कैसी थी?"

"वह ज़रूरत सिर्फ़ पैसे की थी। वह आदमी बहुत अमीर था, उसके कई भट्ठे थे, और लोग कहते थे—उसके भट्ठों में मिट्टी की ईंटें नहीं, सोने की ईंटें पकती हैं!"

"फिर?"

"उसकी पहली औरत रुक्की थी। नहीं, पहली नहीं, पहली मर गयी थी—शायद उसने उसे निकाल दिया था। मैंने उसे नहीं देखा। पर सुना था कि वह सुन्दर नहीं थी, इसलिए..."

"सुन्दर नहीं थी, इसलिए मर गयी?" राज बख्शी ने हँसकर कहा।

"हाँ, साहब! किसी को दुतकारते रहो, वह मरे जैसा हो जाता है, कभी मर भी जाता है..."

"फिर?"

"फिर उसने रुक्की से ब्याह कर लिया। रुक्की अपने दिनों में बहुत सुन्दर थी। पर कई बरस बीत गये..."

"रुक्की के बच्चा नहीं हुआ?"

"हाँ, साहब! लोग कहते थे—भट्ठोंवाले को पहली का शाप लगा हुआ है। कहते थे, जब पहली मरी थी, उसे बच्चे की उम्मीद थी, पर इस आदमी ने एक दिन उसे इतना मारा कि वह भी और उसका बच्चा भी..." मूर्ति पुरानी बात याद करके अब भी काँप-सी गयी।

"सो, उसने बच्चे की ख़ातिर फिर तुमसे ब्याह किया?"

"हाँ, साहब! बच्चे की ख़ातिर। मेरे माँ-बाप से उसने मुझे एक तरह से मोल ख़रीदा था।"

"और आख़िर वह शाप टूट गया..."

"नहीं...हाँ..." मूर्ति की आवाज़ काँप गयी। फिर वह काँपती हुई आवाज़ को सँभालते हुए बोली, "पर, साहब, तुम यह सब बात क्यों पूछ रहे हो? मैं तुम्हें यह सब कुछ...सब कुछ क्यों बताऊँ?"

राज बख़्शी एकटक मूर्ति के मुँह की ओर देखते रहे। फिर कहने लगे, "मैं तुम्हें छह महीने से देख रहा हूँ, न जाने क्यों...मैं यहाँ रोज़ सिर्फ़ मकान की ख़ातिर नहीं आता...शायद...शायद..." राज बख़्शी का दाहिना हाथ खड़ी हुई गाड़ी के स्टीयरिंग व्हील पर था, उन्होंने बायाँ हाथ मूर्ति के कन्धे पर रखा, "मैं तुम्हारे साथ ब्याह कर सकता हूँ।"

"साहब! तुम?" मूर्ति के सवाल में जितनी हैरानी थी, आवाज़ में उतनी नहीं थी। फिर धीरे से कहने लगी—"अपने ऊपर ज़ोर होता है, पर सपनों पर नहीं होता। मैंने तीन बार सवेरे उठकर अपने-आपको झिड़का है...मुझे तीन रात, साहब, तुम्हारा सपना आता रहा..."

"मुझे साहब नहीं, कुछ और कहा करो।"

मूर्ति चुप रही।

"अच्छा, यह बताओ—अगर मैं ऐसे सोचूँ, तुम मेरे लिए भी वही शर्त लगाओगी?"

"वही रुक्कीवाली? हाँ।"

राज बख़्शी ने मूर्ति के कन्धे से हाथ हटा लिया और उसे भी स्टीयरिंग व्हील पर रख लिया।

बाहर बूँदें तेज़ हो गयी थीं। विण्ड-स्क्रीन पर धुन्ध गहरी होती जाती थी। पर वाइपर पूरे ज़ोर से धुन्ध को पोंछता जा रहा था।

"साहब!...बख़्शी साहब! यह बात पक्की है कि जहाँ मैं रहूँगी, वहीं

रुक्की...। जिस हाल में मैं रहूँगी, उसी हाल में वह..." मूर्ति कह रही थी कि बख़्शी साहब ने बात काटी, "इससे मुझे कोई इनकार नहीं है। वह पूरे सुख में, पूरे आराम में रहेगी।"

मूर्ति हँस-सी पड़ी, "किस तरह?"

बख़्शी साहब को मूर्ति का 'किस तरह' अर्थहीन-सा लगा, पर कहने लगे, "पूरी इज़्ज़त के साथ, आराम के साथ, घर की माँ की तरह, बहन की तरह..."

मूर्ति ने सामने विण्ड-स्क्रीन की ओर देखा। वाइपर चल रहा था, फिर भी हथेली से उसकी धुन्ध को पोंछते हुए बोली, "बस यही बात है, बख़्शी साहब! तुम चाहे कितने ही अमीर हो, वह घर में माँ की तरह रहेगी तो माँ नहीं होगी, सिर्फ़ माँ की तरह होगी। बहन नहीं होगी, बहन की तरह होगी। यह 'तरह' बहुत दिन नहीं चलती।"

राज बख़्शी को लगा—इस वक़्त शायद मूर्ति के कन्धे को उनके हाथ की ज़रूरत नहीं थी। लेकिन उनके हाथ को मूर्ति के कन्धे की ज़रूरत थी। उन्होंने बायाँ हाथ, कुछ काँपता-सा, मूर्ति के कन्धे पर रख दिया।

मूर्ति कहने लगी, "पर जब कोई औरत किसी की बीवी होती है, वह बीवी होती है, बीवी की तरह नहीं होती।"

"हाँ, मूर्ति!" राज बख़्शी ने दलील मान ली, पर कहा, "तुम्हें ज़िन्दगी में पहली बार भी जो कुछ मिला, उसके साथ बाँटना पड़ा, अब दूसरी बार तुम जान-बूझकर..."

"यह किसी भी औरत के लिए स्वाभाविक नहीं होता, नहीं न?"

"नहीं।"

"पर उसने जो कुछ मेरे साथ बाँटा है, वह भी स्वाभाविक नहीं था।"

"वह मज़बूरी थी?"

"सौतन कहलानेवाली औरत जो कुछ बँटाती है, मैं उसकी बात नहीं करती..."

"फिर?"

मूर्ति कितनी ही देर चुप रही जैसे कुछ बताने या न बताने का अपने साथ फ़ैसला कर रही हो। फिर एक बार उसने एक गहरी निगाह से बख़्शी साहब के मुँह की ओर देखा : लगा—उनके मुँह पर कुछ ऐसा सच था जो उसने पहले कभी किसी मर्द के मुँह पर नहीं देखा था। सोच लिया कि उसका अपना सच चाहे कैसा ही था, पर सच के बदले में सिर्फ़ सच देना है।

कहने लगी—"मेरे लिए भट्ठोंवाले की माँग बहुत दिनों से थी। माँ-बाप ग़रीब थे, पर इतने नहीं कि मुझे बेचे बिना उनका काम न चलता। जो जवान लड़का मुझे अच्छा लगता था, उसने मुझसे ब्याह करने का इकरार कर रखा था। ग़रीब था, पर

जवान था...” मूर्ति ने कड़वी-सी हँसी का एक घूँट पिया, फिर कहने लगी—“उससे ही मुझे दिन चढ़ गये थे...”

राज बख्शी चुप थे, मूर्ति भी चुप-सी हो गयी। फिर कहने लगी, “यह हमारी औरतों की ज़बान समझ गये हो न?”

राज बख्शी ने ‘हाँ’ में सिर हिलाया। मूर्ति कहने लगी, “पर जब उसे पता चला, वह ब्याह करने से मुकर गया। सो, किसी मर्द का बदला किसी मर्द से लेने के लिए मैंने माँ-बाप से कह दिया कि मैं भट्ठोंवाले से ब्याह करूँगी।”

“सो यह बच्चा...”

“यह भट्ठोंवाले का नहीं है। तुमने कहा था—आख़िर उसका शाप टूट गया, तो मेरे मुँह से निकला था—‘नहीं।’ फिर ‘हाँ’ भी कहा था, पर पहले सच ही मुँह से निकला था...”

“इस बात का रुक्की को पता है?”

“सिर्फ उसे ही पता है, और किसी को नहीं।”

“पर उसने...” राज बख्शी सोचने लगे कि रुक्की का उस समय मूर्ति से जो रिश्ता था, उसका मूर्ति को हर तरह से बचाये रखना सचमुच स्वाभाविक नहीं था।

मूर्ति कह रही थी, “इस बच्चे को मैंने मन की पूरी नफ़रत के साथ जनमा था, पर रुक्की ने मन के पूरे प्यार से इसे पाला है। उस समय तक रुक्की को कुछ पता नहीं था। वह भीतर से अच्छे मन की है—वह अपने तन की हसरत मेरे तन में से...” मूर्ति की आवाज़ बाहर दूर तक बरसती हुई बूँदों में जैसे भीग गयी।

“फिर?”

“फिर वह कमीना—जिसका यह बच्चा था, और भी कमीनेपन पर उतर आया। मुझे धमकाकर उसने दो बार मुझसे पाँच-पाँच सौ रुपये लिये। मैंने तंग आकर सोचा कि मैं भी मर जाऊँ और उसके बच्चे को भी जीता न रहने दूँ। उसकी फिर धमकी आयी थी, मैं पागल-सी हो गयी थी—एक दिन बच्चे को उठाया, आधी रात के वक़्त, और बाहर कुएँ की ओर चल दी। बच्चा रुक्की के पास सोया करता था; मैंने उसे सोते हुए उठाया था, सो रुक्की जाग गयी थी। मुझे तब पता चला जब वह भी मेरे पीछे-पीछे कुएँ की ओर दौड़ती हुई आयी। वहाँ मैंने अपने मुँह से सब कुछ बता दिया...पर वह, अपने बाप की बेटी, मुझे अपने गले से लगाकर वापस लौटा लायी...”

“उसने उस आदमी को कुछ नहीं बताया?...उस भट्ठोंवाले को?” राज बख्शी हैरान थे।

“बिलकुल नहीं। उसे सचमुच ही बच्चे से मोह हो गया था...सिर्फ़ इतना ही नहीं, उसने सबकी चोरी से उसे बुला भेजा जो मुझे आये दिन धमकाता था। उससे

कहने लगी कि भट्ठोंवाले को सब कुछ मालूम है, सो धमकी का कोई फ़ायदा नहीं है, उलटे भट्ठोंवाले ने उसे मरवाने का बन्दोबस्त किया हुआ है—सो अगर वह जान की सलामती चाहता है तो फिर कभी इस गाँव से न गुज़रे..."

राज बख़्शी की आँखों में पानी-सा भर आया। उन्होंने झुग्गी के हल्के अँधेरे में बैठी हुई रुक्की को दूर से देखा हुआ था, पर आँखों में उसकी पहचान नहीं थी। उन्होंने मूर्ति की ओर देखा—लगा, मूर्ति के मुँह पर जो एक लौ है वह केवल उसकी जवानी की नहीं है, वह उस रुक्की की भी है—जिसे उन्होंने देखा नहीं था। मूर्ति कह रही थी, "यह बच्चा तो सचमुच में उसका है, मेरा तो यूँ ही एक बहाना है..."

राज बख़्शी की हथेली मूर्ति के कन्धे पर बस-सी गयी। मूर्ति कहने लगी, "मुझे पता है मेरी उम्र छोटी है, इसलिए सब मेरी तरफ़ ताकते हैं, पर अब जो हक़ उसे नहीं मिलेगा, मैं भी नहीं लूँगी..."

राज बख़्शी बहुत देर तक चुप रहे। फिर हथेली से मूर्ति का मुँह अपनी ओर मोड़कर, अपने सामने करके कहने लगे, "तुम्हें भी ज़िन्दगी का एक क़र्ज़ चुकाना है...मुझे भी ज़िन्दगी का एक क़र्ज़ चुकाना है..." मूर्ति चुप पूरे ध्यान से उनकी ओर देखती रही। राज बख़्शी एक गहरा साँस लेकर कहने लगे, "मुझे अपने सगे भाई का क़र्ज़ चुकाना है...मेरी भाभी ने—मुझे अच्छी तरह होश भी नहीं था—जब मेरे साथ सम्बन्ध जोड़ लिया था...मैं बहुत अनजान था, कुछ नहीं समझा था...बस, शरीर जलता रहा, और मैं दिन-दिन बुझता रहा..."

मूर्ति जाने समझ सकी या नहीं, राज बख़्शी ने ध्यान से उसकी ओर देखा, फिर कहा, "उसका जिस साल ब्याह हुआ था, उसे उसी साल कोई रोग हो गया था...यह बात मुझे बरसों बाद मालूम हुई, पर उसे तब से ही यह पता था और उसने बच्चे की आस छोड़ दी थी...बहुत छोटे घर से आयी थी...सब कुछ अपने पास रखने के लिए सोचती थी कि मैं भी उसके बस में रहूँ...मैं कई बरस तक एक रुकी हुई घड़ी में वक़्त देखता रहा...मैंने समझा नहीं...भाई का दुख भी देखा, लेकिन मैंने समझा नहीं...मुझे अपने भाई का बहुत बड़ा क़र्ज़ चुकाना है, मूर्ति!"

मूर्ति—जो रोज़ काँसे की मूर्ति के समान दिखाई देती थी—हाड़-मांस की औरत की तरह काँप उठी।

राज बख़्शी कह रहे थे, "अब उससे कोई वास्ता नहीं है, पर मेरे भाई का शक उसी तरह है...मैं बीते हुए बरस लौटाकर नहीं दे सकता...पर आगे से..."

"आगे से?" मूर्ति के होठ धीरे से हिले।

मेंह की बौछार से चारों ओर धुन्ध फैली हुई थी। राज बख़्शी गाड़ी के अन्दरवाले हल्के-से उजाले में मूर्ति के मुँह की ओर देखते रहे, फिर कहने लगे, "आओ, मूर्ति! हम अपने-अपने क़र्ज़ उतार दें।"

"तुम..." मूर्ति उनकी ओर देखकर कुछ हैरान-सी अपनी ओर देखने लगी, जैसे अपने-आप को उनकी आँखों से देख रही हो...

राज बख़्शी ने 'हाँ' में सिर हिलाया।

मूर्ति को शायद अभी इस 'हाँ' की एक बार और ज़रूरत थी, मुँह से निकला, "और रुक्की भी...?"

राज बख़्शी ने मूर्ति के माथे के पास सिर झुकाकर उसके माथे को ऐसे चूमा कि मूर्ति को लगा—उनकी 'हाँ' उसके विश्वास जितनी हो गयी थी।

धन्नो

वह तब की बात है—जब सफ़ेद रुपया चाँदी का हुआ करता था। और पंजाब के गाँवों में अठन्नी को 'धेली' कहते थे और चवन्नी को 'पौली'। और धन्नो मौसी कहा करती थी, "औरत को तो परमात्मा ने शुरू से ही 'धेली' बनाया है। रुपया डबल तो कोई करमोंवाली होती है जिसे मरज़ी का मर्द जुड़ जाए। पर वह तो न किसी ने देखी है न सुनी है। घर-घर 'धेलियाँ' ही 'धेलियाँ' हैं—बस दो-तीन 'पौलियाँ' जनीं, और दुनिया से लद गयीं..."

"कितना मुँह फटा हुआ है धन्नो का!" कभी कोई पीठ पीछे कह देती, पर धन्नो के सामने गाँव की सब औरतें दाँतों के नीचे जीभ दिये रखतीं। सबको याद था कि एक बार शाह की केसरो ने यही बात धन्नो के मुँह पर कही थी तो धन्नो ने उसकी वह गत बनायी थी कि भगवान ही बचाए! कहा, "तुम सिले मुँहवालियाँ अच्छी हो, और मैं फटे मुँहवाली बुरी? 'धेली' तो रात को, बहन केसरो, तेरी भी वैसी ही टूटती है, जैसे मेरी!" फिर धन्नो ने गाँव की एक-एक औरत का दबा-ढँका खोल दिया था—"आये तो सही लम्बड़ों की ईशरो मेरे सामने, जिसके बूढ़े खसम से उसकी 'धेली' नहीं टूटती तो वह साँड जैसे देवर से 'धेली' तुड़वाती है! और चीमियों की बलवन्तो किसे भूली हुई है जो कै करती हुई डोली में से उतरी थी और सात महीनों में लड़का जन धरा! और वड़ैयों की करतारो, जिसने चार बरसों से मर्द का मुँह नहीं देखा था और मेथी के बीज काढ़-काढ़ पीती थी!..."

और धन्नो को औरतें कजैल नहीं लगी थीं। उसने उनकी अछूती कुँवारियों के नाम गिन दिये थे, "तू बड़ी सयानी है। अपनी छल्लो को सँभाल, जो सन्धुओं के जगतारे से 'धेली' तुड़वाने को फिरती है। और तू धरमात्मन! पहाड़ जितनी बीरो का तू ब्याह-बरौठी क्यों नहीं करती जो गुरुद्वारे के भाई से कन्धा घिसाती है? ...और...और..."

गाँव की औरतें त्राहि-त्राहि कर उठी थीं। और फिर कभी कोई धन्नो के मुँह

पर नहीं बोली थी। वैसे भी उन्हें धन्नो से गरज रहती थी। लड़के या लड़कियों के गले पड़ जाते—वे सौ बनफ्शे और सौंफ उबालकर पिलातीं, पर महीना-महीना बच्चों के गले पड़े रहते। बच्चों के गले में से ग्रास न लँघता, हलहलाकर बुखार चढ़ जाते और औरतें हारकर उँगली पकड़े धन्नो के दरवाज़े जातीं—"ले रे, मौसी को कह तेरा गला मले!" और धन्नो गरम घी में एक अँगूठा और एक उँगली डुबोकर जिस बच्चे का गला मलती वह दूसरे दिन भला-चंगा हो जाता।

"गले मदाना भले!" धन्नो हँसकर जब कहती तो पता लगता था कि धन्नो खत्री मदानों के जनमी-पली थी। वैसे न किसी ने उसके माँ-बाप देखे थे, न कोई सगा-सम्बन्धी।

सिर्फ़ दन्तकथा थी कि धन्नो खाते-पीते घर की बेटी थी। उसको जवानी बाढ़ की तरह चढ़ी थी, और उस उम्र में उसने किसी से दिल लगा लिया था। पर उसके माँ-बाप के घर से भगाकर ले आनेवाला कोई वैली पट्ठा था, जो दस-बीस दिन उसके साथ खा-खेलकर उसे कहीं बेचने को फिर रहा था, कि धन्नो ने उसे मुँह फाड़कर कह दिया था, "जो पल्ले में बँधी 'धेली' तुड़वाकर ही रोटी खानी है, तो जाती बार तेरी जेब क्यों भरकर जाऊँ...?" और वह दबंग होकर उसे पैर के काँटे की तरह निकाल आयी थी। सो न उसके जननेवाले उसके रहे थे, न उसको लानेवाला।

और फिर कहते हैं कि किसी गाँव के ज़मींदार ने उसपर रीझकर उसे अपने घर बैठा लिया, पर उसके बेटों ने जब घर में डण्डा खड़काया तो उसने बेटों से चोरी-छिपे दूर गाँव में दो बीघे ज़मीन ख़रीद कर उसके नाम लिखवा दी थी, और उसे एक अलग घर छतवा दिया था। जब तक जीता रहा उसकी ख़ैर-ख़बर लेता रहा। पर अब वह भी, मुद्दत हुई, मर गया था और धन्नो छड़ी-छाँटी अपने बूते पर जी रही थी।

वैसे चाहे वह अपने मुँह से कह लेती थी, "काहे की चिन्ता है, बेबे! 'धेली' पल्ले बाँध रखी है, कमी-बेशी आयी तो तुड़वा लूँगी।" पर एक बार एक मूँछ-फूटते ने जब धन्नो की बाँह पर चिकोटी भरकर कहा था, " 'धेली' तो दिखा, कितनी खरी है!" तो धन्नो ने उसके गले के कण्ठों को हाथ में पकड़कर कहा था, "चल दिखाऊँ—तेरी माँ के घाघरे में है!..."

और उसके बाद गाँव के किसी भी मर्द की क्या मजाल जो धन्नो को आँख उठाकर देख जाए।

और धन्नो दबंग होकर जीती थी।

अब उम्र चाहे ढल रही थी, पर उसकी नाक की लौंग अब भी उसके स्वभाव की तरह चमक मार रही थी। आँखों के सामने खेतों में हल चलवाती थी और खत्रानी होकर भी जाटनियों की-सी अकड़ में जीती थी।

एक बार धन्नो को मियादी बुख़ार आ गया। वैसे इक्कीसवें दिन टूट गया था, पर धन्नो का अपनी उम्र पर से भरोसा उठ गया था। वह एक दिन पास के शहर गयी और अपनी ज़मीन का काग़ज़-पत्र ले गयी। बात उड़ गयी कि धन्नो ने अपनी ज़मीन की वसीयत कर दी है।

"अरी, किसके नाम लिखी है?" गाँव की औरतें आपस में खुसर-पुसर करतीं, पर धन्नो से कुछ भी पूछने का उनमें जिगरा न था।

एक दिन गाँव की एक लड़की सेमो को कुछ जिगरा हुआ। पिछले दिनों एक शाम को सेमो खेत से लौट रही थी कि नम्बरदार का नशे में चूर बेटा उसको राह में घेरकर खड़ा हो गया था। उधर कहीं धन्नो भी गुज़र रही थी कि सेमो ने उसे देखकर ज़ोर से आवाज़ दी थी—"मौसी धन्नो!" धन्नो छाती तानकर जा पहुँची थी, और लड़की अछूती घर पहुँच गयी थी।

सेमो ने उसी दिन के दावे पर एक दिन धन्नो से पूछा—"अरी मौसी! सुना हैं, तूने अपनी ज़मीन किसी के नाम कर दी है।"

धन्नो खीझ गयी, "अरी भानजी, तुझे मौसी की याद आ गयी! तेरी माँ और मैं जुड़वाँ जनमी थीं, तभी मैं तेरी मौसी लगी ना...!"

और सेमो के मुँह की हवाइयाँ उड़ गयीं। वह हकला-सी गयी और कहने लगी—"गुस्सा क्यों करती है, मौसी! लोग कहते हैं भई कि तूने अपनी ज़मीन गुरुद्वारे को दान दे दी है। मैंने तो सीधे-सुभा पूछा था। वैसे तो तूने नेक काम किया है।"

धन्नो आग-बबूला हो गयी, "गुरुद्वारे का भाई मुसटण्डा पहले ही बहुतेरे हलवे खाता है—उसके हलवे-पूरी के लिए तुम्हारी माँएँ जो हैं। यह तुम्हारी मौसी ऐसे नेक काम नहीं करती।"

और सेमो कान लपेटकर चली गयी थी। और फिर धन्नो से कुछ पूछने का किसी का हिया न हुआ।

धन्नो ने जैसे अपनी क़िस्मत बूझ ली थी, शायद अपनी उम्र के दिन भी बूझ लिये थे। उसे कुछ दिन बाद फिर मियादी बुख़ार चढ़ आया। इस बार सारे गाँव को उसके बचने की आशा न रही।

एक दिन गाँव की एक सयानी उम्र की औरत ने हिम्मत बटोरी। इस औरत को गाँववाले जीवी भगतानी कहते थे। छोटी उम्र में विधवा हो गयी थी, और बड़े जत-सत से जीती थी। उस पर अभी तक किसी ने उँगली नहीं रखी थी।

यह जीवी भगतानी जब धन्नो की ख़बर लेने आयी, तो धीरे से धन्नो से कहने लगी, "जो गुज़री सो गुज़री, धन्नो! अब आख़िरी वक़्त पछतावा कर ले, तो भी कुछ नहीं बिगड़ा। कहते हैं, जिसने कहा था राम का नाम नहीं लेना, उसके मुँह से 'मरा-मरा' कहाकर अगलों ने उसे परमात्मा से बख़्शा लिया।..."

धन्नो मरती-मरती भी हँस पड़ी। कहने लगी, "भगतानी, क्यों मेरी चिन्ता

करती है! धर्मराज को हिसाब देना है, दे लूँगी। यह 'धेली' जो पल्ले बाँधी हुई है—धर्मराज से कहूँगी ले तुड़वा ले, और हिसाब चुकता कर!"

और जीवी भगतानी कानों में उँगलियाँ देती धन्नो के पास से लौट आयी थी।

और फिर दूसरी दोपहर को धन्नो मर गयी।

धन्नो के चौथे के बाद जब गाँव के लोगों ने उसका सन्दूक खोला, उसमें से उसकी वसीयत का काग़ज़ मिला। धन्नो ने अपनी ज़मीन गाँव की पाठशाला के नाम कर दी थी, और लिखा हुआ था : 'मेरी एक ही चाह है कि चार अक्षर लड़कियों के पेट में पड़ जाएँ, तो उनकी ज़िन्दगी ख्वार न हो।'

सात सौ बीस क़दम

अँधेरा क़दम-क़दम गहरा होता जा रहा था...

उसने नीले रंग की क़मीज़ पहनी हुई थी जो सलेटी रंग की पैण्ट की तरह अँधेरे के रंग की होकर—अब अँधेरे का एक हिस्सा बन गयी थी। पर उसके पाँव में सफ़ेद कैनवस के बूट थे और सिर्फ उनका ही अलग अस्तित्व बाक़ी था...

वह बराबर उन्हें ही देखे जा रहा था...इस तरह...जैसे वह आप एक जगह पर खड़ा हो और उसके पाँव बराबर चलते जा रहे हों...

और उसे लगा...वह अपने पाँवों को सिर्फ़ देख ही नहीं रहा है, उनकी हर हरकत को गिन भी रहा है...उसके होठों पर इस समय सात सौ बीस की गिनती थी...

पाँवों के नीचे की पक्की सड़क न जाने कब ख़त्म हो गयी थी और कच्ची सड़क न जाने कब शुरू हो गयी थी—शायद घर से निकलते ही उसने हर क़दम को गिनना शुरू कर दिया था—और इस वक़्त उसके होठों पर सात सौ बीस की गिनती थी...

गिनती रुक गयी—क्योंकि पाँवों के आगे रास्ता रुक गया था...सामने और दायें-बायें—सिर्फ़ पेड़ थे, और पाँवों के नीचे—पेड़ों के बीच में से गुज़रती हुई कच्ची पगडण्डी भी यहाँ ख़त्म हो गयी थी...वहाँ पेड़ों के घेरे में एक पुराना बना कुआँ था जिसके पास आकर वह कच्ची पगडण्डी रुक गयी थी...

शायद हवा तेज़ चल रही थी—पेड़ों के पत्ते हिल रहे थे और आपस में टकरा रहे थे, मानो कितनी ही धीमी-धीमी आवाज़ें पत्तों पर बैठी हों...

नहीं—मानो कितनी ही आवाज़ें पेड़ों पर उगी हुई हों...

पेड़ों से झड़कर कुछ पत्ते उसके पाँवों के पास गिर गये। उसके पाँव जैसे हिलने से रह गये हों। पत्ते पाँवों के पास गिरकर भी हिल रहे थे, मानो उसके पाँवों से कुछ धीरे-धीरे कह रहे हों।...

अपने पाँवों की तरफ़ झुका हुआ उनका सिर और नीचे को झुक गया, और पाँवों की तरफ़ से उठती हुई कितनी ही आवाज़ें उसके कानों से गुज़रकर उसके मस्तिष्क में घूमने लगीं...

इन आवाज़ों में एक आवाज़ किसी एक जानवर के पंखों की तरह उस पर झपट रही थी...

पहले गालियों की शक्ल में, और फिर...

उसके शरीर की एक-एक हड्डी दुखने लगी, मानो हर हड्डी ने वह पीड़ा बरसों से सँभाल कर रखी हुई थी...

कानों में नीता के भाई की गालियाँ जैसे अभी भी कहीं से आ रही थीं—उसने दोनों हथेलियों से दोनों कानों को ढँक लिया—और फिर सारा ध्यान एकाग्र करके नीता की आवाज़ सुनने की कोशिश की...

लेकिन नीता की आवाज़ उसके होठों में बन्द थी और होठ उसके खुलते नहीं थे...

नीता उससे कितनी ही बातें किया करती थी—पर उस दिन जब उसके भाई ने उसकी किताब में रखा हुआ सुनील का ख़त पकड़ा था तब सुनील को बुलाकर एक कमरे में बन्द करके गालियाँ दी थीं—नीता की आवाज़ उसके होठों में बन्द हो गयी थी...

और फिर उसके भाई ने जख़्मी होने की हद तक सुनील को मारा था...

और नीता की आवाज़ उसने फिर कभी नहीं सुनी थी...वह शायद हमेशा के लिए उसके होठों में डूब गयी थी...

आज फिर उसने सारा ध्यान एकाग्र करके एक बार नीता की आवाज़ सुनने की कोशिश की...पर उसकी आवाज़ कहीं नहीं थी...

और फिर सुनील के मस्तिष्क में बहुत-सी आवाज़ें ज़ोर-ज़ोर से हँसने लगीं...

नहीं—ये आवाज़ें, मैले-से पानी की तरह, लोगों के होठों को फाड़कर होठों में से बह रही थीं—जिनमें उनके थूक भी मिले हुए थे।...

यह आवाजों का सैलाब-सा एक दिन उसकी पीठ के पीछे से आ रहा था—और वह पूरा ज़ोर लगाकर उससे बचने के लिए दौड़ रहा था...

उसका साँस उसके गले में फूलता हुआ उसके गले को जैसे घोंट रहा था, और उसकी आँखें उसके मुँह पर फैलकर जैसे फटने लगी थीं....

उसके हाथ में एक काग़ज़ था जिसके अक्षर हथेली के पसीने से शायद पिघल गये थे और काले रंग की गरम धार की तरह उसके प्रिंसिपल की आवाज़ बनकर उसके कानों में पड़ते जाते थे—"तुम्हें होस्टल से निकाल दिया गया है, कॉलिज से भी...।"

और होस्टल के सब कमरों में जितनी भी आवाज़ें बन्द थीं वे उन सब कमरों के परनालों की तरह बाहर सड़क पर बहने लगी थीं...वह आगे-आगे दौड़ रहा था—और आवाज़ों का एक सैलाब-सा उसके पीछे-पीछे...

कितने बरस हो गये थे जब वह कॉलिज में पढ़ता था—शायद पाँच साल हो गये थे—और वे आवाज़ जब उसके मस्तिष्क में पड़ी थीं, शायद तब से ही वहीं खड़ी हुई थीं—शायद उसके मस्तिष्क से उतरकर नीचे उसके पाँवों के तलवों में जाकर बैठ गयी थीं—उसे याद नहीं। उसके पाँव कभी एक जगह नहीं रुक सकते थे—न टिककर बैठ सकते थे—न चारपाई पर निश्चल सो सकते थे। वह आधी-आधी रात को भी कमरे में चलता रहता था—एक दीवार से दूसरी दीवार तक, फिर दूसरी दीवार से तीसरी दीवार तक...और चौथी दीवार का दरवाज़ा उसकी माँ रात को रोज़ बाहर से बन्द कर दिया करती थी...

आज...वे सारी पुरानी आवाज़ें, उसके पाँवों में से फ़िर ऊपर उसके मस्तिष्क में आ गयी थीं। आज उसके पाँव जहाँ रुक गये थे, निश्चल, वहीं रुके हुए थे—पर उसका मस्तिष्क आवाज़ों के ज़ोर से काँप रहा था...जैसे बहुत सारे लोग दहाड़-दहाड़कर किसी मकान की छत पर चढ़ आएँ, और शहतीरोंवाली छत हिलने लगे...

एक शोकी था—वह अशोक—जो थोड़ी देर उसकी बाँह के साथ बाँह मिलाकर उसके साथ चलता रहा था—फिर न जाने किस समय वह भी उसकी बाँह से छिटककर कहीं चला गया था।

नहीं, उसे याद आया, प्रिंसिपल ने हाथ से शोकी को पकड़कर उसकी बाँह से अलग किया था और उसे अकेले कमरे की तेज़ रोशनी में खड़ा करके पूछा था, 'सच बताओ, तुम कितने दिनों से अशोक को रात के वक़्त अपने कमरे में ले जाते रहे हो?'

उसे याद था—उसने एक रात—अशोक को अपने कमरे में बुलाया था। वे कितनी देर पढ़ते-वढ़ते रहे थे, फिर एक ही बिस्तर पर सो गये थे और उसको उस रात अशोक का नरम-सा शरीर निरा-पूरा नीता के शरीर जैसा लगता रहा था...उसने सोये हुए अशोक की बाँह कितनी देर अपने गले में डालकर रखी थी—और अपनी हथेली पहले उसके कन्धे पर रखी थी, फिर पीठ पर—फिरी नीचे कमर पर—फिर टाँगों पर...

फिर एक रात और...और एक रात और...और कितनी अजीब बात थी कि अशोक की सूरत भी उसको नीता जैसी लगने लगी थी...उसने उस रात पहली बार नीता के होठ चूमे थे—नहीं, नीता के नहीं, अशोक के...

वैसे तो आधी रात को वह हमेशा आधे कपड़े पहने होता था...पर प्रिंसिपल ने जब उसे कमरे की तेज़ रोशनी में खड़ा करके उससे रात वाली बात पूछी—तब

उसे पहली बार लगा जैसे उसके शरीर पर से किसी ने सारे कपड़े उतार दिये थे—और वह ठण्ड से और शरम से काँप उठा था...

उसने बोलने की कोशिश की थी, पर उसकी आवाज़ काँपकर हकलाने लगी थी...और उस समय से—पाँच बरस से—हमेशा बोलते समय वह हलका जाती थी...

प्रिंसिपल ने उसके हाथ में एक काग़ज़ पकड़ाकर उसको कमरे के बाहर भेज दिया था—पर बाहर—उसके होस्टल के सारे लड़के रुके हुए पानी की तरह खड़े हुए थे—और उसे देखते ही—उसके पीछे-पीछे पानी के सैलाब की तरह चल दिये थे...

वे बहुत ज़ोर से हँस रहे थे—सीटियाँ बजा रहे थे—और उसके पीछे-पीछे दौड़ रहे थे...

आवाज़ें उसके सारे शरीर से टकरा रही थीं—पर उसके माथे में बहुत ज़ोर का दर्द हो रहा था—उसके माथे की नसें जैसे फट रही हों...

उस दिन—और उसके बाद कई दफ़ा—वह बैठा-बैठा अपने माथे को टटोलने लगता था—उसे लगता था, जैसे उसके माथे की एक नस टूटकर उसके माथे से बाहर निकल आयी हो।

उसका पिता शायद उसे किसी डॉक्टर के पास ले गया था...और डॉक्टर ने उसे न जाने लाल रंग की गोलियाँ खिलाकर कितने दिन बेहोश रखा था—कि एक बेहोशी-सी फिर उसे हमेशा रहने लगी थी...

नहीं, सुनील को एक भूली हुई बात की तरह याद आया...कि इस बेहोशी में भी उसका होश कायम रहता था।

उस समय—जब तरीजा ने उससे कहा था कि वह उसके साथ ब्याह कर लेगी अगर सुनील का पिता अपना मकान सुनील के नाम कर दे...वह बड़ी दूर तक तरीजा के विचार को देख गया था और फिर उसने तरीजा से कहा था, "और इसके बाद? इसके बाद तुम मुझसे कहोगी कि यह मकान मैं तुम्हारे नाम कर दूँ?"

और तरीजा उसकी हकलाती आवाज़ पर बहुत देर तक हँसती रही थी—और उसने कहा था, 'हकले बाबा! मैं मकान को तुमसे ज़्यादा अच्छी तरह सँभालूँगी, उसे सजाऊँगी, हर बरस उसपर रंग-रोगन करवाऊँगी...'

और सुनील ने कहा था 'तुम हमेशा दो कुत्ते रखती हो; मैं तुम्हारा तीसरा कुत्ता नहीं बन सकता।'

पर एक अजीब बात थी—उसे याद आया—कि जिस डॉक्टर ने उसे लाल गोलियाँ देकर बेहोश किया था और जिसे वह रोज़ कई दिन तक देखता रहा था—एक दिन अचानक उस डॉक्टर का मुँह किसी और तरह का मुँह हो गया था। वह कितनी देर, हैरान, डॉक्टर के मुँह की तरफ़ देखता रहा था, और फिर थोड़े से

दिनों के बाद वह डॉक्टर का मुँह—जिसकी एक चौड़ी-चपटी-सी नाक थी—एक बड़ी लम्बी नाकवाला मुँह बन गया था। उसने अपने पिता की मिन्नतें की थीं कि अगर उसे उस डॉक्टर के पास न ले जाया जाए तो वह अच्छा हो जाएगा। पर उसके पिता ने उसकी यह बात नहीं मानी थी। उसके पिता ने कहा था कि वह पहला डॉक्टर और था, और दूसरा डॉक्टर भी कोई और था, और अब जो नया डॉक्टर है, वह और है—पर उसे पूरा यक़ीन था कि वह एक ही डॉक्टर था—'विच डॉक्टर', जो कुछ दिन बाद अपनी शक्ल बदल लिया करता था—बिलकुल इस तरह जैसे वह लाल रंग की गोलियों को कभी हरे रंग की कर दिया करता था, और कभी पीले रंग की...

और फिर एक दिन उसने आप सुना था कि वह डॉक्टर उसके पिता से कह रहा था कि वह उसे बिजली लगाएगा...

वह समझ गया था कि अब डॉक्टर उसको बिजली का करण्ट लगाकर मार देना चाहता है...वह डॉक्टर के पास से दौड़कर सीधा अपने घर के कमरे में आ गया था और उसने कमरे कर दरवाज़ा अन्दर से बन्द कर लिया था।...

माँ ने रोटी पकाकर दरवाज़ा खटखटाया था—पर उसे पता था...अगर वह दरवाज़ा खोलेगा तो उसका पिता उसे पकड़कर सीधा डॉक्टर के पास ले जाएगा और डॉक्टर उसको बिजली का करण्ट लगाकर मार देगा...

तो उसने दरवाज़ा नहीं खोला था, और सींखचोंवाली खिड़की में से हाथ निकालकर माँ से खाना ले लिया था। पर दूसरे दिन माँ कह रही थी कि वह दरवाज़ा खोल दे तो वह घर के नौकर से उसका कमरा साफ़ करवा देगी। उसे पता था—वे सब दरवाज़ा खुलवाने के बहाने हैं...

और फिर...फिर उसके सिगरेट खतम हो गये थे। उसकी माँ ने उसे सिगरेट मँगवाकर नहीं दिये थे। कहती थी, वह दरवाज़ा खोलेगा तो सिगरेट मिलेंगे...उसने जेब में से पैसे निकालकर सींखचोंवाली खिड़की में रख दिये थे और नौकर से कहा था कि वह बाज़ार से सिगरेट ला दे। नौकर पैसे ले गया था, लेकिन उसने सिगरेट ख़रीदकर नहीं लाया था—बेईमान...कमीना!

उसे ख़याल आया—बस एक बात अच्छी है कि उसका गुसलख़ाना उसके कमरे के साथ लगा हुआ है—जिसका दरवाज़ा उसके कमरे में है—नहीं तो उसको कमरे का दरवाज़ा खोलना पड़ता और उसके माता-पिता उसे पकड़कर ज़बरदस्ती उसे डॉक्टर के पास ले जाते...

उसे लगा...उसके जेहन में जैसे एक पानी का तालाब बना हुआ था जिसमें कितनी ही आवाज़ें डूबतीं—और गोते-से खा रही थीं...

कभी-कभी कोई आवाज़ पानी पर तैरती बाहर किनारे पर भी आ जाती थी...

'सुनी बाबू...हे सुनी बाबू...' वह काँप-सा गया—यह काशनी की आवाज़ कहाँ से आ रही थी?

काशनी! रामदास धोबी की लड़की। जब आया करती थी, उसे बुलाया करती थी—'सुनी बाबू!' और वह अपना नाम हमेशा ठीक करके उसे बताया करता था, 'सुनी बाबू नहीं—सुनील बाबू!' पर काशनी से आख़िरी अक्षर कभी भी नहीं बोला गया—कहा करती थी—'वही तो कहती हूँ—सुनी बाबू...'

उस दिन उसी काशनी ने सींखचोंवाली खिड़की के पास खड़े होकर उसे धीरे से आवाज़ दी थी—'सुनी बाबू!' और अपनी चुन्नी में से सिगरेटों की डिब्बी निकालकर उसे पकड़ा दी थी। उसके पास पैसे खतम हो गये थे—उसने अपने कोट और अपनी पैण्ट की जेब को अच्छी तरह टटोला था—पर सिर्फ़ पच्चीस पैसे निकले थे—पूरी डिब्बी के पैसे नहीं थे। पर काशनी ने वे पच्चीस पैसे भी नहीं लिये। और फिर दूसरे दिन उसने सिगरेटों की एक और डिब्बी लाकर उसे सींखचोंवाली खिड़की में से पकड़ा दी थी...

वह रोज़ सवेरे इन्तज़ार किया करता था—काशनी जब कपड़े प्रेस करके लाएगी—उसकी खिड़की के पास आकर उसे ज़रूर आवाज़ देगी—'सुनी बाबू...' और उसे अपना नाम सुनील की जगह 'सुनी बाबू' ज़्यादा अच्छा लगने लगा था...

हाँ—उसने काशनी के कहने से कमरे का दरवाज़ा एक दिन खोल दिया था और वह कमरे को साफ़ करके और उसके मैले कपड़े लेकर चली गयी थी...

और फिर वह दूसरे दिन उसके कपड़े धोकर ले आयी थी...उसने गुसलख़ाने में जाकर जब कपड़े बदले थे—काशनी ने गुसलख़ाने का दरवाज़ा खोलकर कहा था, 'सुनी बाबू, तू बहुत सुन्दर है...'

उसके जेहन में काशनी के हाथ की कंच की चूड़ियाँ छन-छन करने लगीं...

वह पाँव में चाँदी के घुँघरू भी बाँधती थी—उसे याद आया—और याद आया कि एक दिन काशनी ने अपने पाँवों में मेहँदी लगायी थी—और उसे लगा कि उसके साँवले-साँवले पाँव दो कबूतरों की तरह उसके कमरे में आ गये थे...

उसने दोनों हाथों में जैसे दो कबूतरों को पकड़ लिया था...और काशनी चुपचाप उसकी चारपाई पर बैठ गयी थी...और उस दिन काशनी ने उसके कानों के पास अपना मुँह करके कहा था—'सुनी बाबू, तू बहुत सुन्दर है!...'

'सुनी बाबू...सुनी बाबू...' उसका सारा जेहन इस आवाज़ से भर गया...

उसने अपनी हथेली से अपने माथे को छुआ—उसे लग रहा था—यह आवाज़ जैसे उसके माथे में से लहू की धार की तरह अब बाहर की तरफ़ बह रही थी...

फिर उसने हथेली को देखा—पर अँधेरे में अब दिखाई नहीं देता था कि उसकी हथेली पर लहू लगा हुआ है या नहीं...

हाँ...उसे याद आया—उस दिन उसके बिस्तरे की चादर पर कितना सारा लहू लगा हुआ था। काशनी ने उसके बिस्तरे पर से उठकर बिस्तर की चादर भी उठा ली थी—और कहा था कि वह चादर को कल धोकर ला देगी।

उसने काशनी से पूछा था कि उसकी चादर पर लहू कहाँ से आ गया था—पर चुन्नी का पल्ला मुँह में डालकर हँसती रही थी, और चादर को गुड़मुड़ी करके धोने के लिए अपने साथ ले गयी थी...

काशनी फिर भी आयी थी...फिर भी...पर फिर वह मर क्यों गयी?

माँ ने भी बताया था, नौकर ने भी, और बड़ के पेड़ वाली चाय की दुकानवाले ने भी कि काशनी कुएँ में डूबकर मर गयी थी...

जैसे उलझी हुई गाँठें खुलती हैं—सुनील के माथे में कुछ नसें काँपकर हिलीं—'लोग कहते थे कि काशनी का ब्याह नहीं हुआ था, पर वह माँ बननेवाली थी...'

'काशनी का बच्चा?...' पेड़ों के बीच कुछ पटबीजने पड़े हुए थे—सुनील के माथे में भी कुछ जागने-जलने लगा—'काशनी का बच्चा मेरा बच्चा था?...काशनी का बच्चा...मेरा बच्चा...?' और वह हैरान था—उसे यह ख़याल कभी पहले क्यों नहीं आया?

और सुनील को आज सवेरेवाली बात याद आयी—सवेरे उसके घर के सामने ख़ाली पड़ी ज़मीन पर कितने ही बच्चे खेल रहे थे...

वह कितनी देर खेलते हुए बच्चों के पास जाकर खड़ा रहा था। उनमें एक तीन बरस की लड़की थी—सफ़ेद फ्राक वाली। सूरज की चढ़ती धूप में वह एक फूल जैसी लग रही थी। सुनील ने उसे प्यार से अपनी गोद में उठा लिया था—उसके बाल चूम लिये थे, उसका माथा—उसके हाथ—उसके पैर...

और फिर कहीं से एक काली मोटी औरत आकर चीख़ें मारने लगी थी—शायद उसकी आया थी...

फिर कितने लोग इकट्ठे हो गये थे...

घबराहट से उसकी बाँहें काँपने लगी थीं और लोगों ने उसके चारों तरफ़ घेरा डालकर उस बच्ची को उसके हाथों से छीन लिया था...

उसकी माँ भी आकर रोने लगी थी—और उसे बाँह से पकड़कर अन्दर कमरे में ले गयी थी...और उसके पिता ने कहा था कि कल वे उसे पागलख़ाने ले जाएँगे...

'यह शायद...' सुनील ने अपने ख़यालों को चीरकर देखा—'यह शायद मेरे अचेत मन में पड़ा हुआ मेरे बच्चे का ख़याल था...काशनी जीती रहती तो वह बच्चा

भी अब इस जैसा ही होता...सफ़ेद फ्राकवाली लड़की जैसा...काशनी मर क्यों गयी?'

और वह कुआँ?

सुनील के पाँवों के नीचे की पगडण्डी जिस पुराने कुएँ के पास जाकर ख़त्म हो गयी थी, सुनील उस कुएँ की तरफ़ देखने लगा...

'लोग कहते थे,' सुनील को ध्यान आया, 'कि काशनी बारादरीवाले पुराने टूटे हुए कुएँ में कूद गयी थी...तो क्या...यह वही बारादरीवाला पुराना कुआँ है, या और कोई?'

सुनील ने चारों तरफ़ देखा—वहाँ सिर्फ़ पेड़ थे और पेड़ों से झड़ते हुए पत्ते। और फिर उसे ध्यान आया कि बारादरी उसके घर के पिछवाड़े पक्की सड़क के पार हुआ करती थी—यह शायद वही सड़क थी, और यह शायद वही बारादरीवाला कुआँ था...

कुछ पल के लिए जैसे उसके जेहन में सारी नसें एक सुकून के साथ सो गयीं—उसे लगा, वह इतने समय से जो बेचैन कमरे में चलता रहता था—वह असल में बारादरी के कुएँवाला रास्ता खोजता रहता था...

और वह रास्ता कितना पास था, बस सात सौ बीस क़दम...

आज उसने सारे क़दम गिने थे—पूरे सात सौ बीस—और वह हैरान था कि वह पहले यहाँ क्यों नहीं आया...

'तभी तो रोज़ रात को बाहर की दीवार की तरफ़ से कोई आवाज़ आया करती थी...पता नहीं चलता था किसकी आवाज़ है...पर आज मैंने उसे पहचान लिया है...रोज़ मुझे काशनी बुलाती थी—सुनी बाबू!...'

और उसने आगे बढ़कर कुएँ में झाँका—कुएँ में से काशनी के हाथों की कंच की चूड़ियाँ छनछन कर उठीं...उसने ज़ोर से आवाज़ दी—'काशनी!'

कई बरस के बाद यह पहला दिन था जब उसकी आवाज़ हकलायी नहीं थी। उसे आप ही हँसी आ गयी—और एक अजीब-सा सुकून—जैसे वह बहुत समय बाद अपने घर आया हो—और उसके घर उसकी बीवी और उसका बच्चा उसकी राह देख रहे हों...

उसने दोनों बाँहें काशनी की ओर फैला दीं—आस-पास के पेड़ों ने एक इन्सानी चीख़ जैसी हँसी सुनी और अपने पत्तों की तरह काँपने लगे...

पच्चीस, छब्बीस और सत्ताईस जनवरी

मुझे अपने कारोबार के सिलसिले में अकसर साल में दो बार बम्बई से दिल्ली जाना पड़ता था। हमेशा अपने दोस्त के पास ठहरता था। दोस्त का नाम नहीं बताऊँगा। सिर्फ़ इतना ही : कि वह डॉक्टर है।

रवाना होने से पहले उसे ख़त लिख दिया करता था। पर एक साल जनवरी में जब ख़त लिखा, उसने तार से जवाब दिया कि वह पच्चीस, छब्बीस और सत्ताईस तारीख़ को वहाँ नहीं होगा, इसलिए मैं या तो इन तारीख़ों से पहले आऊँ, या बाद में। और इस तार से मुझे याद आया कि एक बार पहले भी उसने मेरे ख़त के जवाब में ख़त लिखा था कि वह इन तारीख़ों में दिल्ली में नहीं रहेगा—और शायद तब भी यही जनवरी का महीना था।

मैंने पुराने खतों की फ़ाइल देखी। उसका ख़त ढूँढ़कर निकाला--सचमुच यही जनवरी का महीना था, और यही तारीख़ें। बात कुछ अजीब-सी लगी, लेकिन इस बार मैंने जाने की तारीख़ें बदली नहीं। बदल सकता था—दो-चार दिन पहले या दो-चार दिन बाद जा सकता था, लेकिन मैं उन्हीं तारीख़ों में दिल्ली चला गया। सिर्फ़ इतना किया कि सीधा अपने दोस्त के घर नहीं गया—वहाँ पहुँचकर एक होटल में ठहर गया।

उसके घर टेलीफ़ोन करने का कोई फ़ायदा नहीं था—क्योंकि उसके कहने के मुताबिक वह दिल्ली में नहीं था। पर रहा नहीं गया। जी किया उसके हस्पताल में टेलीफ़ोन करके इतना ही पूछ लूँ कि वह अपने गाँव अपने माता-पिता के पास गया हुआ है—और ख़ैर-ख़ैराफियत के साथ गया हुआ है—या कोई ख़ास बात है।

मैंने फ़ोन किया। ख़याल था—कोई और डॉक्टर बोलेगा। लेकिन उसकी कुशल-मंगल पूछनेवाले शब्द मेरे मुँह में घूम ही रहे थे जब फ़ोन के जवाब में मुझे उसकी अपनी आवाज़ सुनाई दी। फिर शायद मेरी अपनी आवाज़ की हैरानी थी—कि मुझे उसकी आवाज़ में उसका तपाक कुछ कम-सा लगा। पर साथ ही मैं अपनी

हैरानी को दलील भी दे रहा था—हो सकता है कि किसी कारणवश उसका जाना रुक गया हो—उसे जाना रहा हो, पर न जा सका हो—और अब मेरे आगे शर्मिन्दगी महसूस करता हो...

और मैंने स्वयं ही अपने तर्क के बल पर कहा, "अब मुलाक़ात किस वक़्त होगी?" मन में उसका जवाब भी सोच लिया था, "तुम होटल से सामान लेकर सीधे घर चलो, मैं अभी घर पहुँच रहा हूँ।" पर लगा, मेरे अपने कानों ने ही मुझे झुठला दिया। उसका जवाब था—"चार बजे हैं, मैं आधे घण्टे में यहाँ से फारिग हो जाऊँगा, फिर सीधा तुम्हारे होटल आऊँगा।"

ख़ैर, अभी भी तर्क कुछ बाक़ी था—मैं सोच रहा था कि वह मेरे पास आकर ख़ुद मेरा सामान उठवाएगा, और मुझे घर ले जाएगा। पर पाँच बजे के क़रीब जब वह आया, कितनी देर मेरे काम के बारे में सरसरी तौर पर बातें करता रहा। फिर चाय पी और शाम ढलने को आ गयी। लग रहा था, जैसे वह कुछ कहना चाह रहा हो, पर कहने की घड़ी को टाल रहा हो।

वह मेरा पुराना दोस्त था। अधिकार के साथ उससे पूछ सकता था, पर उसके चेहरे पर कुछ ऐसा संकोच दिखाई दे रहा था कि मैंने कुछ नहीं पूछा। कुछ देर बाद उसने जाना चाहा। मैं क्या कह सकता था—उसे नीचे होटल के बाहरवाले दरवाज़े तक छोड़ने चला गया। देखा—वहाँ उसके पाँव कुछ ठिठक-से गये, पर उसने कहा कुछ नहीं।

मुझे वापस कमरे में आये कोई घण्टा-भर हुआ था कि उसका फ़ोन आया—"सॉरी, आई काण्ट एक्स्प्लेन ऐनीथिंग!" मैं जवाब में हँसता रहा, "चलो माफ किया, एन्ज्वाए यूअरसैल्फ!" अचानक लगा, हो न हो इन दिनों उसके पास घर में ज़रूर कोई लड़की थी। पर यह कल्पना भी मुझे मिटती-सी लगी, क्योंकि उसकी आवाज़ में कुछ उदासी थी।

उस वर्ष सितम्बर में मुझे दिल्ली जाना पड़ा, पर मैंने उसे ख़त नहीं लिखा। दिल्ली आकर एक होटल में ठहर गया। होटल से फ़ोन किया। उसकी आवाज़ पुराने तपाक से भरी हुई थी। वह उसी समय हस्पताल से छुट्टी लेकर मेरे होटल आया और मेरे इनकार करने पर भी मेरा सामान उठाकर मुझे अपने घर ले गया।

पता नहीं एक दोस्त होने के नाते मुझे ऐसा करना चाहिए था या नहीं, पर मैंने उसके नौकर से एक दिन अकेले में जनवरीवाली बात—और बातों में कुछ घुमाकर पूछी। पुराना नौकर था, मेरा भी डॉक्टर के समान आदर करता था, इसलिए आदर से बोला, "मुझे तो साहब हर बरस छब्बीस जनवरी का मेला देखने के लिए तीन दिन की छुट्टी दे देते हैं।"

तो...वही तीन दिन : पच्चीस, छब्बीस और सत्ताईस जनवरी! उससे मैंने यह भी मालूम कर लिया था कि उसकी छुट्टी में सिर्फ़ दिन ही शामिल नहीं होते थे,

रातें भी शामिल होती थीं। वह तीन रात बाहर नौकरों के डेरे में रहता था जहाँ उसके गाँव के और लोग भी रहते थे।

नौकर को हर बरस इन्हीं तीन दिनों की छुट्टी देना मुझे स्वाभाविक नहीं लगा। मुझे लगा—कोई भेद है, जो मेरा दोस्त भेद ही रखना चाहता है।

और फिर जब चार महीने बाद जनवरी का महीना आया तो मैंने अपने दोस्त को ख़त लिखा कि मुझे पच्चीस तारीख़ को दिल्ली आना पड़ेगा हालाँकि दिल्ली जाना मैं अभी और एक महीना आगे सरका सकता था। जवाब में उसका ख़त आया "क्या इस तारीख़ को तुम्हारे काम से कोई लगाव हो गया है? तुम दो-चार दिन पहले या बाद में क्यों नहीं आ सकते?"

तो...ज़रूर कोई बात थी जो न वह बता सकता था, न मैं पूछ सकता था। मैं उस महीने दिल्ली नहीं गया। बाद में मार्च में गया, उसी के पास ठहरा और उस बार मैंने दिल्ली में पाँच एकड़ का एक फ़ार्म ख़रीदा, जहाँ साल में कम-से-कम एक महीने रहने का मेरा सपना मुझे हमेशा खींचा करता था। यह सब मेरे दोस्त की मेहनत का ही फल था। फ़ार्म के काग़ज़-पत्र उसी ने देखे-दिखाये थे, दो मालियों का बन्दोबस्त कर दिया था, और फ़ार्म पर एक छोटी-सी रहने की कोठी का नक्शा भी उसने ही बनवा दिया था। मैं वहाँ इमारत शुरू करवाकर वापस बम्बई चला गया था, बाद में उसने ही उसे देखा-सँभाला था, और उसे पूरा बनवाकर मुझे उसकी चाभी भेज दी थी।

फिर...अचानक उसका ख़त आया कि उसने ब्याह कर लिया है। ख़त ख़ुशी से भरा था, इसलिए मैं भी ख़ुश था। पर उलाहना-सा देते हुए मैंने लिखा कि उसने मुझे अपने ब्याह में शामिल होने के लिए क्यों नहीं बुलाया। उसका जवाब आया—"जिस घड़ी ब्याह का फैसला हुआ, मैं उसी घड़ी ब्याह कर लेना चाहता था, नहीं तो शायद कभी न हो सकता। इसलिए तुम्हें बुलाने का समय ही नहीं था।" ख़त में उसने यह नहीं लिखा था कि ब्याह उस घड़ी के टलने के बाद क्यों नहीं हो सकता था। पर यह ज़रूर लिखा हुआ था, "मैं बहुत ख़ुश हूँ, मैं तुम्हारी भाभी से इश्क़ की हद तक मुहब्बत करता हूँ!"—इसलिए मुझे उसके ब्याह में शामिल न होने का जो मलाल था—वह मलाल जैसा नहीं रहा। एक लगन-सी ज़रूर लग गयी कि अब मैं दिल्ली कब जा सकूँगा। इसमें एक और कारण भी शामिल था—मैंने अभी तक अपने फ़ार्मवाले मकान में रहकर नहीं देखा था। वहाँ के मालियों के अलावा मैंने एक ऐसे आदमी का बन्दोबस्त भी कर दिया था जो हर इतवार फ़ार्म पर जाकर फ़ार्म के काम को देखता था और मुझे हिसाब-किताब लिख भेजता था। मेरी आँखों में अपने फ़ार्म की हरियाली हर हफ़्ते पोर-पोर ऊँची होती रहती थी।...

अचानक मेरे दोस्त का फ़ोन आया कि अगर मैं फ़ार्मवाले घर की चाभी उसे

भेज दूँ तो वह तीन दिन वहाँ जाकर रहना चाहता है। यह जनवरी का महीना था। मुझे वही पच्चीस, छब्बीस और सत्ताईस जनवरी के तीन दिन इस बात से जुड़े हुए लगे। मैंने कहा, "मैं कल चाभी भेज दूँगा। वैसे मैं भी दिल्ली आना चाहता हूँ, पर अगर तुम वहाँ अकेले रहना चाहो तो मैं इस महीने नहीं, अगले महीने आ जाऊँगा।" जवाब में उसने कहा, "मैं पच्चीस, छब्बीस और सत्ताईस तारीख़, सिर्फ़ तीन दिन वहाँ रहूँगा। तुम भी आ जाओ, साथ रहेंगे।"

अजीब बात थी—वही तारीख़ें थीं, पर इस बार उसे एतराज़ नहीं था कि मैं इन तारीख़ों में न आऊँ। क्या सुखी ब्याह के बाद भी उसे उन तारीख़ों में अकेलेपन की ज़रूरत न थी? क्यों?—मैंने पूछा, "भाभी का क्या हाल है?" जवाब में कहीं भी संकोच जैसा कुछ नहीं था। वह कह रहा था, "बहुत बढ़िया लड़की है, तुम उससे मिलकर बहुत ख़ुश होगे। हम अट्ठाईस तारीख़ को साथ-साथ घर चलेंगे।"

कुछ पकड़ में नहीं आ रहा था, पर उसका विवाह ठीक था, यही काफ़ी था। मैंने उससे कहा कि मैं पच्चीस तारीख़ को सवेरे पहुँच जाऊँगा—सीधा फ़ार्म पर जाऊँगा, और तुम्हारा इन्तज़ार करूँगा।

उसकी बीवी के लिए मैंने बम्बई से एक प्यारी-सी साड़ी ख़रीदी, और पच्चीस तारीख़ को सवेरे दिल्ली पहुँच गया। फ़ार्म की हरियाली मेरी कल्पना जैसी ही थी। मेरे मन की धरती में भी मानो फूल-पत्ते उग रहे थे। फ़ार्म का इतवारी कारिन्दा वहीं पहुँचा हुआ था—उसने मेरे कहे के मुताबिक़, जिन चीज़ों की मुझे ज़रूरत थी, लाकर रखी हुई थीं। मालियों ने कॉटेज के फाटक को पोंछा, सँवारा और फूलों से सजाया।

शाम गहरी हो चली थी जब मेरा दोस्त आया। इस बार मैं उसके लिए बम्बई के एक दोस्त से फ्रेंच 'कोनयाक' लेकर आया था। बहुत दिन हुए जब उसने एक बार मुझे कोनयाकवाली पिलायी थी और कहा था—कि उसका बस चले तो वह हमेशा कोनयाकवाली चाय ही पिये। इस बार तीन दिन मैं उसे कोनयाकवाली चाय पिलाना चाहता था। यूँ तो डिब्बों के फल और सब्जियाँ मैं बम्बई से ले आया था, पर अपने फ़ार्म की गोभी मैंने अपने हाथों से भूनी थी। मेरे लिए बम्बई की ज़िन्दगी से अलग होने का यह बड़ा प्यारा दिन था...

उस रात पहले कोनयाकवाली चाय और फिर नीट कोनयाक पीते हुए मेरा दोस्त कहने लगा, "तुम कई बरस से कुछ पूछना चाहते थे न? मैं भी कई बरस से तुम्हें कुछ बताना चाहता था..."

यह शायद मिट्टी में से कुछ हरा-सा फूट निकलने का समय था, मैं उसके मुँह की ओर देखने लगा। वह हँस दिया—"ये पच्चीस, छब्बीस और सत्ताईस जनवरी—तीन दिन मेरी समझ से बाहर हैं। तुम्हें कैसे बताऊँ...अच्छा, शुरू से ही बताता हूँ...पूरे पाँच बरस हुए, मेरा एक दोस्त आज के दिन—पच्चीस तारीख़

को—मेरे घर आया था। कमबख़्त जवान भी था, ख़ूबसूरत भी, और बहुत प्यारा शायर भी। दिल्ली से हिन्दुस्तान की सब भाषाओं का पच्चीस जनवरी को एक मुशायरा होता है न—उसे उसी मुशायरे में सरकारी तौर पर बुलाया गया था। पर वह अकेला नहीं आया था...एक बड़ी सुन्दर लड़की उसके साथ थी। अपने शहर में वह उस लड़की से नहीं मिल सकता था—इसलिए यहाँ ले आया था। वहाँ से शायद उसके साथ नहीं आया था, पर यहाँ स्टेशन से उसे साथ लेकर आया था। वे दोनों तीन दिन मेरे घर रहे। पच्चीस की रात को मुशायरा था, छब्बीस को सब शायरों के लिए सरकार की तरफ़ से दावत हुई थी, पर सत्ताईस की रात उन्होंने ज़िन्दगी से और चुरा ली थी। और फिर अलग-अलग गाड़ियों में वापस चले गये थे...”

यह बात सुनते हुए जैसे मैं एक ऐसे दरवाज़े की ओर देख रहा था—जिसके पास मैं बरसों की तलाश के बाद पहुँच तो गया होऊँ, लेकिन अभी यह सोच भी न सकता होऊँ कि उस दरवाज़े के अन्दर क्या है...

कोई कहानी शायद पाँच बरस चलती रही थी, और मेरा दोस्त भी उसके साथ पाँच बरस चलता रहा था—उसके चेहरे पर एक लम्बा रास्ता चलकर आने का-सा अहसास था। कुछ देर साँस लेकर कहने लगा—“पर दिल्ली के तीन दिन वाली बात न उसके घर से छिपी रही, न उस लड़की के घर से। उसकी बीवी बड़ी दुखी थी, और उस लड़की के माता-पिता भी। शहर एक ही था, वैसे भी छोटा...दोनों घरों का वैर सारे शहर में फैल गया। एक की जान के लिए फजीते थे, दूसरे की जान के लिए ख़तरा। पर छह महीने गुज़रे थे कि सारी बात ही निबट गयी। कमबख़्त सारे दिन और सारी रात शराब पीता था, छह महीने में ख़त्म हो गया...”

“क्या मतलब?” मैं काँप-सा गया।

“बे-आयी मौत...” मेरे दोस्त की आवाज़ उसके गले में डूब गयी थी। कोनयाक के तेज़ पाँच-छह घूँट भरकर उसने कहा, “फिर जब अगली जनवरी की पच्चीस तारीख़ आयी, मेरे नाम उस लड़की का बिलखता हुआ ख़त आया कि मैं तीन दिन उस कमरे में किसी को न जाने दूँ जिस कमरे में पिछले बरस वे दोनों रहे थे। उसने ख़त में गेंदे के दो फूल भेजे कि वे फूल मैं उस कमरे में उसी पलँग पर रख दूँ जो उसके सुहाग की सेज था। और उसने लिखा कि दोनों की रूहें तीन दिन उस कमरे में रहेंगी।”

मैं यह बात सुनते ही जैसे मैं नहीं रहा—सिर्फ़ एक अचम्भा था। दोस्त से पूछना चाहता था—‘और तुमने इस बात पर यक़ीन कर लिया?’ पर मेरे कुछ भी पूछने से पहले वह कहने लगा—“मुझे उसका ख़त सिर्फ़ उसका पागलपन लगा था, उसकी दीवानगी—पर दीवानगी का भी शायद कोई जादू होता है। मैंने ख़त को परे रख दिया, पर वे फूल मैं फेंक नहीं सका। यह भी याद आया कि उस कमबख़्त

ने उस लड़की को 'गेंदे का फूल' कहकर यहाँ ही एक नज़्म लिखी थी। तो...मैंने दोनों फूल उस कमरे के पलँग पर रख दिये और दरवाज़े भेड़ दिये। पर उस रात एक अजीब घटना घटी..."

मैं सारे का सारा जैसे अपनी ही आँखों में समा गया था—और दोस्त के मुँह की तरफ़ देख रहा था। वह कहने लगा—"कोई आधी रात गये, मुझे उस कमरे में से किसी के पैरों की आहट आयी, और फिर पैरों की आहट कमरे से निकलकर बाहर रसोई के उस थड़े तक आती हुई मालूम हुई जहाँ पानी का घड़ा रखा हुआ था। फिर घड़े में से पानी लेने की आवाज़ भी आयी और किसी के हाथ की काँच की चूड़ियों की खनक भी..."

"इम्पासिबल..." मेरे मुँह से निकल गया—पर मेरी आवाज़ जैसे काँप-सी रही थी।

मेरा दोस्त कहने लगा—मैंने भी सवेरे उठकर यही सोचा था कि सब मेरी अपनी यादों का भ्रम है—पिछले बरस उस लड़की ने दोनों हाथों में हरे काँच की चूड़ियाँ पहने हुए थीं—और वह सब कुछ उस याद में से मुझे सुनाई दिया था। पर अगली रात भी यही हुआ और उससे अगली रात भी..."

"फिर अगले बरस?"

"अगले बरस भी पच्चीस तारीख़ को उस लड़की का ख़त आया, वही मिन्नत और वही गेंदे के दो फूल...और फिर उसी तरह तीनों रात वही आवाज़ें..."

अब मैं कुछ भी कहने के काबिल नहीं रह गया था। कमरे में मैंने लकड़ियों की आग जलायी हुई थी—सिर्फ़ वही जल रही थी, मैं जैसे बुझ गया था...

दोस्त के मुँह की ओर देखा—आग की लपट से उसका मुँह तप रहा था।

जलती हुई लकड़ियों पर एक नयी लकड़ी रखते हुए मेरा दोस्त कहने लगा, "पूरे तीन बरस इसी तरह होता रहा। उनके सचमुच के मेल को आँखों से देखनेवाला भी जैसे मैं अकेला था, उनकी रूहों के मेल को देखनेवाला भी दुनिया में सिर्फ़ मैं था। इसलिए इस अजीब हक़ीक़त को सिर्फ़ अपने तक ही रखना चाहता था। तुम्हें इसीलिए लिखता था कि तुम इन दिनों न आओ..."

"पर आज फिर पच्चीस तारीख़ है..." इतना ही कहा, स्पष्ट था कि कहना चाहता था—'आज तुम वहाँ क्यों नहीं रहे? आज वहाँ गेंदे के फूल कौन रखेगा?'

वह आग की लाट की तरह हँसने लगा। कुछ देर मेरी ओर देखता रहा, फिर हँसते हुए कहने लगा, "पिछले साल की जुलाई की बात है, हमारे हस्पताल में हमारे साइकाएट्रिस्ट के पास एक केस आया। उसने वह केस मुझसे डिसकस किया कि फलाने शहर से एक लड़की का अजीब केस उसके पास आया है जो साल में तीन दिन बिलकुल बेजान हो जाती है—और हमेशा हर साल...! मुझे लगा, ज़रूर उसी लड़की का केस होगा। मैंने उससे तारीख़ें पूछीं तो वही तारीख़ें थीं—जनवरी की

पच्चीस, छब्बीस और सत्ताईस। उसके माता-पिता सब डॉक्टरों से हारकर उसे यहाँ दिल्ली के हस्पताल में ले आये थे..."

"तुम उससे मिले नहीं?" बुझती हुई लकड़ी के धुएँ की तरह मेरे अन्दर एक हसरत-सी जागी—'काश, मैं एक बार उस लड़की को देख सकता—क्या सच में कोई ऐसी लड़की हो सकती है...?'

मेरे दोस्त ने हाँ में सिर हिला दिया, फिर हँस पड़ा—"मिलना तो था ही, मिला। वही थी। वही हो सकती थी। मुझे देखकर रो पड़ी—उसे ज़बरदस्ती हस्पताल ले आये थे। ज़बरदस्ती राज़ी करना चाहते थे। ज़बरदस्ती उसका ब्याह करना चाहते थे..."

"फिर?"

"मैंने अपने डॉक्टर कोलीग से उससे बातें करने की इजाज़त ले ली थी। उससे रोज़ मिलता था।—एक दिन मैंने उससे कहा, 'तुम जो कहती हो, ठीक है, पूरे तीन दिन उसकी रूह तुम्हारे साथ होती है, तुम्हारी उसके साथ; लेकिन साल के बाक़ी तीन सौ बासठ दिन? तुम उन तीन सौ बासठ दिनों के लिए ब्याह कर लो।' बड़ी दिलवाली लड़की तो वह थी ही, कहने लगी, 'अच्छा, फिर मेरे माता-पिता को समझा दो कि जो आदमी मेरे साथ साल के तीन सौ बासठ दिन के लिए ब्याह करना चाहे, मैं कर लूँगी।'—और उस दिन, उस घड़ी, मुझे सचमुच उससे प्यार हो गया..."

मेरे काँपते हुए से हाथ ने दोस्त के हाथ को छुआ—"तो अब वही...वही तुम्हारी बीवी...?" बुझती हुई लकड़ियों पर रखी हुई नयी लकड़ी की लाट की तरह मेरा दोस्त हँसने लगा—"वही मेरी बीवी है—सिर्फ़ जनवरी की पच्चीस, छब्बीस और सत्ताईस तारीख़ को छोड़कर!..."

दोस्त के आगे भी सिर झुक गया, पर लगा—इस समय मैं उस कमरे की दहलीज़ को सलाम कर रहा था—जिसके अन्दर एक ख़ाली पलँग पर एक जवान लड़की गेंदे के फूल रख रही थी...

अपने-अपने छेद

कोई नहीं जानता—सिर्फ़ ईश्वर और डॉक्टर राव जानते थे कि शीना ने अपनी छाती में एक छेद छिपाया हुआ है...

जिस दिन डॉक्टर राव ने वीरेन्द्र के एक्स-रे सामने रखकर, उसकी पत्नी को अकेले में बुलाकर कहा था, 'मैं कह नहीं सकता वीरेन्द्र की ज़िन्दगी के और कितने दिन बाक़ी हैं, हो सकता है कुछ महीने और बीत जाएँ, पर हो सकता है सिर्फ़ कुछ दिन ही...दिल के चारों हिस्सों में जो कनेक्टिंग वाल्व्ज़ होते हैं, उनमें से एक में एक छेद है जो कुछ हफ़्ते पहले के एक्स-रे में भुलावे-जैसा बारीक़ था, पर इस बार के एक्स-रे में विश्वास के समान बड़ा हो गया है...' और डॉक्टर राव ने ठण्डी कारोबारी आवाज़ में कहा था, 'अगर यह छेद उसी तरह बारीक रहता तो उसे थकान की शिकायत तो रहती ही, पर हो सकता था कि वह कई साल जीता रहता, पर....'

डॉक्टर को 'पर' के आगे कुछ कहने की आवश्यकता नहीं थी। शीना ने जान लिया कि छेद बड़ा होता जा रहा है, और इस छेद में से वीरेन्द्र के साँस झिरते जा रहे हैं। और उसने जब डॉक्टर से कहा, 'अगर क़िस्मत ऐसी ही है, तो आप एक काम कीजिए, उसे इसी तरह गूँगी रहने दीजिए, जैसे वह कई महीनों से है। आप वीरेन्द्र को कुछ न बताइए। अब चाहे कुछ ही महीने बाक़ी हैं, यह कुछ ही दिन, मैं उसके आख़िरी साँस तक उसके साथ इस तरह जीना चाहती हूँ जैसे हमें मिलकर हश्र तक जीना हो...' तो यह सुनकर डॉक्टर राव ने जान लिया था कि शीना ने अपनी छाती में वह छेद छिपा लिया है, और उसे दुनिया का कोई एक्स-रे नहीं देख सकता।

शीना ने यह तो जान लिया कि मौत उसके घर का पता पूछ रही है, पर सोचा—अभी जितने दिन उसे घर नहीं मिलता और अभी जितने दिन वह घर का दरवाज़ा नहीं खड़काती, वह उतने दिन अपने घर को इस तरह सजाना और वीरेन्द्र

के साथ जीना चाहती है जैसे एक मर्द और एक औरत ने दुनिया में पहला घर बसाया हो...

'वीरेन्द्र को बिलकुल मालूम नहीं था कि मौत जल्दी मचा रही है, तब भी न जाने उसके जी में क्या आया, उसने सारे जोड़-तोड़ कर, मेरे लिए यह मकान ख़रीदा।' शीना सोचती रही, 'मुश्किल से पाँच बरस की नौकरी के बचे हुए कुछ पैसे थे, और कुछ उसने अपने माता-पिता की मदद लेकर और कुछ दफ़्तर की, यह छोटा-सा घर ख़रीद लिया...' और शीना को छोटी-छोटी बातें याद आयीं, 'वीरेन्द्र को टसरी रंग के पर्दे पसन्द थे, पर उनके ख़रीदने के लिए पैसे नहीं बचे...घर चाहे सिर्फ़ दो कमरों का ही है, पर उसमें बीस फ़ुट का जो बगीचा है, उसमें वह कलकतिया घास लगवाना चाहता था, उसमें वह दो रंगोंवाली बुगनबेलिया की बेल लगाना चाहता था, उसके एक कोने में वह रातरानी और एक कोने में चम्पा चमेली...और सूरजमुखी के फूल भी...'

और शीना ने ट्रंक में पड़ी हुई सोने की दो चूड़ियाँ बेचकर टसरी रेशम के पर्दे ख़रीद लिये। वीरेन्द्र के पूछने पर शीना ने कहा कि मकान की चट के लिए माँ ने कुछ नहीं भेजा था, इसलिए किसी आते-जाते के हाथ उन्होंने पाँच सौ रुपये भेजे हैं...

शीना सचमुच मन की उस जगह पर खड़ी हो गयी जहाँ कई झूठ भी सच के समान पवित्र होते हैं...

पाँच महीने पहले वीरेन्द्र को, बैडमिण्टन खेलते हुए, अचानक साँस उखड़ता लगा था और उसके बाद वह रोज़ शाम के समय अजीब थकान महसूस करने लगा था। कहीं कोई पीड़ा नहीं थी, पर जैसे हड्डियों में से रोज़ कुछ झड़ रहा हो...और अब पिछले महीने से वीरेन्द्र ने दफ़्तर से भी छुट्टी ले रखी थी...

शीना नर्सरी से एक पौधा रोज़ ख़रीदकर ले आती, और रोज़ सवेरे अपने छोटे-से बग़ीचे में वह वीरेन्द्र के हाथों से ऐसे लगवाती जैसे वीरेन्द्र का एक छोटा-सा अंश रोज़ धरती में बीज रही हो...

शीना का बहुत जी करता वीरेन्द्र का एक छोटा-सा अंश वह अपनी कोख में भी बीज ले...पर अब बहुत देर हो चुकी थी। अब तो डॉक्टर ने कहा था कि अच्छा होता अगर वीरेन्द्र ने ब्याह न किया होता...ऐसे मरीज़ के लिए शरीर की उत्तेजना मृत्यु का झटका भी हो सकती है...'अगर मालूम होता'—शीना के मन में हसरत आयी, पर अब किसी हसरत में भी खो जाने योग्य समय नहीं था, अब समय केवल वीरेन्द्र के मुँह की ओर ताकते रहने का था...शीना जागते हुए वीरेन्द्र को भी ताकती रहती और सोये हुए वीरेन्द्र को भी...

शीना के घर से सटा हुआ घर बहुत समय से ख़ाली था और उसकी ग़ैर-आबादी से कभी-कभी शीना को रात के समय डर लगता था। वह इन दिनों

अचानक बस गया—एक औरत, एक मर्द और दो बच्चे उसकी आबादी बन गये। शीना को दीवार के पार से आनेवाली आवाज़ें अच्छी लगीं, इनमें बच्चों की किलकारियाँ भी थीं और हठ से भरी हुई चीख़ें भी, मर्द और औरत की एक-दूसरे को पुकारने की आवाज़ें भी और एक-दूसरे से किचकिच करने की आवाज़ें भी, और शीना आबादी की इन इलामतों को देखते हुए मुश्किल से मुसकरायी ही थी कि उसे लगा—उस घर की बेआबादी अब रींगते-रींगते दीवार के ऊपर से उतरते-फिसलते इस तरफ़—उसके घर की तरफ़ आ रही है...

शाम का समय था जब शीना के दरवाज़े पर खड़का हुआ। शीना ने अपने पिता और भाई तक को भी अपने हाल की भनक न पड़ने दी थी। वह किसी का हाल-चाल पूछने के लिए आना नहीं चाहती थी। वह नहीं चाहती थी—वीरेन्द्र के मरने से पहले कोई उसे मरने की हालत में देखे। इसलिए इस समय किसी और का आना सम्भव नहीं था—सिवाय डॉक्टर राव के, जो पिछले दिनों में एक बार वीरेन्द्र को इधर से आते-जाते देख गया था...

पर उसका दूसरी बार आना वीरेन्द्र के मन में सन्देह पैदा कर सकता था, इसलिए शीना को दरवाज़े का खड़का अच्छा नहीं लगा। पर झिझककर दरवाज़ा खोलते हुए उसने देखा—आनेवाला डॉक्टर राव नहीं था, पड़ोस के अभी हाल में आबाद हुए मकान की औरत थी।

औरत कुछ संकोच में थी, बोली, "आपके घर में शायद टेलीफ़ोन है, मैं फ़ोन कर लूँ? मैं आपके पड़ोस से मिसेज़ कपूर हूँ..."

शीना ने वीरेन्द्र के कमरे का दरवाज़ा भेड़ते हुए सिर्फ़ इतना कहा, 'वह सो रहे हैं, मिसेज़ कपूर। आप फ़ोन कर लीजिए, लेकिन ज़रा धीरे बोलिएगा, वह जाग न जाएँ...'

साधारण-सा फ़ोन था—औरत ने अपने पति के दफ़्तर का नम्बर मिलाया, पूछा कि वह दफ़्तर में हैं या चले गये। लेकिन फ़ोन करके वह ऐसी निढाल-सी हो गयी कि शीना ने उसे कुर्सी पर बिठाते हुए पानी के लिए भी पूछा, और यह भी कि शायद उसके घर में कोई घबरानेवाली बात हो गयी है और अगर वह कुछ मदद कर सके...

औरत ढली हुई आयु की नहीं थी पर मुरझायी हुई-सी थी। वैसे अब भी अच्छी छब वाली थी, सिर्फ़ आयु से अधिक गम्भीर थी। कहने लगी, 'नहीं, वैसे ही देर हो गयी है, अभी तक वह घर नहीं आये हैं। सोचा, दफ़्तर से मालूम कर लूँ...'

औरत के इन साधारण शब्दों की झिर्रियों से जो चिन्ता छन रही थी, वह साधारण नहीं थी। पर शीना ने इससे ज़्यादा कुछ नहीं पूछा। पूछना ठीक नहीं समझा।

औरत चली गयी। पर रात गये उसके घर से पहले मर्द के ज़ोर-ज़ोर से बोलने की, और फिर औरत के सुबक-सुबककर रोने की आवाज़ आयी, तो शीना को अपना शाम के समय का ख़याल ठीक लगा। औरत की उदासी शायद एक दिन की नहीं थी—इसके पीछे शायद बहुत-से दिन थे।

वीरेन्द्र की कमज़ोरी बढ़ती गयी...वह थोड़ा-सा उठता, बगीचे तक जाता, या सिर्फ़ पास गुसलख़ाने तक, कि उसके माथे पर ठण्डा पसीना आ जाता और वह निढाल-सा चारपाई पर इस तरह लेट जाता कि उसकी बन्द आँखों से यह पता नहीं लगता था—वह सोया है या जाग रहा है। और शीना घर का सब काम दबे पाँव करती रहती—कि कहीं वह खड़के से जाग न जाए।

तीसरे दिन दोपहर को शीना ने खिड़की से देखा कि मिसेज़ कपूर बाहर से कुछ सब्ज़ी ख़रीदकर आयी है, फिर सब्ज़ी को अन्दर जाकर रखकर, शीना के घर की तरफ़ आ रही है...

शीना ने दरवाज़ा खड़कने से पहले ही खोल दिया। मिसेज़ कपूर ने झिझकते स्वर में फ़ोन करने की आज्ञा माँगी। और फिर वही नम्बर, वही दफ़्तर, वही सवाल, और फ़ोन बन्द करते हुए वह भरी आँखों से बेसहारा-सी, कुर्सी पर बैठ गयी।

शीना ने अपने लिए चाय बनायी थी, उसी को दो प्यालों में डालकर एक प्याला उसके आगे रख दिया।

मिसेज़ कपूर ने रस्मी इनकार नहीं किया, शायद उस गरम घूँट की उसे सचमुच आवश्यकता थी। गरम घूँट की भी, और शायद एक स्नेहभरी आवाज़ की भी...

कहने लगी, 'शीना बहन! मैं तुम्हें भी असमय दुख देती हूँ...'

और शीना के भले-से मुँह के आगे उसने मन खोल दिया, 'मेरे पति की ज़िन्दगी में न जाने कितनी औरतें हैं...आज जब सब्ज़ी लेने गयी, दूर से एक कार देखी, लगा वह बैठे हुए हैं, उनके बराबर एक औरत...यह भी सोचा, शायद मेरे मन का वहम है, वह तो दफ़्तर में बैठे हुए होंगे...इसीलिए फ़ोन किया...वह सचमुच दफ़्तर में नहीं हैं...सो वह ही थे...और उनके साथ न जाने कौन थी...' और मिसेज़ कपूर ने बताया कि 'जिस इलाके में वे लोग पहले रहते थे उस घर के बिलकुल पड़ोस में रहनेवाली औरत के यहाँ मिस्टर कपूर ने आने-जाने का सम्बन्ध जोड़ लिया था।' और कहा, 'मैंने सोचा, इस घर में बदलकर आ जाएँगे तो वह सिलसिला ख़त्म हो जाएगा...पर यहाँ भी...यह पता नहीं कौन है...कोई नयी मालूम होती है...'

और मिसेज़ कपूर ने भरी हुई आँखों से कहा, 'जब शाम होती है...मेरा आदमी घर नहीं आता...सोचती हूँ...न जाने इस समय वह किसके पास होगा...उनका रास्ता देखते भी रोती हूँ...और जब घर आ जाते हैं...तब उन्हें देखकर भी रोती हूँ...'

शीना का मन भर आया—'इसका पति जो न जाने किस-किसके पास जाता

है...रात पड़ने पर घर तो लौट आता है...अपनी पत्नी के पास...पर मेरा पति जल्दी, बहुत जल्दी, वहाँ चला जाएगा जहाँ से वह कभी लौटेगा नहीं...और मेरे पास इन्तज़ार करने लायक भी कुछ नहीं होगा...'

और शीना के चेहरे पर जब पिलापी फिर गयी, मिसेज़ कपूर ने अपनत्व से पूछा, 'शीना बहन! तुम्हारे पति बीमार हैं? मैं बहुत दिनों से देख रही हूँ, वह दफ़्तर नहीं जाते, कहीं भी बाहर नहीं जाते', तो शीना का मन उमड़ आया, और जो मन का छेद उसने किसी को नहीं दिखाया था, मिसेज़ कपूर को दिखा दिया।

मिसेज़ कपूर ने कहा कुछ नहीं, पर उसके मन में एक ईर्ष्या-सी पैदा हुई—'यह कितनी भाग्यवान औरत है, इसका पति आख़िरी साँस तक इसका पति है, वह मरकर भी इसके लिए जीता रहेगा...यह उसकी एक-एक याद को जिएगी...उसके लगाये हुए पौधों पर जब फूल आएँगे, इसे हर पत्ती में और हर रंग में अपने पति की महक आएगी।'

और शीना, भरी हुई आँखों से, उठकर जाती हुई मिसेज़ कपूर की पीठ की ओर देखती रही, 'मुझसे तो इसका नसीब अच्छा है...जब उसका पति आता है यह उससे लड़ सकती है, उसके आगे रो सकती है...पर मैं...मैं किससे लड़ूँगी...मैं किसके आगे रोऊँगी...'

और शीना के कानों में अपनी और वीरेन्द्र की वह आवाज़ भर गयी—जब वीरेन्द्र बाहर से आता, उसके लिए फूल ले आता, कहा करता था, 'ओ मेरी इकलौती बीवी! देख...' और शीना उसके कन्धे पर सिर रखते हुए कहा करती थी, 'मेरे इकलौते खाविन्द! अपने हाथों से मेरे बालों में लगा दो...'

और आज—बग़ीचे का एक ताज़ा खिला फूल तोड़कर वीरेन्द्र के कमरे में रखते हुए शीना को लगा, उसकी अपनी छाती का छेद बहुत बड़ा हो गया है।

वह दूसरा

चम्पा हर डाल पर फूला हुआ था, पर हर डाल कनू के सिर से ऊँची थी। एड़ियाँ उचकाकर भी उसका हाथ किसी भी टहनी के सिरे तक नहीं पहुँच रहा था...

कनू को याद आया, माँ कहा करती है, 'कनू, तू भी उतने ही बरस की है जितने बरस का यह पेड़ है।' और कनू सोचने लगी—'फिर यह मुझ-जितना क्यों नहीं है? मैं तो छोटी हूँ, यह बड़ा कैसे हो गगा?'

घर की बाहरी दीवार पेड़ से नीचे थी। कनू को लगा, अगर वह दीवार पर चढ़ जाए तो वहाँ से टहनी पकड़कर वह फूलों का कोई गुच्छा तोड़ सकती है, और वह दीवार पर चढ़ने के लिए पैरों के नीचे छोटे-छोटे पत्थर इकट्ठे करने लगी...

उसने गिट्टियों-जैसे पत्थरों का एक ढेर-सा लगा लिया। पर उन पर खड़े होकर भी कनू के हाथ मुश्किल से दीवार तक पहुँचे। दीवार पर उससे चढ़ा नहीं जा रहा था...

श्रीकृष्ण ने घर के बाहरी दरवाज़े से अन्दर आते हुए जिस समय दाहिनी तरफ़ की दीवार से लगी हुई कनू को देखा, तो उस समय कनू दीवार को हाथ से पकड़े उस पर लटकी हुई-सी थी—उससे न ऊपर चढ़ा जा रहा था, न नीचे ही उतर पा रही थी। श्रीकृष्ण ने दौड़कर कनू को दीवार से उतार लिया, फिर बाँहों में उठाकर ऊँचा उठाया तो कनू ने एक डाल से फूलों का एक गुच्छा तोड़ लिया।

गुच्छे की डण्डी को कनू ने एक तसल्ली से मुट्ठी में ले लिया, और श्रीकृष्ण की बाँहों में से उतरते हुए पूछने लगी, 'अंकल! मामा कहती है यह चम्पा भी मुझ-जितना है, फिर मैं कैसे छोटी हूँ?'

श्रीकृष्ण जानता था कनू खुशी से दूध नहीं पीती, उसकी माँ जब भी उसके लिए गिलास में दूध डालती है, कनू एक आँख-मिचौली-सी खेलना शुरू कर देती है—कभी दरवाज़े के पीछे छिप जाती है, कभी चारपाई के नीचे। इसलिए श्रीकृष्ण

कहने लगा, 'बच्चे आम का पेड़ होते हैं, धीरे-धीरे बड़े होते हैं, पर अगर वे दूध पिएँ तो बहुत जल्दी बड़े हो जाते हैं।'

'पर आम का पेड़ दूध पीता है?' कनू ने पूछा तो श्रीकृष्ण ने उसका हाथ पकड़कर उसे कमरे की ओर लाते हुए कहा, 'मैं तुम्हें एक तसवीर दिखाऊँगा, एक आम के पेड़ की। वह जब दूध पीने लगा तो बहुत जल्दी बड़ा हो गया...'

'आज मैं भी दूध पीऊँगी...' कनू श्रीकृष्ण से अपना हाथ छुड़ाकर कमरे की ओर इस तरह दौड़ी मानो आज उसे ज़िन्दगी का एक रहस्य मालूम हो गया हो...

बैठकवाली मेज़ पर वह फूलदान अभी तक पड़ा हुआ था जिसमें कनू की माँ रोज़ ताजे फूल लगाया करती थी, और जिसमें उसने इधर छह महीने से एक भी फूल नहीं लगाया था। कनू जब मेज़ के पास खड़े होकर हाथ का गुच्छा फूलदान में रखने लगी तो उसने देखा—उसकी पूरी हथेली पर सफ़ेद-सफ़ेद पानी-सा लगा हुआ था और गुच्छे की डण्डी में से अभी भी पानी रिस रहा था...

'मामा! फूल रोता है...' कनू ने हाथ में लिया हुआ फूल का गुच्छा वहीं मेज़ पर रख दिया और अपनी माँ की तरफ़ देखने लगी जो एक कुर्सी पर बैठी हुई थी।

माँ ने एक बार कनू की ओर देखा, एक बार फ़ुलों के गुच्छे की ओर, फिर एक पीड़ा से आँखें मूँद-सी लीं...

श्रीकृष्ण कनू के पीछे-पीछे आ रहा था। उसके पैरों की आहट-सी सुनाई दी तो कनू की माँ ने भरी हुई आँखें खोलीं। कुरसी से थोड़ी-सी उठी, और दूसरी कुरसी की ओर संकेत करते हुए, श्रीकृष्ण से बैठने को कहते हुए, फिर निढाल-सी अपनी कुरसी में धँस गयी। फिर धीरे-से बोली, 'एक तो ईश्वर की मार और दूसरे यह इन बच्चों की बातें...यह फूल तोड़कर ले आयी है तो कह रही है—मामा! फूल रोता है...'

माँ की आवाज़ भर आयी, पर श्रीकृष्ण ने छह महीने से घर के अन्दर-बाहर फैलते सोग को आज हौसले से थाम लिया। बोला, 'कनू! मामा को वह बात नहीं बताओगी?'

'कौन-सी?' एक बार कनू ने कहा, पर ख़ुद ही याद करके कहने लगी, 'मामा! अंकल कहते हैं बच्चे आम के पेड़ होते हैं। अगर वे दूध पिएँ तो बहुत जल्दी बड़े हो जाते हैं...मैं भी दूध पीऊँगी...'

माँ के होठ थोड़े-से खिले और उसने कनू को देखते हुए श्रीकृष्ण की ओर इस तरह देखा मानो उसका एहसान उसने अपनी आँखों में भर लिया हो।

'मैं तुम्हारे लिए दूध ले आऊँ?' माँ ने अपने अंगों में कुछ हिम्मत-सी भरते हुए और कुरसी से उठते हुए कनू से पूछा।

'हाँ, और फूलों के लिए पानी भी...' कनू कह रही थी, तभी श्रीकृष्ण ने कहा,

'चलो, कनू, पानी हम ख़ुद ले आते हैं। हम फूलदान भी अभी धो डालेंगे...'

माँ जाते-जाते दहलीज़ में रुक-सी गयी, और उसने एक बार पीछे दीवार पर लगी हुई कनू के पिता की तसवीर की ओर देखा, अपनी ज़िन्दगी के टूटे हुए पेड़ की ओर, और फिर कनू की ओर देखने लगी, मानो डाल पर से टूटे हुए फूल को देख रही हो...

कनू ने मेज़ पर से फूलों का गुच्छा उठा लिया, और श्रीकृष्ण ने वह फूलदान, जिसके साथ पिछले छह महीनों से फूलों की तक़दीर रूठी हुई थी।....और जब रसोई की दीवार से लगे हुए बाहर के नलके पर श्रीकृष्ण फूलदान को धोकर उसमें फूल लगा रहा था, अन्दर रसोई में कनू के लिए दूध गरम करते हुए उसकी माँ को लगा—मानो श्रीकृष्ण सचमुच वह मेहरबान पानी है, जिसके आने से डाल से टूटा हुआ फूल भी घड़ी-दो-घड़ी हँस सकता है...

कनू के लिए दूध गरम करते हुए वह श्रीकृष्ण के लिए चाय तैयार करने लगी, और पानी की तरह उसके भीतर भी उबाल आने लगा—'मौत का दुःख कोई एक दिन बँटा लेता है, कोई दस दिन—पर उन दस दिनों के बाद कौन पूछता है।...यह श्रीकृष्ण कुछ भी नहीं लगता, सिर्फ़ मरनेवाले का दोस्त...यह ही अब तक खोज-ख़बर लेता रहा है...' और तभी उबलते हुए पानी में से उचटकर पड़ी हुई बूँद के समान ख़याल आया, 'लेकिन कब तक...'

वह दूध का गिलास और चाय के दो प्याले लेकर जब कमरे में आयी, कमरे की हवा में एक हल्की-सी ख़ुशबू थी—मानो बीते हुए दिनों की ख़ुशबू हो, उन दिनों की जब कनू का पिता जीवित था। आज पहला दिन था जब कनू ने जल्दी से दूध का गिलास पी लिया और कहने लगी, 'माँ, माँ! आप मेरे साथ कभी ताश नहीं खेलतीं...पापा खेला करते थे...आज अंकल कह रहे हैं वह मेरे साथ ताश खेलेंगे...'

माँ छह महीने से ख़ाना-पीना भूली हुई थी, पर आज हाथ में लिये हुए चाय के प्याले की पहली घूँट उसने इस तरह भरी मानो उसे एक गरम घूँट की सख़्त तलब हो...

कनू सिर्फ़ एक खेल जानती थी...तीन पत्ती, जो वह अपने पापा से खेला करती थी। पर कनू के खेल में कनू का जीतना जरूरी होता था, और पापा का हारना। कनू की समझ में ताश का खेल सिर्फ़ उसी को जिताने के लिए बना था। वह जब हाथ में ताश के पत्ते लेकर पापा के पीछे-पीछे दौड़ते हुए पापा से ताश खेलने के लिए कहा करती थी, तो पापा आगे-आगे दौड़ते हुए कहा करते थे, 'ना भई, मैं नहीं खेलता, मैं हार जाऊँगा...' और अन्त में कनू पापा को ताश खेलने के लिए मना कर ऐसी ख़ुश हो जाती थी मानो उसने पापा को हार जाने के लिए मना लिया हो...

आज कनू जब श्रीकृष्ण अंकल से ताश खेलने लगी तो पहले दो एक बार अपने पत्ते छोटे और श्रीकृष्ण अंकल के पत्ते बड़े देखकर इतना हैरान हुई मानो आज उसने कोई अजीब बात देखी हो...और उसका नन्हा-सा मुँह ग़ुस्से के कारण रुआँसा हो गया...पर श्रीकृष्ण ने बात समझ ली, और फिर पत्ते बाँटने लगा—इक्के, बादशाह और बेगमें कनू की तरफ़ बाँटने लगा, और छोटे पत्ते अपनी तरफ़...

कनू का खोया हुआ विश्वास लौट आया और वह एक पल में ही वही पुराने दिनों की कनू हो गयी। पास बैठी हुई माँ ने भी जैसे यह कनू आज छह महीनों के बाद देखी हो...उसके अन्तर में एक अचम्भे का सुख-सा अनुभव हुआ—'श्रीकृष्ण को तो मालूम नहीं था कि कनू के पापा सदा बड़े पत्ते कनू को दिया करते थे, फिर उसने यह बात कैसे जान ली...?'

'अंकल हार गये...' कनू हर बार अपने पत्ते दिखाते हुए जब ज़ोर से हँसने लगी तो छह महीनों से उदास खड़ी हुई घर की दीवारें भी कुछ मुसकरा पड़ीं...

अगले दिनों में कनू ने श्रीकृष्ण अंकल के साथ जाकर कभी सरकस देखा, कभी आइसक्रीम खायीं, कभी नया जूता ख़रीदा, और फिर जब माँ उसे स्कूल में दाख़िल करवाने के लिए लेकर चली तो कनू ने ज़िद पकड़ ली कि वह श्रीकृष्ण अंकल के साथ स्कूल जाएगी...

और फिर एक दुर्घटना हो गयी—घर से थोड़ी ही दूर पर एक सरकारी बाग़ था जहाँ पड़ोसियों की लड़की के साथ कनू खेलने गयी। वहाँ बाग़ के कोनेवाली बुर्जी पर चढ़ते समय वह उसकी सीढ़ियों पर से गिर पड़ी और उसकी एक टाँग की हड्डी चटख गयी। यह एक छोटा-सा शहर था जहाँ जल्दी से सिर्फ़ हक़ीम को बुलाया जा सकता था। वह जब अपने अन्दाज से हड्डी चढ़ा रहा था तब उसकी सहायता के लिए केवल श्रीकृष्ण था, जिसने चीख़ें मारती हुई कनू की टाँग को पकड़ रखा था। कनू चीख़ती रही, 'अंकल, मेरी टाँग छोड़ दीजिए,' पर जब उसके कहने के विपरीत श्रीकृष्ण ने उसकी टाँग नहीं छोड़ी तो कनू ने जितनी भी गालियाँ सुनी हुई थीं, वे सब दे दीं...वह पीड़ा से और ग़ुस्से के कारण, रोती रही, और गालियाँ देती रही...

पर हड्डी बैठ गयी, पट्टी बँध गयी, और फिर जब कनू सोकर उठी तो उसकी टाँग में पीड़ा नहीं थी। यह एक ऐसे दिन की घटना थी जो कनू को न जाने क्या दे गयी। दूसरे दिन श्रीकृष्ण की गोद में बैठकर धीमे स्वर में उसने पूछा, 'अंकल! अब आप मेरे पापा हैं न?'

श्रीकृष्ण ने धीरे से कनू का माथा चूम लिया—उसे लगा, जो बात वह स्वयं नहीं कह पा रहा था, वह कनू ने कह दी थी...और फिर मानो इस बात का जवाब देने के लिए उसने कनू की माँ से हिम्मत माँगी—एक नज़र भरकर उसकी ओर देखा...

माँ कनू के प्रश्न से शायद बहुत सकुचा गयी थी, जल्दी से कनू से कहने लगी, 'यह अंकल हैं, बेटा...तुम्हारे पापा तो वह थे...' और उसने कनू को दीवार पर लगी हुई तसवीर की ओर देखने का संकेत किया...

कनू ने उधर भी देखा, और फिर श्रीकृष्ण के कन्धे से लगकर बोली, 'यह भी पापा हैं...'

और श्रीकृष्ण ने बच्ची को कसकर अपने गले से लगा लिया...

फिर पता लगा कि जंग में काम आये हुए अफ़सरों की विधवाओं को सरकार सहायता दे रही है—ज़मीनें भी, और ज़मीनों पर मकान बनाने के लिए रुपया भी। कनू की माँ को बड़े शहर जाकर कुछ फ़ार्म भरने थे, इसलिए गयी। पर जब वापस आयी, वह अकेली नहीं थी, उसके साथ कनू के पापा के रैंक का एक अफ़सर था जो सरकारी लिखा-पढ़ी में उसकी सहायता करने के लिए उसके साथ आया था...

श्रीकृष्ण उसी प्रकार आता रहा, कनू से खेलता रहा। पर कुछ दिनों बाद एक दिन अचानक उसने कनू से कहा, 'हम यहाँ नहीं, बाहर बाग़ में चलकर ताश खेलेंगे'...और बाग़ में जाकर वह उसी तरह पत्ते बाँटता रहा, कनू जीतती रही और हँसती रही। पर श्रीकृष्ण शायद आज पहले की तरह उसकी हँसी में शामिल नहीं था। कनू अचानक ताश छोड़कर पूछने लगी, 'अंकल! आप हँसते नहीं? आप हार जाते हैं न, इसलिए?'

श्रीकृष्ण को लगा, कनू के प्रश्न पर उसकी आँखें गीली हो आयी थीं—शायद कुछ भीतर से रिसकर आँखों में आ गया था। उसने कनू को कसकर अपने गले से लगा लिया—उसके मुँह से निकला, 'कनू बेटा! लगता है हम दोनों ही हार गये हैं।'

ख़बर शहर के एक कोने से निकली—कचहरी से—और फिर फैल गयी—कि कनू की माँ ने उस अफ़सर से शादी कर ली है...

पर कचहरी ने जिस ख़बर की सूचना कई दिन बाद दी थी, श्रीकृष्ण के मन ने कई दिन पहले दे दी थी—अब कचहरी ने भी दे दी तो श्रीकृष्ण ने अपना माथा अपनी आँखों के आगे झुका लिया...

केवल, कई दिन बाद, जब वह एक बार, गहरी सन्ध्या पड़े, उस बाज़ार से गुज़र रहा था जो कनू के घर के पास था, तो उसने कनू को अकेले उस बाज़ार

में घूमते हुए देखा। उससे रहा नहीं गया—पास जाकर उसने कनू को उठा लिया, पूछा, 'तुम इस वक़्त ठण्ड में यहाँ क्या कर रही हो?'

कनू के हाथ में एक रुपये का नोट था, वह उसे दिखाते हुए बोली, 'वह जो पापा है न, उसने कहा था—तुम यह पैसा ले लो और बाहर जाकर खेलो...और बाज़ार में जाकर गोलियाँ ख़रीद लेना...।'

श्रीकृष्ण ने एक दूकान से चाकलेट ख़रीदकर कनू को दिया। फिर उसे उठाकर उसके घर के दरवाज़े तक छोड़ गया। पर कनू को यह नहीं मालूम है कि श्रीकृष्ण कितनी ही देर बाहर सड़क पर अँधेरे में खड़ा रहा...और कनू से कहता रहा, 'मैं तुमसे कहा करता था न, कनू—हम दोनों ही हार गये हैं...'

फिर उसके बाद किसी की आवाज़ किसी तक नहीं पहुँची...

श्रीकृष्ण नहीं जानता कि कनू ने एक दिन बुख़ार के ज़ोर में एक ही बात की रट लगा दी थी—'पापा कहाँ हैं?' और माँ ने जब इशारा करके कहा था—'यह है तेरा पापा' तो कनू ने सिर फेर लिया था, और कहा था, 'यह नहीं, वह दूसरा...'

यह कहानी नहीं

पत्थर और चूना बहुत था, लेकिन अगर थोड़ी-सी जगह पर दीवार की तरह उभरकर खड़ा हो जाता, तो घर की दीवारें बन सकता था। पर बना नहीं। वह धरती पर फैल गया, सड़कों की तरह, और वे दोनों तमाम उम्र उन सड़कों पर चलते रहे...

सड़कें, एक-दूसरे के पहलू से भी फटती हैं, एक-दूसरे के शरीर को चीरकर भी गुज़रती हैं, एक-दूसरे से हाथ छुड़ाकर गुम भी हो जाती हैं, और एक-दूसरे के गले से लगकर एक-दूसरे में लीन भी हो जाती थीं। वे एक-दूसरे से मिलते रहे, पर सिर्फ़ तब, जब कभी-कभार उनके पैरों के नीचे बिछी हुई सकड़ें एक-दूसरे से आकर मिल जाती थीं।

घड़ी-पल के लिए शायद सड़कें भी चौंककर रुक जाती थीं और उनके पैर भी...

और तब शायद दोनों को उस घर का ध्यान आ जाता था जो बना नहीं था...

बन सकता था, फिर क्यों नहीं बना? वे दोनों हैरान-से होकर पाँवों के नीचे की ज़मीन को ऐसे देखते थे जैसे यह बात उस ज़मीन से पूछ रहे हों...

और फिर वे कितनी ही देर ज़मीन की ओर ऐसे देखने लगते मानो वे अपनी नज़र से ज़मीन में उस घर की नींवें खोद लेंगे।...

और कई बार सचमुच वहाँ जादू का एक घर उभरकर खड़ा हो जाता और वे दोनों ऐसे सहज मन हो जाते मानो बरसों से उस घर में रह रहे हों...

यह उनकी भरपूर जवानी के दिनों की बात नहीं, अब की बात है, ठण्डी उम्र की बात, कि अ एक सरकारी मीटिंग के लिए स के शहर गयी। अ को भी वक़्त ने

स जितना सरकारी ओहदा दिया है, और बराबर की हैसियत के लोग जब मीटिंग से उठे, सरकारी दफ़्तर ने बाहर के शहरों से आनेवालों के लिए वापसी टिकट तैयार रखे हुए थे, स ने आगे बढ़कर अ का टिकट ले लिया, और बाहर आकर अ से अपनी गाड़ी में बैठने के लिए कहा।

पूछा—'सामान कहाँ है?'

'होटल में!'

स ने ड्रावर से पहले होटल और फिर वापस घर चलने के लिए कहा।

अ ने आपत्ति नहीं की, पर तर्क के तौर पर कहा—'प्लेन में सिर्फ़ दो घण्टे बाक़ी हैं, होटल होकर मुश्किल से एयरपोर्ट पहुँचूँगी।'

'प्लेन कल भी जाएगा, परसों भी, रोज़ जाएगा।' स ने सिर्फ़ इतना कहा, फिर रास्ते में कुछ नहीं कहा।

होटल से सूटकेस लेकर गाड़ी में रख लिया, तो एक बार अ ने फिर कहा—'वक़्त थोड़ा है, प्लेन मिस हो जाएगा।'

स ने जवाब में कहा—'घर पर माँ इन्तज़ार कर रही होगी।'

अ सोचती रही कि शायद स ने माँ को इस मीटिंग का दिन बताया हुआ था, पर वह समझ नहीं सकी—क्यों बताया था?

अ कभी-कभी मन से यह 'क्यों' पूछ लेती थी, पर जवाब का इन्तज़ार नहीं करती थी। वह जानती थी—मन के पास कोई जवाब नहीं था। वह चुप बैठी शीशे में से बाहर शहर की इमारतों को देखती रही...

कुछ देर बाद इमारतों का सिलसिला टूट गया। शहर से दूर बाहर की आबादी आ गयी, और पाम के बड़े-बड़े पेड़ों की क़तारें शुरू हो गयीं...

समुद्र शायद पास ही था, अ के साँस नमकीन-से हो गये। उसे लगा—पाम के पत्तों की तरह उसके हाथों में कम्पन आ गया था—शायद स का घर भी अब पास था...

पेड़ों-पत्तों में लिपटी हुई-सी एक कॉटेज के पास पहुँचकर गाड़ी खड़ी हो गयी। अ भी उतरी, पर कॉटेज के भीतर जाते हुए एक पल के लिए बाहर केले के पेड़ के पास खड़ी हो गयी। जी किया—अपने काँपते हुए हाथों को यहाँ बाहर केले के काँपते हुए पत्तों के बीच में रख दे। वह स के साथ भीतर कॉटेज में जा सकती थी, पर हाथों की वहाँ ज़रूरत नहीं थी—इन हाथों से न वह अब स को कुछ दे सकती थी, न स से कुछ ले सकती थी...

माँ ने शायद गाड़ी की आवाज़ सुन ली थी, बाहर आ गयी। उन्होंने हमेशा की तरह अ का माथा चूमा और कहा—'आओ, बेटी!'

इस बार अ बहुत दिनों बाद माँ से मिली थी, पर माँ ने उसके सिर पर हाथ

फेरते हुए—जैसे सिर पर से बरसों का बोझ उतार दिया हो—और उसे भीतर ले जाकर बिठाते हुए उससे पूछा—'क्या पियोगी, बेटी?'

स भी अब तक भीतर आ गया था, माँ से कहने लगा—'पहले चाय बनवाओ, फिर खाना!'

अ ने देखा—ड्राइवर गाड़ी से उसका सूटकेस अन्दर ला रहा था। उसने स की ओर देखा, कहा—'बहुत थोड़ा वक़्त है, मुश्किल से एयरपोर्ट पहुँचूँगी।'

स ने उससे नहीं, ड्राइवर से कहा—'कल सवेरे जाकर परसों का टिकट ले आना।' और माँ से कहा—'तुम कहती थीं कि मेरे कुछ दोस्तों को खाने पर बुलाना है, कल बुला लो।'

अ ने स की जेब की ओर देखा जिसमें उसका वापसी का टिकट पड़ा हुआ था, कहा—'पर यह टिकट बरबाद जाएगा...'

माँ रसोई की तरफ़ जाते हुए खड़ी हो गयी, और अ के कन्धे पर अपना हाथ रखकर कहने लगी—'टिकट का क्या है, बेटी! इतना कह रहा है, रुक जाओ।'

पर क्यों? अ के मन में आया, पर कहा कुछ नहीं। कुर्सी से उठकर कमरे के आगे बरामदे में जाकर खड़ी हो गयी। सामने दूर तक पाम के ऊँचे-ऊँचे पेड़ थे। समुद्र परे था। उसकी आवाज़ सुनाई दे रही थी। अ को लगा—सिर्फ़ आज का 'क्यों' नहीं, उसकी ज़िन्दगी के कितने ही 'क्यों' उसके मन के समुद्र के तट पर इन पाम के पेड़ों की तरह उगे हुए हैं, और उनके पत्ते अनेक वर्षों से हवा में काँप रहे हैं।

अ ने घर के मेहमान की तरह चाय पी, रात को खाना खाया, और घर का गुसलख़ाना पूछकर रात को सोने के समय पहननेवाले कपड़े बदले। घर में एक लम्बी बैठक थी, ड्राइंग-डाइनिंग, और दो और कमरे थे—एक स का, एक माँ का। माँ ने ज़िद करके अपना कमरा अ को दे दिया, और स्वयं बैठक में सो गयी।

अ सोनेवाले कमरे में चली गयी, पर कितनी ही देर झिझकी हुई-सी खड़ी रही। सोचती रही—मैं बैठक में एक-दो रातें मुसाफ़िरों की तरह ही रह लेती, ठीक था, यह कमरा माँ का है, माँ को ही रहना चाहिए था...

सोनेवाले कमरे के पलँग में, पर्दों में, और अलमारी में एक घरेलू-सी बू-बास होती है, अ ने इसका एक घूँट-सा भरा। पर फिर अपना साँस रोक लिया मानो अपने ही साँसों से डर रही हो...

बराबर का कमरा स का था। कोई आवाज़ नहीं थी। घड़ी पहले स ने सिर-दर्द की शिकायत की थी, नींद की गोली खायी थी, अब तक शायद सो गया था। पर बराबरवाले कमरों की भी अपनी एक बू-बास होती है, अ ने एक बार उसका भी एक घूँट पीना चाहा, पर साँस रुका रहा।

फिर अ का ध्यान अलमारी के पास नीचे फ़र्श पर पड़े हुए अपने सूटकेस

की ओर गया, और उसे हँसी-सी आ गयी—यह देखो मेरा सूटकेस, मुझे सारी रात मेरी मुसाफ़िरी की याद दिलाता रहेगा....

और वह सूटकेस की ओर देखते हुए, थकी हुई-सी, तकिये पर सिर रखकर लेट गयी...

न जाने कब नींद आ गयी। सोकर जागी तो ख़ासा दिन चढ़ा हुआ था। बैठक में रात को होनेवाली दावत की हलचल थी।

एक बार तो अ आँखें झपककर रह गयी—बैठक में सामने स खड़ा था—चारख़ाने का नीले रंग का तहमद पहने हुए। अ ने उसे कभी रात के सोने के समय के कपड़ों में नहीं देखा था। हमेशा दिन में ही देखा था—किसी सड़क पर, सड़क के किनारे किसी कैफ़े में, होटल में, या किसी सरकारी मीटिंग में—उसकी यह पहचान नयी-सी लगी, आँखों में अटक-सी गयी...

अ ने भी इस समय नाइट सूट पहना हुआ था। पर अ ने बैठक में आने से पहले उस पर ध्यान नहीं दिया था, अब ध्यान आया तो अपना-आप ही अजीब लगने लगा—साधारण से असाधारण-सा होता हुआ...

बैठक में खड़ा हुआ स, अ को आते हुए देखकर कहने लगा—'ये दो सोफ़े हैं, इन्हें लम्बाई के रुख रख लें। बीच में जगह खुली हो जाएगी।'

अ ने सोफ़ों को पकड़वाया, छोटी मेज़ों को उठाकर कुर्सियों के बीच में रखा। फिर माँ ने चौके से आवाज़ दी तो अ ने चाय लाकर मेज़ पर रख दी।

चाय पीकर स ने उससे कहा—'चलो, जिन लोगों को बुलाना है, उनके घर जाकर कह आएँ और लौटते हुए कुछ फल लेते आएँ।'

दोनों ने पुराने परिचित दोस्तों के घर जाकर दस्तक दी, सन्देशे दिये, रास्ते से चीज़ ख़रीदीं, फिर वापस आकर दोपहर का खाना खाया, और फिर बैठक को फूलों से सजाने में लग गये।

दोनों ने रास्ते में साधारण-सी बातें की थीं—फल कौन-कौन-से लेने हैं? पान लेने हैं या नहीं? ड्रिंक्स के साथ के लिए कबाब कितने ले लें? फलाँ का घर रास्ते में पड़ता है, उसे भी बुला लें?—और यह बातें वे नहीं थीं जो सात बरस बाद मिलनेवाले करते हैं।

अ को सवेरे दोस्तों के घर पर पहली-दूसरी दस्तक देते समय ही सिर्फ़ थोड़ी-सी परेशानी महसूस हुई थी। वे भले ही स के दोस्त थे, पर एक लम्बे समय से अ को जानते थे, दरवाज़ा खोलने पर बाहर उसे स के साथ देखते तो हैरान-से हो कह उठते—'आप!'

पर वे जब अकेले गाड़ी में बैठते, तो स हँस देता—'देखा, कितना हैरान हो गया, उससे बोला भी नहीं जा रहा था।'

और फिर एक-दो बार के बाद दोस्तों की हैरानी भी उनकी साधारण बातों

में शामिल हो गयी। स की तरह अ भी सहज मन से हँसने लगी।

शाम के समय स ने छाती में दर्द की शिकायत की। माँ ने कटोरी में ब्राण्डी डाल दी, और अ से कहा—'लो, बेटी! यह ब्राण्डी इसकी छाती पर मल दो।'

इस समय तक शायद इतना कुछ सहज हो चुका था, अ ने स की क़मीज़ के ऊपरवाले बटन खोले, और हाथ से उसकी छाती पर ब्राण्डी मलने लगी।

बाहर पाम के पेड़ों के पत्ते और केलों के पत्ते शायद अभी भी काँप रहे थे, पर अ के हाथ में कम्पन नहीं था। एक दोस्त समय से पहले आ गया था, अ ने ब्राण्डी में भीगे हुए हाथों से उसका स्वागत करते हुए उसे नमस्कार भी किया, और फिर कटोरी में हाथ डोबकर बाक़ी रहती ब्राण्डी को उसकी गर्दन पर मल दिया—कन्धों तक।

धीरे-धीरे कमरा मेहमानों से भर गया। अ फ्रिज़ से बरफ़ निकालती रही और सादा पानी भर-भर फ्रिज़ में रखती रही। बीच-बीच में रसोई की तरफ़ जाती, ठण्डे कबाब फिर से गरम करके ले आती। सिर्फ़ एक बार जब स ने अ के कान के पास होकर कहा—'तीन-चार तो वे लोग भी आ गये हैं, जिन्हें बुलाया नहीं था। ज़रूर किसी दोस्त ने उनसे भी कहा होगा, तुम्हें देखने के लिए आ गये हैं'—तो पल भर के लिए अ की स्वाभाविकता टूटी, पर फिर जब स ने उससे कुछ गिलास धोने के लिए कहा, तो वह उसी तरह सहज मन हो गयी।

महफ़िल गरम हुई, रात ठण्डी हुई, और जब लगभग आधी रात के समय सब चले गये, अ को सोनेवाले कमरे में जाकर अपने सूटकेस में से रात के कपड़े निकालकर पहनते हुए लगा कि सड़कों पर बना हुआ जादू का घर अब कहीं भी नहीं था...

यह जादू का घर उसने कई बार देखा था—बनते हुए भी, मिटते हुए भी, इसलिए वह हैरान नहीं थी। सिर्फ़ थकी-थकी-सी तकिये पर सिर रखकर सोचने लगी—कब की बात है...शायद पचीस बरस हो गये—नहीं, तीस बरस...जब पहली बार वे ज़िन्दगी की सड़कों पर मिले थे—अ किस सड़क से आयी थी, स कौन-सी सड़क से आया था, दोनों पूछना भी भूल गये थे, और बताना भी। वे निगाह नीची किये, ज़मीन में नींवें खोदते रहे, और फिर यहाँ जादू का एक घर बनकर खड़ा हो गया, और वे सहज मन से सारे दिन उस घर में रहते रहे।

फिर जब दोनों की सड़कों ने उन्हें आवाज़ें दीं, वे अपनी-अपनी सड़क की ओर जाते हुए चौंककर खड़े हो गये। देखा—दोनों सड़कों के बीच एक गहरी खाई थी। स कितनी ही देर उस खाई की ओर देखता रहा, जैसे अ से पूछ रहा हो कि इस खाई को तुम किस तरह पार करोगी? अ ने कहा कुछ नहीं था, पर स की हाथ के ओर देखा था, जैसे कह रही हो—तुम हाथ पकड़कर पार करा लो, मैं मजहब की इस खाई को पार कर जाऊँगी।

फिर स का ध्यान ऊपर की ओर गया था, अ के हाथ की ओर। अ की उँगली में हीरे की एक अँगूठी चमक रही थी। स कितनी देर तक देखता रहा, जैसे पूछ रहा हो—तुम्हारी उँगली पर यह जो कानून का धागा लिपटा हुआ है, मैं इस का क्या करूँगा? अ ने अपनी उँगली की ओर देखा था और धीरे से हँस पड़ी थी, जैसे कह रही हो—तुम एक बार कहो, मैं कानून का यह धागा नाख़ूनों से खोल दूँगी। नाख़ूनों से नहीं खुलेगा तो दाँतों से खोल दूँगी।

पर स चुप रहा था, और अ भी चुप खड़ी रह गयी थी। पर जैसे सड़कें एक ही जगह पर खड़ी हुई भी चलती रहती हैं, वे भी एक जगह पर खड़े हुए चलते रहे...

फिर एक दिन स के शहर से आनेवाली सड़क अ के शहर आ गयी थी, और अ ने स की आवाज़ सुनकर अपने एक बरस के बच्चे को उठाया था और बाहर सड़क पर उसके पास आकर खड़ी हो गयी थी। स ने धीरे-से हाथ आगे करके सोये हुए बच्चे को अ से ले लिया था और अपने कन्धे से लगा लिया था। और फिर वे सारे दिन उस शहर की सड़कों पर चलते रहे...

वे उनकी भरपूर जवानी के दिन थे—उनके लिए न धूप थी, न ठण्ड। और फिर जब चाय पीने के लिए वे एक कैफ़े में गये तो बैरे ने एक मर्द, एक औरत और एक बच्चे को देखकर एक अलग कोने की कुर्सियाँ पोंछ दी थीं। और कैफ़े के उस अलग कोने में एक जादू का घर बनकर खड़ा हो गया था...

और एक बार...अचानक चलती हुई रेलगाड़ी में मिलाप हो गया था। स भी था, माँ भी, और स का एक दोस्त भी। अ की सीट बहुत दूर थी, पर स के दोस्त ने उससे अपनी सीट बदल ली थी और उसका सूटकेस उठाकर स के सूटकेस के पास रख दिया था। गाड़ी में दिन के समय ठण्ड नहीं थी, पर रात ठण्डी थी। माँ ने दोनों को एक कम्बल दे दिया था, आधा स के लिए, आधा अ के लिए। और चलती हुई गाड़ी में उस साझे के कम्बल के किनारे जादू के घर की दीवारें बन गयी थीं...

जादू की दीवारें बनती थीं, मिटती थीं, और आख़िर उनके बीच खँडहरों की-सी ख़ामोशी का एक ढेर लग जाता था...

स को कोई बन्धन नहीं था। अ को था। पर वह तोड़ सकती थी। फिर यह क्या था कि वे तमाम उम्र सड़कों पर चलते रहे...

अब तो उम्र बीत गयी—अ ने उम्र के तपते दिनों के बारे में भी सोचा और अब के ठण्डे दिनों के बारे में भी। लगा—सब दिन, सब बरस पाम के पत्तों की तरह हवा में खड़े काँप रहे थे।

बहुत दिन हुए, एक बार अ ने बरसों की ख़ामोशी को तोड़कर पूछा था—'तुम बोलते क्यों नहीं? कुछ भी नहीं कहते। कुछ तो कहो!'

पर स हँस दिया था, कहने लगा—'यहाँ रोशनी बहुत है, हर जगह रोशनी होती है, मुझसे बोला नहीं जाता।'

और अ का जी किया था—वह एक बार सूरज को पकड़कर बुझा दे...

सड़कों पर सिर्फ़ दिन चढ़ते हैं। रातें तो घरों में होती हैं...पर घर कोई था नहीं, इसलिए रात भी कहीं नहीं थी—उनके पास सिर्फ़ सड़कें थीं, और सूरज था, और स सूरज की रोशनी में बोलता नहीं था।

एक बार बोला था—

वह चुप-सा बैठा हुआ था जब अ ने पूछा था—'क्या सोच रहे हो?' तो वह बोला—'सोच रहा हूँ, लड़कियों से फ़्लर्ट करूँ और तुम्हें दुःखी करूँ।'

पर इस तरह अ दुखी नहीं, सुखी हो जाती। इसलिए अ भी हँसने लगी थी, स भी।

और फिर एक लम्बी ख़ामोशी...

कई बार अ के जी में आता था—हाथ आगे बढ़ाकर स को उसकी ख़ामोशी में से बाहर ले आये, वहाँ तक जहाँ तक दिल का दर्द है। पर वह अपने हाथों को सिर्फ़ देखती रहती थी, उसने हाथों से कभी कुछ कहा नहीं था।

एक बार स ने कहा था—'चलो, चीन चलें!'

'चीन?'

'जाएँगे, पर आएँगे नहीं!'

'पर चीन क्यों?'

यह 'क्यों' भी शायद पाम के पेड़ के समान था जिसके पत्ते फिर हवा में काँपने लगे...

इस समय अ ने तकिये पर सिर रखा हुआ था, पर नींद नहीं आ रही थी। स बराबर के कमरे में सोया हुआ था, शायद नींद की गोली खाकर।

अ को न अपने जागने पर गुस्सा आया, न स की नींद पर। वह सिर्फ़ यह सोच रही थी—कि वे सड़कों पर चलते हुए जब कभी मिल जाते हैं तो वहाँ घड़ी-पहर के लिए एक जादू का घर क्यों बनकर खड़ा हो जाता है?

अ को हँसी-सी आ गयी—तपती हुई जवानी के समय तो ऐसा होता था, ठीक है, लेकिन अब क्यों होता है? आज क्यों हुआ?

यह न जाने क्या था, जो उम्र की पकड़ में नहीं आ रहा था...

बाक़ी रात न जाने कब बीत गयी—अब दरवाज़े पर धीरे-से खटका करता हुआ ड्राइवर कह रहा था कि एयरपोर्ट जाने का समय हो गया है...

अ ने साड़ी पहनी, सूटकेस उठाया, स भी जागकर अपने कमरे से आ गया,

और वे दोनों उस दरवाज़े की ओर बढ़े जो बाहर सड़क की ओर खुलता था...

ड्राइवर ने अ के हाथ से सूटकेस ले लिया था, अ को अपने हाथ और ख़ाली-ख़ाली से लगे। वह दहलीज़ के पास अटक-सी गयी, फिर जल्दी से अन्दर गयी और बैठक में सोयी हुई माँ को ख़ाली हाथों से प्रणाम करके बाहर आ गयी...

फिर एयरपोर्टवाली सड़क शुरू हो गयी, ख़त्म होने को भी आ गयी, पर स भी चुप था, अ भी...

अचानक स ने कहा—'तुम कुछ कहने जा रही थीं?'

'नहीं।'

और वह फिर चुप हो गया।

फिर अ को लगा—शायद स को भी—कि बहुत कुछ कहने को था, बहुत कुछ सुनने को, पर बहुत देर हो गयी थी, और अब सब शब्द ज़मीन में गड़ गये थे—पाम के पेड़ बन गये थे और मन के समुद्र के पास लगे हुए उन पेड़ों के पत्ते शायद तब तक काँपते रहेंगे जब तक हवा चलती रहेगी...

एयरपोर्ट आ गया और पाँवों के नीचे स के शहर की सड़क टूट गयी...

अब सामने एक नयी सड़क थी—जो हवा में से गुज़रकर अ के शहर की एक सड़क से जा मिलने को थी...

और वहाँ जहाँ दो सड़कें एक-दूसरे के पहलू से निकलती हैं, स ने धीरे से अ को अपने कन्धे से लगा लिया। और फिर वे दोनों काँपते हुए, पाँवों के नीचे की ज़मीन को इस तरह देखने लगे, जैसे उन्हें उस घर का ध्यान आ गया हो जो नहीं बना था...

वह आदमी

बीस बरस तक उसे एक ही सपना आता रहा...

जिस दफ़्तर में वह नौकरी करता था, उसका मालिक ख़ुश था कि वह दफ़्तर के सारे डायल पर घड़ी की सुई की तरह घूमता था। उसे किसी काम को याद दिलाने की ज़रूरत नहीं पड़ती थी। यानी घड़ी को चाबी देने की ज़रूरत नहीं थी। उसका मालिक कभी-कभी सोचता था—घड़ी तो कभी-कभी रुक जाती है, सिर्फ़ वक़्त नहीं रुकता...वह ज़िन्दगी के वक़्त की तरह है...

वह दफ़्तर की चारदीवारी में से निकलता और सीधा घर की चारदीवारी में दाखिल हो जाता। उसकी बीवी ख़ुश थी—छोटी से लेकर बड़ी जरूरतों तक वह जो चाहती उससे माँग सकती थी। वह कभी मना नहीं करता था। घर में कुछ भी गिरता, टूटता, खोता, वह कभी माथे पर बल नहीं डालता था।

चार-चार दीवारों के दो परकोटे थे—जिनमें दफ़्तर का मालिक दिन की तरह चढ़ता था, और घर की बीवी रात सरीखी पड़ती थी—सिर्फ़ अज्ञात रोग की तरह। उसे एक बात पता थी कि यह सबकुछ एक पराया सपना था...

और पूरे बीस बरसों तक उसे यह पराया सपना आता रहा...

सिर्फ़ जो तेवर उसके माथे पर नहीं पड़े थे, वे उसके अन्तस में पड़ गये थे। वे उसके ही दिल पर पड़ गये थे—और दिल एक तेवर के कसे हुए मांस की तरह हो गया था।

उसे लगता वह परायी नींद सोता था, परायी नींद जागता था।

फिर एक हादसा हुआ। उसकी बीवी को छोटे-से ऑपरेशन की ज़रूरत थी। अच्छी-भली अस्पताल गयी, पर ज़िन्दा वापस नहीं आयी।

और उसकी ज़िन्दगी का एक परकोटा टूट गया—भगवान के हाथों से...पर दूसरा बाक़ी था—उसे उसने दूसरे दिन भगवान की रीस में अपने हाथों से तोड़ दिया!...अपनी नौकरी से इस्तीफ़ा दे दिया।

और इस तरह एकबारगी चार-चार दीवारों के दोनों परकोटे टूट गये।

उसे बीवी की मौत पर अफ़सोस था—पर इस तरह जैसे एक नरम दिलवाले इनसान को पड़ोसी के घर हुई मौत पर अफ़सोस होता है, या अख़बार में किसी दूर पास के व्यक्ति की मौत की ख़बर पढ़कर होता है। पल-भर के लिए आदमी का मुँह उतर जाता है, मन भी, पर फिर आदमी अपने काम-धन्धे में लग जाता है।

वह भी काम-धन्धे में लग गया।

उसका सबसे पहला काम था—कि घर में उसको जो भी चीज़ फालतू लगती, उसे वह आधी-चौथाई क़ीमत पर बेचकर, जगह ख़ाली कर रहा था।

रेडियोग्राम उसके लिए सबसे फालतू चीज़ थी—निरा शोर, उसने सबसे पहले उससे छुटकारा पाया। 'कुकिंग रेंज' ने भी यूँ ही जगह घेर रखी थी—उसे तो कुछ पकाने के लिए सिर्फ़ आग की एक लपट चाहिए थी, और आग की लपट के लिए दो-एक ईंटें बहुत थीं। फ्रिज़ ने यूँ ही पसारा किया हुआ था—उसे दो जून की ताज़ा रोटी में से कुछ भी बचाकर रखने की ज़रूरत नहीं थी। महँगे स्टील के बर्तन बिलकुल फ़िज़ूल थे—एब हाँडी, एक तवा, और एक-आध प्लेट-प्याला, लकड़ी या एक-आध और कोई बर्तन बहुत था। वाशिंग मशीन एक़दम निकम्मी चीज़ थी, वह अपना क़मीज़-कुर्त्ता रोज़ अपने हाथ से धो सकता था। महँगी कुर्सियाँ और मेज़ तो उसे बिलकुल नहीं चाहिए थे—लकड़ी के एक-दो मूढ़े उसके लिए काफ़ी थे।

बिजली, पानी, टेलीफ़ोन, हाउस टैक्स और इन्कम टैक्स के बिल अदा कर दिये थे। अब उसने फैसला किया कि ये सब आख़िरी बिल थे। अब वह इनकी अदायगी के लिए किसी क़तार में खड़ा नहीं होगा।

उसे सिर्फ़ ख़ाली जगह चाहिए थी—अपने बैठने के लिए, अपने खड़े होने के लिए, अपने सोने के लिए, और अपने जागने के लिए...

चीज़ों ने जगह ख़ाली कर दी, पर यह काफ़ी नहीं था, उसके चारों तरफ़ पक्की ईंटों की दीवारें थीं, और ये उसके अस्तित्व को चुभ रही थीं।

उसे याद आया—जब कभी शुरू-शुरू में वह अपनी बीवी से अपने सपनों की बातें किया करता था, तो उसकी बीवी को अपने चारों ओर धूल उड़ती-सी लगती थी। उसे पता था कि उसका सपना शहर की और सभ्यता की पक्की सड़कों पर चलनेवाला नहीं था, वह कच्ची, निर्जन राह माँगता था, और उसकी बीवी को कच्ची-निर्जन राह की बात कभी समझ में नहीं आती थी।

वह बीवी की मौत के बाद और नौकरी के इस्तीफ़े के बाद जब जी भरकर सोया, उसे लगा वह अपनी नींद सोया था—और अपनी जाग जागा था।

सो, जल्दी ही, अगले दिनों में, उसने पक्की सड़कों से हिसाब-किताब चुकाकर एक पहाड़ी गाँव की कच्ची राह पकड़ ली। थोड़ी-सी ज़मीन ख़रीदी, उस पर घास

और मिट्टी की एक झोंपड़ी इस तरह बनायी जैसे आदमी अपने गले में क़मीज़-कुर्त्ता पहनता है, या सर्दी और पाले से बचाव के लिए कोई चादर या लोई लपेटता है।

यह झोंपड़ी उसके बदन को चुभती नहीं थी—उसके अस्तित्व के लिए दूर, परे तक ज़मीन भी खुली हुई थी—आसमान भी खुला हुआ था...

और दूर जहाँ तक नज़र जाती थी खेतों से परे—नदी से परे—छोटी-बड़ी पहाड़ियों से भी आगे—उसे अपना अस्तित्व दिखता था।

उसके हाथ-पैर थकना चाहते थे पर मन नहीं थकना चाहता था। अब वह जब अपनी छोटी-छोटी क्यारियों को गोड़ता और बीजता—उसे एक रहस्य-सा खुलता लगा :

'जब हाथ-पैर नहीं थकते तब मन थक जाता है—
मैं बीस बरसों का थका हुआ था।
अब मेरे हाथ-पैर थकने लगे हैं—
तो मेरे बीस बरसों की थकावट उतरने लगी है।'

आवाज़ें अब भी दूर और पास उसके गिर्द थीं—पेड़ों के पत्तों की शाँ-शाँ, घास की सरर-सरर, पास की नदी के पानी की कल-कल, उसकी एक बकरी की मैं-मैं, उसकी तीन मुर्ग़ियों की कुड़-कुड़, और शुरू जाड़ों में दूर पहाड़ी पगडण्डियों पर से उतरते 'गद्दी' गीतों की आवाज़, और शुरू गर्मियों में उन्हीं पगडण्डियों पर से पहाड़ों पर चढ़ते गीतों के स्वर। पर ये आवाज़ें उसे अपने दिल की धकधक की तरह लगतीं। या अपनी बाँह में टकटक करती नब्ज की तरह। और इनकी जगह जब कभी उसे अपने दफ़्तर के मालिक के, या घर की बीवी के, रोटी के, चाय के, या शराब के समागम याद आ जाते तो वह घबराकर अपने दोनों कानों पर हाथ रख लेता। और अब वह अपनी आँखों से अपना सपना देख रहा था जो नित्य नया था। इसमें कहीं से उड़कर आ बैठते पंछी थे, पेड़ों की शाखाओं पर उगते पत्ते थे, मक्की के सिट्टों के उभरते दाने थे, याद के पौधों पर फूटती पत्तियाँ थीं...

सात बरस गुज़र गये। शान्त और निर्विघ्न।

एक दिन दिनढले, वह गुड़ और शहद से रोटी खाकर चूल्हे की आग के पास बैठा, दीये की रोशनी में रोज़ की तरह एक किताब पढ़ रहा था कि झोंपड़ी के दरवाज़े की जगह अड़ाये हुए लकड़ी के तख़्ते पर खड़का हुआ।

वह किताब से सिर उठाकर कुछ देर तख़्ते को ऐसे ताकता रहा...जैसे वह उसकी झोंपड़ी का तख़्ता नहीं, किसी और के घर का दरवाज़ा हो। भला उसके पास कौन आता?

फिर वह खड़ा हुआ। साथ ही तख़्ते की झिर्रियों में से गुज़रती हुई कुछ

आवाज़ भी आयीं, जो उसने पहचानी नहीं। उसने उठकर दरवाज़े के तख़्ते को हाथ से उठाया, परे किया—सामने एक जवान-सा लड़का खड़ा हुआ था, जिसने झिझकते हुए कहा—"आप के.पी. मदान...कँवर साहब...?"

उसने बरसों बारद अपना नाम सुना, जिसको उसने इस कच्ची राह पर आते हुए परे पक्की सड़क पर ही छोड़ दिया था। पर पूछनेवाले को जवाब देना ही था, इसलिए दिया—"हाँ।"

"मैं अन्दर आ जाऊँ?"

उसने दरवाज़े से परे होकर, आनेवाले के गुज़रने के लिए जगह छोड़ दी। आनेवाले के हाथ में एक पुराना, पर बड़ा-सा सूटकेस था।

आनेवाले ने सूटकेस को अन्दर रखते हुए, उसके बोझ से हल्का होते हुए, चूल्हे की आग की ओर देखा, फिर उसके मुँह की ओर ताकता कहने लगा—"मैं इन्द्र हूँ, आपका छोटा भाई..."

"इन्द्र...?" उसे एक-एक पुरानी सुनी हुई—आधी याद और आधी भूली हुई कहानी के पात्र की तरह यह नाम याद आया—और कुछ पहचान-सी भी...उन दिनों जब उसका बाप ज़िन्दा था तो अपनी सौतेली माँ के इस बेटे को देखा था। तब यह इन्द्र मुश्किल से स्कूल जाने लायक बड़ा था।

तख़्ते को फिर पहली जगह रखते हुए और ऊँचे मूढ़े जितने लकड़ी के ठूँठ को चूल्हे के पास रखते हुए उसने इन्द्र से बैठने के लिए कहा, फिर कुछ पूछने के लिए उसकी तरफ़ देखा। पर बाप ज़िन्दा नहीं था, जिसके बारे में कुछ पूछ सकता था, और सौतेली माँ ने मुद्दत से उससे नाता तोड़ रखा था, इसलिए पूछने लायक कुछ भी नहीं था...

इन्द्र ख़ुद ही कहने लगा, "मैंने शहर से, आपके पुराने दफ़्तर से आपका कुछ पता लगाया। फिर गाड़ी से उतरकर रास्ते में पड़नेवाले गाँवों में पूछता रहा..."

उसके जी में आया कि वह कहे—'किसलिए?' पर किसी घर आये को ऐसे कहना उसे ठीक नहीं लगा। इसकी जगह उसने कहा—"कुछ खाओगे? रोटी—चाय...?"

इन्द्र ने जल्दी से कहा—"मुझे तो बड़ी भूख लगी है।"

उसने एक मिट्टी के घड़े में रखा हुआ आटा मुट्ठियों से निकालकर एक थाली में गूँधा, फिर चूल्हे पर तवा रख दिया। चूल्हे में कुछ नयी लकड़ियाँ डालकर उसने कुछ रोटियाँ सेंकीं, फिर थाली में गुड़ और शहद रखकर उसे रोटी दे दी। ख़याल आया, सुबह उसने अपने लिए दो अण्डे उबाले थे, पर खाना भूल गया था, वे अभी आले में पड़े हुए थे। उसने वे अण्डे भी छीले और चूल्हे पर चाय का पानी रख दिया।

इन्द्र को शायद बहुत भूख लगी थी—यह सादी रूखी-सूखी रोटी वह

जल्दी-जल्दी खा रहा था। इन्द्र को ऐसे रोटी खाते देखकर उसे कुछ अच्छा लगा। पर साथ ही उसका ध्यान उसके सूटकेस की ओर गया—तो उसे ख़याल आया कि यह अब रात को यहीं रहेगा। और उसके लिए अपने बिछौने से ज़रा परे एक बिछौना बिछाते हुए उसे समूची झोंपड़ी अजीब-सी लगने लगी।

गरम चाय के घूँट भरता हुआ इन्द्र ऊँघ रहा था। फिर वह चुपचाप चाय का ख़ाली प्याला एक ओर रखकर अपने बिछौने पर जाकर सो गया।

वह कुछ देर तक उसके मुँह की तरफ़ ताकता रहा, फिर चूल्हे की लकड़ियाँ पीछे खींचता हुआ ख़ुद भी सोने की कोशिश करने लगा।

सुबह चूल्हे पर दलिया पकाने को रखकर, जब वह बकरी का दूध दुहने लगा, तब वह सोचने लगा—बस, अब चाय-पानी पिलाकर विदा कर दूँगा। वैसे तो शायद वह ख़ुद ही...

और दूध की लुटिया उठाते हुए उसे ख़याल आया—कह रहा था, शहर में दफ़्तर से तुम्हारा पता पूछा, फिर गाड़ी से उतरकर रास्ते में आनेवाले गाँवों में पूछता रहा—जो ऐसे पूछते-पूछते आया है, पता नहीं किसलिए आया है, कितने समय के लिए आया है...

दूध की लुटिया लाते हुए उसने देखा, इन्द्र सोकर उठा है, झोंपड़ी के बाहर आया है, दूर पहाड़ की ओट में उगते हुए सूरज को देखकर बहुत ख़ुश होकर हैरान-सा खड़ा हुआ है...उसका गुस्सा कुछ कम हो गया।

"कहीं पानी की आवाज़ आ रही है, पास ही कहीं कोई नदी बहती है?" इन्द्र ने पूछा, और हाथ के इशारे से जवाब मिलने पर कि सामने इन पेड़ों के पीछे... वह एक हिरन की तरह चौकड़ी भरता हुआ पेड़ों की तरफ़ बढ़ गया।

उसने दलिया पकाकर, गुड़ और दूध डालकर, हाँड़ी चूल्हे के पास रख दी, और चूल्हे पर चाय का पानी रखकर, चश्मे से पानी का घड़ा भरने के लिए चला गया।

वह पानी का घड़ा लेकर लौट रहा था कि नदी से नहाकर आते हुए इन्द्र ने उसे दूर से ही देखा, और तेज़ क़दमों से चलकर रास्ते में ही पानी का घड़ा उठा लिया।

रात शायद इस लड़के को लम्बे सफ़र की थकान थी, शायद भाई 'नाम' के सुने-सुनाये आदमी से इस तरह आकर मिलने की घबराहट थी, या वैसे ही शायद रात अँधेरे में यूँ लगता था—अब उसके आगे दलिये का प्याला और चाय का गिलास रखते हुए उसे लगा—रात को यह कुछ और ही तरह का शहर का बिगड़ैल-सा लग रहा था, पर अब नदी से नहा-धोकर आया है तो अच्छा-भला...अच्छी सूरत-शक्ल का दिख रहा है...शायद मन का भी बुरा नहीं।...

और चूल्हे के पास बैठकर धीरे-धीरे चाय पीते हुए बीस बरसों से भी ज़्यादा

बीते समय के कुछ टुकड़े स्मृति-पट पर हिलते-से लगे...बाप हमेशा अपने व्यापार में व्यस्त, हमेशा बढ़ते या गिरते भाव की बातें करता, हमेशा किसी जल्दी में कहीं जा रहा...और माँ हमेशा शीशे के आगे खड़ी कंघी करती, या बाज़ार नये कपड़े ख़रीदने के लिए जा रही...उसे छुटपन में ही होस्टल में भेज दिया गया था, और कितनी देर बाद पता लगा कि घर में माँ नाम की जो औरत थी, वह उसकी माँ नहीं थी। उसकी माँ उसके जन्म के बाद ही मर गयी थी।

स्कूल-कॉलेज की छुट्टियों में देखे हुए घर की कुछ परछाइयाँ-सी उसकी आँखों में हिलीं, पर वह आँखें झपकाकर इन्द्र की तरफ़ देखता, उसके नक्शों में किसी याद को खोज न पाया।

तू यहाँ क्यों आया है?—कुछ ऐसी ही बात पूछनी थी—पर इन्द्र इस समय नहा-खाकर एक तृप्त बिल्ली की तरह चूल्हे के पास अलसाया-सा बैठा हुआ था। उससे कुछ भी न पूछा गया।

बल्कि चूल्हे की धीमी आँच पर दाल की हँड़िया रखते हुए उसने कहा—"चने की दाल खा लोगे ना?" और साथ ही कहा—"तुम्हारा जी करता हो तो सामने की पहाड़ी पर घूम आना, मैं ज़रा मटर की क्यारी देख आऊँ—कोई दाना पड़ गया हो तो दो-चार तोड़ लाऊँ..."

वह उठकर बाहर की क्यारी की तरफ़ चला, तो देखा—इन्द्र उसके पीछे-पीछे उसके साथ चला आ रहा था। कुछ देर दोनों चुपचाप चलते रहे। एक बार वह पीछे अमरूदों के पेड़ों के पास खड़ा हुआ-सा लगा, पर फिर लम्बे-लम्बे डग भरते हुए वहाँ उसके पास आ गया, जहाँ फलियों को टटोलकर वह पके हुए मटर तोड़ रहा था।

"अपने कितने-एक खेत हैं?"

उसे दूर परे देखते हुए इन्द्र की आवाज़ सुनाई दी तो उसने परती पहाड़ियों तक देखते हुए जवाब दिया—"जहाँ तक नज़र जाती है सब कुछ अपना है, यहाँ का झरना भी, नदी भी...यह सारा जंगल भी..."

इन्द्र जंगली फूलों की तरह हँसने लगा। आस-पास कोई बोया या जुता हुआ खेत दिखाई नहीं दे रहा था, कहने लगा—"यह जंगल तो जंगलात के महकमे का होगा।"

मटर की पोटली-सी बाँधते हुए, वह क्यारी के पास से उठ बैठा, और जंगल की तरफ़ देखकर कहने लगा—"उनका क्या है, वर्दियाँ पहनकर बरस में एक बार आते हैं, पेड़ों पर नम्बर-से लिख जाते हैं और चले जाते हैं। यह सब कुछ मेरा ही रहता है या जंगली जानवरों का..."

और वह खुद भी जंगली फूलों की तरह हँसने लगा।

इधर अनार और अमरूदों के पेड़ों के नीचे उसने मिट्टी का एक थड़ा-सा अपने

बैठने के लिए बनाया हुआ था। उस थड़े के पास आकर वे दोनों खड़े हो गये। एक तरफ़ कुछ ढलान पर मक्की की एक छोटी-सी क्यारी थी, इन्द्र उसकी ओर देखकर पूछने लगा—"अपनी है?"

उसने मिट्टी के थड़े पर बैठते हुए 'हाँ' में सिर हिलाया।

"बस इतनी-एक? हम और भी तो बो सकते हैं..."

उसने एक बार गौर से इन्द्र के मुँह की ओर ताका, फिर कहने लगा—"किसलिए? फिर फालतू की मण्डी में ले जाकर बेचनी पड़ेगी...मक्की भी मैंने अपने लिए बो रखी है, चाय के दो-चार पौधे भी अपने लिए...साग-सब्ज़ी भी अपने लिए..."

और उसे इन्द्र का अभी कहा हुआ वाक्य अपने कानों में अटकता-सा लगा—"हम और भी तो बो सकते हैं...और उसने अपने कानों को मला—जैसे 'हम' शब्द को कान के मैल की तरह बाहर निकाल रहा हो...

इन्द्र ने उसके पास उसके थड़े पर बैठते हुए बड़ी नम्रता से कहा—"मुझे यहाँ अपने पास रख लो..."

वह थड़े पर से उठने को हुआ, पर फिर सँभलता हुआ बैठ गया।

इन्द्र, सिर को कुछ नीचा-सा करके, कहने लगा, "माँ बहुत दिनों से बीमार थीं...उसने तमाम रुपया मामा के पास रखा हुआ था..."

उसे याद आया—यह उड़ती-सी बात उसने सुनी थी कि बाप का सारा पैसा माँ अपने भाइयों के पास रखा करती थी कि उसके पीछे उसका सौतेला बेटा कुछ ले न सके।...उसे हँसी-सी आयी, इन्द्र से पूछने लगा—"फिर?"

"मामा ने कुछ नहीं दिया—माँ पिछले महीने मर गयी...." इन्द्र का मुँह उतरा हुआ था, सिर झुका हुआ था, आवाज़ बुझी हुई थी; कह रहा था—"मेरे पास और कोई जगह रहने को नहीं है..."

वह घबराकर थड़े पर से खड़ा हो गया। उसने ज़ोर से चीख़कर कहना चाहा—'नहीं, नहीं...बिलकुल नहीं...' पर उसकी आवाज़ उसके गले में ऐसे खो गयी—जैसे पहाड़ी मोड़ पर खो जाती है। वह बेबस-सा इधर अपनी बाँह के पास आकर खड़े हुए इन्द्र की ओर देख रहा था, और इन्द्र कह रहा था—"कँवर भैया! मेरा और कोई नहीं..."

उसने हाथ से इन्द्र को बाँह से परे करना चाहा, पर हैरान होकर देखा, उसका हाथ इन्द्र के कन्धे के पास जाकर कन्धे पर टिक गया था। जैसे वह हाथ की हथेली से उसको सहारा भी दे रहा था और आसरा भी।

सामने एक भोला-सा मुँह था, कोमल-सा, और शायद मामा लोगों की दग़ा से घबड़ाकर सारी सभ्यता से भागा हुआ। उसने हाथ से उसके कन्धों को सहलाया।

कहा—"अच्छा! तू इस मक्की की क्यारी के पास अपनी कुठरिया बना ले।"

लड़का मक्की के दाने की तरह खिलता-सा लगा। उसने खुद उसके साथ मिलकर गारा बनवाया। नीचे के गाँव से छत के लिए पत्थर की सलेटें ढुलवायीं, और उसके कहने पर—उसका मन रखने के लिए—गाँव के बढ़ई से चौखट और दरवाज़ा भी बनवा दिया।

वैसे वह मन में सोच रहा था कि ये शहर के बीज शहर में ही उगते हैं। पढ़ा-लिखा है—मर्द है, खुद ही दो-चार महीनों में ऊबकर शहर चला जाएगा।

उसकी ख़रीदी हुई ज़मीन की हदबन्दी सिर्फ़ काग़ज़ों में थी, उसने कोई बाड़-बाँध नहीं लगाया हुआ था। ज़मीन काफ़ी थी, पर उसने कभी जोती-बोयी नहीं थी। इन्द्र ने उससे पूछकर काफ़ी सारी ज़मीन को क्यारियों में बाँट दिया। फिर नीचे के गाँव से कुछ कमेरे बुलाकर उनकी जुताई-बिजाई करवा दी।

इन्द्र बीच-बीच में शहर चला जाता था, और उसके जाने के बाद वह हर बार सोचता था कि इस बार शायद उसको कोई नौकरी मिल जाएगी, और वह शहर में ही रह जाएगा। उसका यह सोचना सिर्फ़ उसकी तमन्ना थी, जो हर बार पूरी नहीं होती थी। और इन्द्र पाँचवें-सातवें दिन, या दसवें दिन फिर लौट आता था।

अब कभी-कभी इन्द्र को शहर से चिट्ठी भी आती थी, पर पता नहीं किस की, उसने कभी पूछा नहीं था। पर डाकिये का ऐसे अचानक सिर पर आ खड़े होना उसे अच्छा नहीं लगता था।

एक दिन इसी तरह एक चिट्ठी आयी, उसके सामने इन्द्र ने खोली, पढ़ी, और उसका मुँह मटमैला-सा होता गया।

उसके अनुमान से यह ऐसी चिट्ठी थी—इन्द्र के किसी दोस्त-मित्र की लिखी हुई, जिसमें इन्द्र को नौकरी की आस टूटती-सी लगी थी।

इन्द्र की जुती-बोयी हुई क्यारियाँ अब कमर तक उसरा आयी थीं—पर इन्द्र चिट्ठी को हाथ में पकड़कर क्यारियों की तरफ़ ऐसे देख रहा था—जैसे किसी बैल या डंगर ने उन क्यारियों को रौंद दिया हो।

वह पेड़ की एक टहनी में हाथ डालकर, और हाथ की किताब को हाथ में ही बन्द करके, इन्द्र के मुँह की ओर ताक रहा था। इन्द्र ने डरी हुई आँखों से उसकी तरफ़ देखा—फिर उसकी बाँह के पास खड़े होकर, बाँह को धीमे से थामकर बोला—"कँवर भैया...उस लड़की का ख़त आया है..." और उसकी आवाज़ बाहर होने की बजाय उसके गले में उतर गयी।

उसने बाँह को झटके से छुड़ाकर पूछना चाहा कि कौन-सी लड़की...किस लड़की का...पर उससे न बाँह हिलायी गयी न जीभ।

"कहती है—उसका बाप उसे भी जान से मार देगा और मुझे भी..."

"क्यों?" उसके मुँह से मुश्किल से निकला।

इन्द्र की आवाज़ लड़खड़ायी-सी थी—"वह बीमार है...नहीं, बीमार नहीं... डॉक्टर ने बताया है...उसे बच्चा..."

सुनकर उसके माथे पर एक तेवर पड़ गया। तपी हुई-सी आवाज़ में पूछने लगा—"तेरा बच्चा है?"

इन्द्र ने शर्मिन्दा-सा होकर सिर झुका लिया।

उसने उसी तपी हुई आवाज़ में पूछा—"और वह क्या कहती है?"

"ब्याह..." इन्द्र के मुँह से सिर्फ़ इतना-सा कहा गया।

वह पल-भर कच्चे अनारों की टहनी पर आ बैठी चिड़िया को देखता रहा। फिर हँस पड़ा—"जाओ, शहर जाकर, जैसे वह कहती है, उसके साथ ब्याह कर लो।"

इन्द्र का मुँह अनार के फूलों की तरह खिल उठा। उसने मुँह से कुछ न कहा, पर अपनी सलेटोंवाली छत की ओर ऐसे चल पड़ा जैसे अभी जल्दी से ब्याह का कुछ काम-काज करना हो।

वह ख़ुद जब अपनी झोंपड़ी में आया, न चाहते हुए भी उसने छत की कड़ियों के बीच रखी हुई एक पोटली को खोला, और उसमें से कुछ नोट निकालकर अपनी क़मीज़ की जेब में रख लिये।

शहर जाते हुए इन्द्र को उसने धीरे से वे नोट पकड़ा दिये और कहा—"तुझे ज़रूरत पड़ेगी।" फिर दो-एक फर्लांग उसके साथ स्टेशन की ओर जाती पगडण्डी पर चलता रहा। और फिर अचानक खड़ा होकर पीछे अपनी राह की ओर ताकते हुए कहने लगा—"तुम पढ़े-लिखे हो—शहर में कोई नौकरी ढूँढ़ लेना।"

और वह पीछे तेज़ कदमों से ऐसे लौट पड़ा—जैसे उसका जंगल आज ख़ाली होकर उसका इन्तज़ार कर रहा हो।

वह और उसका एकाकीपन एक-दूसरे को कसकर गले मिले।

जंगल की सारी हवा फिर उसकी अपनी हो गयी। अब पेड़ों के पत्ते सिर्फ़ उसकी आँखों के लिए झूमते थे। अब नदी का पानी सिर्फ़ उसके लिए बहता था। अब दिन सिर्फ़ उसके लिए चढ़ता था, रात सिर्फ़ उसके लिए होती थी।

पर आठ दिन गुज़रे थे, वही दिन ढलने का वक़्त था, वह चूल्हे की आग के पास बैठकर कोई किताब पढ़ रहा था कि दरवाज़े की जगह अटकाया हुआ लकड़ी का तख़्ता खड़क उठा।

उसने सहमकर तख़्ते को परे किया। सामने इन्द्र हँसता-सा खड़ा हुआ था।...

वह अभी हैरान-सा उसके मुँह की ओर ताक ही रहा था कि उसके पीछे खड़ी एक लड़की ने आगे होकर, झोंपड़ी की दहलीज़ में आकर उसके पैरों को छुआ, और

पैरों की ओर सिर झुकाये ऐसे खड़ी रही जैसे उससे आशीर्वाद माँग रही हो। पल-भर की सुन्न-सी ख़ामोशी के बाद उसने लड़की के सिर पर प्यार से हाथ फेरा और कहा—"आओ! आओ! अन्दर आ जाओ।"

सुबह की दाल पड़ी हुई थी। उसने जब चूल्हे पर तवा रखा, लड़की ने आगे होकर चकला-बेलन पकड़ लिये, और चूल्हे के पास बैठकर रोटियाँ पकाने लगी।

लड़की के हाथ में काँच की चूड़ियाँ थीं। वह जब रोटी बेलती, चूड़ियाँ खनकती थीं। इन्द्र भी रोटी खा रहा था, वह भी, पर उसका ध्यान सिर्फ़ चूड़ियों की खनक की ओर था—जो दूर तक पसरी हुई पेड़ों की शाँ-शाँ में बिलकुल अलग लग रही थी। अलग भी, अजनबी भी, और कानों को खटकती-सी भी।

दूसरे दिन सलेटों की छतवाली कुठरिया के पास एक नयी कुठरिया बन रही थी—उन दोनों की रसोई के लिए। और नीचे के गाँव से दो नयी खटियाँ आ रही थीं, नये लिहाफ, गद्दे भी, और कुछ नये बर्तन भी।

गाँव से टूटा हुआ ज़मीन का यह टुकड़ा जैसे गाँव का हिस्सा बन रहा था। गाँव से कमेरे, बढ़ई, राज-मज़दूर रोज़ आते-जाते थे। एक बहँगीवाला नदी से पानी के कनस्तर भरकर लाने लगा था।

और खड्ड के पार दिखती सामने की पहाड़ी तक—जहाँ तक नज़र पक्षियों की तरह उड़कर जाती थी—वहाँ जब एक बड़ा-सा छप्पर डलने लगा, तो वह ऐसे तड़प उठा, जैसे उसके जिस्म से उसके पंख नोचे जा रहे हों...

इन्द्र ने नम्रता से कहा—"आप कहते थे ना कि मैं पढ़ा-लिखा हूँ, कोई काम करूँ। सो मैंने सोचा—यहाँ बच्चों का स्कूल खोल लूँ। नीचे के किसी गाँव में कोई स्कूल नहीं...बस आठ आने या रुपया महीने की फीस रख लूँगा, इतने पैसे तो हर कोई..."

उसके दोनों कानों में जैसे फुंसियाँ हो गयी हों...

और अगले महीने इन्द्र कह रहा था—"सुना है स्टेशन के पास के गाँव में परसों एक मिनिस्टर आ रहा है, आप बुज़ुर्ग हैं, आप उससे जाकर कहें—कि हमें...हमारी ज़मीन तक सड़क पक्की करवा दें, और साथ ही यहाँ बिजली भी दिलवा दें, स्टेशन तक तो बिजली आयी हुई है..."

उसके कानों में ऐसे टीस होने लगी जैसे कानों की फुंसियों में पीप पड़ गयी हो।

और अगले महीने दो दिन के लिए इन्द्र शहर गया। वापस आते हुए वह दूर परे से ही सुनाई दे रहा था। उसके हाथ के ट्रांजिस्टर की आवाज़ अगले पहाड़ से भी टकरा रही थी और उसने पिछले गाँवों के कितने ही लड़के-लड़कियों को अपने पीछे लगा रखा था। और इन्द्र पास आते हुए हँसते-हँसते कह रहा था—"देखो, कँवर

भैया, यहाँ कोई अख़बार-वखबार तो आते नहीं, अब हम रोज़ खबरें भी सुन लिया करेंगे, और ड्रामे भी।"

और अगले महीने नीचे के गाँव से आयी हुई दाई उससे कह रही थी—"ईश्वर सलामत रखे अब तो गिनती के दिन रह गये हैं। बच्चे के लिए गऊ-भैंस ख़रीद लो...घर-आँगन सुख से भर जाएगा।"

और उसे पहाड़ों की ओट से उगते सूरज की तरह पहले जो कुछ धुँधला-धुँधला दीखता था, वह अब प्रत्यक्ष दीखने लगा...कि वह अब फिर, सात वर्ष के बाद, पराया सपना देख रहा है...

तीसरी औरत

अरथियाँ घरों से बाहर जाती हैं, पर जब मीना अपने पीहर आयी, सबको लगा —जैसे एक अरथी घर में आ गयी हो...

सरकारी मुहरें लगा हुआ एक ख़त मीना के कफ़न की तरह था। यद्यपि उसमें मीना के मरने की ख़बर नहीं थी, देश की सीमा पर उसके 'बाँके सिपहिया' के मरने की ख़बर थी, फिर भी यह ख़त मीना के कफ़न के समान था...

कई बातें औरत सहज ही जानती है। यह भी उन्हीं में से एक सच बात थी कि इस देश में मर्द एक बार मरता है, पर उसकी मृत्यु के बाद उसकी औरत जितने समय जीवित रहती है, न जाने कितनी बार मरती है...

सो जब मीना अरथी की भाँति पीहर आयी, घर की गूँगी दीवारें भी त्राहि-त्राहि करने लगीं...

जब ईश्वर मनुष्य की जीभ काट देता है, वह कुछ बोल नहीं सकता। मीना के माता-पिता जैसे गूँगे होकर रह गये...

घर खुला था। घर के जीवों के पास शुरू से ही अपनी-अपनी छत थी और अपनी-अपनी दीवारें। छोटे-से-छोटे बच्चे का भी घर में उसके नाम का हिस्सा था, सो मीना जिस समय आयी, सीधी अपने कमरे में इस तरह चली गयी जैसे कभी स्कूल या कॉलेज से आकर जाया करती थी...

पर घर के कमरों के दरवाज़े जो शुरू में साधारण तौर पर खुलते और साधारण तौर पर बन्द होते थे, पिछले बीस बरस से शापित थे। अब वे विवाह या तलाक, जन्म या मृत्यु जैसी घटनाओं के हाथों से खुलते और बन्द होते थे...

बूढ़े माता-पिता—कभी खुश्क आँखों से होनी को देखते थे, कभी गीली आँखों से...

आज से बीस बरस पहले जब मीना की बड़ी बहन का विवाह हुआ था, उसका कमरा विवाह की घटना ने अपने हाथों से बन्द किया था। पर दो बरस बाद

जब वह अपने पीहर बच्चे के जन्म के अवसर पर आयी थी, बच्चे के जन्म ने अपने हाथ से उस कमरे का दरवाज़ा खोला था। और फिर जब वह चालीसे के अन्दर दुधमुँहे बच्चे को बिलखता छोड़कर मर गयी, तो मृत्यु ने अपने हाथ से कमरे का दरवाज़ा बन्द कर दिया। नवजात बालक को पहले उसके दहसाल वाले ले गये थे, पर जब उस नन्हे बालक की सँभाल कठिन हो गयी तो उन्होंने बालक को ननिहाल भेज दिया और होनी ने, उस बालक के नन्हे-नन्हे हाथों से, वह कमरा फिर खुलवा दिया था...

इसी तरह मीना का भाई आज से बारह बरस पहले जब यूनिवर्सिटी के होटल में रहने के लिए चला गया तो उसका जो कमरा साधारण हाथों ने बन्द किया था, वह पाँच बरस बाद, होनी ने अपने हाथों से खोला। वह यूनिवर्सिटी की एक दूसरे मजहब की लड़की को, उसके माता-पिता की चोरी से, ब्याहकर घर ले आया था। कमरा खुल गया, रेशमी पर्दों में लपेटा गया, और उसमें से चावलों की देग की भाँति और मांस की पकती हुई हाँड़ी की भाँति, जवानी की चुहलों की खुशबू आने लगी। पर फिर मुश्किल से कोई एक बरस बीता था कि अचानक हुए विवाह की भाँति, अचानक हुए तलाक ने, उस कमरे का दरवाज़ा बन्द कर दिया।

और अब—आज से तीन बरस पहले, मीना के विवाह ने उसका जो कमरा बन्द किया था, उसके रँडापे ने वह अपने हाथों से खोल दिया...

इस कमरे से मीना डोली की तरह गयी थी, अरथी के समान आयी...

बूढ़े माता-पिता, उन दर्शकों के समान थे, जिन्हें ज़िन्दगी ने यह सब कुछ देखने के लिए, बाँध-बूँधकर बिछा दिया हो...

मीना का भाई अब मर्चेण्ट नेवी में था और दो बरस से देश के बाहर था। और जो बहन मर गयी थी, उसका पुत्र, जो अब अठारह बरस का था, पिछले दो बरस से दूर शहर में कॉलेज में पढ़ रहा था और होस्टल में रहता था। और घर के कमरे क्या खुले हुए, क्या बन्द। मीना को देखकर त्राहि-त्राहि करने लगे...

और बूढ़े पिता की आँखों में, न जाने कुछ और देखने की शक्ति कम हो गयी थी, इसलिए मोतियाबिन्द उतर आया....

सरकारी मुहरें लगा हुआ ख़त, जो एक दिन मीना के कफ़न की तरह आया था, फिर भी आया, और फिर भी। ऐसे—जैसे मकान पर कुछ फूल आ जाते हों। लिखा हुआ था—सरकार जंगी विधवाओं को मदद देना चाहती है, इसलिए उन्हें घर बनाने के लिए ज़मीन देगी, और साथ ही कार-रोज़गार। कार-रोज़गार के सिलसिले में सरकार ने उनकी मर्ज़ी पूछ थी—कि वह चाहें तो छोटे उद्योग के लिए रुपया ले सकती थीं, या फौज़ी स्कूलों में नौकरियाँ ले सकती थीं।

पर सरकारी मुहरें लगे ये ख़त, जो अरथी के फूलों के समान थे, मीना ने हाथों में लिये और मसल दिये। उसके धुर-अन्दर एक हिस्सा इस तरह मर गया था कि अब उसे किसी फूल की ख़ुशबू नहीं आती थी। वह—क्या दिन और क्या रात—खाट पर एक लाश की तरह पड़ी रहती।

मीना का भाई देश से दूर था, चार दिन के लिए भी नहीं आ सकता था, पर बहन का पुत्र अविनाश शहर के होस्टल से घर आ गया। अविनाश ने ज़िन्दगी में माँ नहीं देखी थी, और शुरू जन्म से लेकर अपने साथ कोई खेलनेवाला नहीं देखा था, और उसने उन सबकी जगह सिर्फ़ मीना को देखा था। वह जब दौड़कर मीना के पास आया, मीना उसे गले से लगाकर पहली बार रोका हुआ रोना रोयी।

शायद उसे गले से लगाकर नहीं, उसके गले से लगकर।

आज से तीन बरस पहले अविनाश लड़का-सा हुआ करता था—वह, जिसे मीना ने गोदी में उठा-उठाकर बड़ा किया था, और अब वह मीना से भी पूरे एक चप्पा लम्बा मर्द हो गया था।

माँ जो खाने की थाली परोसती थी, रोज़ बेकार जाती थी। अब जब अविनाश हाथ में लेकर मीना के पास लाया और बोला—'उठ, मीनू! खाना खाएँ!' तो मीना की भूख पहली बार जागी और उसने अविनाश के साथ पहली बार जी भरकर खाना खाया।

मीना की भूख के जगनेवाली यह रोटी की गन्ध नहीं थी, यह अविनाश के मुँह से निकली 'मीनू' शब्द की गन्ध थी।

मीना, ज़िन्दगी में, सबके लिए या मीना थी या मीना जी, पर अविनाश के लिए शुरू से ही 'मीनू' थी—और या फिर अपने 'बाँके सिपहिया' के लिए ज़िन्दगी में 'मीनू' बनी थी।

जो मीना को मीना कहकर पुकारते थे वे सदा उसे उसकी आयु से छोटा रखते थे, और जो उसे 'मीना जी' कहते थे वे सदा आयु से बड़ा कर देते थे। यह सिर्फ़ अविनाश ही था, चाहे वह उससे दस बरस छोटा था, पर जब उसने तोतली बोली में उसे मीनू कहा था—तब भी उसे अपना आड़ी बना लिया था और जब कुछ बड़ा हुआ तब उसने उससे स्कूल के सवाल समझते समय उसे 'मीनू' कहा था, तब भी उसका आड़ी होकर खड़ा हो गया था।

फिर जब मीना का विवाह हुआ—उसने अपने 'बाँके सिपहिया' से एक ही बात कही थी कि वह उसे 'मीनू' कहकर बुलाया करे, और वह उसे अपने आख़िरी वक़्त तक 'मीनू' कहता रहा।

और उसकी मृत्यु से 'मीनू' ही तो मरी थी। बूढ़े काँपते हाथों से उसका सिर सहलाते हुए माता-पिता की बेटी मीना अभी भी जीवित थी, और परिचितों-जानकारों

और सरकारी सहायता देनेवाले समाज की 'मीना जी' जीवित थी—पर जो आड़ी मीना पुकारनेवाला था उसकी मृत्यु से 'मीनू' मर गयी थी...

अविनाश ने जब उसे 'मीनू' कहकर पुकारा, उसने एक बार चीख़कर उसके होठों पर अपनी हथेली रख दी, पर फिर हाथ परे हटा लिया—अपने कानों से एक बार फिर यह शब्द सुनने के लिए...शायद मृत्यु के अन्तिम साँस की तरह...

और फिर अविनाश से कुछ नहीं कहा। और शून्य में लटके हुए इस शब्द को देखती रह गयी...

कई बातें औरत सहज ही जानती है—और यह बात भी उन्हीं में से एक थी कि इस शब्द का अब 'मीना' की ज़िन्दगी से कोई सम्बन्ध नहीं रह गया था—और इस शब्द को अब वह दोनों हाथों से कभी नहीं छुएगी, पर वह फटी-फटी आँखों से रोज़ इसे दूर से देखने लगी।

अविनाश उसके सामने खाना लाकर रख देता, वह खा लेती। अविनाश उसके आगे कैरम बिछाकर बैठ जाता, वह खेलने लगती। अविनाश उसे घर की पिछली दीवार से लगे हुए बगीचे में ले जाता, वह पेड़ों की छाया में छाया की तरह घूमती रहती।

एक जादू उजाले का था, एक अँधेरे का, जो धीरे-धीरे मीना के गिर्द लिपट गया। अविनाश, जो पूरे एक चप्पा मीना से लम्बा हो गया था, अँधेरे के जादू में उसे अपने 'बाँके सिपहिया' जैसा लगता, और उजाले के जादू में वही अविनाश ढाई-तीन महीने की आयु का हो जाता जिसे मीना ने छोटी-सी माँ की भाँति अपनी गोदी में खिलाया था।

मर्द मर जाए तो औरत के चाहे सारे अंग जीवित रहते हैं, उसकी कोख ज़रूर मर जाती है—और मीना को अपनी मरी हुई कोख की दुर्गन्ध नाक में चढ़ती मालूम हुई।

और उसके मन में एक हसरत उत्पन्न हुई—अगर उसने 'बाँके सिपहिया' को अपनी कोख में सँभाल लिया होता तो उसका एक टुकड़ा दुनिया में जीता रह जाता...और खोया हुआ पल मीना के शरीर में चीसें मारने लगा...

और फिर एक दिन वह समय था जब अँधेरा और उजाला एक-दूसरे से मिलते हैं। मीना अपने कमरे में खाट पर लेटी हुई अविनाश के चेहरे की ओर एकटक देखने लगी...

इस समय अविनाश के चेहरे में दो चेहरे मिले हुए थे—एक मीना के पति का चेहरा, और एक उस पति से होनेवाले बच्चे का। मीना जानती थी—एक अब इस दुनिया में नहीं है और दूसरा अब इस दुनिया में आएगा नहीं। पर वह हैरान देखे जा रही थी कि सामने यह दो साये-से क्यों दिखाई दे रहे हैं।

एक चेतन अवस्था भी थी कि सामने कोई साया नहीं है, एक अब के

जवान-जहान अविनाश का चेहरा है, और एक बिलकुल नन्हे-से बालक अविनाश की याद...और जिससे उसका अठारह बरस का एक रिश्ता है...

पर एक अचेतनता की दशा भी थी कि यह जो सामने दिखाई दे रहा है सिर्फ़ एक मर्द है, और वह स्वयं सिर्फ़ एक औरत, जिसकी कोख उस मर्द को और उसके शाश्वत अस्तित्व को चीख़ कर माँग रही है।

उजाला और अँधेरा जैसे एक-दूसरे में घुल जाते हैं, मीना के मन की दशाएँ भी एक-दूसरे में घुल गयीं—और उसकी—एक औरत की दोनों बाँहों ने आगे होकर जब एक मर्द की दोनों बाँहों को थाम लिया—मांस को मांस की एक तेज़ महक आयी।

एक औरत के कपड़े और एक मर्द के कपड़े काँपकर खाट से नीचे गिर गये, और खाट के पाँवों के पास सिर झुकाकर गठरी की तरह बैठ गये।

यह एक शान्त—आत्मा को आत्मा के स्पर्श का पल नहीं था, यह एक प्रलय समान घड़ी थी जिसमें एक औरत मन के संस्कारों पर पाँव रखकर अलभ्य को खोज रही थी, और एक मर्द बहुत घबराकर अपनी आयु से अधिक बड़ा हो रहा था।

प्रलय की घड़ी बीत गयी—तो मीना एक नयी मौत मर गयी...

सिर्फ़ मीना नहीं, 'मीनू' भी...

सारी रात खाट पर जैसे दो औरतें थीं, और दोनों ने एक-दूसरे को दोष देते हुए, एक-दूसरे को मार दिया था...

और सवेरे के समय जो औरत कमरे से बाहर निकली, वह एक तीसरी औरत थी। और उसने मसलकर फेंके हुए सरकारी काग़ज़ों पर जल्दी से दस्तख़त किये, और लिखा कि वह जल्दी से जल्दी किसी दूर के पहाड़ी इलाके के स्कूल में नौकरी करना चाहती है...

और थोड़े-से दिनों के बाद, उस घर का एक कमरा जो एक घटना ने खोला था, एक घटना ने फिर बन्द कर दिया। मीना दूर पहाड़ी इलाके के एक स्कूल में चली गयी—शायद सदा के लिए।

और नदी बहती रही

एक घटना थी—जो नदी के पानी में बहती हुई किसी उस युग के किनारे के पास आकर खड़ी हो गयी, जहाँ एक घने जंगल में वेदव्यास तप कर रहे थे...

समाधि की लीनता टूटी तो सामने रानी सत्यवती उदास पर दिव्य सुन्दरी के रूप में खड़ी हुई थी।

वृक्ष के पत्तों की तरह झुककर वेदव्यास ने प्रणाम किया, कहा—मेरी शाश्वत सुन्दरी माँ! आज उदासी का यह वेश क्यों?

माँ ने ऋषिपुत्र को मोह से भरी छाती से लगाया, कहा—तुम ऋषि कुल से हो, तुम मोह की पीड़ा नहीं जानते। राज का दर्द मैंने राजा शान्तनु से पाया और उसके राज्य की रक्षा के लिए मैंने जिस कोख से तुम्हें जन्म दिया, उसी कोख से राजा शान्तनु के दो पुत्रों को जन्म दिया। पर एक मेरा राजकुमार युद्ध में मारा गया, और दूसरा दो रानियों को रोती छोड़कर क्षय से मर गया।

वृक्ष के सारे पत्ते जैसे कुम्हलाकर वेदव्यास के तापस चेहरे की ओर देखने लगे...

रानी सत्यवती का मन गंगा की निर्मल लहरों की तरह बहने लगा, उसने कहा—महर्षि पराशर ने गंगा के पानी की तरह मुझे अंग से लगाया था, तुम उसी पानी का मोती हो, जलथल में क्रीड़ा करते हो, जंगल, वन और बीहड़ तुम्हारे अधीन हैं, तुम ताज में जड़े मोती का दर्द नहीं जानते।

वृक्ष के हरे रंग की तरह वेदव्यास के होठ मुस्कराये—मैं राज्य का दर्द नहीं जानता, पर माँ का दर्द जानता हूँ।...

सत्यवती वृक्ष से लिपटी हुई बेल की तरह झूम गयी, बोली—ताज के मोती को तख़्त का वारिस चाहिए। मेरी दोनों बहुएँ आज विधवा हैं, आज मैं उनके लिए तुम्हारे पास पुत्र-दान माँगने आयी हूँ।

वेदव्यास ने सिर के ऊपर फैले हुए वृक्ष की ओर देखा, और सारा वृक्ष जैसे

खिल-सिमटकर धरती की छाती में पड़े हुए अपने बीज की ओर देखने लगा...

ऋषि के होंठ हँस पड़े, कहा—यह माँ का हुक्म और धरती का हुक्म पूरा होगा...

और वेदव्यास ने वचन पूरा किया—अम्बिका और अम्बालिका दोनों को एक-एक पुत्र का दान दिया...

नदी का पानी बच्चों की किलकारी की तरह हँसता हुआ जब फिर बहने लगा तो वही घटना युगों से गुज़रती हुई कलियुग के एक किनारे के पास खड़ी हो गयी—वहाँ, जहाँ बलदेव का साधारण-सा घर था, जहाँ उसकी मेज़ पर पड़ी हुई किताबों में सिर्फ़ महाभारत के पर्व नहीं थे, कामू भी था, काफ्का भी था, पास्तरनाक भी...

और उसके सामने उसका मित्र काशीनाथ वृक्ष के एक टूटे हुए पत्ते की तरह खड़ा था, बोला—जो दान मुझे ईश्वर न दे सका, न किसी वैद्य की दवा, वह दान मैं तुमसे माँगने आया हूँ...एक पुत्र का दान...

सिर के ऊपर कोई वृक्ष नहीं था, पर बलदेव के कानों में वृक्ष के पत्तों की शाँ-शाँ भर गयी...

काशीनाथ कह रहा था—मेरी औरत के नीरोग तन को एक मर्द के रोगी तन का शाप लगा हुआ है...मेरे मित्र! बस यह शाप एक घड़ी के लिए उतार दो...

बलदेव का सारा बदन वृक्ष की जड़ की तरह हो गया...

काशीनाथ एक रुलते हुए पत्ते की तरह उड़कर जैसे उसके पाँवों के पास आ गिरा—यह भेद सिर्फ़ मैं जानूँ, तुम जानो, और वह जानेगी, और कोई नहीं...कोई नहीं...बलदेव के वृक्ष की जड़ की तरह हो गये बदन में से एक संकल्प प्रस्फुटित हुआ—यह शायद इतिहास का हुक्म है, मैं शायद एक वेदव्यास हूँ, एक ऋषि...

और वही युगों की घटना फिर घटी—टूटे हुए पत्तों के घर फूलों का वंश चला ...काशीनाथ के घर पुत्र जन्मा...रिश्तेदारों-सम्बन्धियों के मुँह बधाइयों से भर गये, और जब बलदेव ने पालने में पड़े हुए बच्चे को झुककर देखा...उसके होठ वेदव्यास के होठों की तरह बन्द हो गये।

नहीं, नहीं, मैं वेदव्यास नहीं हूँ, बलदेव की अपनी ही चीख़ जैसी आवाज़ से उसकी नींद टूट गयी...

चारपाई के पास तिपाई पर अभी तक रात की बची हुई ह्विस्की पड़ी हुई थी। उसने काँपते हुए हाथ से गिलास में ह्विस्की डाली, और एक घूँट में पी गया, बौराया हुआ-सा बोलने लगा—तुम देव-पुत्र थे वेदव्यास, तुम मानव-पुत्र नहीं थे...

बलदेव की कल्पना उसे सदियों से दूर एक जंगल में ले गयी और वह जंगल

में विलाप की तरह बोला—ऋषिराज! तुम्हारे पास समाधि, निरी समाधि, पर मेरे पास सपने हैं, बहुत सारे सपने...

बलदेव के बोल छाती में से उठ-उठकर पेड़ों से टकराते रहे—देखो ऋषि-पुत्र, मेरी ओर देखो। यह देखो मेरी अम्बिका—तुम्हें तो अपनी अम्बिका की दूसरे दिन पहचान भी नहीं रही थी, पर देखो, यह मेरी परछाईं नहीं, मेरी अम्बिका है, मैं जहाँ जाता हूँ मेरे साथ जाती है...

और बलदेव ज़ोर से हँसा—देखो ऋषिपुत्र, तुम्हारी कोई परछाईं नहीं है। लोग सच कहते हैं कि देवताओं के परछाईं नहीं होती। पर इन्सान को तो परछाईं का शाप होता है...देखो मेरी परछाईं, मुझसे भी बड़ी...

फिर बलदेव की आवाज़ अति-की-ख़ामोशी से टकराकर बुझ-सी गयी—तुम्हारी समाधि टूट गयी थी, जब सत्यवती ने आवाज़ दी थी, पर मेरी आवाज़ से नहीं टूटती। क्यों नहीं टूटती? तुमने अम्बिका की गोदी में खेलता हुआ अपना पुत्र कभी अपनी बाँहों में उठाकर नहीं देखा, मैंने देखा है उसे, बाँहों में उठाकर गले से लगाकर ...और तुम नहीं जानते, फिर उसे अपने गले से हटाना, अपने मांस से मांस के टुकड़े को तोड़ने जैसा होता है...

बलदेव का सारा शरीर, शरीर में बहते हुए लहू में भीग गया—तुमने कभी लहू की गन्ध नहीं देखी, ऋषिपुत्र! आदम के लहू की एक गन्ध भी होती है—जब वह धुर मन तक जख़्मी हो जाता है...और लहू की एक सुगन्ध भी होती है जब बच्चे के कोमल नरम होठ हँसते हैं तब अपने ही शरीर में से लहू की एक सुगन्ध उठती है...

और एक और तीखी सुगन्ध बलदेव के माथे की नसों में फ़ैल गयी और वह अर्द्धचेतना में बोला—मेरी अम्बिका के शरीर की सुगन्ध चाहे कहीं चली जाय, मैं उसे ढूँढ़ सकता हूँ...उसकी काँपती हुई साँसें यहाँ मेरे कन्धे के पास, मेरी बाँहों के पास, मेरी गर्दन के पास पड़ी हुई हैं। एक अमानत की तरह पड़ी हुई हैं—और देखो, मेरे भीतर भी...मैंने उसके होठों से पूरी एक घूँट पी थी...

बलदेव के माथे की एक नस चीस की तरह कस गयी और वह निचले होठ को दाँतों में लेकर कह उठा—ऋषिपुत्र! तुम सिर्फ़ देना जानते थे, तुम्हें कुछ भी लेने की, कुछ भी अंगीकार करने की पहचान न थी, मैंने वह पहचान पायी है। मैं जब अपनी अम्बिका के जिस्म की तहों में उतर गया था, वह तहें मुझे लेकर एक मुट्ठी की तरह बन्द हो गयी थीं—और फिर जब फूल की पंखुड़ियों की तरह खुली थीं, मैं वापस लौटते हुए उनकी गन्ध अपने साथ ले आया था...वह सिर्फ़ कुछ देने का नहीं, कुछ लेने का पल भी था। मैंने वह पल देखा है ऋषिपुत्र! तुमने नहीं देखा। देना दर्द नहीं होता, लेना एक दर्द होता है, तुम वह दर्द नहीं जानते मेरे ऋषिराज!...

इर्द-गिर्द सब शान्त था—इर्द-गिर्द भी, दूर तक भी—जहाँ तक बलदेव को

ज़िन्दगी के बाक़ी रहते बरसों का भविष्य दिखाई दे सकता था वहाँ तक एक अन्तहीन चुप! एक ख़ामोश अँधेरा! पर बलदेव अँधेरे में पड़े हुए अँधेरे के एक टुकड़े की तरह गाढ़ा होकर अपने अंगों में सिमट गया। उसके होठ कुछ इस तरह हिलते रहे जैसे अँधेरे की तहें हिलती हों—वह मेरे पास आग की एक चिनगारी लेने के लिए आयी थी, मुझे उस चिनगारी के लिए जलना था, मैं जला था, पर यह नहीं जानता था—शायद वह भी नहीं जानती थी—चिनगारी को धारण करने के लिए उसे भी आग के शाप से गुज़रना पड़ेगा—आग उसे भी छू गयी थी, तब वह काँप गयी थी...वह सारी की सारी मुझमें सिमट गयी थी जैसे वह अपनी लपट से शरमा गयी हो...और अब मेरी इस राख में वह भी जलबुझकर अपनी राख को मिला गयी है...देखो ऋषिराज!

चेतना के अँधेरे में एक आकार-सा उभरा—कोई पत्थर की मूर्ति जैसा, शायद समय से सचमुच पत्थर हो चुका, या अभी भी जीवित और तपस्या में लीन बैठा हुआ...बलदेव ने अँधेरे में बाँह फैलायी, नीचे ज़मीन को टटोलकर उसके पैरों को छूने के लिए, और काँपती हुई बाँह की तरह उसकी आवाज़ काँपी—मैं भूल गया ऋषिराज! मैंने आदम-पुत्र होकर तुम्हारी रीस की थी...मैंने एक पल तुम बनकर देखा, सिर्फ़ एक पल...मैंने जैसे एक पल के लिए तुम्हारा आसन चुरा लिया, पर मैं तुम नहीं हो सकता ...तुम अपने जंगल में अभी भी निश्चल बैठे हुए हो...मैं अपने जंगल में भटक रहा हूँ...मुझे सिर्फ़ देने का वरदान नहीं मिला है, लेने का शाप भी मिला है...मैं अपनी अम्बिका को अपने पास चाहता हूँ...अपना बच्चा भी...देखो! मेरी आँखें सिर्फ़ मेरे मुँह पर नहीं, मेरी पीठ पर भी हैं—वह पीछे दूर वहाँ देख रही हैं जहाँ मेरी अम्बिका मेरे पास थी, मेरे पहलू से सटी हुई—और मैं उसकी कोख में उग रहा था...

बलदेव की अर्द्धचेतना फिर नींद का झोंका बन गयी तो कमरे की ख़ामोशी ने एक चैन की साँस ली।

सिर्फ़ खिड़की में से आते हुए हवा के झोंकों से मेज़ पर पड़ी हुई किताबों के कुछ पन्ने इस तरह हिल रहे थे जैसे महाभारत के किसी पर्व का पृष्ठ उठकर कामू के 'आउटसाइडर' से कुछ कह रहा हो, या पास्तरनाक का 'जीवागो' आँखें मलता हुआ महर्षि पराशर से मत्स्यगन्धा के योजनगन्धा बनने का भेद पूछ रहा हो...

अचानक कमरे की ख़ामोशी चौंककर बलदेव की ओर देखने लगी, वह तड़पकर बिस्तर से उठते हुए कह रहा था—यह कैसा शाप है, वेदव्यास! जब भी सोता हूँ, आग की तरह जलने लगता हूँ, मैं भी, मेरी अम्बिका भी—और जब भी जागता हूँ, राख का एक ढेर बन जाता हूँ...बताओ, मेरा बच्चा बड़ा होकर इस राख में से अपना वंश कैसे ढूँढ़ेगा?

और नदी उसी तरह बहती रही...सिर्फ़ उसके पानी ने कुछ उदास होकर देखा कि वह घटना राख बनकर परले किनारे पर पड़ी हुई है...

बहुत दिन हुए

दुनिया की बेशुमार कहानियाँ हैं, जो दिलों में क्या गुज़रती है, उसका कुछ अता-पता देती हैं। लेकिन जाने और कितनी जवानियाँ हैं, जो घरों की दीवारों से लगकर रोती हुई, हरे पत्तों से पीले पत्तों-सी हो जाती हैं, और दूसरे कान ख़बर नहीं पहुँचती...

मैंने ज़िन्दगी में, बहुत से दिलों की बात पास बैठकर सुनी या थोड़ी-सी दूर खड़े होकर देखी, और फिर कई कहानियों में उतारी। लेकिन एक घटना थी, उन दिनों की, जब मैं स्कूल में पढ़ती थी। वहाँ एक सहेली थी, बन्ती। उस बिलखती हुई को, बहुत पास से देखा। वह घटना शायद इस तरह मेरे भीतर न उतर पाती, लेकिन वह बात एक नया मोड़ काट गयी थी। बन्ती ने अपने भरे हुए दिल से, किसी और की पीड़ा पहचान ली, उस रिश्ते में, जिस रिश्ते में कभी किसी ने ऐसा होते हुए न सुना होगा, न देखा होगा। और इसीलिए वह घटना जब भी याद आती है, बेचैन-सी हो उठती हूँ...

कभी मैंने उस सारी बात को कहानी कहकर सँभाल लिया था, और कहानी को नाम दिया था—'एक रूमाल, एक अंगूठी, एक छलनी'...लेकिन वह कहानी नहीं थी, उसमें मेरी कल्पना का कुछ भी शामिल नहीं था।

आज कई भाषाओं के लोकगीतों की पंक्तियाँ कहते-सुनते, वह बहुत दिन पहले की घटना फिर से मेरे मन में सुलगने लगी है, इसलिए उसे यहाँ दर्ज़ करना ही होगा...

एक रूमाल, एक अँगूठी, एक छलनी

कच्ची पहली से लेकर आठवीं तक बन्ती हमारे साथ पढ़ती रही थी। अभी वह पाँचवीं में पहुँची ही थी, उसके पिता उसे स्कूल से छुड़ाने के लिए आ गये। हमारे

स्कूल की बड़ी उस्तादनी ने बन्ती की फीस माफ कर दी और यों उसे स्कूल न छोड़ने दिया।

सातवीं और आठवीं कक्षा की लड़कियाँ देखने में एक साथ एक कमरे में बैठती थीं, पर आधी छुट्टी के समय आठवीं की लड़कियाँ हम सातवीं की लड़कियों को पास नहीं फटकने देती थीं। हमेशा अलग होकर बातें करती रहतीं। हम सातवीं की लड़कियाँ जब उनके निकट आतीं तो वे हमें दूर हटा देतीं। हमें आठवीं की लड़कियों पर गुस्सा आता था और हम सोचती थीं कि हम जब आठवीं में होंगी तो सातवीं की लड़कियों के साथ कभी इस तरह नहीं करेंगी।

और फिर हम आठवीं कक्षा में चढ़ीं। गर्मियों की छुट्टियों के बाद जब स्कूल खुले, हमसे भी वही बात हो गयी, जो हमने सोचा था कि हम कभी नहीं करेंगी। यह तेरहवाँ-चौदहवाँ वर्ष, पता नहीं, कैसा होता है! यह शायद एक देहलीज़ होती है बचपन और जवानी के बीच में। इस वर्ष लड़कियों का एक पाँव देहलीज़ के इधर और एक पाँव देहलीज़ के उधर होता है।

इन गर्मी की छुट्टियों में बन्ती को एक पड़ोसी लड़का सवाल समझाता रहा था। हर रोज़ छुट्टी के समय बन्ती हमें छिप-छिपकर उसकी बातें सुनाया करती थी। अब हम आठवीं की लड़कियाँ आधी छुट्टी के समय सातवीं की लड़कियों को पास नहीं फटकने देती थीं।

जिस दिन बन्ती हमें उस लड़के की बात न सुनाती, हमें ऐसा लगता जैसे उस दिन स्कूल में आधी छुट्टी हुई ही नहीं थी।

"मेरी तो हँस-बोल लेने की प्रीत है, और मुझे क्या लेना है उससे! और उसने क्या लेना है मुझसे!" कभी-कभी बन्ती हमें इस तरह कहकर टालने लग गयी थी।

बन्ती लाख टालती, पर उसके चेहरे से हमें प्रतीत होने लगा था कि वह हँस-बोल लेने की प्रीत अब बन्ती के कण्ठ से होकर उसके दिल में उतरने लग गयी थी। तभी तो अक्सर उसकी ज़ुबान खुश्क हो जाती और वह ज़्यादा बातें नहीं कर पाती थी!

एक दिन उस पागल ने अपने हाथ में पेंसिल पकड़ी और गणित की कापी पर कोई बीस जगह उसका नाम लिख दिया—'राजू...राजू...राजू।' हमारी उस्तादनी ने उसकी कापी देख ली। कक्षा में तो उसे कुछ न कहा, पर जब आधी छुट्टी हुई तो उसे अपने कमरे में बुलाया और कमरे का दरवाज़ा बन्द कर लिया। बन्ती की मानो शामत आयी हुई थी। पर हम तो बन्ती की सहेलियाँ थीं। हम सबके चेहरे उतरे हुए थे। काफ़ी समय के बाद जब बन्ती बाहर आयी तो रो-रोकर उसकी आँखें लाल हो चुकी थीं। कापी पर जहाँ-जहाँ राजू का नाम लिखा था, उस्तादनी ने रबर से उसे मिटा दिया था।

आठवीं कक्षा जब एक नाव की तरह वार्षिक परीक्षा के किनारे लग गयी तो

सभी लड़कियाँ यात्रियों की तरह ही एक-दूसरे से अलग हो गयीं। हमारा यह स्कूल आठवीं कक्षा तक ही था। बहुत-सी लड़कियाँ अलग-अलग स्कूलों में दाख़िल हो गयीं। बन्ती सिलाई स्कूल में चली गयी।

दो साल बाद मुझे बन्ती के विवाह का कार्ड मिला। और लड़कियों को भी गया होगा। मैंने जल्दी से कार्ड पर लड़के का नाम पढ़ा, लिखा था—'कर्मचन्द'।

कार्ड पर 'राजू' के बजाय यद्यपि 'कर्मचन्द' लिखा हुआ था, तो भी वह विवाह का कार्ड, और हर एक को विवाह की बधाई लेने का हक़ होता है, मैं भी बन्ती के विवाह पर गयी, उसे बधाई देने के लिए।

बन्ती के हाथों में मेहँदी, बन्ती की बाँहों में कलीरे। मैंने बन्ती को बधाई दी।

मैं बन्ती के उस हँस-बोल लेने की प्रीत के बारे में कोई बात नहीं करना चाहती थी, पर कुछ देर बाद वही मुझे एक तरफ़ ले गयी और बोली—"मेरी एक चीज़ सँभालकर रख लोगी?"

"क्या?"

"एक रूमाल।"

मुझे यह पूछने की ज़रूरत नहीं थी कि रूमाल किसका है। रूमाल राजू का ही हो सकता था।

"इसमें ऐसी कौन-सी बात है। रूमाल तुम अपनी और चीज़ों के साथ ही कहीं रख लो न!"

"पर उसके एक कोने में उसका नाम लिखा हुआ है।"

"किसी को क्या पता, वह किसका नाम है?"

"सिर्फ राज लिखा होता—कोई देखता, पूछता, तो मैं कह देती, मेरी सहेली का नाम है। पर 'राजू' लिखा हुआ है। राजू तो लड़कियों का नाम नहीं होता!"

"किस चीज़ से लिखा हुआ है?"

"उसने एक दिन पेंसिल से लिख दिया था। मैंने सुई लेकर धागे से कढ़ाई कर दी!"

"धागा उधेड़ डालो!"

"उधेड़ डालूँ? यह तो मुझे ख़्याल ही नहीं आया!" बन्ती ने एक लम्बी साँस भरी। कहने लगी, "तुम्हें याद है, एक दिन हमारी उस्तादनी ने रबर लेकर मेरी कापी में से उसका नाम ही मिटा डाला था? आज मैं उसी तरह से उसका नाम उधेड़ देती हूँ।"

मेरा मन भर आया। बन्ती ने मेरे सामने ट्रंक में से सुर्ख़ रेशमी रूमाल निकाला और सुई लेकर उस पर कढ़ा राजू का नाम उधेड़ने में लग गयी। बन्ती ने ही तो उसका नाम काढ़ा था। बन्ती ही की कापी पर से उसकी उस्तादनी ने राजू का नाम

मिटा डाला था। विवाह के कार्ड पर समाज ने राजू का नाम न लिखने दिया; और आज वही बन्ती मेहँदी लगे हाथों से रूमाल पर से उसका नाम उधेड़ रही है।

"चलो, छोड़ो अब इन बातों को। तुम ख़ुद तो कहा करती थीं, 'यह हँस-बोल लेने की प्रीत'..."

"सोचा तो यही था पर हँस-बोल लेने का प्यार मेरी हड्डियों में समा गया है। लहू में रच गया है," बन्ती की आँखें भर आयीं।

"सुना है तुम्हारे ससुरालवाले बहुत अमीर हैं! अच्छे कर्मोंवाली हो तुम? उसका नाम भी कर्मचन्द...।" कितनी देर बाद मैंने बात को मोड़ा।

"नामों से भी कर्म बनते हैं?" बन्ती ने सिर्फ़ इतना ही कहा।

"कभी चिट्ठी लिखा करोगी, या शाहनी बनकर हम सबको भूल जाओगी?"

"कहीं भूलना अपने बस में होता है!" बन्ती ने एक लम्बी आह भरी। इस समय भी शायद उसके मन में सहेलियों का ख़्याल नहीं था, सिर्फ़ राजू का ख़्याल था।

"राजू को तुम चाहे भूलो, न भूलो, पर चिट्ठी तो तुम उसे लिख नहीं सकोगी! हमें कभी-कभी लिख दिया करना, चाहे चिट्ठी में राजू की ही बातें लिखना!"

"अच्छा, कभी-कभी मन की भड़ास निकाल लिया करूँगी, पर एक बात है।"

"क्या?"

"तुम मुझे उसकी बात कभी न लिखना। पता नहीं वे लोग कैसे हैं! बिलकुल गाँव में रहते हैं। सुना है, चिट्ठी भी वहाँ हफ़्ते दो हफ़्ते में दो बार जाती है। पते पर ज़िला, तहसील, डाकखाना, गाँव और न जाने क्या-क्या लिखना पड़ता है! शायद वे लोग मेरी चिट्ठी को पढ़कर ही मुझे दिया करेंगे!"

बन्ती को ससुराल गये आज पन्द्रह वर्ष हो गये हैं। पहले चार-पाँच वर्षों में उसने मुझे कुछ पत्र लिखे। ज़्यादा नहीं, पर जितने भी लिखे उनमें उसके मन की भड़ास थी। मैं बन्ती को हमेशा जवाब देती रही, पर उसके कहने के मुताबिक सिर्फ़ रस्मी क़िस्म के ही जवाब उसके पास पहुँचते रहे। कभी उसके मन की बातों का जवाब नहीं लिखा।

फिर दस वर्ष, बन्ती को पता नहीं क्या हुआ, उसने मुझे कोई पत्र न लिखा। मैंने समझा, अब वह अपने परिवार में खो गयी होगी। मैंने भी कभी उसे पत्र न लिखा। सोचा, कहीं मेरा पत्र उसकी किसी सोयी हुई पीड़ा को न जगा दे।

पर आज बन्ती का अचानक पत्र आया है। पता नहीं यह कैसा पत्र है! इसमें सिर्फ़ उसके मन की आवाज़ नहीं, इसमें जैसे हर स्त्री के मन की आवाज़ हो।

मेरा मन भरा हुआ है। उसने मुझे जवाब देने से रोका है, नहीं तो मैं आज उसे बहुत लम्बा पत्र लिखती और मेरा मन हल्का हो जाता।

आज मैंने उसके सारे पुराने पत्र निकाले हैं (बीच के दो-तीन पत्र नहीं मिल

रहे) और आज का पत्र भी सामने रखा हुआ है। एक बार सारे पत्रों को पढ़ रही हूँ। एक स्त्री के मन की आवाज़...

...!

कैसा गाँव है! जो आज का काम, वही कल का काम। यह पता नहीं लगता कि आज कौन-सा दिन है! सिर्फ़ जब गाँव में डाकिया आता है तो पता लगता है कि आज मंगलवार है या शनिवार। यहाँ पूरे हफ़्ते में दो बार डाकिया आता है, जैसे शहरों में तेल-ताँबा माँगनेवाले हफ़्ते में दो बार आते हैं।

जब डाकिया आता है, मुझे ऐसा लगता है मानो वह कह रहा है, 'मंगलवार, टले भार तेल-ताँबे का दान!' या 'शनिवार, टले भार तेल-ताँबे का दान!' पर वे लोग पता नहीं कैसा तेल-ताँबे का दान करते हैं जिन्हें उनके मित्रों के पत्र आते हैं।

मैं किसके पत्र के लिए डाकिए का रास्ता देखूँ?

अच्छा तुम्हीं मुझे दो शब्द लिख देना। कोई बात न लिखना पत्र में। बस, इतना ही कि तुम्हें मेरा पत्र मिल गया। मैं इतनी बात के लिए ही डाकिए का रास्ता देखूँगी।

तुम्हारी
बन्ती

...!

तुमने बारात में मेरा ससुर देखा था, खिज़ाब-रँगी दाढ़ीवाला! अगर तुम मेरी सास को देखो तो सच कहती हूँ, हैरान रह जाओ। सास तो क्या, अभी वह पुत्रवधू भी नहीं लगती, बिलकुल क्वारी लगती है। उम्र में वह मुझसे तीन-चार वर्ष ही बड़ी होगी, पर शारीरिक तौर पर बहुत कोमल है, पतली-सी लचकती हुई हिरनी जैसी। चाहे वह मेरी सौतेली सास है, पर है तो सास ही न! अगर वह मेरी सास न होती तो सच कहती हूँ उसे अपनी सहेली बना लेती।

आज मंगलवार था। डाकिए को आना था। मुझे ख़्याल आया, शायद तुम्हारा पत्र आए। मैं दरवाज़े में खड़ी होकर डाकिए का रास्ता देखने लगी। मेरी सास भी मेरे पास आकर खड़ी हो गयी।

डाकिया आया। उसने मुझे एक पत्र दिया। मैंने सास के चेहरे की ओर देखा। उसका चेहरा उदास था। ऐसे लगता था जैसे आज ज़रूर ही किसी का पत्र उसके लिए आना था पर आया नहीं।

"भाभी, कोई चिट्ठी आनी थी तुम्हारी?" मैंने उसे इतनी उदास देखकर पूछा।

"मुझे किसकी चिट्ठी आएगी?" पहले तो उसने यह कहा और फिर कहने लगी, "आनी तो थी एक चिट्ठी, पर आयी नहीं।"

"किसकी चिट्ठी?" मैंने फिर पूछा।

"ईश्वर की चिट्ठी! और मुझे किसकी चिट्ठी आएगी?" लगता था वह अभी रो पड़ेगी, पर वह रोयी नहीं। या ऐसा रोना रोयी जो किसी को दिखाई नहीं दिया! देखा, हम स्त्रियाँ कैसा रोना रो सकती हैं! कभी-कभी मेरा दिल करता है, मैं भी ज़ोर से रोऊँ और वह भी ज़ोर-ज़ोर से रो सके।

तुम्हारी
बन्ती

...!

सच मानो, जब से यहाँ आयी हूँ, मुझे यह घर कभी अपना नहीं लगा। बिलकुल मेहमान-सी लगती हूँ इस घर में। अब इस घर ने मुझे बाँध लिया है। एक छोटा-सा राजू आ गया है मुझे बाँधनेवाला। घर के सभी लोग उसे दीपक कहकर बुलाते हैं।

शाम के समय काफ़ी ठण्डक उतर आती है। मैं एक लाल रेशमी रूमाल उसके सिर पर बाँध देती हूँ। लाल रूमाल में वह और भी सुन्दर लगता है। मैं उसे गोद में लेकर देर तक उसका मुँह देखती रहती हूँ।

तुम्हारी
बन्ती

...!

मेरा राजू तीन वर्ष का हो गया है। तुम्हें अपने मन की बात बताऊँ? कभी-कभी जब मैं राजू के मुख की ओर देखती हूँ तो देखते-देखते उसका मुँह बड़ा हो जाता है। उसका क़द भी बड़ा हो जाता है, जैसे मेरा राजू पच्चीस वर्ष का हो गया हो और मैं अभी बीस वर्ष की हूँ। देखा, मैं कितनी पागल हूँ!

बड़ा शरारती है मेरा राजू। अभी मेरे पास खेल रहा था। अभी रसोई में जा पहुँचा है। गरम चूल्हे में पानी का गिलास उँडेल दिया है। सारा चूल्हा फट गया है। मेरी सास बेचारी को दिन-भर लगकर बनाना पड़ेगा।

हाँ, तुम्हें एक बात बताऊँ। मेरी सास चूल्हा क्या बनाती है, जैसे कोई बुत तराशती हो। तुमने कहीं ऐसा बाँका चूल्हा नहीं देखा होगा! उसे चूल्हा बनाने का बहुत चाव है। थोड़े-थोड़े दिनों के बाद चूल्हा तोड़कर फिर से बनाने लगती है। जिस

दिन वह अन्दर का चूल्हा बनाती है उस दिन मैं बाहर के चूल्हे पर रोटी बनाती हूँ। वैसे जहाँ तक बन पड़ता है, वह खाना पकाने का सारा काम स्वयं ही करती है। जब वह पन्द्रह-बीस दिन बाद रसोई का चूल्हा तोड़कर नया बनाने लगती है, उस दिन खाना पकाने के काम को हाथ नहीं लगाती। चूल्हा बनाने का तो उसे कोई ख़ब्त है! आए दिन मिट्टी गूँधती और साथ में गाती है।

वैसे मैंने कभी उसे गाते हुए नहीं सुना। गाना तो एक तरफ़, उसे कभी मन भरकर बातें करते हुए भी नहीं सुना; पर चूल्हा बनाते समय वह ऐसे गाती है, जैसे कोई चरखा काते-और लम्बा गीत शुरू कर दे! ईश्वर ही जाने उसके मन पर क्या गुज़रती है। माता-पिता ने भी तो उसकी जवानी से धोखा किया है! हीरे जैसी लड़की को तराजू में रखकर चाँदी के रुपयों की एवज कंकड़ के पल्ले बाँध दिया!

अच्छा, दो शब्द जल्दी लिखना।

तुम्हारी
बन्ती

...!

तुमने गीतों के बारे में पूछा है जो मेरी सास गाती है। पूरा गीत उसने कभी नहीं गाया। जब कभी एक टप्पा गाती है तो घण्टा-भर वही गाती रहती है।

आज भी उसने पुराने चूल्हे को तोड़कर नया बनाना शुरू किया है। रसोई का दरवाज़ा अन्दर से बन्द है। उसकी आवाज़ आ रही है :

'आ रे चन्दा! हाथ सेंक ले!
बिरहा की आग हमने आँगन में जलायी है।'

और मैं तुम्हें पत्र लिखने लग गयी हूँ। मैं बाहर आँगन में बैठी हुई हूँ। उसने कोई और टप्पा शुरू किया, तो मैं तुम्हें लिखूँगी।

दिन ढल चला है। वही टप्पा सारे दिन गाती रही है। आज उसकी आवाज़ भी रुँधी हुई थी। कितनी देर तो उसकी आवाज़ निकली ही नहीं, रुक-रुककर आवाज़ आयी है :

'अगर नौकरी पर चले हो तो हमें जेब में डाल लो।
जहाँ रात पड़े, हमें निकालकर कलेजे से लगा लेना।'

हाँ, मुझे उसका एक गीत याद आया है। वह उसने आज तो नहीं गाया पर पहले गाया करती थी :

'आपने न सुख का सन्देशा भेजा
न आपने चिट्ठी भेजी है!

किसके हाथ मैं सुख का सन्देशा भेजूँ,
किसके हाथ मैं चिट्ठी भेजूँ?
लिखने के लिए काग़ज़ नहीं है
कलम के लिए 'काही' नहीं है
दिल का टुकड़ा मैं काग़ज़ बनाती हूँ
और अँगुलियों को काटकर काही
आँखों का काजल स्याही बनाती हूँ
और आँसुओं का पानी डालती हूँ
परछाइयाँ ढलने पर चिट्ठी लिखने बैठी हूँ
मेरी आँखों से आँसू बरस रहे हैं।

रसोई का दरवाज़ा अभी भी बन्द है। बन्द दरवाज़े से भी गुज़रकर मेरा मन उसके मन में समा गया है। इन गीतों में भला कौन-सा गीत है जो उसके मन का नहीं और मेरे मन का नहीं?

तुम्हारी
बन्ती

...!

एक बात मैं तुम्हें लिखना भूल गयी थी। मेरी सास को कई दिनों से रोज़ थोड़ा-थोड़ा बुख़ार हो जाता है। लाख मिन्नतें करो, वह एक पल के लिए भी आराम नहीं करती।

"भाभी, इस तरह तो डाकिया सचमुच ही एक दिन ईश्वर की चिट्ठी ले आएगा! तुम ख़ुद ही अपनी जान की दुश्मन बनी हो"—एक दिन मैंने उससे कहा। पता है क्या कहने लगी? "तुम्हारा मुँह मीठा करूँ, अगर सचमुच ही कोई डाकिया उसकी चिट्ठी ले आए!" सच कहती हूँ, उसका दुःख देखकर तो मेरे मन का भी दुःख मामूली बन जाता है।

ये इतने वर्ष बीत गये! मैंने जान-बूझकर ही तुम्हें कोई पत्र नहीं लिखा। वैसे तुम्हारे नये शहर का पता मैंने ढूँढ़ लिया था। पता है, जब कभी मैं तुम्हें पत्र लिखने की सोचती थी तो मुझे लगता कि अगर मैंने तुम्हें पत्र लिखा तो पता नहीं कौन-सी यादें मुझे चारों ओर से घेर लेंगी! तब तो मैं कई दिन होश न सँभाल सकूँगी। मेरे हाथों से चीज़ें गिरने लगेंगी और तरकारियाँ जलने लगेंगी। अब तो सारा घर मुझे ही सँभालना पड़ता है।

इतने वर्ष मेरी सास रस्सी की तरह बल खाती रही, चारपाई पर लेटी हुई जैसे उसी में खो जाती थी। उसका रंग कपास जैसा सफ़ेद हो गया था।

तुम्हे याद है या नहीं, एक बार मैंने तुम्हें लिखा था कि मेरी सास मिट्टी का चूल्हा क्या बनाती है मानो कोई बुत तराशती हो। आए दिन पुराना चूल्हा तोड़कर नया चूल्हा बनाने का उसका खब्त बीमारी में भी नहीं गया था। मैं उसे ज़्यादा रोकती नहीं थी। जिस दिन वह मिट्टी गूँधती थी, उस दिन उसमें पता नहीं कहाँ से जान आ जाती थी!

लगभग पन्द्रह दिन की बात है, उसे ख़ून की उल्टी आयी थी। तब न तो हमें उसके जीने की आशा थी, न स्वयं उसे ही। दिन के समय जब मेरा देवर हकीम को बुलाने गया (मेरे ससुर का स्वर्गवास हो चुका है) तो मेरी सास ने मुझे अपने पास बुलाया, बोली :

"मेरा कहना मानोगी?"

"बताओ भाभी जो कुछ भी हो!" मेरा मन छलक रहा था। मैं उसकी चारपाई से सिर टेककर रोने लग गयी थी।

"पगली कहीं की! रोती क्यों है? मैं तो एक-एक मिनट करके राह देख रही हूँ कि कब यह प्राणों का पिंजरा टूटे, कब मेरी रूह आज़ाद हो जाए!"

"बताओ-भाभी, क्या कहती हो!"

"तुम मुझे मिट्टी गूँध दो..."

"पागल हो गयी हो? साँस तुम्हारे टूट रहे हैं...!"

"मुझे पता है, तभी तो कह रही हूँ। आख़िरी बार, बस एक बार! वरना अभी वह सड़ियल हकीम आ जाएगा!"

"भाभी, तुमने दुनिया के सारे मोह तोड़ डाले हैं। दुनिया से तुम्हारा मोह कभी हुआ ही नहीं, न ही तुम्हें रुपये-पैसे से प्यार, न तुम्हें अपनी जान की परवाह, फिर तुम्हें इस चूल्हे से ऐसा मोह क्यों?"

"चूल्हे के नीचे मैंने कुछ दबाया हुआ है,"—मौत के बिस्तर पर पड़ी मेरी सास हँसी और कहने लगी—"तुम यह न समझना कि मैंने मोहरों की हाँडी दबायी हुई है!"

"भाभी, तुम्हारा दिल मुझसे छिपा नहीं है। जिस घर में तुम्हारा मन भर गया है, उस घर में तुम मोहरें क्यों दबाओगी? और मुझे भी मोहरों से कोई मोह नहीं!"

"यह मुझे पता है, तभी तो मैं तुम्हारे..."

"जो मन में है, कह दो, भाभी! मैं तुम्हारी पुत्रवधू हूँ, बेटी भी हूँ, और तुम्हारी सहेली भी तो हूँ!"

भाभी आँखों से रोयी और होठों से कहने लगी, "कभी-कभी मैं तुम्हें कहा करती थी न कि आओ तुम्हें दाने भून दूँ, मैं बहुत बड़ी भटियारिन हूँ!"

"हाँ भाभी, मुझे याद है। पर मुझे ख़्याल था कि तुम यों ही मज़ाक़ किया करती थीं। तुम भला भटियारिन कैसे हुई?"

"नहीं बन्ती, मैं सचमुच भटियारिन हूँ, किसी भट्ठीवाले की भटियारिन। तुम

अभी वह चूल्हा उखाड़ो तो तुम्हीं नीचे की ईंटें भी उखाड़ देना। कच्ची मिट्टी से ही लीपी हुई हैं।"

"नीचे क्या है?"

"छलनी—मेरे भटियारे की निशानी और साथ में एक अँगूठी भी—वह भी उसी की निशानी!"

और भाभी ने अपने उखड़ रहे साँसों से मुझे बताया कि उन्हें अपने गाँव के एक लड़के से प्यार था। मोती नाम था उसका। माता-पिता को नकली ही मोती पसन्द आया। उन्होंने बेटी को कौड़ियों के मोल बेच दिया। विवाह को कुछ ही महीने हुए थे कि उदास मोती ने भटियारा बनकर उसके ससुराल के गाँव में भट्टी शुरू कर दी।

जब मेरी सास (रूपो नाम था उसका) दाने भुनाने गयी तो मोती को भटियारा बना देख जैसे उसकी भट्टी में ख़ुद ही भुनने लग गयी।

मोती ने जो क़दम उठाया था, उससे भला क्या बनता-सँवरता? और रूपो का भी क्या सँवरता? एक दिन रूपो उसके पाँवों पर गिरकर रोयी, 'तुम्हें मेरी कसम है जो तुम अपनी यह हालत बनाओ। भुने हुए बीज अब उगेंगे नहीं।' उसी दिन रूपो ने उसकी भट्टी तोड़ डाली। कड़ाही उससे उठायी नहीं गयी सो वह छलनी ही उठा लायी और उसे हुक्म दे आयी कि अपने गाँव वापस लौट जाए।

मोती न उसकी क़सम लौटा सका और न उसका हुक्म टाल सका। अपनी अँगूठी, एक निशानी, उसने रूपो को दी और दूसरे दिन पता नहीं कहाँ चला गया! मोती भटियारा क्या बना, रूपो को सारी उम्र के लिए भटियारिन बना गया। इसने उसकी छलनी और अँगूठी अपने पास रख ली। अँगूठी पर मोती का नाम लिखा हुआ था। कहाँ छिपाती! चूल्हा तोड़कर उसने दोनों चीज़ें मिट्टी के नीचे दबा दीं और ऊपर नया चूल्हा बना दिया।

दिन-दिन भर चूल्हे के पास बैठकर वह रोटियाँ क्या पकाती, जैसे मन के विचारों को बेलती-सेंकती रहती। कभी-कभी उसका दिल बहुत ही उदास हो जाता। वह चूल्हा तोड़ देती, उसकी निशानियों को गले लगाती रोती और गाती। फिर उसी तरह दोनों निशानियों को धरती के हवाले कर देती और ऊपर नया चूल्हा बनाकर उनकी रखवाली के लिए बैठी रहती।

भाभी की यह कहानी ख़त्म हुई, तभी उसकी साँस ख़त्म हो गयी। उसे ख़ून की एक और उल्टी आयी और प्राणों का पिंजरा टूट गया, पंछी उड़ गया।

जितने वर्ष भाभी प्राणों के पिंजरे में बन्द थी, मोती की अँगूठी कभी अपनी अँगुली में नहीं पहनी। जब उसकी रूह आज़ाद हो गयी, तब मैंने चूल्हे को उखाड़ा और अँगूठी निकालकर उसकी अँगुली में डाल दी।

मैंने ही उसे नहलाना था, मैंने ही उस पर कफ़न डालना था। इसलिए मुझे

डर नहीं था कि कोई उसके हाथ में पड़ी हुई अँगूठी पर मोती का नाम पढ़ लेगा। और जब तक दूसरे दिन लोग उसके फूल चुनते, उस अँगूठी पर से उसके मोती का नाम मिट ही जाना था!

छलनी मैंने अभी वैसे ही चूल्हे के नीचे रहने दी है। अगले महीने मेरी माँ हरिद्वार जा रही है। और मैंने अपने पति को मना लिया है कि मैं चार दिन को माँ के साथ जाऊँगी। वहाँ भाभी के फूलों को बहा दूँगी। आगे तुम समझ ही गयी होगी। किस तरह ट्रंक में छलनी रखकर ले जाऊँगी और उसके फूल छलनी में डालकर लहरों में बहा दूँगी!

ओ मेरी सहेली! मेरी अपनी सहेली!! आज तुम्हें न लिखूँ तो और किसको लिखूँ? मैंने भी अपनी यादों को आज ढूँढ-ढूँढकर देखा है, एक सुर्ख रूमाल उनके नीचे सँभालकर रखा हुआ है। चाहे कोई बन्ती हो, चाहे कोई रूपो या चाहे कोई और, किसने अपने मन की तहों में कोई रूमाल या कोई अँगूठी नहीं दबायी हुई होती!

हम अभागिनें, जो किसी से प्यार करती हैं, जन्म से भटियारिनें हो जाती हैं। दिल की भट्ठी पर अपनी साँसों को दानों की तरह भूनती हैं और यादों की छलनी में से वर्षों रेत छानती हैं।

तुम्हारी
बन्ती : एक भटियारिन

सजदा

'मेरा दीन भी तू, ईमान भी तू'—मंज़िल पर पहुँच जाने वालों का दर्द और विसाल कभी अक्षरों में नहीं उतरता...

फिर भी—लोगों का दिल उन शायरों और क़िस्साकारों को सलाम कहता है, जो मोहब्बत की वारदातें, कुछ अक्षरों में उतारकर, लोगों के दामन भर देते हैं...

और दूसरी तरफ़, उन शायरों और क़िस्सानिगारों की अपनी दास्तान होती है, जो ख़ामोश उनके दिल में भी सुलगती रहती है, और उनके अक्षरों में भी...

क़िस्सानिगारों में—वारिस शाह के कलाम ने सबसे बड़ा मरतबा पाया, और अपना दर्द, जो कभी उनकी ज़ुबान पर नहीं आया, वह लोगों में एक दन्त-कथा बन गया...

पंजाब के ज़िला गुज़रांवाला के एक क़स्बे ज़ण्डियाला शेर खाँ गाज़ी के वारिस शाह सैयद घराने के थे। कसूर में कुछ इल्म पाया, तो पाकपटण चले गये, ख्वाज़ा फरीदुद्दीन की दरगाह पर।

वहाँ फ़क़ीरी की मंज़िल हासिल की, और जब घर लौट रहे थे, रास्ते में एक छोटा-सा गाँव आया—ज़ाहिद का ठट्टा। जहाँ वारिस ने एक हिन्दू सुनारी सुन्दरी को कुएँ पर पानी भरते हुए देखा, तो क़दम रुक गये।

उस सुन्दरी का नाम भागभरी कहा जाता है। उसके दिल में भी एक चिनगारी सुलग गयी, लेकिन जो कहा और सुना, कहीं-कहीं लिखा मिलता है, वह यह है कि वारिस शाह, अपने घर को लौटते हुए, लौट नहीं सके। वहीं गाँव में एक छोटी-सी मस्जिद थी, जहाँ उनका क़याम हुआ। गाँव के लोगों के साथ इतनी मेहरबानी का सलूक किया कि गाँव वाले इतने बड़े आलिम, सैयद और दरवेश को अपने बीच में पाकर एक फ़ख्र महसूस करने लगे और एक जुलाहे के घर से रोज़ उनके लिए रोटी-सालन मिलने लगा...

और वारिस अपने दिल का दर्द हीर-राँझा की चलती आ रही दास्तान में डुबो

कर, उसका क़िस्सा लिखने लगे। मस्जिद में एक कोठरी को अपना हुजरा बना लिया, जहाँ बैठकर हुजरे के झरोखे से बाहर से गुज़रती भागभरी को देखते रहते, और हुजरे में चिराग़ जलाकर—हीर की मोहब्बत की दास्तान लिखते रहते...

जानते थे कि मुसलमान सैयद, और हिन्दू सुनारी के मिलन की बात समाज का तख़्त उलटा देने वाली थी। इसलिए जो ख़ामोशी धारण कर ली, वही ख़ामोशी एक आग बनकर उनके अक्षरों को रोशन करने लगी...

अभी थोड़े से साल हुए, पाक़िस्तान से एक अदीब आये थे, जिन्होंने बताया कि उस गाँव की मस्जिद का वह हुजरा, जहाँ बैठकर वारिस ने हीर का क़िस्सा लिखा, लोग वहाँ अपनी अक़ीदत पेश करते हैं। उस हुजरे के एक झरोखे से वह कुआँ तक दिखाई देता है, जहाँ भागभरी पानी लेने के लिए आती थी, और अब उस कुएँ का पानी लोगों के लिए मुतबर्रक बन गया है...

सूफ़ी शायर हाशिम के हर्फ़ों में—कामिल आशिक़ों का क़िस्सा लिखना भी ख़ुदा की बन्दगी है...

यहाँ—मोहब्बत करने वालों को सजदा करते हुए प्राचीन काल की पाँच गाथाएँ दे रही हूँ...

माँ मलकी

हवेली की बायीं दीवार के पास उगे हुए बरगद की बहुत-सी छाया हवेली के आँगन में आ गयी, तब मलकी ने उस छाया में बान की चारपाई बिछायी और गुँधे हुए मैदे का कटोरा भरकर चारपाई के पाए के पास पीढ़ी बिछाकर, सिवइयाँ बनाने लग गयी...

सिवइयों से मुट्ठी भर जाती, तो उसे चारपाई की चादर पर फैलाकर सूखने के लिए डाल देती, और दोनों हथेलियों में और आटा लेकर लोई बनाने लगती...

इतने में हवेली का दरवाज़ा खटका, तब उसी तरह हाथ में लोई को लिये हुए दरवाज़ा खोला, होठों से निकला—चौधरी आज जल्दी आ गये हो। अच्छा किया है...

और भीतर लौटते हुए सूत की एक चारपाई आँगन की छाया में बिछायी, चौधरी के बैठने के लिए। चूचक चौधरी ने चारपाई पर बैठते हुए और पेड़ की छाया में अलसाते हुए कहा—गुड़ का टुकड़ा डालकर थोड़े से सत्तू घोल दे, आज गला सूख रहा है...

मलकी जल्दी से काँसे के कटोरे में सत्तू घोलकर ले आयी, तब चौधरी ने कहा—आज काम वाली कोई नहीं है, जो ख़ुद सिवइयाँ बना रही हो?

मलकी ने आहिस्ता से कहा—मन भारी हो रहा था...

चौधरी ने कुछ चिन्ता से पूछा—ख़ैर तो है? लड़की की कोई ख़बर आयी है?

कोई ख़ैर-ख़बर नहीं। अपना ही बदन झूठा पड़ रहा था, सोचा मन को कहीं तो लगाऊँ, इसलिए सिवइयाँ बटने बैठ गयी...

मलकी कह रही थी, जिस समय चौधरी हँस-सा दिया, कहने लगा—ला दिखा नब्ज़!

मलकी रुआँसी सी हो गयी, बोली—अब क्या देखेगा नब्ज़! नब्ज़ तब देखता जब लड़की जन्मी थी...

पीढ़े की पट्टी पकड़कर वह चौधरी की ओर देखने लगी, फिर बोली—यही महीना था, जेठ का, जब वह पैदा हुई थी, लोग देखें और कहें—यह तो कोई हूर पैदा हुई है...और इसी से सबने उसका नाम हीर रख दिया...

चौधरी ने हाथ के कटोरे से आख़िरी घूँट लिया और कहने लगा—हाँ दिन-वार तो याद नहीं, पर महीना यही था जेठ का, और शायद आज उसका जन्मदिन ही हो, जो तुम्हें इस तरह याद आ रही है...कोई बन्दा भेज दें रंगपुर, दो-चार टोकरे मिठाइयों के देकर...

मलकी का ध्यान चौधरी की बात की ओर नहीं था, कहने लगी—शायद तुम्हें याद हो, छोटी-सी होती थी, तो रात को चौंककर उठ जाती थी, दीवारों की ओर देखती रहती, और जब मैं पूछती क्या हुआ जेठी? तुम्हें मालूम है—मैं कई बार उसे जेठी बुलाया करती थी। इसलिए भी कि वह जेठ के महीने में पैदा हुई थी, और इसलिए भी कि वह जेठी बेटी थी, पहलौठी की, दोनों लड़के तो बाद में हुए...

मलकी फिर दलीलों में डूब गयी, तब चौधरी ने कहा—हाँ, मुझे याद है। तूने बताया था कि उसे सोयी हुई की बाँसुरी सुनाई देती थी, और वह उठकर हैरान-सी देखती रहती थी कि बाँसुरी की आवाज़ कहाँ से आयी थी...

मलकी ने एक गहरी साँस ली और कहा—तभी तो कहती हूँ कि मैं तब से दलीलों में पड़ी हुई हूँ, जब से वह जन्मी थी...अच्छा तुम बताओ कि उसे बाँसुरी की आवाज़ कहाँ से आती थी?

चौधरी चुप रहा तो मलकी बोली—मुझे तब से हौल पड़ गया था कि बाँसुरी तो हमारी उस महलों वाली को सुनाई दिया करती थी...

चौधरी हँस-सा दिया, कहने लगा—तुम बात करती हो मीरा की, जिसका नाम भी हमारी बेटी ने कभी नहीं सुना...

मलकी ने पल्लू से माथे का पसीना पोंछा, और कहने लगी—उसने तो नहीं सुना हुआ था, पर क़िस्मत ने तो सुना हुआ था...

चौधरी चूचक के होठों से निकला—किन वहमों में पड़ गयी कुन्दिए!

मलकी ने नज़र भरकर अपने मर्द की ओर देखा, और कहने लगी—देख ले!

इन ज़मीनों और हवेलियों के लिए हमने धर्म तो बदल लिया, पर राजपूतों का जो ख़ून रगों में बहता है, वह नहीं बदला। तेरे होठों से कभी ख़ुद ही मेरा वह नाम निकल जाता है, कुन्दी, जो मेरा नाम हुआ करता था। मलकी तो मेरा नाम जबरन रखा गया...

चौधरी चूचक कितनी देर उस बरगद की ओर देखता रहा, जिसकी छाया में वह बैठा हुआ था। फिर कहने लगा—हमारा ही पूर्वज हुआ करता था राय सरजा, जिसने सियाल जाटों की झुग्गियाँ डालकर यह इलाक़ा बसाया था। इसका नाम झुंग सियाल हुआ करता था, जो बाद में झंग सियाल हो गया। फिर हमलावर आये। धर्म तो बदलना पड़ा, पर सयालों का सारा झंग बचा लिया। नहीं तो इलाक़े का नाम-पता कहीं नहीं रहना था...

मलकी चुपचाप सुनती रही, फिर बोली—हाँ मियाँ! क्या बच गया और क्या नहीं बच पाया, यह तो ऊपर वाला जाने, पर तुमने मेरी बात पर ध्यान नहीं दिया कि छोटी-सी लड़की को, सोयी हुई को, बाँसुरी कहाँ से सुनाई देती थी...

चूचक ने ज़रा परेशान-सा होकर कहा—तुम कहना क्या चाहती हो?

मलकी ज़रा ताव खाकर बोली—मेरे माथे में तो उसी समय ही क़िस्मत बोल उठी थी, जब धीदो राँझे को तुमने अपना कमेरा बनाया था, और वह जब बेले में बाँसुरी बजाता था, तो लड़की दीवानी होकर बेले की ओर दौड़ जाती थी...शायद वही आवाज़ थी, जो वह सपनों में सुना करती थी...

चूचक ने हँसकर कहा—तुम किन वहमों में पड़ गयी हो मलकिए! अब वह ससुराल में रहती है, इतने अमीरज़ादों के घर, वे इतने बागों के मालिक हैं कि...

मलकी ने उसकी बात काटकर कहा—नेक बख़्त! तुम सारी उम्र ज़मीन और जायदाद ही गिनता रहा, यह भूल गया कि आप सबने उसका झूठा निकाह पढ़वा कर रोती-बिलखती को डोली में बिठा दिया...

—और क्या करता? कमेरे के साथ ब्याह देता? सारी दुनिया क्या कहती...?

चूचक कह रहा था, जिस समय मलकी ने ताव खाकर कहा—वह तो तख़्त हज़ारे का वली था, मुअज़ुद्दीन हज़ारे के हाकिम का बेटा। तेरी बेटी को देखकर कमेरा दीवाना हुआ था...मैं लाख मिन्नत करती रही कि अपनी आँत को अपने इन हाथों से न तोड़कर भेज...

चूचक कहने लगा—पर कैदो ने वहाँ बात चलायी हुई थी, उनके घर से शगुन की मोहरें आ गयी थीं, तो क्या करता? वापस करता, तो रंगपुर वालों के साथ दुश्मनी पड़ जाती...

मलकी ने जैसे दामन झटक दिया, कहने लगी—दुश्मनी तो हमने अपने साथ डाल ली...

चूचक ने उतावला-सा होकर कहा—मैं तुम्हारे साथ और ही बात करने आया

था, तुम और ही बात लेकर बैठ गयीं। मैं तो तुमसे पूछने आया था कि अब तुम्हारे बेटों के रिश्ते आ रहे हैं, बड़े-बड़े घरों से, बताओ तुम्हारी क्या मर्ज़ी है?...

मलकी ने जैसे होठों में ही कहा—मेरी मर्ज़ी तब तो नहीं पूछी, जब रोती हुई लड़की मेरे गले के साथ लिपटी हुई थी...

—आज क्या हो गया है तुम्हें, इतनी उदास हो? चूचक ने पूछा, तो मलकी कहने लगी—अब मुझे सोयी हुई को उस बेचारे की बाँसुरी सुनाई देती है, जागती हूँ—तो उसी को ढूँढ़ती हूँ...वह घड़ी नहीं भूलती, जब उस बेचारे ने मेरे पैर पकड़कर कहा था—'अपनी जन्म देने वाली तो मैंने देखी नहीं—पर तुम्हें माँ कहा है, माँ हमारी इज़्ज़त रख ले!'

—जाने दे अब बीती हुई को। अब जिस गाँव नहीं जाना, उसका रास्ता क्या पूछन्ना। दुआ कर कि लड़की अब सुखी रहे, और तू बहुओं के डोले घर में ला... चूचक ने दिलासा देने की तरह कहा, तब मलकी की छाती से जैसे एक लपट उठी, कहने लगी—तेरे जिस चुगलख़ोर भाई ने मेरी बेटी की डोली भेजी थी, उसी को कह—अब चाहे चमारिनों के डोले ले आए, मैंने कुछ नहीं कहना...

चूचक अपना सिर थामकर चुप-सा हो गया...

इतने में लगा किसी ने हवेली का दरवाज़ा खटखटाया है, चूचक नहीं उठा, तब मलकी ने ही उठकर दरवाज़ा खोला, कोई अजनबी से दो आदमी थे—चौधरी का घर पूछ रहे थे...

मलकी उन्हें 'यही घर है' कहते हुए अन्दर बरामदे में ले आयी, तब चौधरी चारपाई से उठकर बैठ गया। वे लोग कहने लगे—'आप चूचक चौधरी हैं? हीर आपकी बेटी का नाम है?'

चूचक का दिल धड़क उठा, कहने लगा—जी हाँ! क्या ख़बर लाये हैं?

वे लोग कहने लगे—'हम राजा अ़दली के कहने पर आये हैं चौधरी, जहाँ आपने बेटी ब्याही थी, वहाँ से कोई जोगी उसे निकाल लाया था, उसका नाम राँझा कहा जाता है। उनके पीछे भीड़ आ गयी, तो उन्होंने राजा अदली के पास जाकर फ़रियाद की। राजा अदली ने रंगपुर वालों की भीड़ लौटा दी, और हीर को उसके मर्द राँझे को सौंप दिया है। अब राजा का हुक्म है कि हीर के माँ-बाप अपने हाथों से उनका निकाह करें। जाओ, दो लोग जाकर ख़ैरियत से अपनी बेटी को घर ले आओ!'

चूचक परेशान-सा उन लोगों की ओर देखता रहा, फ़िर होश आया तो कहने लगा—अच्छा, मैं अपने बेटों को आपके साथ भेजता हूँ। वे दोनों को बाइज़्ज़त ले आएँगे...

चूचक चौधरी उनके साथ हवेली से बाहर चला गया, और मलकी जहाँ खड़ी थी, पत्थर-सी होकर खड़ी रह गयी...

थोड़ी देर बाद जब चूचक वापस आया, तो दीवार के साथ खड़ी मलकी के पास जाकर उसने मलकी को सीने के साथ लगा लिया, बोला—तुम सच में ही रुआँसी हो रही हो। यह क्या हो गया है मलकी!

चूचक ने पत्थर-सी हुई मलकी को चारपाई पर बिठाया, फिर पानी का घूँट उसके होठों में डालते हुए कहने लगा—बता, अब क्या करें?

मलकी जब होश में आयी, कहने लगी—ये, जिन्हें तकदीर की कोई आवाज़ सुनाई देती है, वे महलों में नहीं बसतीं...

सूरज ने रात को जाते हुए देखा, और दूसरी सुबह आकर भी देखा, मलकी हाथ जोड़कर चूचक को कह रही थी—मुझे किसी और का डर नहीं है, पर तुम्हारे भाई का लगता है। चौधरी—अब तो अपनी लगाम च़ अपने हाथ में ले ले...

और कहते-सुनते दिलासों के साथ जब सन्ध्या ढली, तो मलकी के दोनों बेटों ने अपनी बहन के साथ दहलीज़ में क़दम रखा...

रोती हुई मलकी ने दौड़कर बेटी को गले से लगा लिया। पूछने लगी—वह कहाँ है? हीर के दोनों भाइयों ने बताया कि जिस तरह अब्बू ने कहा था, हमने उसी तरह किया है। राँझे को तख़्तहज़ारे भेजकर आये हैं कि वह भाइयों के साथ बारात ले आए, और हीर को ले जाए।

यह पहला दिन था, जब मलकी ने अपने मर्द के पैर छुए...

गाँव में धूम-सी मच गयी। हीर की सहेलियाँ दौड़ती हुई आयीं और उसके मुँह में मिश्री डालने लगीं...

कैदो भी ख़बर सुनकर आया, तो मलकी का कलेजा धक-सा रह गया। उस समय मलकी ने उठकर कैदो के कन्धे पर हाथ रखा, कहा—भाई तो तू उसका लगता है, पर मैं भी तुम्हें धर्म का भाई मानूँगी, अब लड़की को कोई अच्छी-बुरी न कहना।

कैदो ने हाथ जोड़कर कहा—नहीं भाभी, वह जैसी तेरी बेटी, वैसी मेरी। अब मुझे लड़की के सिर पर प्यार देने दे।

हवेली में काज रचाया गया। हीर की सहेलियों ने केसर का उबटन मल-मलकर हीर को नहलाया। दर्ज़ी और सुनार अपने कामों में लग गये। बाहर वाले दलान में भट्ठी लगायी गयी, और मट्ठियों-मिठाइयों के थाल भर-भरकर अन्दर रखे जाने लगे...

तीन दिनों के बाद जब दरिया की ओर से किश्तियों से शहनाई की आवाज़ आने लगी, तो गाँव की जो सराय बारात के ठहराने के लिए रगड़-रगड़कर धोयी गयी थी, वहाँ चहल-पहल होने लग गयी...

बारात का उतारा हुआ। हलवाइयों ने पकवान परोसे। जब पकवानों की पहली

थाली राँझे के भाइयों ने लड़की के लिए भेजी, उस समय चाचा कैदो ने थाली का रूमाल उठाकर शगुन की एक मोहर अपनी ओर से भी थाली में रखी...

सहेलियों के झुण्ड में बैठी हीर के सामने ससुराल की पहली थाली आयी, तो चार कौर खाते ही हीर के होठ नीले पड़ गये। हाथ से कौर छूट गया, और वह एक चीख़ मारकर ऐसी गिरी कि फिर होश में नहीं आयी। हकीम बुलवाया गया, और वह नब्ज़ ढूँढते हुए कहने लगा—अब नब्ज़ कहीं नहीं मिल रही...

ख़बर बारात-घर में भी पहुँची, तो राँझा हीर की हवेली की ओर दौड़ा। किसी की हिम्मत नहीं थी उसे रोकने की। उसके सिर पर बँधा हुआ फूलों का सेहरा पंखुड़ी-पंखुड़ी होकर सारे रास्ते पर बिछ गया...

रोटी वाली थाली अभी भी हीर की लाश के पास पड़ी हुई थी। राँझे ने जल्दी से पाँच-सात निवाले खा लिये, और तड़पकर उसने अपना सिर मरी हुई हीर की छाती पर रख दिया...

भीड़ में से किसी ने मलकी का कन्धा झकझोर दिया, जो देखते-देखते पत्थर-सी हो गयी थी। चूचक भी उसके पास आया—रोकर बोला—ओ मलकी! मेरे भाई ने क़हर कमाया... मैं कहीं का नहीं रहा...मेरी हूरों जैसी बेटी... मैं उसकी डोली अब कहाँ भेजूँ? मलकी न सुध में थी, न बेसुध थी—कहने लगी—हूरों की पालकी फ़रिश्तों के घर जाती है...यह देख...फरिश्ता आ गया है, मेरी हूर को ब्याहने के लिए, और आगे बढ़कर वह कभी मर चुकी हीर का माथा चूमती, कभी मर चुके राँझे का...

कला और नारद

मर्द बहुत दिनों के बाद घर लौटा था, घर के दरवाज़े के पास उगे हुए आम के पेड़ की एक शाखा ने घर की दीवार को जैसे अपने में ले लिया हुआ था और उसके पत्ते जैसे उसकी बाट जोह रहे हों। थके हुए मर्द को एक सुख का अहसास हुआ और जब वह आगे होकर दरवाज़े को खटखटाने लगा, तो देखा, उसकी औरत ने आहिस्ता से भीतर की साँकल खोल दी थी और हँसते हुए उसकी ओर देख रही थी...

मर्द हँस दिया—लगता है, तुम्हें इल्हाम हो गया था, मेरे आने का।

औरत कहने लगी—हवा से पूछती रहती थी न! अभी उसी ने मेरे कानों में कह दिया।

मर्द ने भीतर आँगन में होकर अपनी औरत को बाँहों में ले लिया...

औरत ने लिपे हुए आँगन में तुलसी के पौधे के पास सुतली की खाट बिछा दी, मर्द के बैठने के लिए...

मर्द ने नज़र भरकर औरत की तरफ़ देखा, औरत ने हरे रंग की धोती पहनी हुई थी सुर्ख कन्नी वाली। आँखों में काजल की मोटी-मोटी धारी थी और कानों में एक-एक सफ़ेद फूल का बुन्दा-सा। मर्द देखता रह गया।

औरत हँस दी और मर्द के कन्धे पर हाथ रखते हुए बोली—क्या देख रहे हो?

वह औरत के खुले बालों की एक लट को अपनी उँगली पर लपेटता हुआ कहने लगा—जब भी नज़र भरकर देखता हूँ, तुझे झेलना मुश्किल हो जाता है...

औरत ने अपने गीले बालों को ज़रा-सा झटक दिया और कहने लगी—अभी-अभी गाय का दूध दोह कर रखा है, एक कटोरा दूध ले लो, फिर बातें करना।

औरत ने चौके में जाकर कटोरे में दूध उँडेला और उसमें शक्कर मिलाते हुए बाहर आँगन में आयी और कटोरा मर्द के हाथों में देते हुए कहने लगी—अब बताओ कहाँ-कहाँ से होकर आये हो?

मर्द ने एक ही साँस में कटोरा ख़ाली कर दिया और कहने लगा—तेरे और मेरे नाम को हर जगह लोगों ने कलंकित कर दिया। मैं अपना इकतारा लेकर अपनी मौज में रहता हूँ और लोग मुझे चुग़ली खाने वाला नारद कहते हैं।

औरत खाट के पाऐ के पास ऊँचा मोढ़ा रखकर बैठ गयी और कहने लगी—मैं भी कभी-कभी सोचती हूँ कि यह बन्दा आख़िर क्या होता है? मैं तो कला थी, जीने की कला, और बन्दों ने मेरा नाम रख दिया—कलह। कलह तो उनके अपने मनों में होती है, उनके अपने घरों में। क्या भाईचारे में और क्या सरकार-दरबार में चुग़ली भी वो ख़ुद करते हैं और ख़ुद ही झगड़े-लड़ाइयाँ, पर कहने को कहते हैं कि नारद चुग़ली लगाता है और कलह लड़ाई करवाती है... इस बन्दे की जात जाने कैसी है, ख़ुद करता है, और दूसरों के कन्धे पर डाल देता है।

मर्द हँस-सा दिया, कहने लगा—तू जानती है, बन्दा धरती पर कैसे आया था?

औरत कहने लगी—सुना तो यही कि अदन के बाग़ से निकाला गया था और उसकी हव्वा भी, फिर वो धरती पर आ गये...

मर्द कहने लगा—बन्दे को अगर कोई बात आती है, तो कहानियाँ गढ़ने की बात आती है। मकड़ी की तरह बहुत जाले बुनता है...बन्दा उस पौधे को कहते हैं, जो ख़ुद ही किसी पेड़ से अलग-सा उग आता है। पीपल में से उग आये, तो पीपल का बन्दा होता है, बड़ में से उग आये, तो बड़ का बन्दा होता है, कीकर में से उग आये, तो कीकर का बन्दा...

औरत कहने लगी—लेकिन ये बन्दा कौन से पेड़ का रस पीकर पैदा हो गया?

मर्द ने कहा—है तो प्रकृति का रस ही, लेकिन जैसे प्रकृति कई तरह की होती

है, बन्दा भी कई तरह का होता है...लेकिन किसी-किसी की ख़ुदा जाने कैसी सूरत देता है, इलाही सूरत, जिसकी आवाज़ अंगूरों के रस-सी होती है...

औरत कहने लगी—हाँ, वो भी होते हैं, लेकिन कई तो आक और नीम से कड़वे होते हैं...चलो छोड़ो! ये झगड़े तो ख़ुदा भी न निपटा पाया, हम कैसे निपटाएँगे ...किसी राह-बस्ती की अच्छी-सी बात सुनाओ।

मर्द कहने लगा—अभी जिस राह से गुज़रकर आ रहा हूँ, उसने सब अच्छी बातें भुला दीं, आज मेरा मन जाने कैसा हो रहा है...

औरत ने अपने हाथ मर्द के घुटनों पर रख दिये और कुछ पूछती-सी आँखों से मर्द की ओर देखने लगी...

मर्द कहने लगा—मैं और तुम, जो कभी उस राह से भी नहीं गुज़रे थे, वहाँ भी लोग कह रहे थे कि नारद ने चुग़ली लगायी थी दूसरे गाँव में जाकर, और फिर कलह आ गयी, जिसने लोगों के हाथों में तलवारें पकड़ा दीं किसी को मारने-काटने के लिए...

औरत ने सिर थाम लिया फिर कहने लगी—सोचती हूँ, हम दोनों अपना नाम बदल लें, मैं कला थी, तू नारद, हम फिर से आदि सूरत में हो जाएँ—तू पुरुष मैं प्रकृति...

मर्द हँस दिया—वो तो हम पहले भी हैं, लेकिन जो नाम लोगों के होठों पर आ गये, वो तो आते रहेंगे। देख, इन्द्र को न उन्होंने कभी देखा, न जाना, बस, कहते हैं और कहे जाते हैं कि इन्द्र गौतम की पत्नी अहल्या की सेज पर चला गया था। चाँद का भी लोगों को कुछ पता नहीं है। बस, कहे जाते हैं कि उसने बृहस्पति की पत्नी तारा चुरा ली थी...वो तो ब्रह्मा को भी नहीं छोड़ते, कहते हैं, वो अपनी बेटी पर ही मुग्ध हो गया था और उसके पकड़ने के लिए भागने लगा...

औरत हँसने लगी—फिर तुम बताओ इस बन्दे की जात का क्या करें?

मर्द कहने लगा—अरी, बन्दे की जात तो कभी बदलेगी नहीं, लेकिन दुख तब होता है, जब प्यार और मोहब्बत वालों को वो मार-काटकर रख देता है। अल्लाह के नाम पर जीने वालों को वो जीने नहीं देता...

औरत ने कहा—तुम्हारा मन बहुत भरा हुआ है, और कहाँ से होकर आ रहे हो, क्या देखकर आ रहे हो?

मर्द कहने लगा—मैं सियालों की झंगियों से गुज़र रहा था कि एक हुज़रे पर निगाह पड़ गयी। पता चला—शाहमंही शाहमकीम का हुज़रा है। वह एक साईं हुआ था। मैं उसके हुजरे पर चला गया, अपनी अकीदत पेश करने के लिए। वहाँ कोई फ़क़ीर बैठा हुआ था, ख़ुदा का बन्दा, वह आसमान की ओर हाथ उठाकर रोये जा रहा था, और अल्लाह! अल्लाह! कहे जा रहा था... मैं उसके पास बैठ गया। कुछ पूछा नहीं, अपना इकतारा बजाने लगा। कुछ देर के बाद फ़क़ीर ने आँखें पोंछी और

कहने लगा—तू कोई अल्लाह का बन्दा लगता है, यहाँ क्या लेने आया है? यह तो एक शापित बस्ती है, यहाँ क़हर गुज़रते हैं...

मैंने कहा—फ़क़ीर मियाँ, तू भी तो यहाँ बैठा है, शाहमकीम भी तो कभी यहाँ हुआ था, फिर ये बस्ती शापित कैसे हुई?

फ़क़ीर ने उठकर मटके से कुछ पानी उँड़ेला। एक कटोरा मुझे भी पिलाया और खुद भी दो घूँट पीकर कहने लगा—अभी थोड़े दिन हुए, इसी गाँव से एक भीड़ उठी थी और उसने खुदा के दो प्यारे इन्सानों को मार-काटकर रख दिया। मैं उस समय जंगल में ही था, जहाँ एक जण्ड के पास यह घटना हुई। भीड़ जब पीछे लौट गयी तो मैंने ही दूसरे गाँव से दो चादरें लाकर उन पर डालीं जो जण्ड के पास कटे हुए पड़े थे। फिर रात के अँधेरे में चार लोग दूसरे गाँव से लाकर वहीं उनकी क़ब्रें बनाकर उन्हें दफ़नाया। एक क़ब्र में उन दोनों को रखा और दूसरी क़ब्र में उनकी मरी हुई घोड़ी को...

मर्द ने यह कहते-कहते आँखें पोंछीं। वो फ़क़ीर साईं तो तन के पीर जैसा था, मैंने उससे पूछा—वो कौन थे साईं?

उसने कहा—बस दो सुन्दर मूर्तियाँ थीं, जैसे ख़ुदा ने अपने हाथों से गढ़ी हों। एक का नाम साहिबाँ था, बिल्कुल परीजाद थी। और मर्द का नाम मिर्ज़ा ख़ान था...

फ़क़ीर साईं ने व्याकुल होकर कहा—साहिबाँ इसी गाँव की थी, खीव खान सियाल की बेटी। यही शाहमकीम के हुजरे पर आया करती थी, पीर को सजदा करने के लिए। मैंने उसे कई बार देखा था, आती तो लगता जैसे बहिश्त की हवा इधर से गुज़री हो...

मैंने पूछा—और वो मर्द कौन था?

फ़क़ीर ने कहा—उसी की बुआ का बेटा, यहीं ननिहाल म रहकर उसके साथ पढ़ता था। दोनों इसी मिट्टी में खेलते जवान हुए थे, लेकिन जब दोनों ने मोहब्बत का हर्फ़ पढ़ लिया, तो खीवे खान ने मिर्ज़ा को उसके गाँव भेज दिया, दानाबाद को। घर तो वो भी अच्छा था, वो खरल कबीले के सरदार बिजलख़ान का बेटा था वो मिर्ज़ा ख़ान, लेकिन साहिबाँ के भाइयों को वो मंज़ूर नहीं था। उन्होंने जबरदस्ती साहिबाँ को ब्याह देना चाहा किसी और जगह। लड़की ने ख़बर भिजवा दी अपने मिर्ज़ा ख़ान को और वह अपनी घोड़ी पर आकर साहिबाँ को ले गया ...जब बाप को और भाइयों को ख़बर लगी, तो उनके पीछे चल दिये दोनों को मार देने के लिए...

और ये कहते-कहते वो फ़क़ीर साईं तड़प-सा गया।

मैं भी कितनी देर रोता रहा और वह फ़क़ीर साईं भी रोता रहा, फिर कहने

लगा—सुना था कि मिर्ज़ा के तीर बड़े निशाने पर पड़ते हैं। उसे यक़ीन था कि वह अपने तीरों के ज़ोर से पीछा करने वालों को लौटा देगा, और जिस जण्ड की ओट में होकर वह तीर चलाता रहा, भीड़ ने दूसरी ओर से आकर जण्ड को घेरे में ले लिया और दोनों को मार दिया...अपने मरे मुर्दे तो वे उठाकर ले गये, लेकिन वो दोनों लाशें वहीं छोड़ गये—कव्वों गिद्धों के लिए...

मर्द ने कहा—मैंने फ़क़ीर साईं के पैर छुए, जिसने उन दोनों को क़ब्र दी थी, और अब भी दिन के समय शाहमकीम के हुज़रे पर बैठा रहता है, और रात को काले अँधेरे में दोनों की क़ब्र को सजदा करने के लिए जंगल में जाता है...कल रात मैं भी उसके साथ गया था, मिर्ज़ा और साहिबाँ को अपनी अक़ीदत पेश करने के लिए।

औरत अपनी धोती के पल्लू से आँखें पोंछती रही, फिर कहने लगी—लोग भले ही कहते रहें, हम कला और नारद हैं, पर हैं तो पुरुष और प्रकृति। चलो, मैं भी तुम्हारे साथ चलती हूँ। हम दोनों आज रात उनकी क़ब्र पर सजदा करेंगे।

अमानत

रात की छाती में जैसे हौल पड़ते हों, तुल्ला घबराकर जाग गया और बोला—बरकत, अरी बरकत!

उसकी बीवी साथ की खाट पर सोयी पड़ी थी, पर जिसकी आँखों में से नींद खो गयी थी, और वो एकटक रात के अँधेरे को देख रही थी...

तुल्ले की आवाज़ से बरकत के बदन में एक कम्पन-सा उतर गया, फिर भी मन को बस में करते हुए उठी, और तुल्ले की खाट की बाहीं पर बैठकर कहने लगी—क्या हुआ? साथ ही उसने तुल्ले का हाथ पकड़ा जो काँप-सा रहा था...

तुल्ला कहने लगा—कुछ बुरा होने वाला है, बहुत ही बुरा...

बरकत बोली—कोई सपना देखा है?

तुल्ला घबराकर खाट से उठा, कहने लगा—हाँ, लेकिन उसकी टाँगें लड़खड़ा रही थीं, उसे लगा वह गिर जाएगा...

बरकत ने उसका हाथ थामकर उसे खाट पर बिठा दिया। पूछने लगी—उठकर कहाँ जाना है?

तुल्ले ने कहा—पता नहीं।

बरकत फिर से मन को थामती कहने लगी—तुम्हें क्या होता जा रहा है? जब से लड़की ससुराल गयी है, तू जैसे बावरा-सा हो रहा है...

तुल्ले ने काँपती-सी आवाज़ में कहा—क्या तू पागल-सी नहीं हो रही? सच बता?

बरकत ने गहरी साँस ली, कहने लगी—हाँ, पता नहीं मुझे क्या होता जा रहा है, सोती हूँ तो छाती में हौल पड़ते हैं, जागती हूँ, तो हाथों से बर्तन भी छूट-छूट जाते हैं... पर अभी तुम्हें कोई सपना आया है?

तुल्ला गिरती-सी आवाज़ में कहने लगा—कुछ होने वाला है बरकते! हम कहीं के नहीं रहेंगे।

बरकत कहने लगी—हम तो सचमुच कहीं के नहीं रहे...जब से गाँववालों ने हमारी रोज़ी पर लात मार दी...और दूसरे गाँववाले, जहाँ से हम चिकनी मिट्टी लाते थे, अब हमारा रास्ता बन्द कर दिया है...अब कंकरीली मिट्टी से बर्तन कैसे बनाएँ!

तुल्ले के सारे बदन का लहू गरम हो गया, बोला—हम किसी के घर से खाने जाते थे, जो सभी हमें हुक्म देने लगे? अपनी मिट्टी लाते थे, गूँधते थे। अपने चक्के पर चढ़ाते थे और अपने हाथों से बर्तन गढ़ते थे।

बरकत की आँखें भर आयीं, बोली—अरे, ये दुनिया वाले एक घड़ी तारीफ़ों के पुल बाँधते हैं, और दूसरी घड़ी ऐसी निन्दा करते हैं कि उनका मुँह नहीं सूखता...ये अपने गाँव वाले ही तो थे, जिन्होंने बेगाने गाँव वालों के कान भर दिये—जी तुल्ले कुम्हार को अब आपने अपने गाँव की मिट्टी नहीं देनी...

तुल्ला बोला—वो हमारी बेटी थी, उनकी क्या लगती थी, जो उसकी राह रोककर बैठ गये? उसके साथ अच्छी होती, बुरी होती, हम खुद ही झेल लेते, ममता तो हमारी थी...

बरकत की आवाज़ डूबने लगी, हिचकियाँ लेती बोली—वो इज़्ज़त बेग तो शहज़ादा था, ऐसा बेटा तो यहाँ किसी माँ ने नहीं जना। परदेसी था, तो क्या हुआ, कहता था—यहीं बस जाऊँगा, आपके गाँव में, बस, मुझे सोहणी दे दीजिए...

तुल्ले की आवाज़ टूटने लगी, कहने लगा—मैंने भी तो उसकी क़द्र नहीं की थी, वह तो सोने की मोहरें देता रहा...लेकिन मैं इससे गाय-भैंस चरवाता रहा, मिट्टी भी गुँधवाता रहा...

बरकत कुछ देर ख़ामोश रही, फिर बोली—इन्सान क्या करे? झूठी इज़्ज़त को बचाता-बचाता अपनी उम्र खो देता है... मैं भी तो बेटी को यही कहती रही कि हमारी लाज रख ले, इस परदेसी को छोड़ दे...

तुल्ला बोला—और मच्छी की तरह तड़पती बेटी हमने गँवारों के हाथ दे दी, जहाँ भी गाँववालों ने कहा। गाँववाले तो ख़ुश हो गये, लेकिन लड़की जीते-जी मरी-सी हो गयी...

बरकत इतनी आहिस्ता से बोली, जैसे दीवारों के भी कान हों, और वह दीवारों

से भी डरती हो, तुल्ले के कान में कहने लगी—जाने लोग सच कहते हैं कि झूठ कि इज़्ज़त बेग अपने देश को लौटकर नहीं गया। गाँव में तो नहीं रहता, पर कहते हैं, उसने दरिया के पार एक झोंपड़ी डाल ली है, और फ़क़ीरों की तरह बुरे हाल में रहता है...

तुल्ला कहने लगा—सुना तो मैंने भी है, पर तेरे से बात नहीं की थी कि तू फ़िक्र करेगी, और तुल्ला जल्दी से बोला—मुझे एक बात बता! हमारे घर जब औलाद नहीं थी, तो तू जगह-जगह मन्नत माँगती फिरती थी, बता किस-किस जगह गयी थी मुराद माँगने?

बरकत कहने लगी—तू ही तो कहता था कि तू आयी तो घर में बरकत आ गयी, इसी से तो तू मुझे बरकत बुलाने लगा...बस यही बात मेरे दिल को लग गयी कि मैं कैसी बरकत हूँ...सिर्फ़ रोटी-सालन की? मैंने तो एक भी बालक जनकर तुम्हें नहीं दिया...इसलिए जगह-जगह जाती थी, जहाँ भी कोई कहता कि एक फ़क़ीर की दरगाह है, किसी अल्लाह वाले की दरगाह, मैं वहीं चली जाती...जाने कितनी दरगाहों पर गयी, अब तो गिन भी नहीं सकती...फिर चाँद-सी बेटी पैदा हो गयी, तो मैं सारे दुख भूल गयी...

तुल्ला ख़ामोश रहा, कुछ सोचता रहा, फिर कहने लगा—मुझे अभी सपना आया कि मेरे सामने एक इलाही आदमी खड़ा है, उसके गले में सफ़ेद चोगा था, कन्धों से लेकर पैरों तक। बुज़ुर्ग दिखता था, लेकिन उसके चेहरे पर इतना नूर था कि मैं देखता रह गया...उसके कानों तक सफ़ेद बालों का झुण्ड-सा था, और आँखें इस तरह थीं, जैसे सितारे चमक रहे हों...मैं उसके सामने सजदे में झुक गया...

बरकत घबरायी-सी बोली—फिर?

तुल्ला कहने लगा—उसने एक ही बात कही कि मैंने तुम्हें एक अमानत दी थी, तुम लोगों ने सँभालकर नहीं रखी, मैं वो अमानत वापस लेने आया हूँ...

—अरे, मैं मर गयी...बरकत की आवाज़ काँप गयी।

तुल्ला कहने लगा—मैं पूछने लगा था कि कौन-सी अमानत? पर इतने में वह अलोप हो गया, सिर्फ़ उसकी आवाज़ आयी—मैं तुम्हारा ख़िजर हूँ...

बरकत तुल्ले के घुटनों पर गिर-सी गयी। तुल्ले ने उसे अपनी बाँह का सहारा दिया, पूछने लगा—तुम्हें बात की कुछ समझ आयी है?

हाँ! कहती हुई बरकते रोने लगी और रोते-रोते कहने लगी—मैं जब मुराद माँगने जाती थी, तो किसी ने कहा था औरत बाँझन हो, तो सूखी लकड़ी-सी हो जाती है, सूखे हुए पेड़ जैसी, जिसे फूल पत्ते नहीं पकते...जा, जाकर ख्वाज़ा ख़िज़र से पानी माँग तेरी कोख़ हरी हो जाएगी...

तुल्ले ने घबराकर पूछा—तू ख़्वाज़ा खिज़र से औलाद माँगने गयी थी? तो

बरकत कहने लगी—हाँ, शीरनी का थाल लेकर जाती थी, पूरे चाँद की रात...किसी ने कहा, सात बार माँगने जाना।

फिर? तुल्ला और घबरा गया...

बरकत ने कहा—फिर अभी तीन बार मंगत माँगी थी कि सोहणी कोख में आ गयी...

तुल्ला अधमरा-सा खाट पर गिर गया।

बरकत पैरों के भार से खाट की पट्टी को पकड़कर ज़मीन पर बैठ गयी।

तुल्ला तड़पती-सी आवाज़ में बोला—अल्लाह से दुआ माँग, हमारी बेटी ज़िन्दा रहे...बरकत की आवाज़ विलापी हो गयी—नहीं रे, हमारी बेटी तो ख़िज़र की अमानत थी, वो आ गया अमानत लेने के लिए।

रात का अँधेरा और गहरा हो गया, और अभी पौ नहीं फटी थी कि तुल्ले के एक दोस्त अत्ते ने घर के दरवाज़े को ज़ोर-ज़ोर से खटखटाया, बोला, जागो रे निकम्मो! कहर हो गया...

तुल्ला गिरता-सा बाहर के दरवाज़े तक पहुँचा और चिटखनी खोली ही थी कि अत्ता उसके सीने से लगकर रोने लगा—अरे, हमारी सोनी डूब गयी...भरे दरिया में डूब गयी...

बरकत भी काँपती-सी दरवाज़े के पास आयी, पर उसकी आवाज़ जैसे खो गयी थी...

अत्ता बोल रहा था—मिर्जे ने दरिया के दूसरे किनारे पर बसेरा कर लिया था...और सोनी रात को पक्का घड़ा लेकर घड़े पर तैरती उसके पास जाती थी...और आज रात किसी ने किनारे की झाड़ियों में रखा उसका पक्का घड़ा उठा लिया और वहाँ कच्चा रख दिया...दरिया में वह कच्चा घड़ा टूट गया...हमारी सोनी को भी साथ ले गया।

अत्ते ने तुल्ले को बाँहों में थाम लिया और गिरते जाते को वहीं ज़मीन पर बिठा दिया...

बरकत को होश नहीं था कि हाथ से जिस दीवार का उसने सहारा लिया हुआ था, कब उससे हाथ छिटक गया और वह वहीं दरवाज़े की दहलीज़ के पास गिर गयी...अत्ते ने सहारा देकर उसे दीवार के साथ बैठा दिया और कहने लगा—बहुत लोग खड़े हैं दरिया के किनारे...और वह मिर्ज़ा, जिसे यहाँ रोने वाला भी कोई नहीं, डूबती हुई सोहणी को देखकर दरिया में उतर गया...उसके साथ ही डूब गया।

तुल्ले का विलाप दीवारें चीर गया—मैं तो दुनिया को पक्के घड़े देता रहा ...और दुनिया ने मेरी बेटी को कच्चा देकर डुबो दिया...

बरकत की बिलखती-सी आवाज़ आयी—अरे, हम फटी झोलियों वाले अमानत कहाँ रखते...वो ले गया अमानतों वाला...

अत्ते ने कई बार पूछा—भाभी कौन-सी अमानत थी? किसकी थी? लेकिन बरकत की आवाज़ उसकी छाती में डूब गयी...

राज बीबी और नामदार

घरजाख नाम का एक गाँव। एक़दम दरिया के किनारे पर बसा हुआ था। बहुत से मज़दूरों और कारीगरों की वहाँ बस्ती थी, जिनकी बनायी किश्तियों को दूर-दूर के लोग ख़रीदने आया करते थे, और दूर-दूर तक यह बात लोगों के मन में बसी हुई थी कि घरजाख की किश्ती, तूफ़ान में भी नहीं डूबती।

उन किश्तियों को बनाने वालों में एक बहुत बड़ा नामवर घर था—मियाँ इलियास का, जिसके तीन जवान बेटों में से छोटा नामदार था, जिसे लोग हँसकर यूसुफ़ कहा करते थे, और कहा करते थे—किश्ती तो नामदार ने बनायी, पर नामदार को ख़ुदा ने बनाया...और ऊपर से उसकी आवाज़, जब पूरे चाँद की रात में, वह किश्ती में बैठकर गाता, और किश्ती पानी में ठेल देता, तब दूर के किनारे पर जाते लोग भी रुक जाते—उसकी आवाज़ सुनने के लिए...

एक दिन किश्तियों के कारीगर ने स्वयं ही कोई साज-सा बना लिया, तारों वाला, और जब वह साज के तार छेड़ता, लोगों के दिल धड़कने लगते...

सारा गाँव खाते-पीते लोगों का था, पर सबसे बड़ी एक हवेली थी, मियाँ गौहर जंझौहा की, जो उसने बहुत चाव से बनवायी थी। खिड़कियों के दरवाज़े जालीदार थे, और दरवाजों को पीतल के टुकड़ों से यूँ मढ़ा हुआ था कि हवेली का नाम ही पड़ गया था—चमकदार हवेली। दरिया के पानी में हवेली का साया उतरता, तो हलकी रोशनी में, पानी पर पीतल का लश्कारा पड़ता, तब हवेली की बेटी राज बीबी खिड़की के पास आकर खड़ी हो जाती—अपनी हवेली का झिलमिलाता साया नदी में देखने के लिए...राज बीबी गौहर मियाँ की दूध-मक्खन पली बेटी थी, बेटी की जगह भी और बेटों की जगह भी।

गाँव में उसकी उम्र की कई लड़कियाँ थीं, पर एक लड़की लैला थी, जिसके साथ राज बीबी का निवाला साझा था। गाँव का जो आलिम फ़ाज़िल बुज़ुर्ग राज बीबी को फ़ारसी का इल्म देने आता था, लैला ने भी अपने पिता नज़ीर को मना लिया कि वह रोज़ राज बीबी की हवेली में जाकर उसके साथ पढ़ेगी, और नज़ीर ने जब हवेली वाले गौहर मियाँ से इसकी इजाज़त माँगी, तब गौहर मियाँ ने ख़ुशी से इजाज़त दे दी। उलटे उसके मन से एक चिन्ता उतर गयी कि घर में लड़की

की माँ नहीं थी, और लड़की के पढ़ने के लिए अकेले बैठना होता था, जो ठीक नहीं था। अब उसे हौसला हो गया कि लैला भी उसके साथ बैठी होगी...

इस तरह राज बीबी की लैला के साथ रोटी तो साझा थी, अब किताब भी साझा हो गयी।

ये दिन थे, जब राज बीबी हवा प्याज़ी दुपट्टा सिर पर ओढ़ती, तो उसके चेहरे का रंग हवा प्याज़ी होने लग जाता। एकमात्र लैला थी, जिसने अल्लाह का यह रंग देखा और उसकी थाह लेने के लिए, एक दिन राज बीबी से पूछने लगी—तुम आने-बहाने से दरिया की ओर खुलती खिड़की के पास जाकर खड़ी हो जाती हो, क्या तुमने कभी किनारे पर बैठकर किश्ती बनाते हुए नामदार को देखा है?

राज बीबी का दिल तेज़ी से धड़क उठा, बात को टालते हुए कहने लगी—मुझे क्या मालूम नामदार कौन है?

लैला हँस दी, कहने लगी—नामदार तो एक ही है, फिर से किसी माँ ने नामदार नहीं पैदा किया...

राज बीबी चुपचाप उसके चेहरे की ओर देखती रही...

लैला कहने लगी—नीले तहमद वाला जब सफ़ेद रेशमी कुर्ता पहनकर किश्ती में गाता इस किनारे से निकल जाता है, तो कसम ख़ुदा की एक़दम राँझा लगता है... राँझे की तरह वँझली (बाँसुरी) तो नहीं बजाता, पर जब तारों वाला साज़ छेड़ता है, लगता है किसी हीर को तलाशता है...

राज बीबी हँस दी, कहने लगी—उसका तो पता नहीं, पर तुम उसकी बातें करती हुई ज़रूर उसकी चाहत रखती हो...

लैला ने राज बीबी की काली स्याह ज़ुल्फ़ों को उसके माथे से पीछे की ओर करते हुए कहा—ले, यही बात मेरी आँखों में देखकर कह। होठ तो झूठ बोल सकते हैं, पर आँखें नहीं बोल सकतीं...मैंने तो तेरे मन की हीर का भेद लेने के लिए, कह रही हूँ...

राज बीबी की आँखों में उस समय बड़े-बड़े आँसू भर आये, कहने लगी—इन दिनों मुझे बहुत बुरा सपना आ रहा है...

लैला उठकर भीतर गयी, और पानी में मिश्री घोलकर ले आयी, और वह काँसे का कटोरा राज बीबी को देते हुए कहने लगी—दो-चार घूँट पी ले, और मुझे सपना बता, मैं किसी सयाने से उसकी ताबीर पूछूँगी...

राज बीबी का गला सच में सूख रहा था, मिश्री वाले पानी के दो-चार घूँट पीकर कहने लगी—किसी से ताबीर पूछने वाली बात नहीं, ताबीर तो यह सपना ख़ुद ही बता रहा है...

फिर आहिस्ता-आहिस्ता तर्क-दलीलों में डूबती राज बीबी कहने लगी—कोई परीज़ादी-सी सपने में आती है, सिर से लेकर पैरों तलक सफ़ेद कपड़े पहनकर, और

मेरा हाथ पकड़कर मुझे बिस्तर से उठाकर अपने साथ ले जाती है... रास्ते वीरान सुनसान हैं...न कोई इन्सान, न इन्सान की ज़ात...और फिर बीहड़ों से गुज़रकर ऐसी जगह लेकर जाती है, जहाँ एक क़ब्र खुली हुई है, और वहाँ जाकर वह मुझ अकेली को छोड़कर, ख़ुद उस क़ब्र में उतर जाती है...

—हाय मैं मर गयी...लैला यह बात सुनते ही पीली पड़ गयी...फिर कहने लगी—यह तो ऐसा सपना है, मैं किसी आलिम से इसकी ताबीर भी नहीं पूछ सकती। राज बीबी कहने लगी—ताबीर तो ख़ुद बोल रही है...मैं अपने-आप को बहुत समझा चुकी हूँ, पर वह नामदार मेरे रोम-रोम में बस गया है...लैला, खिड़की से दूर, दरिया के पार वाले किनारे से भी दूर ऊँचे-ऊँचे पेड़ों के जंगल को देखती रही, फिर कहने लगी—तुम्हारे मन का भेद कुछ नामदार ने भी पाया है कि नहीं?

राज बीबी ने आँखें मूँद लीं, सामने नामदार का वही बुत था, जो दूर किश्ती में बैठा सिर ऊपर किये हुए उसकी खिड़की की ओर देख रहा था...और उसी की ख़ुमारी हुई राज बीबी कहने लगी—वह जब सिर उठाकर देखता है, क़सम ख़ुदा की उसकी आँखों में इलाही नूर होता है...मैं तो खिड़की पर खड़ी दीवानी-सी हो जाती हूँ...

लैला ज़रा-सा हँस दी, कहने लगी—अब बता मैं क्या करूँ, वही डंक मारने वाला है, और वही मदारी...कुछ पूछूँ उसे जाकर?

राज बीबी का चेहरा फिर उतर गया, कहने लगी—उससे क्या पूछना है। कुछ पूछना है, तो क़िस्मत से पूछ जाकर, या उस परीज़ादी से पूछ, जो मुझे रोज़ अपने साथ ले जाती है, और फिर क़ब्र में पड़कर, क़ब्र को खुला छोड़ देती है, जैसे मुझे भी कह रही हो—मेरे पास आ जाओ क़ब्र में...

लैला पैरों तलक काँप गयी। फिर कहने लगी—अच्छा, अगर, नामदार के बुज़ुर्ग उसका रिश्ता लेकर ख़ुद ही तुम्हारे अब्बा जी के पास आ जाएँ, और तुम भी हामी भर दी, तो वो क़बूल कर लेंगे...तुम तो दसौरी खजूर भी माँगो तो वह मँगवाकर देते हैं...

राज बीबी हँसी नहीं, कहने लगी—अमीरज़ादों के लिए दसौरी खजूर बड़ी बात नहीं हुआ करती, पर मैं तो बहिश्ती खजूरें माँगती हूँ... ये अमीरज़ादे किश्तियाँ वालों का रिश्ता नहीं क़बूल करेंगे...वो तो मेरे लिए ऐसा रिश्ता ढूँढते हैं, जिसने गाँव के गाँव अपनी जागीर में लिये हैं...

—सोचों में डूबी लैला कहने लगी—फिर तुम बताओ अब क्या करें?

राज बीबी ने सिर का दुपट्टा उतारकर लैला के सिर पर ओढ़ा दिया, और कहने लगी—मेरे इश्क़ की आबरू अब तुम्हारे हाथ में है। नामदार से जाकर कह कि किसी अँधेरी रात में मुझे यहाँ से निकालकर अपने साथ ले जाए—काले कोसों से भी परे, जहाँ से फिर हमारी हवा भी किसी को न आए...

लैला काँपकर ज़मीन के क़ालीन पर बैठ गयी।

राज बीबी ने कहा—अंग सखी, डर गयी हो?

लैला आहिस्ता से बोली—हाँ डर गयी हूँ। अपने लिए नहीं, तुम्हारे लिए। डर गयी हूँ कि तुम्हारे सपने की ताबीर तुम्हें बुला रही है...और जब लैला एक दिन, आधी रात में दबे पाँव नामदार के पास गयी, तो नामदार ने सब सुनते हुए लैला के पैरों की मिट्टी माथे से लगायी, और कहने लगा—जिसने मेरे महबूब का बोल मेरे कानों तक पहुँचाया है, मैं उसके पैरों की मिट्टी को भी सलाम करता हूँ...

लैला बहुत घबरायी हुई थी, कहने लगी—अब क्या होगा?

नामदार ने आसमान की ओर हाथ उठाये, कहने लगा—जो अल्लाह को मंज़ूर। आज से चार रातों के बाद, पाँचवीं रात जब काले कपड़े पहनकर दरवेश हो जाएगी, हम भी दोनों यह दरिया पार कर दरवेश हो जाएँगे...

लैला घबरायी हुई लौटी, राज बीबी दीवार से कान लगाकर खड़ी थी, जल्दी से दरवाज़ा खोला, और लैला अन्दर आकर उसके गले से लग गयी, कहने लगी—आज से पाँचवीं रात को तुम्हें नामदार ने बुलाया है, ज़रा-सी दूर किश्ती लेकर तुम्हारा इन्तज़ार करेगा...

राज बीबी ने धड़कते दिल पर हाथ रखा, होठों से निकला—अल्लाह!

लैला ने आहिस्ता से कहा—नसीब वाली! तुम दरगाह पर पहुँच जाओगी, पीछे मेरा क्या होगा...

राज बीबी ने उसके कन्धे पर हाथ रखा, कहने लगी—तुम्हारी जान सलामत, तुम एक़दम गूँगी-बहरी हो जाना, जैसे तुम्हें कुछ मालूम नहीं...

लैला बोली—मैं इस बात के लिए नहीं कहती, मैं तो कहती हूँ कि मुझे तुम नहीं दिखोगी, तो मेरा क्या होगा...

देर हो रही थी, पर राज बीबी की और लैला की बातों को समय बीतने की ख़बर नहीं थी...

आसमान के तारे औसियाँ डालते रहे और जब पाँचवीं रात आयी, तारों की लौ के अलावा किसी को ख़बर नहीं हुई कि राज बीबी हवेली से निकलकर दरिया से हटकर बँधी नामदार की किश्ती पर पहुँची, और नामदार ने अल्लाह को साक्षी रखकर राज बीबी का हाथ पकड़ा, और किश्ती दरिया के दूसरे किनारे लग गयी...

सुबह की रोशनी ने सारे गाँव में चुग़ली लगा दी। गौहर मियाँ दीवाने से हुए अपनी बेटी को ढूँढ़ रहे थे, और कारीगरों के टोले को आज नामदार कहीं नहीं दिख रहा था...

गौहर मियाँ को एक ही अरमान खाये जा रहा था कि आज उनका कोई जवान बेटा होता, तो दूरदराज़ से भी उनकी बेटी को ढूँढ लाता...

उस समय गौहर मियाँ का छोटा भाई सामने आया, उसका नाम नामी था, उसने भाई को हौसला दिया, कहा—बेटा क्या और भाई क्या, क्यों दिल छोड़ते हो गौहर मियाँ, मैं लड़की को ढूँढ लाऊँगा...

गौहर मियाँ को पता था कि नामी स्वभाव का कड़वा है, कहने लगे—देख, मेरी बेटी को कुछ मत कहना। जा, ख़ुदा तेरे साथ हो!

दूसरी ओर राज बीबी और नामदार बीहड़ों को चीरते ऐसे गाँव में पहुँचे, जहाँ से ख़बर सुनी कि घरजाख से लोग हथियार लेकर चल दिये हैं... जाने क्या मामला है...

दोनों घबराये हुए थे कि उस गाँव में गौहर बेगम की ख़बर सुनी, जिसे लोग ख़ुदा दोस्त कहते थे। कहते थे कि वह रहती तो हुज़रे में है, पर जब कभी हुज़रे से बाहर आकर दीदार देती है, तो लोग उसे न्याज़ देते हैं। राज बीबी और नामदार ने गौहर बीबी की पनाह ली, कहा—तूफ़ान उठ खड़ा हुआ है, और बीबी! तेरा दर नूह की किश्ती है, हम तुम्हारी इस किश्ती में पनाह लेने आये हैं...

गौहर बीबी ने दोनों को गले से लगाया, कहा—अल्लाह वालो! ख़ुदा रहम करेगा, हौसला रखो, और आराम से बैठकर दो निवाले खा लो। थक गये होगे, रास्ता तय करते-करते। दोनों ने गौहर बेगम के पैर चूमे—लगा—सचमुच नूह की कश्ती उन्हें मिल गयी थी...

रात मुश्किल से बीती थी कि गाँव में नामी की आहट आ गयी। अफ़वाहें सुनते हुए नामी ने गौहर बेगम का दरवाज़ा आकर खटखटाया। गौहर बेगम ने बाहर वाले दालान में उसे बिठाया, पूछा—बता, अल्लाह के बन्दे, यहाँ क्या करने आया है?

नामी ने हाथ जोड़े, कहा—तुम्हारी तारीफें सुनी हैं बीबी, इसीलिए तुम्हारे दरवाज़े पर आया हूँ कि हमारी बेटी हमें लौटा दे। उसका बाप उसका चेहरा देखने के लिए तरस रहा है...

गौहर बीबी ने पूछा—बाप की ऐसी लाडली थी, तो उसने बेटी के सिर पर हाथ क्यों नहीं रखा?

नामी कुछ सोचों में डूब गया, फिर कहने लगा—उसे ख़बर नहीं हुई थी।

गौहर बीबी ने पूछा—अगर ख़बर होती, तो अपने हाथों से वह बेटी का निकाह करता?

नामी का चेहरा ज़रा-सा तमतमा गया, कहने लगा—उस किश्ती वाले के साथ?

गौहर बीबी ने उसकी नब्ज़ पहचान ली, कहने लगी—मोहब्बत तो अल्लाह की ज़ात होती है...

नामी ने वक़्त की नज़ाकत पहचानी, कहने लगा—दरवेश बीबी, तुम

सच कहती हो। वह दोनों अब वापिस आ जाएँ, जैसा तुम्हारा हुक्म होगा, वैसा करेंगे...

गौहर बीबी चुप रही। नामी कहने लगा—क़सम उठवा लो क़ुरान की। दोनों की ख़ैरियत लिखवा लो।

गौहर बीबी कहने लगी—जानते हो, क़ुरान की झूठी क़सम खाना कितना बड़ा क़ुफ़्र होता है...

नामी ने जल्दी से कहा—मैं क़ुफ़्र नहीं कमा सकता...

और गौहर बीबी ने दोनों को नामी के हवाले कर दिया। कहा—अल्लाह को याद रखना।

नामी ने साथ आये लोगों को वापस भिजवा दिया, और दरिया के किनारे जाकर किश्ती का बन्दोबस्त किया, वापस लौटने के लिए...

राज बीबी ने नामदार का हाथ पकड़ा, कहा—ख़ुदा तुम्हें सलामत रखे, पर अन्दर से मेरा दिल काँप रहा है...

नामदार ने लपककर राज बीबी को सीने से लगाया। कहा—क्या पता ख़ुदा, इन्सानों के मन में मेहर डाल दे... और कोई रास्ता भी तो नहीं दिखता...

किश्ती बहते दरिया में थी, जब नामी ने तलवार निकाली, और एक ही वार से नामदार का सिर उतारकर दरिया में फेंक दिया...

राज बीबी ने कहर की नज़र से नामी की ओर देखा, और बहते दरिया में छलाँग लगा दी...

दरिया ने ख़ून के घूँट पीकर नामी की ओर देखा...

ख़बर जब गौहर मियाँ को पहुँची, उसने दीवार से सिर पटककर कहा—अरे तुम्हें ख़ुदा का क़हर पड़े नामी। तूने मेरे कुल का दीया बुझा दिया...

ख़बर जब इलियास तक पहुँची, नामदार के बाप तक, तो सभी कारीगरों ने घरजाख से अपने घर उठा लिये, और अपने धन्धे को दरिया के किसी दूर मुहाने पर ले गये...

ख़बर जब गौहर बेगम को पहुँची तो वह रोकर हुज़रे में जा बैठी, और कहते हैं—फिर वह हुज़रे से नहीं निकली...

सस्सी-पुन्नू

शाही बग़ीचे के पेड़ों में जब फूल खिलते, तो महल की खिड़की में खड़ी हुई रानी टूटी हुई बेल की तरह उदास हो जाती—"ख़ुदाया! धरती का चप्पा-चप्पा हरा हो गया, मेरी कोख क्यों हरी नहीं होती?"

और फूलों का मौसम जो हर बरस पेड़ों और पौधों पर आता था, एक बार रानी के बदन पर भी आ गया। रानी बौर से भरी हुई टहनी की तरह सजदे में झुक-झुक जाती थी।

उम्मीद का उड़ता हुआ पंछी उसकी खिड़की में आ बैठा था। वह अपनी हथेलियों पर मेहँदी लगाती और सोचती, इस पंछी को हाथ पर दाना चुगाऊँगी...

आईने के सामने खड़ी वह दँदासा मलती तो गहरे लाल रंग जैसी एक लोरी उसके होठों पर आ जाती...

सच्चे रेशमी पालने में वह मोतियों की लड़ियाँ बाँधती और इन्तज़ार के दिनों को मोतियों के दानों की तरह गिनती...

एक दिन मोती पिरोते-पिरोते उसके हाथ से धागा टूट गया। सारे मोती फ़र्श पर फैल गये। दासियाँ संगमरमरी फ़र्श से मोती बीनती रहीं, लेकिन रानी टूटे हुए धागे की तरह ख़्यालों में डूब गयी, कहीं मेरी क़िस्मत के मोती मेरे हाथों से न गिर पड़ें...

भँबोर शहर के राजा ने ख़ज़ाने का मुँह खोल दिया। लोग ख़ाली झोलियाँ लेकर आते और भरकर ले जाते। राजा और रानी रात के वक़्त ख़ुदा के सामने झोली फैलाकर कहते, "हम जग के राजा, हम तेरे दर के भिखारी हैं। तू हमारी झोली भर दे, ऐ मालिक!"

और दूज के चाँद-सी बेटी उनकी झोली में पड़ गयी...

"यह तो मेरी कल्पना से भी सुन्दर है!" रानी बार-बार उसकी तरफ़ देखती और अंग-अंग से लोरियाँ गाती।

नसों का लहू जब दूध बनकर रानी की छाती में से बहने लगा, तो एक दिन दूध पीते-पीते सस्सी के होठों से दूध की बूँदें फ़र्श पर जा गिरीं। दूध की बूँदें सफ़ेद मोतियों जैसी थीं। अचानक रानी को उस दिन की याद आ गयी, जब मोतियों की लड़ी उसके हाथ से छूट गयी थी और सारे मोती फ़र्श पर फैल गये थे। रानी ने धड़कते कलेजे से अपनी बेटी को अपने सीने से चिपका लिया, लेकिन सारी रात होठों की लोरी काँपती रही थी...

सुबह जब राजा दरबार में गया, तो रानी को यह देखकर हैरानी हुई कि वह फ़ौरन महल में वापस आ गया था। राजा सस्सी के पालने के पास आकर इस तरह बैठ गया था, जैसे कोई क़ब्र के पास बैठा हो...

रोती और काँपती-सी रानी कभी अपनी बेटी की ओर देखती, कभी बेटी के बाप की तरफ़। आख़िर राजा ने बताया, "यह हमारी बेटी, हमारे कुल का दाग़, मैं इसका क्या करूँ? आज नजूमियों ने बताया है कि जब यह जवान होगी, तो सारी दुनिया से न्यारी होगी। किसी मर्द के इश्क़ में यह घर-बार छोड़ देगी और कुल की लाज भी..."

"दाग़ तो चाँद में भी होता है...," रानी टूटी हुई लता की तरह राजा के पैरों के पास गिर पड़ी।

"चाँद-तारों की ख़ता माफ होती है, रानी! लेकिन आदमज़ात की नहीं..."

"यह भी तो चाँद का टुकड़ा है,..." कहती-कहती रानी बेहोश हो गयी।

अपनी कोख से जनमी को अपने ही हाथों से भला कैसे मरवाया जा सकता था? वज़ीरों और अहलकारों की सलाह से राजा ने चन्दन की लकड़ी का एक सन्दूक बनवाया, उसमें हीरे और मोती जड़वाये, रेशम के बिछौने बिछाये और मोहरों की थैलियों के पास लहू-मांस की पोटली जैसी अपनी बेटी को लिटाकर संदूक को नदी में बहा दिया—"ले ख़्वाजा ख़िज्र, यह तेरे हवाले है।"

रानी को होश आया, तो उसके होठों की लोरियाँ विलाप बन गयीं, "हाय री बिटिया, तुझे कैसी डोली में डाला, मगरमच्छों के कहार तेरी डोली उठाकर ले जा रहे हैं...

शहर के बाहर एक घाट पर अत्ता धोबी कपड़े धो रहा था। नदी के पानी में उसे कोई चमकदार चीज़ दिखाई दी। उसने कई बार आँखें झपकायीं और देखा, चढ़ी हुई नदी में रंगीन सपने जैसी कोई चीज़ बहती हुई जा रही थी...

मोतियों और पन्नों से जड़े सन्दूक पर जब सूरज की किरणें पड़तीं, तो वह झिलमिलाने लगता था। अत्ता धोबी अल्लाह का नाम लेकर पानी में उतर गया और सन्दूक की दिशा में तैरने लगा। उसने जाकर सन्दूक को हाथ से थाम लिया। किनारे पर लाकर जब उसने सन्दूक खोला, तो कितनी देर तक देखता रह गया। उसे विश्वास नहीं हो रहा था कि उस जैसे बेऔलाद के यहाँ तक़दीर कैसे ख़ुद चलकर आयी है! ख़्वाजा ख़िज़र ने चाँद की फाँक जैसी बेटी आज अचानक उसकी झोली में डाल दी थी।

"इस तक़दीर को आज किसने अपने हाथों से बहाया होगा?" अत्ते की समझ में कुछ नहीं आ रहा था, लेकिन वह अँगूठा चूसती हुई सस्सी को बार-बार गले से लगा रहा था और ख़ुशी से रो उठा था...

"कितनी मासूम सूरत है!" अत्ते की बीवी ने जब सस्सी को अपनी झोली में डाला, तो उसकी सूखी रगों में ममता बहने लगी...

बच्ची के गले में सोने की जंज़ीर से बँधा एक तावीज था। अत्ते ने उसमें सस्सी का नाम पढ़ा और तावीज़ को और सन्दूक के हीरे-मोतियों को एक पोटली में बाँधकर पिछवाड़े की कोठरी में अमानत की तरह सँभालकर रख दिया, "बिटिया, तेरी जवानी की अमानत। जब बड़ी होगी, तो तू ही इन्हें पहनना।"

अत्ते ने देगें चढ़ायीं और सारी बिरादरी में बाँटी। शीरनी का पहला थाल नदी को चढ़ाया, ख़्वाजा ख़िज़र को बार-बार यही कहता रहा, "आज मैं सचमुच जग में रहने के काबिल हो गया, भाइयो, मेरे सोये नसीब जाग उठे हैं।"

अत्ते की बीवी ने उस बच्ची को अपनी छाती से लगाया, तो उसकी सूखी छातियों में दूध उतर आया। उसे ऐसा लगा, जैसे उसकी निष्फल जा रही देह में एक इलाही फूल खिल उठा हो...

इस तरह महलों की रौनक़ धोबी के आँगन में खेलने लगी...

सस्सी को रूप चढ़ा तो बाढ़ की तरह। जवानी चढ़ी तो बाढ़ की तरह। रिश्ते-नातेदारों की ओर से शादी के पैग़ाम आने लगे, लेकिन अत्ता जब बेटी के चेहरे की तरफ़ देखता तो उसकी आँखें मुँद जातीं। सोचता, 'इस बिटिया के लिए तो कहीं से कोई फरिश्ता ढूँढ़कर लाऊँ। इसके योग्य कौन आदमी है? मुझे तो कोई दिखाई नहीं देता...'

जो रिश्तेदार अत्ते की मिन्नतें करते, वे अब कहने लगे, "अत्ते की बेटी तो आसमान से उतरी है, इसके दरवाज़े पर तो किसी राजा की बारात आएगी।"

सस्सी के हुस्न की धूम मच गयी। बात झोंपड़ियों से चलकर अमीरों और वजीरों के कानों में जा पड़ी। किसी ने राजा से भी कह दिया, "अत्ते धोबी की लड़की तो महलों में रहने के काबिल है।"

राजा का बुलावा आया, तो अत्ते की छाती में हौल पड़ गयी, "हे ख़्वाजा ख़िज़र! ये नदियाँ उलटी क्यों बहने लगी हैं?"

लेकिन राजा का हुक्म था, टाला नहीं जा सकता था।

अत्ते की बीवी ने सस्सी को उबटन मलकर नहलाया और कपड़े पहनाते हुए उसकी रक्षा के लिए सँभालकर रखा हुआ उसका सोने का तावीज़ भी उसके गले में पहना दिया।

बेटी को लेकर जब अत्ता महल में पहुँचा, तो सस्सी को देखकर राजा से आँखें न झपकायी गयीं। सोचने लगा, ऐसा रूप तो किसी को महलों में भी नसीब नहीं होता, यह धोबी कौन से आसमान से मुट्ठी भरकर लाया है...?

पैरों के नीचे की धरती मखमल की-सी हो गयी। राजा ने बौराकर सस्सी का हाथ पकड़ा, लेकिन ज्यों ही उसने सस्सी के कन्धों की तरफ़ हाथ बढ़ाया तो उसकी नज़र उसके गले में पड़े तावीज़ की तरफ़ गयी। राजा के पैरों तले धरती हिलने लगी...

राजा ने भीतरी महल से रानी को बुला लिया और सस्सी के गले में पड़ा तावीज़ उसे दिखाया...

"बेटी, मेरी बेटी...!" रानी की आवाज़ काँपने लगी...

राजा के दिल को कोई कचोट रहा था, लेकिन सूरत देखकर भी यह स्वीकार करना मुश्किल-सा लगा कि नदी में बहाया हुआ उसका कलेजे का टुकड़ा अब भी इस संसार में ज़िन्दा...

रानी को लगा, जैसे यह इस दुनिया की घटना नहीं थी, वह इस डर से आँखें नहीं झपकाती थी कि यह सपना कहीं आँखों के सामने से खो न जाए।

राजा ने अत्ते धोबी को अपने पास बिठाया, और हुक्म दिया कि वह सारी हक़ीक़त बयान करे।

"ख़ान! सुलतान! ख़्वाजा ख़िज़र ने मेरी ख़ाली झोली भर दी। मोतियों से जड़े सन्दूक में यह रेशमी पोटली-सी पड़ी हुई थी और सन्दूक नदी में बहा जा रहा था..." अत्ते धोबी ने हाथ बाँधकर सारी हक़ीक़त बतायी और राजा के पैर पकड़ लिये, "यह जलपरी की तरह जल में से निकली थी, बादशाह सलामत, ऊपर अल्लाह नीचे बादशाह, नहीं तो मेरी क्या औक़ात कि यह परीज़ादी मेरे आंगन में खेलती...!"

राजा ने अत्ते धोबी के सामने एक सौ एक मोहरें रखीं और फ़रमान दिया, एक अर्ज की तरह कि, "ख़ुदा की महिमा है, अत्ते! अब जिस गाँव पर तू हाथ रखे वही तेरा होगा, लेकिन हमारे महलों की रोशनी हमें मोड़ दे...!"

और रानी के सीने में से आशा पनपने लगी, उसने कहा, "मैं तेरे अहसान का बदला नहीं चुका सकती, अत्तेया, लेकिन माँ के इस नसीब को लौटा दे।"

अत्ते के होठ काँपने लगे। उससे बोला नहीं जा रहा था। उसकी जगह सस्सी ने कहा, "रानी माँ! जब-जब हुक्म दोगी मैं हाज़िर हो जाऊँगी, लेकिन रहूँगी उसी छत तले जिसने मुझ मरती हुई को पनाह दी थी।"

और महलों की रौनक धोबी के आँगन में खेलती रही। पहले सिर्फ़ परमात्मा की नज़र जानती थी, फिर दुनिया की आँखों ने भी देखा—सस्सी पवन की तरह आज़ाद, जब जी चाहता नदी के घाटों पर घूमती।

राजा ने सस्सी के लिए एक अलग बाग़ बनवाया। वहाँ जाकर सस्सी सहेलियों के साथ झूला झूलती और गाती। फूलों की तरह सस्सी की आत्मा भी महकने लगी...

अब दुनिया की नियामतें सस्सी के पास थीं। विद्वानों और आलिमों को बुलाया गया और उसने इल्म की तरफ़ अपना मन लगाया। सारी-सारी रात उसके पास चिराग़ जलते और उसकी रोशनी में वह अपनी आत्मा में ज्ञान की रोशनी भरती।

पता चला कि शहर में एक ग़जनी सौदाग़र ने एक बाग़ बनवाया है और बाग़ के भीतर की इमारत में उसने इस तरह की तस्वीरें बनवायी हैं, जिसे आज तक न किसी ने देखा, न किसी ने सुना है।

सस्सी को इल्म का शौक़ लगा था। सहेलियों को लेकर दौड़ी हुई ग़जनी के सौदाग़र के बाग़ में पहुँची। देखकर सस्सी का मन झूम उठा, दोनों तरफ़ से इमारत की दीवार रोशन थीं। एक तरफ़ शगूफ़ों की महक से, दूसरी तरफ़ रंगों की महक से। बाहर एक माली कई पनीरियाँ लगा रहा था, और भीतर एक चित्रकार कई रंगों से तस्वीरें बना रहा था।

सस्सी ने तस्वीरें देखीं और हुस्न को सलाम किया, लेकिन इन तस्वीरों में एक तस्वीर ऐसी थी, जिसे देखते ही सस्सी के पैर ठिठक गये। आँखें झपकना भूल गयीं। जब सहेलियों ने सस्सी को झकझोरा, तो उसने विह्वल होकर चित्रकार के सामने हाथ जोड़कर कहा—"यह तस्वीर तूने किसी की सूरत देखकर बनायी है, ऐ हुनर वाले?"

चित्रकार हँस दिया "सूरत ख़ुदा ने बनायी, तस्वीर इस नाचीज़ ने। यह कीचम के वली अलीहोत का शहजादा पुन्नू..."

"पुन्नू...पुन्नू...!" सस्सी के रोम-रोम में से एक आवाज़ निकली, "पुन्नू... पुन्नू...!"

हुनर को देखने और परखने आयी सस्सी ने अपनी तकदीर मोल ले ली।

सारे दिल की क़ीमत देकर सस्सी ने पुन्नू की तस्वीर को आँखों में बसा लिया।

भँबोर शहर का कोई हाकिम ऐसा नहीं था, जो सस्सी का ताबेदार नहीं था, हर घाट पर चौकियाँ बैठा दी गयीं, जो कोई सौदाग़र शहर से आए, सबसे पहले उसे सस्सी के सामने पेश किया जाए।

"सौदाग़रों की जान और माल सलामत रहेंगे, लेकिन वे तब तक अपने देश नहीं लौट सकते, जब तक वे अलीहोत के शहजादे पुन्नू को यहाँ नहीं ले आते।" सस्सी ने उस ज़मीन की तरफ़ से आती हवा को सजदा किया और फ़रमान दिया, जिससे सौदाग़रों में हाय-तोबा मच गयी। एक सौदाग़र को उन्होंने दूत बनाकर कीचम के लिए रवाना कर दिया। कीचम के वली अलीहोत ने सुना तो बलोचों में रोष फैल गया।

इस रोष की ख़बर पुन्नू के कानों में भी पड़ी। उसने दूत को एकान्त में बुलाया और उससे सस्सी के इश्क़ की ख़बर सुनी।

सस्सी के दिल की आग पुन्नू के दिल को भी छू गयी। उसका रोम-रोम सस्सी के इश्क़ में सुलग उठा।

सुबह को सूरज की लाली को देखकर पुन्नू को ऐसा लग रहा था, जैसे आज सूरज नहीं, सस्सी का इश्क़ आसमान पर चढ़ा हुआ था।

पुन्नू ने चढ़ते सूरज को सजदा किया और इत्र-फुलेलों की गठरी लेकर सौदाग़री भेस में अपने बाप को बिना बताये, चोरी-छिपे भंबोर शहर की तरफ़ चल दिया।

"कीचम से सौदाग़र आये हैं।" यह ख़बर जब पहरेदारों ने सस्सी के कानों तक पहुँचायी, तो सस्सी व्याकुल होकर भागी हुई उन शामियानों में गयी, जहाँ कीचम के सारे सौदाग़र तरह-तरह के सामान की हाट लगाकर बैठते थे।

पुन्नू भी सौदाग़रों की क़तार में एक सौदाग़र की तरह बैठा था। सस्सी से पहचाना न गया, लेकिन जब पुन्नू ने सस्सी का सौन्दर्य देखा, तो उसे लगा—जिस सूरज को उसने आसमान में सजदा किया था, वही सूरज उसके सामने धरती पर उतर आया था।

पुन्नू ने इत्र का फाहा सस्सी के पास जाकर उसके पल्ले से इस तरह छुआया जैसे रब्ब की दरगाह में चढ़ाया हो...

सिफ़्त ख़ुदाबन्द की। सस्सी की आँखों में एक लौ कौंध गयी, लेकिन उसने काँपते हुए होठों से पूछा, "ऐ सौदाग़र, तू बड़े ख़ुशक़िस्मत देश से आया है, सच बता, तूने कभी मेरा पुन्नू भी देखा है?"

"हाँ!" पुन्नू ने अदब से सिर झुका लिया। फिर सिर उठाया, तो सस्सी की आँखों में देखकर कहने लगा, "परीज़ादी! असली पुन्नू को मैंने आज ही देखा है, तेरी आँखों में।"

दोनों के सिर एक-दूसरे के सामने सजदे की तरह झुक गये।

इधर पुन्नू के भाई ग़ुस्से में आकर डाचियों (ऊँटनियों) पर सवार होकर पुन्नू के पीछे-पीछे भँबोर शहर में पहुँचे। देखा कि सारा शहर शमादान की तरह रोशन था। ख़बरें सुनते हुए वे सस्सी के उस बाग़ में पहुँचे, जहाँ पुन्नू ठहरा हुआ था। फूलों के जश्न में सस्सी की सहेलियाँ कबूतरियों, चिड़ियों और बुलबुलों की तरह चहक रही थीं।

पुन्नू के भाइयों ने आपस में सलाह की, डाचियों को बाहर पेड़ों से बाँधकर भीतर चले गये और उन्होंने सस्सी और पुन्नू के सामने मोहब्बत का इज़हार किया। ज़बान में मिश्री घोलकर कहा, "हम अपने भाई की ख़ुशी में शरीक होने के लिए आये हैं।"

"ख़ुशामदीद! आपकी राहों में मैं अपनी पलकें बिछाती हूँ।" सस्सी ने कहा और उसने जर्दे और पुलाव की देंगे चढ़वा दीं।

शाम हुई तो पुन्नू के भाइयों ने जाम और सुराहियाँ निकालीं, "निकाह से पहले हम तीन दिन तक जश्न मनाएँगे।"

सस्सी की सहेलियों ने मेहँदी घोली, इत्र-फुलेल डालकर उबटन बनाया, सस्सी और पुन्नू को सच्चे रेशम के जोड़े पहनाकर ढोलकी बजाने लगीं।

महलों में से रानी माँ ने मोतियों के थाल भेजे और अत्ते ने गिरी-छुहारों से भरी टोकरी लाकर बलोचों की नज़र की।

अत्ते के सभी रिश्तेदारों ने घाट के किनारे पर चिराग़ जलाये और ख़्वाजा ख़िज़र को भी शीरनी का थाल चढ़ाया।

यह पुण्य कमाने का समय था, लेकिन पुन्नू के भाइयों ने पाप कमाया। पुन्नू के आख़िरी जाम में नींद की दवाई घोल दी। एक आख़िरी जाम पीने की स्वाभाविक रस्म थी, 'ता आख़िर' जिस वजह से पुन्नू के मन में कोई सन्देह नहीं उठा, लेकिन जाम ख़ाली होते ही पुन्नू को नींद आने लगी।

सस्सी अपने शामियाने में सहेलियों के साथ जाकर सो गयी और पुन्नू अपने शामियाने में अपने भाइयों के साथ जाकर सो गया।

सुबह होते ही जब सस्सी जागी, तो रात का अँधेरा सूरज के सामने दुहाई दे रहा था। पुन्नू का शामियाना फटी हुई झोली की तरह सस्सी के सामने पड़ा था। आधी रात के समय पुन्नू के भाई नींद में बेसुध पुन्नू को डाची पर डालकर कीचम की ओर लौट गये थे...

फूलों की सारी महक सस्सी के होठों का गम बन गयी। उसने दीवानगी में उन रेगिस्तानों की तरफ़ बाँहें फैलायीं, जिनमें से इस वक़्त पुन्नू की डाची उसे छीनकर लिये जा रही थी...

सस्सी की सहेलियाँ विलाप करती हुई सस्सी के पीछे भागीं, लेकिन दीवाने क़दमों से पीछे भागती हुई हाँफने लगीं। सस्सी नंगे पैर डाचियों के पैरों के निशान ढूँढ़ती हुई पता नहीं कहाँ की कहाँ पहुँच गयी थी।

"पुन्नू! पुन्नू!" सस्सी की आवाज़ें रेगिस्तान में रेत के टीलों की तरह उठतीं और गिर जातीं।

सस्सी के पैर के तलवों में लगा मेहँदी का रंग लहू की तरह लाल हो गया। सिर के ऊपर सूरज उसके इश्क़ की तरह जल रहा था—वह सिर से पैर तक जैसे आग की लपट की तरह जलती हुई मरुस्थलों में भाग रही थी।

रानी माँ का भेजा हुआ मोतियों का हार सस्सी के गले में पड़ा था। उसके खुले बालों में अटककर पता नहीं किस समय उस हार का धागा टूट गया। छम-छम करते मोती रेत में गिरने लगे। इस वक़्त सस्सी को अपनी तक़दीर का वह वक़्त

याद आया, जब उसके जन्म के वक़्त माँ उसके पालने के लिए मोतियों की लड़ियाँ पिरो रही थी और लड़ी टूट गयी थी...

सस्सी को जब रानी माँ की बतायी हुई बात याद आयी, तो उसके होठों से आह की तरह लफ़्ज निकले—"मेरी तक़दीर तो माँ ने तभी पहचान ली थी...!"

पैरों के छालों की तड़प में उसने रेत में गिरे मोतियों को देखा और फिर डाचियों के पैरों के निशान ढूँढ़ने लग गयी...

मरुस्थलों की रेत सस्सी के दर्द की तरह अपार थी।

"मैं जल और थल की अमानत!" सस्सी ने तड़पकर अपने दिल से कहा, "अथाह जल ने मुझे एक अमानत की तरह अपनी हथेली पर उठाये रखा, अब ये मरुस्थल भी मेरे इश्क़ को अमानत की तरह सँभाले रखेंगे..."

सस्सी ने सुन रखा था कि कुकनूस पंछी जब गाता है, तो उसके पंखों में से आग की लपटें निकलती हैं। वह जैसे-जैसे गाता है, लपटें ऊँची होती जाती हैं और अन्त में वह अपने पंखों की आग में भस्म हो जाता है...

सस्सी को लगा, जैसे उसके अंग-अंग में से आग की लपटें निकल रही हों। उसने और ज़्यादा ऊँची आवाज़ में पुकारा, "पुन्नू...पुन्नू...!"

और उसके अंग अपनी आग में भस्म होने लगे...

नज़दीक किसी टीले की ओट में एक गड़रिया बालक भेड़ें लेकर जा रहा था। उसके कानों में हूक-सी आवाज़ें सुनाई दी थीं। वह गरम लू को चीरता हुआ टीले के पीछे से निकलकर वहाँ आ पहुँचा, जहाँ किनारियों-जड़ा दुपट्टा किसी कफ़न की तरह मरुस्थल में पड़ा हुआ था...

"या इलाही!" गड़रिये ने दुपट्टे का किनारा उठाकर देखा, सस्सी बेहोश पड़ी थी...

गड़रिये ने एक भेड़ पर लदी मश्क में से पानी निकाला और सस्सी के चेहरे पर छींटे दिये...

सस्सी को होश आया, लेकिन क्षण-भर के लिए 'पुन्नू...पुन्नू!'... पानी के कतरों की तरह उसने पुन्नू के नाम का एक घूँट-सा भरा और साँस तोड़ दी...

गड़रिया बालक बहुत देर तक चुप का चुप उसके सामने बैठा रहा। फिर ढलते सूरज के साथ वह वहीं रेत में सस्सी की क़ब्र बनाने लगा...

गड़रिये की उठती जवानी जैसे वैराग्य बन गयी। उसे ऐसा लगा कि इस परीज़ादी की क़ब्र पर वह क़ब्र के दीये की तरह हमेशा जलता रहेगा...

शाम का अँधेरा अभी उतरा ही था कि कोई डाची का सवार उसके नज़दीक से गुज़रा और उसे मरुस्थल में बैठा देखकर पल भर के लिए रुक गया। उसने पूछा, "यहाँ कहीं पानी मिलेगा?"

गड़रिये ने जिस शकोरे में से सस्सी को पानी का घूँट पिलाया था, वही शकोरा उसके सामने रख दिया।

डाची के सवार ने कसोरे में से पानी का घूँट भरा और हैरानी से पूछा, "यहाँ मरुस्थलों में न कोई ओट है, न साया, तू यहाँ किसलिए बैठा है, भाई?"

गड़रिये ने हाथ से क़ब्र की तरफ़ इशारा किया और कहा, "मेरा मन दुनिया से उठ गया है, आज मैंने यहाँ एक परीज़ादी औरत को मरते देखा है..."

"कौन थी?" डाची के सवार के हाथ में पकड़ा शकोरा काँप उठा।

"पता नहीं कौन थी, पुन्नू, पुन्नू कहते-कहते उसने साँस तोड़ दी थी..."

डाची के सवार ने अपना काँपता हुआ हाथ गड़रिये के कन्धे पर रखा, "तो भाई, एक मेहरबानी कर, इस क़ब्र को खोलकर बड़ा कर दे!"

गड़रिया हैरान होकर डाची के सवार की तरफ़ देखता रहा, लेकिन डाची वाले को कुछ और कहने की फ़ुर्सत नहीं थी, वह खुद उस क़ब्र पर से रेत हटा रहा था...

क़ब्र खुली तो डाची के सवार ने पहले सस्सी के शरीर को सजदा किया, फिर अपने वस्त्र उतारकर उसके पैरों में रख दिये, "मेरे भाइयों ने दग़ा की थी, सस्सीये! जब मुझे होश आया, तो मैं अपनी वफा निभाने के लिए लौट आया हूँ..."

और पुन्नू जिस कटार के ज़ोर से अपने भाइयों के साथ लड़कर वापस लौटा था, वही कटार अपनी छाती में भोंककर सस्सी की क़ब्र में गिर गया...

गड़रिया हैरान...क़ब्र को ढँकता हुआ उस क़ब्र पर दीये की लौ की तरह काँपने लगा...

□□□